Reijo Mäki

DIE GELBE WITWE

Reijo Mäki

DIE GELBE WITWE

Kriminalroman

Aus dem Finnischen
von Sanna Klempow und Bernd Lüecke

Piper Nordiska

Mehr über unsere Autoren und Bücher:
www.piper.de

Die Originalausgabe erschien unter dem Titel
»Keltainen leski« im Otava Verlag, Helsinki.

*Vielen Dank meinem Freund, dem Dichter Markku Into,
aus dessen Prosagedichtband »Mies ja painovoima«
ich einige Auszüge für diesen Roman verwendet habe.*

Mix
Produktgruppe aus vorbildlich bewirtschafteten
Wäldern und anderen kontrollierten Herkünften
www.fsc.org Zert.-Nr. GFA-COC-1262
© 1996 Forest Stewardship Council
FSC

ISBN 978-3-492-05217-7

Satz: Satz für Satz. Barbara Reischmann, Leutkirch
Druck und Bindung: Pustet, Regensburg
Printed in Germany

FÜR QUENTIN UND SEINE SEELENVERWANDTEN

Die Frau blinzelte und wandte ihren Blick von der gleißenden Sonnenscheibe ab. Das Bild wurde schärfer. Sie blickte auf den träge durch die Stadt fließenden grünlichen Strom, hörte das Flüstern des gezähmten und gefesselten Flusses in seinem uralten Canyon.

Sie schob ihre Sonnenbrille zurecht und kniff die Augen zusammen. Ihr bisheriges Leben kehrte in ihre Gedanken zurück. All die Jahre, in denen alles so leicht gewesen war, so klar und so geordnet. Sie erinnerte sich an die Geschichten, die sie ihren Schülern von diesem großen Fluss erzählt hatte.

Seit dem letzten Mal, als sie vor der Klasse stand, schienen mindestens tausend Jahre vergangen zu sein. Das war eine Welt, die es nicht mehr gab. Den ganzen Frühling über hatte sie zu vergessen versucht, Faser für Faser des Gewebes durchtrennt, das sie noch mit der Vergangenheit verband.

Leicht war es nicht gewesen. Die Schere war zu stumpf, die Fasern zu zäh. Schlaflose Nächte, denen ein verzweifelter Morgen folgte.

Aber mit dem Voranschreiten des Frühlings, dem Sieg des Sonnenlichts, war die Gewissheit gewachsen. Und der Trotz. Die Entscheidung war gefallen, es gab kein Zurück.

Auf diesen Tag hatte sie sich gründlich vorbereitet. Etwas Neues, etwas Altes, etwas Geliehenes und etwas Blaues. Sie nahm einen Schluck von dem goldfarbenen Getränk. Ein sanfter Windhauch strich durch ihr seidenes Tuch, brachte es zum Flattern.

Jetzt war der entscheidende Augenblick.

ERSTER TEIL

»Die Schwerkraft hält den Mann aufrecht. Schorf
an der Stirn, ein Grinsen im Gesicht, beschwipst
geht der Mann durch den Garten seiner Jugend,
der Geruch von altem Diesel, der Frühling des Lebens,
etwas in seinem Inneren, etwas, das ihn nicht
stillstehen lässt.« M. I.

1

Am Morgen des Heiligen Abends, um halb elf, stand Jussi Vares in der belebten, nach verbrauchter Gebläseluft riechenden Warmluftschleuse im Eingangsbereich des Kaufhauses Wiklund. Die Menschen rannten mit manischem Glanz in den Augen die Eerikinkatu entlang, schauten hastig auf die Uhr und schleppten sich mit ihren Plastiktüten ab, die sie kurz vor Ladenschluss noch vollgestopft hatten. Einige kleine Kinder standen heulend vor dem festlich dekorierten Weihnachtsfenster. Ein Penner lehnte, die Nase gegen die Scheibe gedrückt, mit knurrendem Magen am Schaufenster eines Delikatessengeschäfts. Ein paar Meter weiter krempelten sich zwei stiernackige Familienväter die Ärmel ihrer Segeljacken hoch. Einer der beiden hielt eine Plastiktüte in der Hand, aus der nach einem Aufprall eine rote, mit Scherben gespickte Masse quoll.

Und über all diesem Treiben kündeten helle, herzbewegende Stimmen den Weihnachtsfrieden an.

Vares stellte mit Zufriedenheit fest, dass Regenwolken am Himmel aufzogen und die ersten nassen Schneeflocken auf den schwarzen Asphalt der Weihnachtsstadt platschten. Petrus schien ihnen heute gewogen zu sein. Kauno »Arschgesicht« Klemettis Letzter Wille konnte endlich in die Tat umgesetzt werden.

Jussi Vares sah sein Zielobjekt auf die Tür zukommen. Er holte tief Luft und konzentrierte sich wieder auf seine Arbeit.

Eine elegant gekleidete Frau in den mittleren Jahren kam gemächlich aus der Kosmetikabteilung und blieb noch einmal kurz vor der Ausgangstür des Haupteingangs stehen, um in einem Schnäppchenkorb zu wühlen. Sie war der Typ Frau, die auf einem Elternabend der Steiner-Schule, bei einem Kunstbasar oder auf einer Wohltätigkeitsversteigerung beherzt das Wort ergriff.

In der vollen Plastiktüte, die sie in der Hand trug, befanden sich nur Waren, für die sie einen Kassenbon vorlegen konnte. Die eben getesteten Parfums jedoch hatte sie in den tiefen Seitentaschen ihres langen Pelzmantels verschwinden lassen.

»Entschuldigen Sie, gnädige Frau. Ich bin der Warenhausdetektiv. Könnte es sein, dass Sie unbezahlte Waren bei sich haben?« Vares ergriff die Frau leicht beim Handgelenk.

»Lassen Sie mich los!« Ein flackernder Blick bohrte sich in Vares' Augen. »Wie können Sie es wagen, mich anzufassen!«

Jussi Vares ließ sich auf kein Gespräch ein. Er winkte den Wachdienst herbei, und gemeinsam geleitete man die erzürnte Frau in Richtung eines Hinterzimmers, während aus den Kaufhauslautsprechern *O Tannenbaum, o Tannenbaum* ertönte.

Pastor Alanen stand in dem Durchgang zwischen dem Shampooregal und dem Verkaufsständer für Damenbinden und las seine *Abendzeitung*. Jussi schritt auf ihn zu, um ihn zu begrüßen.

»Tachchen Pastor«, sagte Vares. »Bei dem Rutschwetter da draußen wird sich der Letzte Wille von Kauno Klemetti wohl endlich in die Tat umsetzten lassen.«

»Am Schanktresen der *Neuen Apotheke* spricht man davon, dass die Todesursache jetzt geklärt sei. Ein Blutgefäß über der Schläfe ist geplatzt, wie vermutet.« Pastor Alanen räusperte sich.

»Was hätte es auch anderes sein können. So ein Querkopf. Wie er sich immer damit wichtiggetan hat, dass er nie in seinem Leben einem Menschen freiwillig geholfen hätte.«

»Luusalmi hat ihm dann irgendwann mal in der *Apotheke* vorgeschlagen, er solle die Sache doch wenigstens nach seinem Tode wiedergutmachen, wo er nun schon sein ganzes Leben lang so ein Arschloch gewesen sei. Und das hat sich Kauno so zu Herzen genommen, dass er diesen berühmten Letzten Willen auf die Rückseite einer Bierrechnung schrieb.«

»Ein Dickschädel war er, der Kauno. Für einige sogar der schlimmste Dickkopf überhaupt. Wir Jungs vom Tisch haben ihn gekannt. Das war keine Mache oder so. Kauno war ein Mann mit Prinzipien«, warf Jussi Vares ein.

»So isses. Übrigens, schau mal aus dem Fenster. Es schneit immer mehr. Ausgezeichnet. Dann kann Kauno ja endlich in Ehren zur letzten Ruhe geleitet werden.«

»Ach, übrigens: Hat Moilanen schon die Grabkerzen besorgt, die er bei Perttala auf Personalrabatt kaufen wollte?«, fragte Vares.

»Hat er. Also, dann treffen wir uns in der *Apotheke*, gleich nach der Ausrufung des Weihnachtsfriedens.« Der Pastor verschwand im Strom der anderen Kaufhausbesucher durch die Ausgangstür. Die Schneeregenwolken hingen wie ein graues, durchtränktes Leichentuch am Himmel.

Nachdem sein letzter vorweihnachtlicher Einsatz beendet war, steuerte Vares direkt die *Neue Apotheke* an. Der matschige Bürgersteig war gefährlich glatt. Vares nahm es mit großer Zufriedenheit zur Kenntnis.

An der Ecke Eerikinkatu und Aurakatu stand, mit ausgestreckter Hand, ein bedauernswerter Kerl, der wie Jesus aussah und einen verschlissenen Armeemantel trug. Vares erinnerte sich, den Typen schon in den letzten Jahren an Weihnachten gesehen zu haben. Eine innere Stimme befahl ihm, in die Tasche zu greifen und ein paar Geldstücke in die schwielige Hand des Mannes fallen zu lassen. Der Blick Jesu war gnädig und mild.

Auf der Brücke, die über den Aura-Fluss führte, wehte ein eisiger Wind. Die vom weißen Nassschnee bedeckte Kaskenkatu sah glatt aus. Die Grabkerzen, die Leichenwagenfahrer Moilanen beim Beerdigungsinstitut Perttala besorgt hatte, standen in einer Reihe vor der Wand der *Neuen Apotheke*. Sie warfen ein unwirkliches gelbes Licht über die graue Straßenschlucht. In den Auspuffwolken der vorbeifahrenden Wagen wirbelten die nassen Schneeflocken.

Jussi Vares betrat den warmen Kneipenraum und schüttelte sich den losen Schnee von der Schulter seines Mantels. Am Tresen standen vier schweigende Männer. Otto trug ein neues schneeweißes Hemd und eine dunkle Seidenkrawatte. Eine einfache Urne stand, für jeden sichtbar, gleich neben den Schankhähnen.

»Frohe Weihnachten!«

Jussi bekam einen Goldbrand vorgesetzt. Die Männer starrten abwartend zur Straße hinaus. Hin und wieder brummte ein Auto die Straßenschlucht hoch. Es waren Familien, die von der Ausrufung des Weihnachtsfriedens kamen und nach Hause zurückfuhren. Bei dem einen oder anderen Fahrzeug drehten an der Steigung die Reifen durch. Das weckte Hoffnung. Die Uhr tickte langsam. Jemand hüstelte, wechselte vorsichtig das Bein, als ob er das Knarzen seiner eigenen Schuhe vermeiden wollte.

Der erste Wagen, der an der Steigung hängen blieb, war ein grünlicher Ascona. Der Fahrer gab sich sichtlich Mühe, vorwärtszukommen, aber der Wagen schlitterte an den Straßenrand und blieb direkt vor der Tür der *Neuen Apotheke* stehen. Die Räder drehten durch, und das Auspuffrohr stieß eine dichte Abgaswolke aus. Man konnte deutlich sehen, wie dem Fahrer der Schweiß auf die Stirn trat.

Die Männer blickten einander kurz an. Kurzprosaist Luusalmi nahm die Urne unter den Arm und trat als Erster aus der Tür, die anderen folgten ihm stumm.

Verblüfft sah der Ascona-Fahrer zu, wie Luusalmi die graue Asche aus der Urne vor dem Wagen auf der glitschigen Straße verteilte. Dann riefen die Männer »Hau ruck!« und schoben den Wagen an.

Ruckelnd und zuckelnd fuhr der Ascona die Steigung hinauf. Der Fahrer vergaß sogar, zum Dank die Hand zu heben. Verblüfft gab er Gas und fuhr weiter in Richtung Kaarina.

Die Männer kehrten schweigend in den Kneipenraum zurück. Otto zauberte eine Runde Goldbrandpinnchen auf den Tresen, und die Geleitmänner stellten sich mehr oder weniger in Reihe auf. Luusalmi nahm als Erster sein Pinnchen.

»Auf Kauno. War ja ein ganz schönes Arschloch, das lässt sich nicht bestreiten. Aber nun hat er ja doch noch diesem Mann da den Hügel hinaufgeholfen. Wie er es versprochen hatte.«

»Hoffen wir, dass der Bursche jetzt froh und munter sein Fest feiern kann. Ich jedenfalls hab ein richtig weihnachtliches Gefühl.«

»Ziemlich gut weggekommen, die Karre. Hab erst gedacht, dass die Asche ein wenig zu glatt sein könnte. Aber die kleinen Knochensplitter, die im Schneematsch stecken geblieben sind, haben sicher nachgeholfen.«

Jussi Vares sagte kein Wort. Es bestand kein Bedarf dazu. Wieso schmeckte dieses edle Getränk heute nur so bitter?

Der Schneeregen verwandelte sich allmählich in ein Schneegestöber. Jussi hatte ein leeres und schales Gefühl, als ob er krank werden würde. Der Winter schien diesmal länger und beschissener zu werden als gewöhnlich.

2

Die Sonne versuchte zur winterlichen Mittagszeit vergeblich über die Dachfirste des Helsinkier Stadtteils Töölö hinwegzuscheinen. Nicht ein einziger Lichtstrahl drang in die stickige, verrauchte Eckkneipe, die sich im Erdgeschoss eines Steinhauses befand. Ein Großteil der illustren Kundschaft der Deli-Pizza *Tölikkä* saß vor einem Glas Koff-Bier.

Das Pärchen am Tisch von Mikko Koitere stellte keine Ausnahme dar. Auch ihnen schien es zu munden. Der Mann, der vor seinem großen Bier saß, hörte auf den Namen Zapata.

»Was, du weißt nicht, wer dieser Zapata war, Alter? Das war so ein mexikanischer Spitzbube, der den Tequila aufgesogen hat wie ein Schwamm. Und ganz nebenbei hat er noch die Säcke von der Regierung kaltgestellt!«

Die Dame, die bei dem zumindest oberflächlich mit der blutigen Geschichte Mexikos vertrauten Herrn saß, trank mit einem Strohhalm Cidre. Vorgestellt hatte sie sich mit dem Namen Pirkitta. Am Ecktisch der Deli-Pizza *Tölikkä* kam allmählich Stimmung auf. Mikko Koitere zeigte sich beim Bestellen der Getränke besonders spendabel.

Zapata war eine stattliche Erscheinung. Der ein Meter neunzig große Mann hatte sich beim Bodybuilding mit Hilfe eines russischen Hypophysenhormons beachtlich in die Breite trainiert. Von seinem Naturell her war dieser stiernackige Schrank mit Igelschnitt so reizbar und aggressiv wie ein von Durchfall geplagtes Pavianmännchen. In seiner Polizeiakte fanden sich ein paar Seiten mit Fällen von Körperverletzungen. Für einige war er verurteilt worden, für andere nicht.

Zapata und seine Muse Pirkitta waren typische Großstadtindianer aus den Vorstadtreservaten von Helsinki. Seit Jahren schon hatten sich die beiden, die sich vor allem von Bier, Fleischpiroggen und Gras ernährten, mit Kleindelikten und Sozialunterstützung durchgeschlagen. Außerdem hatten sie sich noch etwas hinzuverdient, indem sie (im gegenseitigen Einvernehmen) das mütterliche Erbteil der kleinen Dame, ihr knackiges süßes Hinterteil, in einschlägigen Kneipen feilboten.

Koitere ging zum Tresen. Die Wirtin, die eine mit den italienischen Flaggenfarben bedruckte Schürze trug, schenkte eine neue Runde ein: ein großes Koff, einen Cidre und für Koitere ein alkoholfreies Pirelli (wohlweislich in einen Krug gefüllt, damit es bei der Tischgesellschaft als richtiges Bier durchging).

Koitere bezahlte und blickte zu dem Pärchen am Ecktisch. Schon jetzt hätte er auf dem Klo über Handy oder einfach vom Münzfernsprecher an der Tür aus das Abholkommando herbeirufen können. Aber wieder einmal hielt ihn die dunkle Seite seiner Seele davon ab.

Mikko Koitere wollte noch eine Weile in der Gesellschaft dieses glückseligen Paares sitzen und die spezielle Atmosphäre ihres ehren- und trostlosen Lebens schnuppern. Verrückt, aber wahr.

Irgendetwas befahl ihm, die Situation hinauszuzögern und dieser auf schmuddelige Weise sexy wirkenden Haushaltsschulabbrecherin noch ein paar versaute, zweideutige Geschichten zu erzählen und gleichzeitig mit ihrem fürchterlichen Mann blöde Witze zu reißen – als ob überhaupt nichts wäre.

Die Stimmung am Kneipentisch war erregend und elektrisierend. Koitere spürte, wie sich das Blut in seinem Schwellkörper ansammelte und sein Zeiger von einem beharrlichen Ticken angetrieben wurde.

Das Pärchen am Ecktisch konnte auf eine düstere Vergangenheit zurückblicken; Blut, Tod und Gewalt – mit Sex vermischt. Eine Blutsuppe, *zuppa di sangue*, mit den besten Zutaten. So schlecht, dass sie schon wieder gut schmeckte.

Koitere kam an den Tisch zurück. Er bot eine Runde aus seiner Belmont-Schachtel an. Zapata hustete hinter seiner North-State und schüttelte ablehnend den Kopf. Pirkitta hingegen nahm dankend an und Koitere zückte sein Colt-Feuerzeug. Die Frau ließ sich Feuer geben und streichelte ihm leicht übers Handgelenk. Mikko Koitere spürte ein Gefühl der Erregung. Sein Blick heftete sich fast zwangsläufig auf die von dunklen Haaren bedeckten Fäuste des Kerls, die scheinbar unschuldig auf dem Tisch ruhten.

Mikko Koitere zog den Rauch tief in die Lungen ein. Es kam ihm das Schicksal von Tapio Perttuli Pellinen in den Sinn, dem Elektroinstallateur aus Herttoniemi. Tapio Pellinen war vor etwa drei Wochen spurlos verschwunden, am Freitagabend nach einer Kneipenrunde.

Die Körperteile von Pellinen waren am Dienstag vor einer Woche an einer Seitenstraße im Stadtteil Korso – halb von Schneewehen bedeckt und von Füchsen angefressen – an einer Straßenböschung allmählich zum Vorschein gekommen.

Tapio Pellinen, Familienvater und Hauptvertrauensmann, hatte seine letzte Ruhe auf einer Strecke von eineinhalb Kilometern gefunden, in fünf verschiedene Teile zerstückelt. Aus unerfindlichen Gründen war der Schädel des Opfers zuletzt entdeckt worden; auf der anderen Seite der Straße. Wahrscheinlich hatte ein Geschöpf des Waldes ihn dorthin befördert.

Mikko Koitere schaute auf Zapatas grobe Fingerknöchel: Hände, die sicher das eine oder andere auf dem Gewissen hatten. Vor seinem inneren Auge sah Koitere, wie Zapata auf der Toilette einer Einzimmerwohnung in Hakunila im Dunkel der Nacht den Schnellfickfreier seiner lieben Ehefrau mit energischem Griff in praktische, tragbare Stücke zerteilte. Koitere versuchte sich in die Stimmung hineinzuversetzen, die in dieser Wohnung zu mitternächtlicher Zeit geherrscht haben musste. Was für eine Musik mochte dabei im Hintergrund gespielt haben?

War Zapatas Bassstimme mit in den Refrain eingefallen? Hatte Pirkitta zur Musik gepfiffen, während sie im Wohnzimmer die Blutflecke vom Korkteppich schrubbte?

Das Ehepaar Tuupponen war seit fast einer Woche verschwunden und wurde überall im südlichen Finnland gesucht.

Koitere hatte irgendwie geahnt, wo er dieses Schreckensgespann finden würde. Wenn jemand wusste, was im Schädel solcher Vorstadtindianer vorging, dann er. Die karge Seelenlandschaft dieser Leute war letztendlich einfach zu überschauen.

Koitere blickte auf seine Uhr und traf einen Entschluss. Es half nichts, das Spiel musste abgepfiffen werden. Aller Spaß hatte seine Grenzen. Das war ein Naturgesetz.

»Ich geh mal pinkeln.« Koitere stand, die linke Hand in der Hosentasche, vom Tisch auf. Er spürte ein Pulsieren. Die Erektion war noch nicht ganz abgeklungen.

Verdammte Scheiße! Mikko Koitere zwinkerte dem Pärchen kameradschaftlich zu und verdrückte sich in den schmalen Flur. Im Dunkel konnte er zwei Türen ausmachen. Hahn und Henne.

Tür auf und hinein. Der Geruch von Pisse stieg ihm in die Nase. Das Licht war glücklicherweise gedämpft.

Mikko Koitere blieb vor dem Toilettenspiegel stehen und betrachtete eine Weile versunken sein Gesicht. Mittelbraunes Haar, eine ausgeprägte Nase, schmale Lippen und ein markantes Kinn. Wachsame, beinahe ängstliche Augen. Die Augen eines Jägers, die Augen eines Bullen.

Mikko Koitere holte tief Luft, zog sein Handy aus der Tasche und wählte schnell eine Nummer.

»Kriminaloberwachtmeister Mikko Koitere, BUG.« Mikko Koitere sprach mit scharfer Stimme und beobachte gleichzeitig die Mimik seines Gesichts im Toilettenspiegel. Seine freie Hand bewegte sich fast unbewusst zu seiner Hose hinunter, öffnete den Reißverschluss und fummelte mit den Fingern sein sich verdickendes Teil hervor ... Koitere, bist du jetzt ganz verrückt geworden? Lass dir was verschreiben!

»Verbinden Sie mich mit der Soko Viilu.«

Das Telefongespräch dauerte knapp eine Minute. Man versicherte Koitere, dass der Festnahmetrupp in fünf Minuten vor Ort sei.

»Fünf Minuten«, bestätigte Koitere. »Das wird reichen.« Koitere steckte das Handy in die Brusttasche ... und plötzlich kam es ihm ganz heftig.

Der zivile Streifenwagen, ein Saab, stand quer vor der Tür der Deli-Pizza *Tölikkä*, die grüne Minna auf der gegenüberliegenden Straßenseite. Hinter den düsteren Fenstern des Kastenwagens saßen zwei in sich zusammengesunkene Gestalten. Das Ehepaar Tuupponen steckte ganz tief in der Scheiße.

Es ging zum Polizeigefängnis Pasila. Die gnadenlose, zermürbende Mühle der strafrechtlichen Verhöre stand ihnen bevor.

Bo Bergström betrat die Kneipe, die an der von grauem Schneematsch bedeckten Straße lag. Der breitschultrige Kriminalkommissar klopfte Mikko Koitere auf die Schulter und bot ihm eine Zigarette an.

»Gut gemacht, Koitere. Scheinst deinen Instinkt nicht verloren zu haben. Verdammter Bluthund!«

»Von wegen Instinkt. Einfach nur Laufarbeit. Kannst dir vorstellen, dass ich in letzter Zeit kaum zu Hause war. Vier endlose Tage in den düstersten Spelunken der Stadt, mit geschwollenen Augen die Leute beobachtet.«

»Ein harter Job. Aber jetzt geh mal nach Hause, nimm eine heiße Dusche und spiel mit deinem Kleinen. Und grüß Pirkko von mir.« Bergström zwinkerte vielsagend. »Kümmere dich nach den Zehnuhrnachrichten auch mal ein wenig um sie.«

»Keine schlechte Idee«, lachte Mikko Koitere, nickte dem Kriminalkommissar zu und zog schnell, fast im Laufschritt, von dannen.

Der Kommissar konnte nicht ahnen, dass er dort einen Menschen gehen sah, der in seinem Inneren von einer lähmenden Leere und Langeweile gequält wurde. Von einem Gefühl der Eintönigkeit, das kälter war als schwarzes Eis.

3

Vor dem Fenster der Etagenhauswohnung tat sich eine winterliche Morgenlandschaft auf, wie sie nicht finnischer hätte sein können. Unendlicher grauer Schneeregen und ein Himmel, der schwerer wirkte als Blei. Eeva Sunila saß am Küchentisch und starrte über ihren Kaffeebecher hinweg ins Leere. Ein Käsebrötchen lag halb verzehrt auf dem Teller. Es war einer dieser Morgen, an denen wirklich gar nichts schmeckte.

Eeva Sunila stand eine weitere hoffnungslos lange Arbeitswoche bevor, die stickige und missgünstige Atmosphäre des Lehrerzimmers, die überdrüssigen und müden Gesichter der Schüler. Riuttala, die Rotznase, und all die anderen Rabauken und Randalebrüder zu ertragen, war schon Qual genug, doch am meisten hasste Eeva dieses gleichgültige Geglotze ihrer Schützlinge. »Come on, Frau Lehrerin, das zieht nicht! Das ist echt Scheiße! Das interessiert mich nicht die Bohne.«

Dieser Morgen erschien ihr ganz besonders erdrückend. Eeva wunderte sich. Vielleicht war es nur eine etwas stärkere Morgendepression, die später einfach in Kopfschmerzen übergehen würde.

Sie rieb sich eine Weile die Schläfen, seufzte tief und holte sich aus dem Apothekerschrank eine Aspirin – nur der Sicherheit halber. Eeva spülte die Tablette mit lauwarmem Wasser hinunter. Sie blieb ihr quer im Hals stecken. Na, das wäre doch was. An einem regnerischen Montag an einem Kopfschmerzmittel zu ersticken! »Lehrerin tot in ihrer Küche aufgefunden. Nachbar durch Geruch alarmiert. Man geht stark von einem persönlich motivierten Entschluss aus …«

Vielleicht war der Grund für das elende Gefühl an diesem Morgen jener Albtraum, der sie nachts gequält hatte.

Wie schon so oft hatte sie von Anteros Festnahme und der anschließenden Gerichtsverhandlung geträumt.

Sie hatte sehr unruhig geschlafen. Einen schlechteren Anfang hätte die Woche nicht nehmen können. Beklommen schloss Eeva Sunila die Haustür hinter sich und machte sich auf den Weg zur ersten Schulstunde.

Vor dem Haus kam ihr der Postbote mit seiner Karre entgegen. Unter dem Vordach des Treppenflurs blieb Eeva stehen, um sich vor dem Schneeregen zu schützen. Sie nahm die Post entgegen und steckte sie in ihre Umhängetasche. Dann rannte sie, den Pfützen ausweichend, zu ihrem VW und fuhr in Richtung Schule.

In der ersten Stunde gab sie der 9 A den Test der letzten Woche zurück. Die Fragen hatten sich vor allem auf die turbulenten letzten Jahre der russischen Herrschaft bezogen und auf die Zeit, als das Großfürstentum Finnland noch Teil des Riesenreichs Russland war. Pertti Vilenius hatte unter der Überschrift »Der russische Zarenschwanz Rasputin reitet zur Ostseewoche nach Kotka, um Schnaps zu verkaufen« drei Seiten Rechenpapier lediglich mit »Klackadiklackadiklackklack« vollgeschrieben.

Stolz präsentierte Vilenius den Jungs von der Hinterbank seinen nicht bestandenen Test. Riuttala, der Chef der Gang, brach in ein wieherndes Gelächter aus, in das die ganze Affenbande brüllend einfiel. Eeva Sunila versuchte, der Truppe keine besondere Aufmerksamkeit zu schenken.

In der Mittagspause ging sie essen und zog sich danach mit der *Helsinkier Zeitung* in die Zeitungsecke des Lehrerzimmers zurück. Kurz vor dem Pausenklingeln fiel ihr ein, dass sie die Post vom Morgen noch nicht gelesen hatte.

Der erste Brief, Werbung irgendeines Postversandhauses, landete ungeöffnet im Papierkorb. Der zweite Brief schien von ihrer Mutter zu sein, von zu Hause, aus Keuruu. Eeva wollte ihn erst am Abend lesen.

Der dritte, ein offiziell aussehender Brief, kam von einer Helsinkier Bank. Eeva runzelte die Stirn. Was konnte das sein?

Sie las den auf DIN A4 ausgedruckten Text dreimal durch. Immer wieder musste sie die schwarzen, säuberlichen Buchstabenreihen durchgehen, die sie zuerst gar nicht verstanden hatte.

Ihr Gehirn schien völlig auszusetzen, ihr Verstand weigerte sich, die Information aufzunehmen, die im Grunde aus klar und einfach formulierten finnischen Sätzen bestand.

Wie versteinert steckte Eeva Sunila den Briefbogen in den Umschlag zurück. Fast mechanisch trat sie zur Tür des Lehrerzimmers, schlüpfte in den Flur, rannte auf die Toilette und kniete auf dem harten Boden neben der Kloschüssel nieder.

Eeva Sunila kotzte alles aus, was sie im Laufe des Tages gegessen hatte. Mit lahmen Gliedern blieb sie auf dem Boden hocken. Ihre Gedanken kehrten immer wieder zu einem gewissen Risto Sunila zurück, ihrem Bruder.

Risto Sunila, zehn Jahre älter als seine Schwester, war schon seit einem Monat unauffindbar. Eeva hatte versucht, ihren Bruder telefonisch zu erreichen, um über die Situation der Mutter zu sprechen, aber der Anrufbeantworter hatte immer wieder ein und dieselbe Litanei heruntergeleiert. Eigentlich war es nichts Ungewöhnliches: Risto war Geschäftsmann und ständig auf Reisen. Oft auch im Ausland.

Der ziemlich direkt formulierte Brief, den die Inkassoabteilung einer Helsinkier Bank an sie adressiert hatte, führte Eeva die Wahrheit in aller Deutlichkeit vor Augen. Ihr Bruder Risto war auf der Flucht vor den Gerichtsvollziehern, die von der Bank auf ihn angesetzt worden waren. Laut Inkassobrief sollten alle Unternehmen, die Risto besaß, liquidiert werden. Und was den im Brief gesondert erwähnten Fall der Gesellschaft *Realux* betraf, so hatten sich die als Sicherheit für die Kredite des Unternehmens eingetragenen Wertpapiere im Zuge der von der Kreditabteilung der Bank betriebenen Nachforschungen als völlig wertlos erwiesen. Es konnte nicht ausgeschlossen werden, dass es sich um einen direkten Betrugsversuch handelte.

Die Bank teilte mit, dass sie sich bedauerlicherweise an die Bürgin, Eeva Sunila, wenden müsse. Man gehe davon aus, dass Eeva Sunila – unverzüglich – die ausstehende Kreditsumme samt Zinsen und Verzugszinsen bezahlen werde: insgesamt 567 323 Finnmark und 45 Penni.

Fünfhundertsiebenundsechzigtausenddreihundertdreiundzwanzig. Eeva war kurz davor, in einen hysterischen Lachkrampf auszubrechen.

Niedergeschmettert saß sie mit angezogenen Knien auf dem harten Boden der Lehrertoilette, starrte mit glasigen Augen auf die Plastikklobürste und zerknüllte – die Zähne zusammengebissen wie bei einem epileptischen Anfall – mit beiden Händen den Inkassobrief. Im Unterbewusstsein quälte sie nur die eine brennende Frage: Warum ich? Warum um Himmels willen ich?

Sie erinnerte sich nur allzu gut an das vertrauenserweckende und gelassene Lächeln ihres Bruders, als er ihr vor einigen Jahren die Modalitäten der Bürgschaft dargelegt hatte:

»Ja, es handelt sich nur um eine Formalität, die von den Bürokraten der Bank gefordert wird. Also, die eigentliche Bürgschaft sind bei diesem Kreditarrangement natürlich die Aktien …«

Eeva Sunila schluchzte. Verdammt noch mal, Frau. Reiß dich zusammen und hör auf zu heulen!

Mit steifen Gliedern stand sie auf, stützte sich mit beiden Händen auf den Rand des Waschbeckens und starrte mit zusammengepressten Lippen in den Toilettenspiegel.

»Herrgott, Eeva. Eines solltest du nicht vergessen! Du bist nicht die vor den Kopf gestoßene kleine Lehrerin. Du bist eine Superfrau. Nicht umsonst bist du ein Jahr bei der Armee gewesen. Auf der Flucht vor deinem Herzschmerz – also scheiß drauf! Zeig allen, was in dir steckt. Zeig, was für ein Mädel die Unteroffizierin Sunila ist!«

Eeva schüttelte ihr halblanges, ins Blonde spielende Haar und musterte sich mit strengem Blick im Spiegel.

»Wie stolz die harten Ausbilder der Brigade Pori jetzt auf mich wären, auf ihre erste Rekrutin! Denk daran und hör auf zu flennen! Wasch dir das Gesicht und leg neues Make-up auf! Du hast noch eine Stunde Unterricht.«

4

»Darf ich zum Kaffee ein Stück Biskuitrolle reichen?« Der freundlich lächelnde Mann hatte dünnes, über die kahle Stirn gekämmtes Haar. Sein hageres Gesicht wurde von einer großen Brille mit dicken Gläsern beherrscht. Jussi Vares fand, dass Dr. Jens K. Vartia schon fast auf groteske Weise wie das Klischee eines Rechtsmediziners aussah. Mit Sicherheit nicht vorteilhaft, besonders dann nicht, wenn Damenwahl angesagt war.

Jussi Vares setzte sich auf einen Metallhocker, der vor einem schmalen Hilfstisch stand. Die Kaffeemaschine gluckste vor sich hin. Die Biskuitrolle war in mehrere gleich dicke Stücke geschnitten; mit sicherer Hand, wie man es an einem Ort wie diesem erwarten konnte. Aber hoffentlich mit keinem der Messer, die hier dienstlich verwendet wurden.

Das herzhafte Aroma des Kaffees vermischte sich mit dem leicht stechenden Formalingeruch, der in dem Obduktionskeller herrschte. Der Geruch kam aus einer hinteren Ecke des Raumes, in der ein geöffneter Zinksarg stand.

Dr. Jens Vartia ließ sich auf einem benachbarten Hocker nieder und goss Vares Kaffee in einen Porzellanbecher, auf dem ein in psychedelischen Farben leuchtender Text gedruckt war: *Grateful Dead*. Vares kniff die Augen zusammen.

Im selben Augenblick wurden die Flügeltüren des gerichtsmedizinischen Leichenkellers aufgestoßen, und aus dem langen, grauen Korridor des Todes drang das laute Gelächter zweier Männer.

»Ach was, so klein und rot wie Jacques Cousteaus Mütze! Meine Güte, was du immer auf Lager hast!«

»Und nicht zu vergessen, dieser Heringsgeruch …«

Die Metallräder quietschten wie eine aufgescheuchte Haselhuhnbrut an einem Ackerrain. Es wurde eine lange Transportkarre hereingefahren, auf der eine kleine Gestalt lag, die fast vollständig in Plastiklaken eingewickelt war. Lediglich zwei kleine, faltig wirkende Füße waren zu sehen.

Vares' Blick heftete sich auf die Zehennägel, die mit rotem Nagellack verziert waren. Die aufgetragene Farbe wirkte in der Umgebung des Leichenkellers beinahe grotesk.

Diese Frau hatte sich beim Lackieren der Nägel sicher nicht vorgestellt, dass ihre Füße einige Stunden später von einer völlig fremden Person betrachtet werden würden.

Lackierte Fußnägel im tiefsten Winter! Etwas Traurigeres und Verzweifelteres konnte Vares sich kaum vorstellen.

»Also, das hier ist Ellen Kerttula. Der Pass des Fräuleins war nicht mehr gültig. Das Touristenvisum für Mutter Erde ist abgelaufen«, grölte einer der beiden Gefährten.

Jussi Vares fuhr auf und schärfte seinen Blick. Die Stimme kam ihm bekannt vor. Der Mann auch. Verdammt, das war doch Moilanen!

»Jussi Vares! Was in aller Welt machst du denn hier?«, lachte Moilanen, der fleißige Leichenknecht.

»Einen Kunden begleiten, oder so etwas in der Richtung«, brummte Vares und nahm auf dem unbequemen Hocker eine andere Haltung ein.

»Das ist wirklich nett, dass du deine Kunden bis zur Schwelle des letzten Treppenaufgangs begleitest«, stellte Moilanen fest. »Wir Himmelstaxifahrer, die ein wenig länger im Geschäft sind, wissen natürlich, dass von den Kunden kein Trinkgeld zu erwarten ist, auch wenn man ihnen noch bis zur Friedhofskapelle an den Fersen hängt.«

»Na, wen hast du denn da mitgebracht?« Jens Vartia schaute Vares über die Schulter.

»Tretschlittenunfall, eine Dame in den Siebzigern. Bergab in voller Fahrt vor einen Hiace-Lieferwagen gebrettert. Ich kann euch sagen. Mit dem Schneematsch hat sich jede Menge Katzenwurst vermengt und die Tagesration Leberauflauf aus dem Angebot noch dazu, das Verfallsdatum schon überschritten.«

»Steck sie in B1. Übrigens wie wär's mit einem Kaffee und einem Stück Biskuitrolle?«

»Danke, aber ich hab's ein wenig eilig. In Kaarina wurde ein Magister für theoretische Schwimmkunde im Eis gefunden. Hebt das Stück für später auf.« Moilanen warf Vartia einen schelmischen Blick zu.

»Kein Problem. An Kühllagerräumen mangelt es hier ja nicht«, lachte der Pathologe.

Moilanen verschwand so geschwind wie er gekommen war durch die Flügeltür. Jussi Vares und Dr. Jens Vartia tranken ihren Kaffee und verzehrten in aller Ruhe den Rest ihrer Biskuitrolle. Schließlich erhob sich Dr. Vartia mit einem herzhaften Gähnen von seinem Hocker und streckte seine Arme aus, dass die Gelenke knackten.

»Hilft nichts. Ich muss wieder an die Arbeit, sonst komm ich in Verzug.« Dr. Vartia riss ein durchsichtiges Pack Schutzhandschuhe auf und begann sich auf seinen nächsten Fall vorzubereiten.

»Na, dann schaun wir mal, was eurem Freund da, dem Antti Wilhelmi Johansson, eigentlich zugestoßen ist.«

Antti Johansson, ein zweiunddreißig Jahre alter Arbeitsloser, der bei seinen Eltern lebte und einst beim Autohersteller Valmet in Uusikaupunki als Autolackierer gearbeitet hatte, war einige Wochen zuvor, spät am Montagabend, verschwunden.

Schon am darauf folgenden Mittwoch hatten seine Eltern die Polizei verständigt und sich, als dies zu keinem Ergebnis geführt hatte, an Vares gewandt. Johanssons Eltern, die auf einige Ersparnisse zurückgreifen konnten, hatten eine solche Angst und Sorge um ihren einzigen Sohn gehabt, dass sie sich gezwungen sahen, selbst etwas in der Sache zu unternehmen.

Jussi Vares hatte sich mit den Eltern getroffen. Sie erzählten ihm, dass ihr Sohn eigentlich ein guter und wunderbarer Mensch sei, manchmal aber etwas Probleme mit dem Schnaps hätte. Nicht ständig, aber hin und wieder unternahm der arme Junge seine Touren. Allerdings hätte er auf diesen sporadischen Ausflügen sonst immer mindestens einmal am Tag zu Hause angerufen.

Nachdem Jussi Vares den liebevoll gepflegten Garten eines der Reihenholzhäuser des Turkuer Stadtteils Portsa verlassen hatte, war er seinen eigenen Ermittlungen nachgegangen. Er hatte eine lange Litanei von Namen, Telefonnummern sowie die Adressen verschiedener Kneipen in seinem Notizbuch vermerkt. Von einer Freundin hatten die Eltern nichts gewusst.

Der neue Auftrag hatte sich als besonders schwierig erwiesen. Antti Johansson war wie vom Erdboden verschwunden. Nach einer feuchtfröhlichen Dartpartie am Montagabend hatte keiner seiner Bekannten mehr eine Spur von ihm gesehen.

Schließlich wurde das Schicksal von Antti Johansson doch noch aufgeklärt, allerdings eher zufällig, wie es meistens geschah.

Ein paar kleine Jungs fanden seine Leiche kurz vor Orisuo, ganz in der Nähe der Route, die er immer gegangen war. Der Fundort lag nur hundert Meter von der Würstchenbude entfernt, die als beliebtester Imbiss im Industriegebiet Orisuo galt. Die Leiche wurde auf der gegenüberliegenden Seite der Landstraße entdeckt, an einem von Fichten bestandenen felsigen Abhang.

Antti Johansson hatte steif wie ein Eiszapfen auf einem großen Baumstumpf gehockt, an eine dichte Fichte gelehnt und teilweise von einer dünnen Eisschicht bedeckt. Der starre Leichnam hatte dort schon seit über einer Woche so gesessen und mit ausdruckslosen Augen den Verkehr auf der belebten Straße beobachtet. Zeichen äußerer Gewalt waren nicht zu erkennen gewesen.

Johanssons kränkliche und schwächliche Eltern hatten Vares gebeten, noch einen weiteren Auftrag in Rechnung zu stellen. Deshalb war Vares heute hier, im rechtsmedizinischen Institut, um der Klärung der wahren Ursache des viel zu frühzeitigen Dahinscheidens von Antti Johansson beizuwohnen.

Auf dem Obduktionstisch lag ein hagerer Mann mit eingefallenen Schultern und einem hervorstehenden Bierbauch.

Das straßenköterblonde, viel zu lang gewachsene, ungepflegte Haar bedeckte die leichenblassen hohen Wangen, als sei es mit Kleister angeklebt. Antti Johansson lag splitternackt unter den hellen Lampen. Er war nur noch die Hülle eines Menschen, ein von gummiartiger Haut umgebenes Gehäuse, ein Objekt des rechtsmedizinischen Interesses, das nie wieder reagieren, niemals lieben, niemals hassen, niemals mehr Angst empfinden würde.

In seinen letzten Jahren war Antti Johansson nur noch eine nutzlose Zahlenfolge in den kalten Arbeitslosenstatistiken gewesen – auf den Festplatten der finnischen Sozialverwaltung.

»Na, dann schauen wir uns mal unseren Antti an …«

Jens Vartia schwenkte sein Messer. Mit einem geschickten Schnitt schlitzte er von einem Ohr zum anderen die Kopfhaut auf und zog den einen Hautlappen über den Augen, den anderen über dem Hinterkopf ab. Dann schaltete der Arzt die Knochensäge ein. Das Gerät gab ein scharfes, kreissägenartiges Geräusch von sich. Die eisernen Zähne der Säge bissen in die weißen Knochen wie ein altes Mütterchen in ihren Muffin. Der Doktor arbeitete professionell, mit geschickten Bewegungen. Die runde Schädeldecke löste sich mit einem leichten Knacken, bis schließlich das Gehirn zum Vorschein kam.

Vares trat instinktiv einen Schritt zurück. Der Pathologe Jens Vartia legte die runde Knochenschale unbekümmert auf dem Metalltisch ab und sah sich das Innere des Kopfes an. Nach einigen Sekunden begann er vor sich hin zu murmeln: »Hm … ob es eine Gehirnblutung war, kann man noch nicht sagen. Jedenfalls nicht in diesem Stadium …«

Dr. Jens Vartia nahm erneut das Skalpell in die Hand und schlitzte den Körper entlang der Mittellinie auf, um die Organe im Brust- und Bauchbereich untersuchen zu können.

»Na, was haben wir denn da«, murmelte Vartia und steckte seine Nase so nah an die Leiche heran, dass es Jussi Vares schauderte.

»Dit und dat. Die Leber scheint nicht gerade im besten Zustand zu sein. Auch die Bauchspeicheldrüse sieht ein wenig bedenklich aus. Aber das ist es nicht. Der Fehler muss irgendwo anders zu finden sein. Wenn das mal nicht ein Fall fürs Laboratorium ist … Aha, die letzte Mahlzeit sind Pommes gewesen. Pommes mit Wurst! Das übliche also … mit Ketchup und Majo.«

Jens Vartia richtete sich auf und blickte Jussi Vares nachdenklich an. Plötzlich umspielte ein Anflug von einem Lächeln das bleiche Mondgesicht des Arztes.

»Lass uns überlegen. Antti war ziemlich betrunken. Weil er Hunger bekommen hatte, ist er zu einer nahe gelegenen Würstchenbude gegangen, hat sich Pommes mit Wurst gekauft und sich damit ins Fichtengehölz zurückgezogen.« Dr. Vartia deutete mit dem Messer auf Vares und drehte die Klinge in der Luft.

In Jussi Vares Nacken sammelte sich der Schweiß. Das Atmen fiel ihm schwer. Es war ein erstickendes, fast beängstigendes Gefühl.

Vares, zum Teufel noch mal! Du bist doch keine kleine Konfirmandin!

»Also. Dann werden wir uns mal ein wenig genauer die Kehle des jungen Manns anschauen.« Dr. Jens Vartia beugte sich mit seinem Messer wieder zur Leiche hinunter und machte einen weiteren Schnitt, diesmal auf Höhe der Kehle. Die Haut trennte sich wie ein Reißverschluss in zwei Hälften.

»BINGO! Da ist es!« Dr. Vartias Stimme klang nicht gerade begeistert. »Irgendwo findet man ihn immer. Den Grund. Diesmal also hier. Damit ist die Sache geklärt.«

Der Doktor richtete sich mit einem Ächzen auf und hielt Vares das Messer entgegen. An der Spitze des Skalpells schimmerte ein undefinierbarer dunkler Brocken, der die Form eines Würfels hatte.

»Was … was ist das denn?

»In Anttis Luftröhre ist ein gebratenes Stück Wurst stecken geblieben. Das ist die Lösung des Rätsels. Also, der Sohn der alten Johansson ist an einem kleinen Stück Bratwurst gestorben.«

Auf dem von Schneematsch bedeckten Straßenpflaster knarrten die Schritte. Winterliche Dunkelheit begann sich über die Stadt zu legen, gnadenlos wie ein Fluch der Götter.

Jussi Vares steckte seine Hand immer tiefer in die Tasche seiner abgewetzten braunen Lederjacke, krümmte den Nacken und starrte über die nasse Landschaft.

Vares war zwar auch sonst kein Freund des finnischen Winters, aber dieses Jahr kam er ihm besonders hart vor. Die dunklen Tage, die während des Herbstes immer länger geworden waren, hatten sich in seine Seele eingeschlichen wie eine tückische, auszehrende Krankheit.

In diesem Winter hatte Vares sich häufig dabei ertappt, wie er abends in seiner Wohnung apathisch die geistlose Glotze anstarrte. Das Licht der Kneipen, das immer so einladend gewesen war, hatte auf ihn mehr und mehr abstoßend gewirkt.

Der vierzigste Winter. Immer häufiger war Vares dieser Gedanke gekommen. Lag darin der Grund für seinen seltsamen Seelenzustand? War deshalb dieser Winter für ihn so ungewöhnlich hart?

Die Midlife-Crisis. Das war doch nur ein Steckenpferd von Quacksalberpsychologen, mit dem sie die »inneren Schmerzpunkte« ihrer Mitbürger treffen und ihnen dann einige Zehntausend psychologische Hochglanzratgeber verkaufen wollten.

Auf jeden Fall wurde er, Jussi Vares, einen Tag vor Mittsommer vierzig Jahre alt. Das war eine unumstößliche Tatsache. Mit welchem Messgerät man auch maß, der Saldo seines bisherigen Lebens würde mit einem Minuszeichen versehen sein.

Die Tür der Kneipe stand zur Abenddämmerung einladend offen. Das gelbliche Lichtrechteck auf dem matschigen Gehsteig sog Vares geradezu ins Innere des Lokals hinein. Der enge Raum roch nach Zigarettenrauch und nasser Winterkleidung.

Jussi Vares drängelte sich zur Theke durch, bestellte ein Bier und fand einen freien Tisch neben der Tür. Er setzte sich, probierte einen Schluck und starrte versunken vor sich hin. Seine Gedanken kehrten zu Antti Johansson zurück, der auf dem kalten, stählernen Obduktionstisch gelegen hatte. Jetzt begriff Vares, dass der Grund für die Niedergeschlagenheit, die ihn im Leichenkeller überrascht hatte, überhaupt nicht bei Antti Johansson lag, einem ihm völlig unbekannten Mann. Der Grund lag vielmehr bei ihm selbst.

Ein knapp über dreißig Jahre alter Mann verschluckt sich an einem gewöhnlichen Wurststückchen. Und stirbt daraufhin; ganz allein, fast im Vollrausch, in einem dunklen, nassen Fichtenhain, während der Schneeregen vom trostlos grauen Winterhimmel auf ihn herabrieselt …

Beschrieb nicht gerade ein Tod wie dieser auf bemerkenswerte und untrügliche Weise eines der grundlegendsten Probleme des Menschen: die unendliche und hoffnungslose Nichtigkeit?

5

Eeva Sunila konnte nicht schlafen. Sie lag schlaff in ihrem einsamen Wasserbett und starrte durch die Fenstervorhänge in den sternenlosen Himmel, dessen tiefe Dunkelheit Angst und Schauer in ihr hervorrief. Zwischendurch stellte sie sich die wabbelige Matratze als einen unermesslich tiefen Sumpfboden vor, der plötzlich seinen morastigen Schlund öffnen und den hilflosen Menschen verschlingen würde, um ihn vor der jämmerlichen Welt für alle Zeiten zu verbergen.

In den hoffnungslosesten Momenten dieser harten Nacht hätte sich Eeva Sunila ein solches Ende beinahe gewünscht. Ein Menschenfresserwasserbett! An diesem Rätsel hätten sogar die stirnfaltigen Agenten aus *Akte X* etwas zu knacken gehabt.

»Hey Mulder, was wird dieser elenden Geschichtslehrerin wohl zugestoßen sein? Verdammt noch mal, nicht eine einzige Spur von dieser dämlichen Neurotikerin.«

Eeva Sunila griff schon zum wer weiß wievielten Mal zu dem zerknitterten Brief, der auf dem Nachttisch lag. Sie strich sich müde übers Gesicht, hob den Briefbogen in den Schein der Nachttischlampe und las die sachlich verfasste Nachricht, die die

Leiterin des Wohnstifts auf das Papier geschrieben hatte. Frau Annikki Eeva Sunila war in der Nacht zum Sonntag friedlich im Schlaf verstorben. Der Vorfall war am Morgen entdeckt worden.

»Vorfall«, verdammte Scheiße.

Jetzt war Mutter also nicht mehr da. Eeva schaute mit trockenen Augen zum Fenster, auf dem sich ein Garten von Eisblumen gebildet hatte. Sie begann zu frösteln und wickelte sich fester in ihre Decke ein, suchte darin Schutz wie in den Armen eines vertrauten Freundes.

Eeva biss sich auf die Unterlippe und dachte, dass sie jetzt ganz allein auf der Welt war. Ihre Mutter war gestorben. Ihre Mutter! Antero saß im Gefängnis. Und ihr Bruder, dieser falsche Hund, war mit seinem Geld irgendwo auf der Flucht. Ganz ausgezeichnet. Das Puzzle war fast fertig. Das Bild, das sich ergab, war der Mühe nicht wert gewesen.

Es wurde schon Morgen, als Eeva aus dem Bett stieg und in die Küche tapste, um etwas zu trinken. Im Wohnzimmer trafen ihre Augen auf einen Plastikumschlag, der auf dem Sofatisch lag. Sie hatte ihn gestern aus irgendeinem Grunde aus einer der Schubladen ihres Schreibtisches hervorgekramt, ihn aber dann ungeöffnet liegen gelassen.

Eeva trat zum Sofa und öffnete den Umschlag. Er enthielt einige vergilbte Zeitungsausschnitte, einen Brief, den Antero geschrieben hatte, und eine Postkarte. Außerdem befand sich darin die Adresse des Gefängnisses Kylmäkoski.

Eine innere Stimme befahl Eeva Sunila, zu einem Stift zu greifen und ein leeres Blatt Papier zu suchen. Die Stimme befahl ihr, zumindest einem Menschen ihr Herz auszuschütten, bei wenigstens einem Menschen Verständnis zu suchen für ihr Schicksal.

Hatte Eeva Sunila wirklich niemand anderen mehr in dieser Welt als Antero Kraft? Den Mann, mit dem sie drei lange und wunderbare Jahre ihres Lebens geteilt hatte. Den Mann, dem sie sich versprochen hatte, und der dennoch eine unverzeihliche Tat begangen hatte.

So begann Eeva Sunila nach über acht langen Monaten den ersten Brief an Antero ins Gefängnis zu schreiben. Sie starrte eine

Weile auf das leere Blatt und begann ihr Schreiben schließlich damit, dass sie vom Tod der Mutter berichtete.

Etwa um halb sechs fiel die Zeitung durch den Briefschlitz auf den Boden.

Eeva fuhr auf und bemerkte, dass sie schon vier Bögen vollgeschrieben hatte. Sie las den Brief kurz durch. Es ärgerte sie ein wenig, dass aus einigen der Zeilen eine Art Rechtfertigung herauszulesen war. Hatten sie nicht alles, was zwischen ihnen gewesen war, in gutem Einvernehmen miteinander geklärt?

Mit Anteros Gefängnisstrafe war ihre Beziehung endgültig beendet gewesen. Antero hatte bereitwillig eingestanden, Eevas Vertrauen missbraucht zu haben. Er hatte gar nicht erst von ihr verlangt, dass sie auf einen Mann wartete, der wegen mehrerer schwerer Wirtschaftsverbrechen verurteilt worden war. Verbrechen, die in der finnischen Geschichte ihresgleichen suchten.

Antero hatte Eeva die volle Freiheit zurückgegeben. Seine eigene hatte er verloren.

Eeva schrieb vom Tod der Mutter und darüber, wie nichtig ihr das Leben in der letzten Zeit erschienen war. Auf Ristos Niederträchtigkeit kam sie in ihrem Brief nur kurz zu sprechen. Sie war sich nicht sicher, ob sie die Sache überhaupt erwähnen sollte. Diese miesen Bürgschaftsmachenschaften gingen Antero, der immer nur wenig mit Risto zu tun gehabt hatte, eigentlich gar nichts an.

Eeva las den Brief noch einmal sorgfältig durch. Sie beschloss, kein einziges Wort mehr zu ändern, steckte die Bögen in einen Umschlag und schrieb die Adresse auf das Kuvert.

Dann griff sie zu der Klarsichthülle, die auf dem Tisch lag, und fischte einige der sich darin befindenden Zeitungsartikel heraus. Sie überflog die Artikel, die aus dem *Handelsblatt* und der *Helsinkier Zeitung* ausgeschnitten waren. In einem der Berichte wurde der Anlagechef Antero Kraft erwähnt, »ein Mann, der einen traurigen Schatten auf alle finnischen Bankhäuser geworfen hat, indem er als Großanleger von russischem Schwarzgeld mehrere Millionen in die eigene Tasche steckte«.

Ein anderer Artikel war mit einigen Anspielungen gespickt. Antero wurde darin nur in einem Nebensatz erwähnt. Ansonsten drehte sich die ganze Story um den Helsinkier Großinvestor und Allround-Geschäftsmann Karl Miesmann.

War an Anteros Erklärungen vielleicht doch etwas dran? War er vielleicht doch nur ein kleiner Handlanger und Scheinkäufer, der vor Gericht die wahren Hintergründe der Sache nicht vorzubringen vermocht hatte? Teils aus Mangel an Beweisen, teils, um sich persönlich zu schützen. Wer wusste das so genau?

Die Bestattung zog an Eeva wie ein schlafartiger Dämmerzustand vorüber. Risto war natürlich nicht gekommen. Nicht einmal am Grab seiner eigenen Mutter war er erschienen. Etwas Schlimmeres hätte sich Eeva gar nicht vorstellen können.

Am Montag nach dem Beerdigungswochenende erhielt sie von Antero einen Brief; schöne, warmherzige Worte. Antero verstand es wirklich, Mut zu machen, einem den Glauben an die Zukunft zu geben und ein Gefühl zu vermitteln, dass das Leben weiterging. Auch wenn er selbst hinter Gittern saß.

Antero bat Eeva, ihn zu besuchen.

»Mach dir keinen Stress deswegen. Ich würde nichts von dir verlangen. Es wäre nur nett, sich mal wieder zu sehen, nach so langer Zeit ...«

Eevas erste Reaktion war ein definitives Nein. Nein – sie würde nicht nach Kylmäkoski fahren, auf keinen Fall!

Zwei Tage später aber änderte sie ihre Meinung. In der Mittagspause griff sie etwas zögernd zum Hörer und wählte die Nummer des Gefängnisses Kylmäkoski. Antero war freudig überrascht, dass sich Eeva so schnell meldete. Sie vereinbarten ein Treffen. Als Eeva den Hörer auflegte, bemerkte sie, dass ihre Hand ganz schweißig war und ihr Herz wie ein Dampfhammer schlug.

Eeva fröstelte, als mitten im tiefsten Wald die bunkerartigen Mauern der Strafanstalt vor ihr auftauchten. Sie war schon kurz davor, die Sache abzublasen. Dann jedoch biss sie die Zähne zusammen und fuhr auf den Parkplatz.

Der Sicherheitscheck erschien ihr irgendwie erniedrigend, sie musste den gesamten Inhalt ihrer Handtasche auf dem Tisch ausbreiten. Aber was sollte man anderes erwarten, wenn man eine hochmoderne Strafanstalt besuchte, die als die bestbewachte im ganzen Lande galt. Die Fenster des dreißig Quadratmeter großen Besucherraums waren – wie im Film – mit Gittern versehen. Im Raum standen zwei Tische, an beiden Seiten eine Reihe Stühle. In der Mitte der Tische befand sich eine durchsichtige Plexiglasscheibe von knapp einem halben Meter Höhe, die den Austausch von Waren zwischen Gefangenen und Besuchern verhindern sollte. Etwas seitlich stand ein Tisch, an dem ein wachsam aussehender Wärter saß.

Eeva Sunila war ein wenig angespannt, als sie Antero gegenübersaß. Er war dünner geworden. Außerdem hatte er sich einen dunklen Vollbart wachsen lassen.

Ansonsten waren die langen Gefängnisjahre Antero Kraft nicht anzumerken. Es war leicht, mit ihm zu reden. Und er war ein guter Zuhörer.

Eeva musste dann doch die aktuelle Bürgschaftssache ansprechen.

»So spielt das Leben.« Eeva lachte freudlos. »Ich bin mit meinen dreißig Jahren ein Mensch, der nicht mehr kreditwürdig und praktisch mittellos ist.«

»Irgendwie hab ich das auch erfahren«, schmunzelte Antero. »Die Erbärmlichkeit dieses Lebens.«

Eeva krampfte ihre Hände zusammen. Sie versuchte gar nicht, ihre Verbitterung zu verbergen.

»Ich bin völlig in der Sackgasse. Manchmal scheint mir alles so hoffnungslos, dass ich gar nicht mehr weiß, was ich tun soll. Gibt es noch irgendeinen Sinn in der Welt?«

»Eeva! Sag so etwas nie!«, rief Antero mit erregter Stimme. Er streckte seine Hand über die Kunststoffbarriere und ergriff Eevas Schulter. Sein Griff wurde fester.

»Man soll nie verzagen! Solange man noch nicht den Geist aufgegeben hat, gibt es immer Möglichkeiten. Man muss nur daran glauben. Und Mut haben.«

»Klar, Mut braucht man.« Eeva konnte nur sarkastisch lachen. »Und die Zuversicht eines kleinen Kindes.«

Antero verstummte und seufzte tief. Er blickte auf den Tisch. Vor ihm lag die *Helsinkier Zeitung*, die er mitgenommen hatte.

»Auch ich hab meine Pläne. Anfangs dachte ich, dass ich erst mal die Jahre hier absitze und dann sehe, wie die Karten neu verteilt werden. Aber jetzt sieht die Situation anders aus.« Anteros Kinn spannte sich.

»Was ist denn passiert? Du hast doch nur noch zwei Jahre«, wunderte sich Eeva.

»Ich möchte dich nicht mit meinen Problemen belasten, Eeva. Du hast deinen eigenen Kram zu verdauen.«

»Antero! Was ist los?« Eevas Stimme erhob sich leicht, sie schaute den Mann fordernd an.

»Also gut.« Antero schnappte sich die Zeitung. »Anfang dieser Woche stand eine Meldung in der Zeitung, die nicht schlechter für mich hätte ausfallen können. Richtig mit Bild, und zwar in der Spalte, in der sie über Aktuelles aus der Stadt berichten.« Antero blickte den Wärter an und dämpfte seine Stimme. »Eine Nachricht, die auf einen Schlag den Boden unter all meinen Plänen weggezogen hat.«

»Was für eine Nachricht? Erzähl!«

»Das ist eine lange Geschichte.« Antero Kraft lächelte müde. »Aber es ist die ganze Wahrheit. Damals, als ich festgenommen wurde, war ich ein gebrochener Mann, geschlagen und am Boden zerstört. Diese Rolle habe ich mit Hingabe gespielt, vor allem vor der Polizei. Ich war ja auch kein Anfänger.«

»Jetzt verstehe ich gar nichts.«

»Nein … ich weiß nicht, ob ich jetzt schon alles erzählen sollte«, zögerte Antero.

An der Wand des Raums tickte gnadenlos die Uhr, die Besuchszeit ging dem Ende zu. Der Wärter begann bedeutungsvoll mit seinem Stuhl zu rücken.

»Eeva. Ich möchte dich in keiner Weise drängen.« Antero umfasste ihre Hand jetzt fester und fordernder. »Aber könnten wir uns vielleicht nach einiger Zeit noch einmal treffen?«

Das war typisch Antero. Dieser jungenhafte, vertrauenerweckende Gesichtsausdruck. Eeva wusste aus Erfahrung, dass Antero verzweifelt nach einer Lösung für sein Problem suchte. Er saß auf heißen Kohlen, nach außen hin aber zeigte er sich kühl wie eine Flasche Bier.

Eeva ließ den Mann einige Sekunden zappeln und musterte dabei ihre rissige Nagelhaut.

Anteros Stuhlbein rührte sich ungeduldig. Endlich erhob Eeva ihren Blick und schmunzelte in sich hinein.

»Okay. Nächste Woche würde mir ganz gut passen.«

6

Kriminaloberwachtmeister Mikko Koitere fuhr einen alten und schmutzigen sirupbraunen Volvo vierhundertvierzig, ein Gefährt, das nicht unauffälliger hätte sein können. Das Autoradio hatte ausgedient, mit der Zündung gab es Probleme und die Vordersitze, deren Bezüge verschlissen und fleckig waren, fielen zurück.

Mikko Koitere hatte Kaappi den ganzen Tag über im östlichen Teil von Helsinki verfolgt. Sein Magen knurrte vor Hunger. Schon ein billiger Schnellimbiss wäre ihm jetzt gut genug gewesen.

Kaappi hieß eigentlich Aimo Skåplund. Der zähe und dünne Zweimetermann war ein typischer Gewohnheitsverbrecher. Nachdem er das letzte Mal in Sörkkä eingesessen hatte, war er von Einbruchsdiebstählen zu einem neuen Bereich übergewechselt; vermutlich nachdem er hinter Gittern eine erstklassige Berufsberatung bekommen hatte.

Kaappi schien in Fahrt gekommen zu sein. Koitere blieb also nichts anderes übrig, als die Zunge im Mund und die Schaltung im Blick zu behalten, den einen Fuß auf dem Gas und den anderen auf der Kupplung.

Dass Kaappi ziellos von einer Adresse zur anderen fuhr, verhieß nur Gutes. Mikko Koitere verspürte ein erwartungsvolles Zucken zwischen den Beinen. An diesem Tag würde er endlich zu einem Ergebnis kommen.

Zwei Tage waren schon für die Katz gewesen. Gestern hatte Koitere den ganzen quälenden Nachmittag lang auf dem Hof eines Mietwohnblocks in Maunula Posten gestanden.

Kaappi hatte sich knapp über drei Stunden in einer der Wohnungen des Hauses aufgehalten. Koitere nahm an, dass er sich während dieser Zeit der fleischlichen Lust gewidmet hatte. Unter besagter Adresse wohnte nämlich Kaappis tischlampengroße vietnamesische Flamme, die ihren Lebensunterhalt damit bestritt, dass sie am Telefon Frivolitäten in den Hörer stammelte. Ein Servicetelefondienst für geile Säcke, die für ein wenig Ich-sprechen-slecht-Finnis-Exotik gern etwas draufzahlten.

Während er auf dem grauen Hof des Wohnblocks in seinem Auto saß, dachte Koitere zum Zeitvertreib darüber nach, wie sich dieses Pärchen, das sich dort zum Tagesfick traf, wohl kennengelernt haben mochte. Auf dem Tanzparkett, wie es in Finnland üblich war? Ein »Pärchen wie Paul und Klärchen« im Wirbel eines leidenschaftlichen Tangos?

Koitere schob sich einen neuen Kaugummi zwischen die Lippen und versuchte Kaappis nächsten Schritt vorauszusehen. Die Wege eines Verdächtigen im Voraus erahnen zu können, war eine Grundvoraussetzung für einen erfolgreichen Beschattungsjob.

Kaappi schien sich nicht gerade auf den Verkehr zu konzentrieren, sondern sprach die ganze Zeit in sein Handy. Es ging zurück in Richtung Zentrum. Koitere war vorsichtig und hielt sich in ausreichendem Abstand zu seinem Beobachtungsobjekt.

Bei der Einfahrt in den Stadtteil Malmi wäre die Sache fast schief gelaufen. Koitere gestand sich ein, etwas unvorsichtig gewesen zu sein. Vom übrigen Verkehr war er direkt hinter Kaappis großen Hyundai gedrängt worden. Der Polizist und der Räuber hatten zwanzig lange Sekunden aufeinandergehockt. Koitere hatte schnell so getan, als ob er etwas im Handschuhfach suchte.

Schon seit mehreren Jahren hatte Skåplund im Drogenhandel mitgemischt. Die Branche war im Wachstum begriffen und bot ehrgeizigen und skrupellosen Arschlöchern gute Aufstiegsmöglichkeiten. Das Geschäft barg aber auch einige Risiken, zu denen nicht zuletzt die anderen Unternehmer des Gewerbes gehörten, die ihr Revier verteidigten.

Anfangs hatte Kaappi natürlich dort anfangen müssen, wo jeder anfing – ganz unten. In diesem Stadium hatte sich noch niemand über ihn geärgert. In letzter Zeit war die Situation jedoch ein wenig gekippt. Man war auf ihn aufmerksam geworden. Und in Berufskreisen sah man es gar nicht gern, dass Aimo Kaappi Skåplund aus seinen glänzenden und metallverstärkten mexikanischen Boots der Größe fünfundvierzig allmählich herauszuwachsen begann.

Die Unantastbarkeit der Reviere gehörte wie in jedem anderen Business zu den grundlegenden Prinzipien des Geschäfts. Störende Subjekte und Dilettanten wurden nicht geduldet. Auch wenn sie nicht gefährlich waren, stellten sie doch ein Ärgernis dar. Den Bossen ging es darum, ihr Gesicht zu wahren. Wenn man zuließ, dass irgendein schwachköpfiger Emporkömmling den großen Mann markierte, war das eine völlig falsche Message an den Markt. Bald würde sich jeder beliebige Dödelarsch für etwas Besonderes halten. Kaappi musste also beseitigt werden, damit der rechtschaffene Handel nicht gestört wurde. Grund genug, Kriminaloberwachtmeister Koitere von der Abteilung für Berufs- und Gewohnheitsverbrechen der Helsinkier Kriminalpolizei mit einzuschalten.

Kaappi warf einen Blick nach rechts und begann zu bremsen. Mikko Koitere überholte den dunkelgrünen Hyundai mit kalter Gelassenheit und setzte die Fahrt bis zur nächsten Kreuzung fort, bevor er am Straßenrand stehen blieb.

Koitere blickte kurz in den Rückspiegel und sah, wie Kaappi eine gläserne Telefonzelle betrat. Aha. Das wurde ja immer schöner. Kaappi hatte eigentlich immer zwei Handys dabei und außerdem noch einen Funkmeldeempfänger.

Geschäftsführer Skåplund würde bestimmt nicht ohne Grund eine Telefonzelle aufsuchen. Vereinbarte Kaappi vielleicht sein lang ersehntes Geschäftstreffen?

Koiteres Handy begann fröhlich zu klingeln. Der Polizist holte das Telefon hervor und blickte auf das Display. Das alte Spiel. Er empfand einen zufriedenen Stolz darüber, dass er wenigstens in einer Beziehung eine vorbildliche Figur abgab: als Vater.

Kaappi schien sein endloses Gequatsche fortzusetzen. Mikko Koitere hob sein eigenes Telefon ans Ohr und drückte den Knopf.

»Hallo, spricht dort der Oberpolizeidirektor höchstpersönlich?«, fragte Mikko Koitere förmlich.

»Ach was, du Dummkopf, hier spricht dein Sohn.« Ein freudiges Lachen war in der Leitung zu hören. »Ich hab' grade Pause und rufe vom Handy aus an. Pete hat mir seins geliehen.«

»Ach, der berühmte Hilfssheriff Jaakko, wie ist denn bei dir der Tag so gelaufen?«

»Ich hab beim Turnen fünf geschafft. Klimmzüge, meine ich. Viitanen hat es nur auf vier gebracht. Der Lehrer hat mich gelobt. Ja, und wir werden jetzt eine Eishockeytruppe zusammenstellen. Das war ja schon im Winter geplant.«

»Dann stehen wohl sicher neue Anschaffungen an.«

»Na ja, wat mutt, dat mutt, Vati. Wir können doch nicht in diesen Schrottklamotten zum Training gehen. Lamminpää hat mir den neuen Louisville-Katalog geliehen. Da sind echt super Sachen drin. Ich bräuchte eigentlich 'ne neue Schutzausrüstung, einen Helm und Handschuhe.«

»Na, lass uns am Abend drüber sprechen.« Koiteres Augen verengten sich. Kaappi verließ die Telefonzelle. »Dein alter Vater muss jetzt Schluss machen. Die Arbeit ruft.«

Kaappis großer Hyundai fuhr weiter in Richtung Vantaa. Mikko Koitere hängte sich im Abstand von einhundert Metern an sein Beobachtungsobjekt. Er spürte ein leichtes Kribbeln in den Knochen. Der große Fisch dürfte endlich angebissen haben.

Koitere stellte die Verbindung zu Kriminalkommissar Bergström her: »Hier Koi. Es geht jetzt Richtung Tikkurila. Ist zufällig jemand von den Jungs in der Nähe oder soll ich die Streifenhörnchen anfunken?«

»Ja, Bergström hier. Na, schon was Handfestes?« Bo Bergströms Stimme klang scharf wie eine Klinge.

»Sieht fast so aus. Die Maus scheint aus ihrem Loch herauszukommen. Hat es ganz eilig. Ich kann jetzt noch nichts versprechen, aber wir sollten doch auf Nummer sicher gehen. Man weiß ja nie, mit welchen Helden sich der Kerl treffen will.«

»Warte mal einen Moment.«

In der Leitung war es für zwanzig Sekunden still. Der Nachmittag war schon vorangeschritten, und der Verkehr staute sich. An den Ampeln kroch die Blechlawine im Schritttempo voran.

»Hier Bergström wieder. Korhonen und Pelli kommen über die Ringstraße nach Westen raus. Gib ihnen deine letzte Position an, wenn du von der Ringstraße in den Wald rausfährst.«

»Verstanden!«

Kaappi machte keine überflüssigen Schlenker mehr. Er fuhr geradewegs ins Zentrum von Tikkurila und parkte sein Auto auf dem Parkplatz vor dem Sokos-Hotel *Vantaa*. Koitere fuhr an ihm vorbei und suchte sich ein Parkfeld am anderen Ende des Asphaltvorplatzes.

Koitere sah, dass der Mann in seinem Auto blieb. Ganz so, als ob er auf jemanden wartete. Die Situation schien immer vielversprechender zu werden.

Mikko Koitere nahm von seinem Auto aus Kontakt zu Korhonen und Pelli auf und teilte den Kollegen die neuen Koordinaten mit. Dann stieg er aus seinem Volvo, machte einen angemessenen Bogen um Skåplunds Karre und begab sich zum Hoteleingang. Ungeduldig, immer wieder auf die Uhr schauend, ging er unter dem Vordach hin und her, als ob er auf einen notorischen Zuspätkommer wartete.

Es dauerte nicht lange und die automatische Eingangstür des Hotels zischte auf. Ein Mann mit Halbglatze trat in einem dicken Lodenmantel auf den Vorplatz und ging geradewegs auf Kaappis Schlitten zu. Ein Ausländer, dachte Koitere für sich. Vermutlich ein Osteuropäer. Der Mann schritt zielbewusst auf den Parkplatz zu.

Koitere war sich hundertprozentig sicher, dass er den Mann

kannte. Der Name und die Nationalität fielen ihm nicht sofort ein. Aber hatte er nicht diese mürrische Visage schon mal auf einem der Elternabende in der Schule gesehen?

Der Typ trug einen braunen Aktenkoffer. Das sah nach einem Geschäft aus. Koitere traf einen schnellen Entschluss. Seine Kollegen steckten vielleicht noch einige Kilometer entfernt an irgendeiner Ampel fest. Er musste sofort eingreifen.

Koitere blickte noch einmal kurz auf seine Armbanduhr. Dann lief er mir nichts, dir nichts dem Aktenkoffermann hinterher.

Kaappi Skåplund saß hinterm Steuer und öffnete dem Mann auf der Beifahrerseite die Tür.

Der Aktenkoffermann setzte sich ächzend und versuchte die Tür zuzuziehen. Doch vergeblich, da sich Kriminaloberwachtmeister Koiteres Dienstwaffe, eine dunkle Sig Sauer, bereits in den Spalt geschoben hatte.

»Ist es okay, Jungs, wenn ihr da drinnen ganz lieb auf euren Allerwertesten sitzen bleibt, bis hier gleich zwei richtig fiese Kerle auftauchen?« Mikko Koiteres Stimme klang trügerisch sanft.

»Wer zum Teufel ist das?« Skåplund machte keine Anstalten, das Spiel war aus. Der Mann aus dem Osten wollte sich allerdings nicht so schnell geschlagen geben. Seine rechte Hand machte eine plötzliche Bewegung. Koiteres Waffe bohrte sich einen Zentimeter tief in die erblasste Wange des Mannes.

»Don't move! Take it easy, Astronaut. Sonst spazierst du in den Weltraum.«

7

»Macht den Schnaps zum Ehrenlebensmittel der Europäischen Union!«

Kurz vor Mitternacht hatte Kurzprosaist Luusalmi seinen Vortrag über Schnaps begonnen. Er forderte, dass dem Getränk endlich seine gebührende Anerkennung zuteilwerde. War es doch der Schnaps gewesen, der einst ganz Europa gerettet hatte.

Im Mittelalter waren Herden von wilden Mongolen über die südrussische Ebene gestürmt und in Massen bis zur ungarischen Puszta vorgedrungen. Der Weg nach Wien und ins übrige Europa war frei. Die edlen europäischen Ritter waren kein Hindernis mehr, ihre glänzenden Rüstungen fingen schon von hinten an zu rosten. Dann aber kam es so, dass der Khan der Mongolen, der eine schlimme Saufnase war, in Mittelasien nach einem Gelage einen Krampf bekam und starb. Es musste ein neuer Khan gewählt werden. Die Mongolenheere blieben stehen und die mongolischen Feldherren reisten zurück gen Osten, um an der Wahl teilzunehmen. So geschah es, dass das Mongolenparlament in der Steppe saß und Berichte verfasste, Ausschüsse bildete und Komitees gründete, ohne dass es jedoch etwas Sinnvolles zustande bekam. Keine Hände, keine Kekse – Europa blieb verschont.

»Dann haben wir es also diesem versoffenen Khan zu verdanken, dass unsere Jungs hier keine Schlitze in den Augen haben. Und dass wir frisches Bier trinken und keine gegorene Stutenmilch. Also Jungs, lasst uns einen drauf heben!«

Der Vorschlag erfreute sich allgemeiner Begeisterung, die noch bis in die späte Nacht hinein anhielt.

In den frühen Morgenstunden fand sich Jussi Vares am Blackjack-Tisch des Hotelrestaurants *Hamburger Börs* wieder. Zwei Promille im Blut, auf dem Tisch in vier Feldern acht gelbumrandete Jetons, also vierhundert Finnmark.

Der letzte Einsatz – die letzte Chance.

Der Croupier teilte aus. Vares bekam eine Fünf, noch eine Fünf, eine Sieben und eine Sechs. Das war's. Der Croupier gab einen Karokönig ans Haus. Es war ja nur sein Job.

Vares lachte müde, das Spiel war schon verloren, bevor es begann. Die große, schwarzhaarige Frau neben ihm hatte ein Pikass in der Hand. Bei der nächsten Runde bekam sie eine Zehn und strich den Pott ein.

Vares torkelte davon, ohne Geld. Er konnte nicht einmal dem Türsteher, den er schon von früheren Besuchen her kannte, eine Münze in die Hand drücken. Die Gewinnerin schlängelte hinter ihm her und klapperte dabei mit ihrem Spielgewinn. Sie rückte

Vares fast auf die Pelle, blickte ihn wie eine Anakonda an und versuchte ihm etwas ins Ohr zu zischeln: »Ist der Junge schon mal unter einen schwarzen Laster gekommen? Probier es doch mal, du wirst es nicht bereuen. Die kältesten Touren der Stadt.«

»Danke. Mir ist ohnehin schon kalt.« Vares winkte ab.

»Was? Kein Interesse an einer richtigen Lastertour?«, fragte die Frau irritiert.

»Außerdem hab' ich nur Klasse eins und drei.«

Jussi Vares verschwand in der schneematschigen Nacht. Es kam ihm das undeutliche Bild eines schönen, blonden Pastors in den Sinn, der vielleicht gerade an der Rezeption eines Motels in Kuusamo Nachtschicht schob und in einer alten Frauenzeitschrift blätterte. Birgitta! Denkst du nie an mich? Birgitta!

Als er die Hälfte des Häuserblocks hinter sich gelassen hatte, blieb Jussi stehen, weil plötzlich Marcello Mastroianni in seinem weißen Sommeranzug an ihm vorbeisteppte. Hinter ihm folgte lautlos der schwarze Sensenmann.

An der nächsten Straßenecke begegnete er einem guten Bekannten: Kurzprosaist Luusalmi, der sich gerade zum Sockel von *Hennes & Mauritz* hinuntergebückt hatte, um sich zu übergeben.

»Na, wie geht's?«, fragte Jussi Vares.

»Prima. Kein Grund zur Klage.« Luusalmi wischte sich über den Mund und atmete schwer.

»Übrigens, ich hab gerade gesehen, wie Marcello Mastroianni im weißen Sommeranzug durch den Schneeregen gesteppt ist. So ein dunkler Sensenmann auf seinen Fersen.«

»Ach. Ich bin gerade an der Bäckerei Salonen vorbeigekommen und habe gesehen, wie der weiß bekleidete Bäcker über den Parkplatz gesteppt ist. So ein dunkler Lebkuchenmann auf seinen Fersen.«

»Alles klar. Man sieht sich.«

»Ja, okay. Und gute Nacht.«

Jussi Vares setzte mit schweren Schritten seinen Weg fort. Er konnte sich wirklich Besseres vorstellen, als unter einen schwarzen Laster zu kommen. Ach Birgitta! Schenk mir wenigstens einen kleinen Gedanken!

8

Der Donnerstagmorgen, an dem Eeva Sunila ein zweites Mal das Gefängnis Kylmäkoski besuchte, war neblig und matschig. Ein beklemmendes Gefühl verfolgte sie bis in die langen Unterrichtsstunden des Vormittags hinein. Dieser Druck im Nacken war erschöpfend und zermürbend, wie damals beim ersten Rekrutenmarsch mit vollem Gepäck auf den schwer zu begehenden Anhöhen des Porsaanharju.

Um ein Uhr Mittag schlug Eeva die Schultür hinter sich zu und eilte zu ihrem Auto. Sie spürte eine seltsame Spannung in der Magengrube. Die Nachmittagssonne kam aus ihrem Versteck und warf ihren goldenen Schein auf die halbmeterhohen Schneefelder, die sich außerhalb der Stadt ausbreiteten.

Die Welt schien nach langer Zeit mal wieder ein wenig erträglicher zu sein. Je mehr Kilometer sie mit dem Wagen hinter sich brachte, desto mehr fühlte Eeva eine innere Leichtigkeit.

Eeva Sunila! Auch wenn du eine Geschichtslehrerin von knapp über dreißig bist, unverheiratet und ohne feste Beziehung, ganz auf dich allein gestellt und aufgrund der Unverfrorenheit deines Bruders auf ewig verschuldet – so bist du doch frei wie ein Vogel! Und du bist diesem Mann, der da hinter Gittern sitzt, nicht im Geringsten etwas schuldig. Versuch, einen kühlen Kopf zu bewahren.

Don't worry be happy – and be very careful!

Antero hatte sich seit der letzten Woche irgendwie verändert. Er hatte sich rasiert und roch nach frischem Rasierwasser. Die knappen, zurückhaltenden Gesten des Mannes verrieten, dass er sich auf diesen Nachmittag mit Sorgfalt vorbereitet hatte.

Eeva erinnerte sich an die gemeinsame Italienreise vor einigen Jahren. Sie hatte der Reise, die für Anfang Juni geplant gewesen war, den ganzen Frühling erwartungsvoll entgegengefiebert.

Zu Pfingsten hatte es Antero dann vorsichtig zur Sprache gebracht. Ihm sei unvorhergesehenerweise beruflich etwas dazwischengekommen, sodass er die Reise leider absagen müsse. Wirklich traurig, aber was sollte man tun! Und Antero hatte Eeva überhaupt keine Gelegenheit zur Widerrede gegeben. Im Nachhinein hatte Eeva begriffen, dass sie sich mit der Lösung abgefunden hatte wie ein dämliches Schaf.

Antero nahm bei dem zweiten Treffen im Gefängnis sofort die Zügel in die Hand. Eeva befreite sich zwar nicht aus dem Griff seiner warmen und großen Hände, saß aber steif da, vorsichtig, in beobachtender Distanz.

Der Auftakt war niederschmetternd. Antero offenbarte, dass er an einem gut ausgewählten Ort in Helsinki dreizehn Millionen versteckt hatte.

Eeva Sunila holte Luft. Die strenge Miene, die sie hatte bewahren wollen, fiel in sich zusammen.

Antero sah Eeva tief in die Augen, strich über ihr Handgelenk und legte eine kurze Pause ein.

Schließlich lachte er und erzählte, dass der Geldpott seine kleine Reserve für schlechte Tage sei. Schon gleich zu Beginn des großen Spiels hätte er beschlossen, sich nicht mit einem Taschengeld abspeisen zu lassen. Als vorausschauender Mann hatte er vorab dafür gesorgt, dass für jeden Monat hinter Gittern ein anständiges Gehalt absprang.

Eine knisternde Spannung entstand zwischen ihnen. Der Wärter saß an seinem Tisch und blätterte im *Abendblatt*.

Antero erzählte, dass er in Helsinki einen verlässlichen Gehilfen hatte. Aber, aber … Sein Blick verfinsterte sich, sein Griff um Eevas Hand wurde fester.

Antero räusperte sich und sagte mit leiser Stimme, dass Eeva der einzige Mensch in dieser verschissenen Welt sei, der ihm helfen könne.

»Antero. Was meinst du damit?«, fragte Eeva.

»Eeva. Die Lage hat sich geändert.« Antero wandte seinen Blick nicht mehr von Eevas Augen ab. »Ich habe hier nur noch eineinhalb Jahre abzusitzen. Dann bin ich ein freier Mann und im Einklang mit der Gesellschaft. Aber es ist inzwischen so, dass diese Zeit zu lang ist. Wenn ich nicht bis Anfang August hier rauskomme, dann werde ich alles verlieren. Jeden einzelnen Penni.«

»Alles? Wieso? Jetzt verstehe ich gar nichts …«

»Also. Ich habe ein Vermögen zusammen, das bis zum Lebensende reichen würde. Alles in Finnmark, Dollar, Kronen und Pfund. Das würde auch für zwei reichen. Aber nach dem ersten August wird davon nichts mehr übrig sein. Das ist die nackte Wahrheit. In der *Helsinkier Zeitung* der letzten Woche stand alles schwarz auf weiß … Eine einzige Katastrophe. Du kannst dir sicher vorstellen, wie ich mich gefühlt habe, als ich die Nachricht las, während ich hier gerade hinter schwedischen Gardinen beim Frühstück saß.«

»Was … was ist das für ein Zeitungsartikel?«

»Es ist besser für dich, wenn ich nicht alles erzähle.«

»Und wie soll ich dir helfen?« Eeva zwang sich, ruhig zu bleiben.

»Du bist für mich ein unersetzbarer Mensch, Eeva.« Der Griff um das Handgelenk wurde noch fester. »Wenn du mir nicht hilfst, kann ich alles vergessen und mir die Sache mit dem Vermögen aus dem Kopf schlagen. Wir sind doch immerhin verlobt gewesen.«

Schließlich begann Antero, detailliert von seinen Plänen zu erzählen.

Zuerst wollte Eeva Sunila gar nicht glauben, was sie hörte. Aber eine seltsame Kraft hielt sie fest und zwang sie, den Vortrag des Mannes bis zu Ende anzuhören.

»Eeva …« Anteros Stimme wurde heiser. »Ich verstehe ja, die Sache zwischen uns ist ein für alle Mal aus. Trotzdem fühle ich für dich immer noch dasselbe wie vor drei Jahren. Ich möchte dir mehr geben als nur Geld, etwas viel Wichtigeres, vielleicht. Zeit hätten wir doch dann genug, um uns ein zweites Mal kennenzulernen. Also, ich meine, wenn wir in irgendeinem Patio auf den Bahamas sitzen. Als rüstige, lebenslustige Frührentner …«

Eeva schüttelte langsam den Kopf. In diesem Moment bereute sie sehr, dass sie überhaupt hergekommen war. Wie dumm und blind konnte ein Mensch sein.

»Antero«, Eeva räusperte sich, »du weißt sicher, was du von mir verlangst?«

»Glasklar.« Antero Kraft lehnte sich ein wenig zurück, ohne den Blick von Eevas Augen abzuwenden. »Aber stell dir doch vor, was ich dir anbiete. Die Tür zur Freiheit. Die Möglichkeit, einer Welt zu entfliehen, in der du dich nur unermüdlich für deine blöde Schule abplacken müsstest – Jahr für Jahr, immer und ewig. Und als Joch die ewige Bürgenschuld, die dein Bruder dir aufgeladen hat.«

»Jetzt verstehe ich gar nichts mehr. Es kommt mir vor, als ob ich träume.« Eeva Sunila konnte ein Lachen nicht unterdrücken.

»Eeva … Eeva, meine Gute …« Antero Krafts Griff um Eevas Hand war fest wie ein Schraubstock. »Wann kann ich eine Antwort von dir erwarten?«

»Ich … ich weiß nicht …« Eeva wurde von Panik ergriffen. Sie saß schweigend da, starrte auf die abblätternde Farbe der Tischplatte und war nicht imstande, etwas zu sagen. Sie verspürte ein Kribbeln im Nacken. War es der misstrauische Blick des Wärters? Hatte er vielleicht etwas bemerkt?

»Eeva, Anfang nächster Woche möchte ich eine Antwort von dir. Schick mir eine Karte und Grüße.« Antero Kraft nahm die Zügel wieder in die Hand.

»Such eine Tierpostkarte aus. Wenn auf deiner Karte ein Hund abgebildet ist, werde ich dich nicht weiter belästigen. Wenn aber auf der Karte das Foto einer Katze abgebildet ist, dann wird sich unser beider Leben verändern. Also, Katze oder Hund. Du hast die Wahl.«

Als Eeva nach Tampere zurückkam, war es schon fast dunkel. Auf dem Parkplatz der Einkaufspassage Koskikeskus fand sie ein freies Parkfeld. Eeva stieg aus und begab sich ins warme Innere des Einkaufszentrums. Sie ließ sich eine Weile ziellos in der Menge treiben und wäre einige Male beinahe mit eiligen Passanten zusammengestoßen.

Dann bemerkte Eeva, dass sie bereits vor dem Postkartenständer eines Schreibwarengeschäftes stand. Sie brauchte nicht lange zu suchen.

Eeva Sunila nahm eine Karte und betrat wie eine Schlafwandlerin den Laden. Hinter dem Ladentisch stand ein pickeliger Lulatsch.

»Die Karte also. Danke. Ja, so Karten mit Motiven aus Comics sind im Moment total beliebt. Also Garfield, Snoopy und so.«

»Ach. Ist die Karte auch aus einem Comic?«

»Nicht möglich. Den kennen Sie nicht? Das ist doch Fritz, der coole Kater. Eine amerikanische Comicfigur, ziemlich berühmt. Keine schlechte Wahl. Ist echt ein harter Bursche, dieser Teufelskater«, lachte der junge Verkäufer. »Darf es noch was für Sie sein?«

»Danke, nein. Oder doch.« Eeva blinzelte mit den Augen. »Eine Briefmarke noch dazu.«

9

Hauptmann Petri Jakonen war Jussi Vares gut bekannt. Vor rund zwanzig Jahren hatten sie mehrere Monate lang gemeinsam gedient. Ihren Wehrdienst hatten sie in der Brigade von Pori begonnen, wo sie lernten, sich kriechend voranzubewegen. Nach der Unteroffiziersschule hatten sie das gleiche in Hamina noch einmal wiederholen müssen: in der zweiten Kompanie der Reserveoffiziersschule, der Stoßtruppkompanie. Ihre Probezeit verbrachten sie in unterschiedlichen Truppenabteilungen.

Nach der Armeezeit hatte Petri Jakonen die Kadettenschule besucht und sich ganz seiner soldatischen Karriere gewidmet. Jussi Vares dagegen hatte versucht, sich durch sein Studium der Rechtswissenschaften zu boxen. Mit wenig Erfolg.

Zwei Jahrzehnte waren seitdem fast unbemerkt vorübergezogen. Petri Jakonen war zum Hauptmann aufgestiegen und diente jetzt im Führungsstab des Luftabwehrregiments Turku. Obwohl sie aus derselben Stadt kamen, hatten sich die beiden Männer nach ihrer gemeinsamen Armeezeit nicht mehr getroffen, nicht einmal zufällig. Erst vor zwei Jahren waren sie bei einer Reserveübung wieder aufeinandergestoßen, in der gewohnten Umgebung auf dem Truppenübungsplatz der Brigade Pori bei Säkylä.

Jussi Vares hatte einen Feldjägerzug der zweiten Kompanie des in Aura stationierten blauen Regiments angeführt. Petri Jakonen war als Manöverbeobachter vor Ort gewesen. Zu Ende des Manövers hatte Hauptmann Jakonen Jussi Vares aus der Gefangenschaft zurück zur eigenen Kompanie begleitet.

Auch wenn seit dem letzten Zusammentreffen schon zwei Jahre vergangen waren, erkannte Jussi Vares sofort beim Betreten des *Olavin Krouvi* den großen Mann, der ziemlich betrunken am Fenstertisch herumwankte. Die Tradition verbot es einem finnischen Mann, an einem ehemaligen Armeekameraden vorbeizugehen, ohne sich bei diesem – mit möglichst forscher Stimme – zu melden.

Jussi Vares schaute kurz am Tresen vorbei, grüßte Viborgs letzten Gigolo, der an seinem Stammplatz saß, und bestellte beim Langen Juuso ein Bier. Daraufhin begab er sich zu dem Tisch, an dem Petri Jakonen stand. Die Männer begrüßten sich mit Handschlag und stießen ihre Gläser kräftig aneinander.

Es kam natürlich eine bleihaltige Diskussion auf. Unmengen von Bier flossen die Kehlen hinunter, als man sich an die mit goldenem Glanz verklärte Armeezeit zurückerinnerte: an den Burschen aus Ostbottnien, der sich jeden Abend zum selben Glockenschlag einen gerieben hatte. An diesen Dämlack, der ständig seinen Krempel verlor und dann versuchte, sich das Zeug von anderen zu klauen. Und an den Hauptmann, der stockbesoffen mehrere Stunden zu spät zur Alarmübung kam und dann den Rest des Tages wie ein an Bakterienruhr erkrankter Cholerapatient in den Schutzbereich kotzte.

»Eine Sache hat mich damals da auf dem Landrücken ein wenig beunruhigt. Ich meine den Fall mit dieser blond gelockten Unteroffizierin«, sagte Petri Jakonen.

»Ja, ich erinnere mich. Da gab es ein paar peinliche Details. Ich bin damals sogar vors Kriegsgericht gestellt worden. Falls du dich noch erinnerst …« Vares kratzte sich am Ohr und sah ein wenig beschämt aus.

»Doch, doch, ich erinnere mich. Also wie ist es ihm dann ergangen? Dem alten Kämpfer Vares.«

»Ach, hör auf. Unsere Kompanie hatte sich gerade zur Verteidigung aufgestellt. Wir sind kaum zum Schlafen gekommen. Und als ich mal zwischendurch aufgewacht bin und mich ein wenig erleichtern wollte, haben sie mich geschnappt, auf frischer Tat ertappt sozusagen. Also, diese blonde Unteroffizierin und ihre milchgesichtigen kleinen Unteroffiziersschüler.«

»Hehe, Vares.« Hauptmann Jakonen lachte süßlich. »Von einer Frau haste dich gefangen nehmen lassen …«

»Ja, genauso war's. Aber ganz so selten kommt das ja nun auch nicht vor«, erwiderte Vares. »Im Zivilleben ist das doch ganz gewöhnlich. Wie man sieht, ist der Herr Hauptmann auch in die Falle gegangen.« Jussi Vares warf einen vielsagenden Blick auf den glänzenden Ring an Petri Jakonens Ringfinger.

Jakonens Gesicht nahm seltsame Züge an. Jussi beschlich ein unbehagliches Gefühl. Die Situation wurde von Viborgs letztem Gigolo unterbrochen, der am Tresen seinen Fernet Mint trank und sich wie so oft ins Gespräch anderer einmischte.

»Ich war nur einmal verlobt, und auch nur deshalb, weil ich jung und naiv war. Bin grad mal achtzehn Jahre alt gewesen. Wäre sicher schlimm ausgegangen, die Sache, wenn mir die Kumpels nicht zu Hilfe gekommen wären …« Der Gigolo strich sich über sein welliges graues Haar und starrte mit zusammengekniffenen Augen in die Ferne, vielleicht weit fort zur Bucht Salakkalahti bei Viborg.

»Na, erzähl ruhig, Gigolo. Wir sind ganz Ohr.« Vares gab sich geschlagen.

»Glück im Unglück war's, dass die Verwandten aus Kivennapa Rote Bete geschickt hatten. Mutter hatte sie eingemacht, und ich hab dann so viel davon verdrückt, dass die Pisse ganz rot wurde. Hab mich natürlich fürchterlich erschrocken. Die bösen Buben aus der Nachbarschaft, der Vilkku und der Topi, rieten mir, dass ich mein Teil mit Teer bestreichen solle, damit sich die Haut nicht ganz und gar ablösen würde. Nun stellt euch vor, als diese Liisamaija den lustigen schwarzen Dödel sah. Da gab es für mich keine andere Möglichkeit mehr, als über den Dachspeicher des Stalls das Weite zu suchen. Und der Ring flog gleich hinterher – mitten in den Misthaufen. Auch wenn ich den ganzen Tag drin herumgewühlt habe, das Alpakasilber war nicht mehr zu finden. So endete sie also, die erste und einzige Verlobung meines Lebens …«

»Hartes Los«, bestätigte Jussi Vares.

»Ach Unsinn. Ich habe oft gedacht, dass ich mich bei Vilkku und Topi noch mal richtig mit Handschlag bedanken sollte. Aber Vilkku ist dann im Krieg auf 'ne Mine getreten. Und Topi ist kurz drauf in der Abwehrschlacht von Tali-Ihantala gefallen. Nach einem schweren Gefecht war von dem Kerl nichts mehr übrig. Nur noch sein linker Stiefel wurde gefunden. Der soll noch so warm gewesen sein wie ein frisches Brot …«

»Wie war übrigens der Name dieser blonden Unteroffizierin. Hast du dir die Daten gemerkt?«, setzte Jakonen fort.

»Der Name des Fräuleins will mir nicht mehr einfallen. Aber sie war von der gelben Truppe. Nur noch als Gelbe kommt sie mir in den Sinn«, lachte Vares.

»Nun, aber was ist denn damals überhaupt passiert? Irgendein Getümmel auf der Seite der Gelben? Haste etwa die kleine Futt der Unteroffizierin aus den Fängen eines aufdringlichen Halbverrückten gerettet?«

»Nee, ganz so war es nicht. Obwohl es bei den Gelben so einen Typen aus Helsinki gab, einen Feldjäger, der bei zwischenmenschlichen Geschichten der Meinung einer Frau und dem finnischen Grundgesetz nur wenig Wert beimaß. Erstere war für ihn nur Horoskopkram, letzteres ließ sich seiner Meinung nach nur beim Ficken als Stütze unterm Arsch verwenden.«

»Jetzt mach mal nicht so auf bescheiden. Ich habe doch damals auch einen Bericht darüber bekommen. Die Sache wäre die Militärpolizei ziemlich teuer zu stehen gekommen, hätte das Fräulein Unteroffizier die Angelegenheit nicht auf sich beruhen lassen.«

»Davon weiß ich nichts, ich durfte damals im Austausch zu den Blauen zurückkehren, du warst doch selbst als Begleiter dabei. Statt warmer Zeltunterbringung und gemütlicher Feuerwachen wieder in die Büsche kotzen und ständig auf Kommando herumgeschickt werden.«

»Eine Sache beschäftigt mich heute noch.« Hauptmann Jakonen sah Vares fragend an. »Wie ist die Sache mit der Unteroffizierin denn eigentlich ausgegangen? Ich meine, nachdem wieder Frieden war und die Waffen zum Schweigen gekommen waren?«

»Wir hatten ein Date an der *Kesoil*-Tanke von Säkylä abgemacht. An dem Tag, als das Manöver zu Ende war, um sechs Uhr. Ich hatte Kaffee getrunken und ein Stück Krapfen gegessen. Vielleicht musste sie ja in die Unteroffiziersschule und ihre Schüler beaufsichtigen, ob die auch brav das gebrauchte Kriegsgerät sauber schrubbten.« Vares zuckte mit den Schultern.

»So ist das Leben«, seufzte Jakonen. »Auf den Feind kann man sich nie verlassen. Erst recht nicht, wenn er weiblich ist.«

Die Gläser waren leer. Vares ging zur Theke, um Nachschub zu holen.

Er brachte für Hauptmann Jakonen ein Bock und einen Lakritzschnaps und für sich selbst ein normales Bier mit. Als Vares wieder am Tisch Platz nahm, schien sein Freund mit einem neuen Gedanken beschäftigt zu sein.

»Hmm, Vares ...« Hauptmann Jakonen hüstelte in seine Faust. »Du hältst dich immer noch mit diesen Privatdetektivjobs über Wasser, wie ich verstanden habe ...?«

»Kann man so sagen.«

Petri Jakonen lachte und kippte den Lakritzschnaps in einem Zug hinunter.

»Ich bin nicht ganz sicher, aber ich habe den Verdacht, dass meine Frau fremdgeht.«

Vares holte tief Luft. Auf einen Schlag wurde die Situation unbequem. Die Erinnerungen von Armeekameraden liefen in der Regel immer nach dem gleichen Drehbuch ab. Jetzt aber schien eine falsche Seite zwischen die Blätter geraten zu sein.

»Kirsti und ich sind schon seit unserer Kindheit zusammen, und verheiratet sind wir seit beinahe zwanzig Jahren. Der Junge ist schon in die Welt ausgeflogen. Jukka-Pekka ist jetzt bei der Armee und wird bald sein Studium beginnen. Hat schon einen Studienplatz an der Fachhochschule für Technik in Lappeenranta. Der Gute hat uns überhaupt keine Sorgen bereitet. Sein Leben ist immer auf der rechten Bahn geblieben.«

»Hmm, na gut. Aber was bringt dich zu dem Verdacht, dass Kirsti in der Stadt herumturtelt?«

»Wir haben schon seit zwei Monaten nicht mehr miteinander geschlafen. Sie verhält sich auch sonst ganz komisch. Das spürt man doch, wenn etwas nicht in Ordnung ist. Irgendwie geht sie in der letzten Zeit immer häufiger abends aus. Zum Aerobic, ins Fitnesscenter, was auch immer. Und dann immer wieder diese abendlichen Treffen mit ihren Kolleginnen.«

»Hast du versucht, mit ihr darüber zu reden?«

»Wie denn? Soll ich etwa meine eigene Frau fragen, ob sie in der letzten Zeit fremdgegangen ist?«, fragte der Hauptmann mit bitterem Unterton.

»Zwanzig Jahre verheiratet. Das ist eine lange Zeit.« Jussi Vares drehte das Bierglas in der Hand. »Da ist es oft unvermeidlich, dass man sich auseinanderlebt. Selbst hab ich damit keine Erfahrung.«

»Klar, dass das Zusammenleben auf lange Sicht kein ewiges Abenteuer bleibt. Und auch keine rosarote Idylle. Man wird einfach nur gemeinsam alt und stellt die Partnerschaft eher auf eine kameradschaftliche Basis. Lebensgefährte. Das ist ein verdammt gutes Wort. Ein leidenschaftlicher Liebhaber ist man für jemanden nur für eine bestimmte Zeit. Ein Lebensgefährte kann man aber bis ins Grab sein. Zumindest sollte man es sein.«

Jakonen starrte finster vor sich hin.

»Irgendwie will ich die Sache jetzt klären. Und da fiel mir ein, dass du Privatdetektiv bist ...«

»Schade.« Jussi Vares rückte unruhig auf seinem Stuhl herum. »Ich hab bisher grundsätzlich zu vermeiden versucht, bei solchen Geschichten meine Freunde als Kunden zu nehmen. Aus Erfahrung weiß ich, dass man dabei in eine ziemlich unangenehme Vermittlerrolle geraten kann.«

Jussi Vares überlegte eine Weile, holte aus seiner Tasche eine Visitenkarte hervor und reichte sie über den Tisch.

»Aber du kannst mich immer anrufen, wenn es nötig ist. Einen Kumpel lässt man nicht im Stich.«

»Danke. Nett von dir. Danke schön.« Hauptmann Petri Jakonen spülte den Rest des Biers hinunter, schaute auf die Uhr und fasste einen Entschluss. »War nett, dich getroffen zu haben. Gute Nacht.«

»Dir auch eine gute Nacht. Halt die Ohren steif.«

Hauptmann Jakonen verließ die Kneipe und verschwand im Dunkel der Winternacht.

Vares hatte plötzlich das Gefühl, dass es besser wäre, wenn er diesen Mann nie wieder treffen würde.

10

Mikko Koitere hatte einen ziemlich geschäftigen Tag hinter sich. Am Morgen die Unterredung mit dem Drogenstaatsanwalt. Danach einige Stunden intensive Papierarbeit, Tippen von verspäteten Wochenberichten. Zwischendurch hatte er kurz einige Polizeispitzel angerufen. Und nach der Mittagspause war die rund zweistündige Lagebesprechung der Abteilung Berufs- und Gewohnheitsverbrechen unter der Leitung von Kriminalkommissar Bergström gewesen.

Nach der Besprechung war Koitere schon bereit, den Staub des Polizeigebäudes von sich abzuschütteln. Gegen zwei meldete Mikko Koitere dem Diensthabenden, dass er jetzt gehen würde, um »Ratten zu hüten«, und fuhr mit dem Aufzug zur Tiefgarage hinab.

Auf der Mannerheimintie, unmittelbar am Parlamentsgebäude, tauchte auf der Nachbarspur neben Mikko Koiteres bräunlichem alten Volvo ein feuerroter Mercedes 500 auf. Koitere erkannte das Fahrzeug gleich. Von diesen Wagen gab es in der ganzen Stadt nur einige wenige.

Koiteres Volvo glitt auf gleiche Höhe. Am Steuer des Mercedes saß Karl Erik Miesmann persönlich. Die große Nase, die verknöcherten Wangen und das Kinn verrieten über den Charakter des Mannes mehr als die Gutachten von zehn Psychologen.

Auf der Hinterbank des dicken Mercedes saß ein östlich aussehender Anzugmann. Dicke Wangen, steifer Nacken und auf dem

Kopf eine schweineteure Zobelfellmütze direkt aus dem Moskauer Arbat-Viertel. Der Mann war gerade so alt, dass weder der Fall des Kommunismus noch der enorme Reichtumszuwachs des Landes seine urrussischen Einstellungen hatten verändern können.

Neben Karl Miesmann, auf dem Beifahrersitz, ruhte sich eine Frau auf ihrem werten Hinterteil aus. Natürlich eine von der besser aussehenden Sorte. Koitere wusste, dass Miesmann von solchen Leckerbissen noch mehr besaß, mehr sogar als Autos.

Das Seitenfenster von Miesmanns Wagen glitt langsam hinunter. Von der Straße wurde fester Eisschnee aufgewirbelt, der ins Innere des mit einer Klimaanlage ausgestatteten deutschen Wunders zu dringen versuchte.

Koitere wandte ein wenig den Kopf zur Seite. Sein Blick traf Miesmanns Augen. Nur der Anflug eines Nickens war zu erkennen. Koitere erwiderte den Gruß, indem er sich leicht über den Nasenflügel strich.

Die Ampel schaltete um. Die Fahrspur des feuerroten Mercedes war griffiger, wie auch sonst die Wege von Geldmännern griffiger waren als die eines gewöhnlichen Menschen. Während er aus dem Zentrum hinausfuhr, erinnerte sich Koitere an jenen Abend im Hotel *Hesperia*, als er zum ersten Mal in Miesmanns Gesellschaft geraten war. Und an das Mädel aus Nowgorod, das wirklich ein Traum gewesen war.

Später hatte Mikko Koitere natürlich verstanden, dass die ganze Begegnung ein von Anfang an professionell eingefädeltes »Kennenlernangebot« gewesen war. Die Kreise waren doch zu klein. Und Gerüchte gingen in der Welt der Pornoläden und Huren schnell herum. Karl Miesmann war von irgendjemandem auf den Kripomann aufmerksam gemacht worden, der ein wenig zu sehr den süßen Leckerbissen der Welt zugeneigt war und noch dazu aus den Reihen der BUG stammte.

Koitere hegte sogar den Verdacht, dass der Hinweisgeber einer seiner eigenen Polizeispitzel gewesen war. Eine Reihe von windigen Typen hatten ihm daraufhin im Laufe der Jahre entweder ihre Mutter oder ihre Tochter zur Verfügung gestellt.

Die Nacht in der von Miesmann gebuchten Suite war jedoch

in jeder Hinsicht ein unvergessliches Erlebnis gewesen. Gleich in der darauf folgenden Woche hatte Mikko Koitere dem Gastgeber des Abends ein kleines Infopaket über ein laufendes Ermittlungsverfahren zukommen lassen. Gegen eine großzügige Vergütung natürlich. Die Schwelle war überschritten, die Tür hinter ihm schloss sich.

Seitdem waren beide Beteiligten mit der Geschäftsbeziehung zufrieden gewesen. Karl E. Miesmann nahm hin und wieder Kontakt zu Koitere auf. Und er bezahlte gut.

In einer entscheidenden Nacht hatten sich Koitere die Augen geöffnet und es war ihm klar geworden, dass unsere Welt in Wirklichkeit ein trügerischer Ort voller leerer Worte war.

Eigentlich war es ein Zeichen purer Weisheit, wenn sich diese Erkenntnis einstellte, bevor man mit Sechzig als kranker und ausgedienter Polizist vor seinem Vorgesetzten einen Bückling machte und mit zitternder Hand die mit Blut und Schweiß verdiente und mit einer Dreißig-Euro-Gravur versehene Hundert-Euro-Timex entgegennahm.

Koitere parkte seinen Wagen einige hundert Meter von Manteres Drogenbüro entfernt. Er blieb rund zehn Minuten in seinem Wagen sitzen, um die Umgebung zu inspizieren. Nichts Verdächtiges in der Nähe. Typisches Vorortleben.

Die Route war klar. Und der Zeitpunkt offenbar günstig. Mikko Koitere schlich durch die Innenhöfe von Pitäjämäki in das Giebeltreppenhaus eines dreistöckigen, aus sechzig Apartments bestehenden Betonwohnblocks. Er stieg flink die Treppen hinauf und klingelte im obersten Stockwerk an einer Tür.

Mantere öffnete. Er trug einen nagelneuen Zweireiher, ein italienisches Designermodell, sowie Schuhe von Bally, die ebenso gut in dieses Milieu passten wie ein Keramikwhirlpool in den Slum von Kalkutta.

Mantere, der ursprünglich aus Turku kam, war ein ehemaliger Student der Fachhochschule Technik oder besser ein ewiger FHler. Denn Mantere heckte immer noch Studentenstreiche aus, und zwar ganztägig, indem er die heranwachsende Jugend der Hauptstadtregion zerstörte und vergiftete. Mikko Koitere hielt Mantere für ein ganz mieses Ekelpaket. Verglichen mit Tex Willer allerdings war Mantere ein wirklich erstklassiger und sympathischer Typ.

Tex Willer saß im Wohnzimmer auf dem Sofa, das Haar wie immer geölt. Tex war der einzige Sohn eines Autohändlers aus Tuusula. Der Vater hatte schon in den Sechzigerjahren Konkurs gemacht, und was den Sohn betraf, war es kaum zu erwarten gewesen, dass für die nächste Generation eine Verbesserung hätte eintreten sollen. Der alte Herr hatte Tex Willer vor zehn Jahren als Austauschschüler nach Dallas, Texas, geschickt. Und im Goldenen Westen war dann Tex' sowieso schon äußerst schlechtes Erbmaterial gegen jegliche Tätigkeit, die mit ehrlicher Arbeit zu tun hatte, für alle Zeiten geimpft worden.

Mantere und Tex Willer waren Engroshändler für polnisches Amphetamin – in erster Linie versorgten sie den Halbinselbereich von Helsinki. Mikko Koitere hätte am liebsten mit keinem der beiden Gentlemen etwas zu tun gehabt. Doch Geschäft war Geschäft. Als vorausblickender Mann durfte man nicht allzu zimperlich sein. Koiteres Rechnung an der Frischfleischtheke belief sich monatlich auf annähernd zehntausend Finnmark. Unter einem Tausender lief bei Spitzenhuren überhaupt nichts.

Und irgendwo musste man sich das Geld ja schließlich beschaffen.

Das Gute an diesem gemeinsamen Deal zwischen Gangstern und Polizei war, dass man für die Geschäftspartner keine kameradschaftlichen Saunaabende oder albernen Weihnachtsfeiern veranstalten musste. Das Geschäft war bloß ein Geschäft.

»Na, Herr Polizist. So setze er sich doch …« Tex Willer winkte lässig mit der Hand. Seine Finger waren voll von Metall und Steinen.

»Ich stehe lieber. Werde nicht lange bleiben.«

»Aha, der Herr Polizist bleibt nicht zum Kaffee«, lachte Tex Willer. »Na dann. Also, wir haben bereits zu unserem Bedauern gehört …« Mantere konnte sich ein kleines Lächeln nicht verkneifen. »Dass unser Freund Aimo Skåplund unter erschwerenden Umständen festgenommen wurde. Hartes Spiel, dieses Unternehmerleben. Da tust du dein Bestes und wagst einen hohen Einsatz. Und dann so was.«

»Das stimmt.« Mikko Koitere versuchte seine bitteren Gefühle zu verbergen. »Der Hinweis, den ihr uns gegeben hattet, hat sich zweifellos bestätigt. Dann habt ihr ja jetzt einen Konkurrenten weniger.«

»Aimo war zu einem lästigen Störfaktor in der Szene geworden. Hat den Stoff unter Marktpreis verkauft. So was kommt nicht gut an. Man sollte zuerst einige Gesetzmäßigkeiten des Business verstehen, bevor man loszieht und Scheiße baut. Aber jetzt hat der Dummkopf ja einige Jahre Zeit für ein entsprechendes Aufbaustudium.«

»Wie viel habt ihr denn beschlagnahmt?« Tex Willer musterte seine Fingernägel.

»Der Lastesel war mit anderthalb Kilo Amphetamin beladen«, antwortete Koitere kurz.

»Und es war Mazurka?«

»Genau.«

Mantere pfiff leise. Tex Willer begnügte sich mit einem Lächeln. Ob dieser elende Bandwurm wohl Lippenbalsam verwendete?

»Na prima. Übrigens haben wir da im Schlafzimmer die Katrin. Ein richtig angenehmes Mädel. Aber ihr Tagesrhythmus scheint ein wenig durcheinandergeraten zu sein. Hat mal wieder bis spät in die Nacht gefeiert. Die jungen Dinger von heute sind halt so. Ein bisschen wild.«

Mantere lachte laut auf und blickte vielsagend in Tex Willers Richtung. Tex antwortete mit einem müden und gelangweilten Schnauben.

»Die tragen gar keine Nachtwäsche mehr. Ziehen einfach einen Lederdress an und ratzen am helllichten Tage. Willst du mal sehen?«

Mikko Koitere versuchte sich zu beherrschen. Diese Arschlöcher gingen wirklich zu weit. Was zum Teufel bildeten die sich eigentlich ein? Dass er ins Schlafzimmer ging und ein minderjähriges Drogenflittchen ficken würde. Als Naturalzulage sozusagen!

»Der Umschlag reicht mir schon. Außerdem wird es Zeit.« Mikko Koitere blickte auf die Uhr.

»Alles klar. Du hast es verdient. Hast den Job vorbildlich erledigt. Aber jetzt Schluss mit der Lobhudelei. Sicher haben die Vorgesetzten dem Herrn Meisterdetektiv schon ihren Dank abgestattet.« Mantere zog einen weißen Briefumschlag aus der Brusttasche und schob ihn über den Tisch.

»Danke.« Mikko Koitere stand auf, um zu gehen.

Erst im Aufzug hatte Koitere das Gefühl, dass er wieder atmen konnte. Er zählte schnell das Geld. Es war die Summe, die sie vereinbart hatten. Auf den Hunderter genau.

Heute Abend könnte er mit Jaakko im Louisville-Katalog für Eishockeybedarf stöbern. Und später würde er mit Pirkko eine oder sogar zwei Flaschen von einem guten Wein aufmachen.

11

Eines Morgens im April fand Eeva unter der Tageszeitung einen kleinen, braunen Briefumschlag. Auf dem Umschlag stand EEVA, mit der Maschine geschrieben.

Eeva öffnete aufgeregt das Kuvert. Aus dem Umschlag fiel der Schlüssel eines Bahnhofsschließfachs sowie eine maschinengeschriebene Nachricht, in der Eeva aufgefordert wurde, wie verabredet die »Eisensendung« abzuholen, und zwar umgehend, möglichst noch im Laufe des Vormittags. Mehr wurde nicht mitgeteilt.

Eeva zerriss den Zettel, warf die Schnipsel ins Klo und spülte sie fort. Sie verspürte Angst und zugleich Neugier. Endlich geschah etwas.

Zuerst musste sie Liisa anrufen. Sie würden es auch noch am Mittag beim Lunch schaffen, das Programm für den Tanz in den Mai zu besprechen.

Ein Energiestoß schoss Eeva Sunila durch die Adern wie ein anschwellender Strom im Frühling. Sie nahm den Bescheid der

Rechtsabteilung der Bank vom Flurtisch. Wie aus dem Brief hervorging, würde die Bank in Kürze rechtliche Schritte gegen die Bürgin einleiten.

Eeva trug den Brief wie einen Rattenkadaver in die Toilette, ließ ihn ins Waschbecken fallen und setzte ihn, als würde sie ein Ritual vollziehen, mit einem Plastikfeuerzeug in Brand.

Eeva schaute feierlich zu, wie sich der braune Umschlag in weiße Asche verwandelte. Da habt ihr eure rechtlichen Schritte!

Ein schneidender Nordwind pfiff über den dunkelgrauen Bergrücken am Näsjärvi-See und verfing sich mit seinen eisigen Krallen im Steppfutter der hellen Popelinjacke.

Eeva stieg vor ihrem Haus in ihr Auto und ordnete sich in den Verkehr ein. Schon nach zehn Minuten war sie in der Hämeenkatu. Die Parkplätze am Bahnhof schienen besetzt zu sein. Verdammt noch mal! Immer dann, wenn man wirklich einen Platz brauchte!

Eeva stellte ihren Wagen eiskalt im Halteverbot ab. Sie wich zwei Studenten im Overall aus, die zum 1. Mai eine Bierzeitung verteilten, und eilte zur Gepäckaufbewahrung. Das richtige Schließfach fand sich sofort. Eeva atmete erleichtert auf und steckte den Schlüssel in das Schloss. KLICK! Es öffnete sich.

Das Fach enthielt ein in Packpapier gewickeltes, mit Malerband umklebtes Paket. Eeva blickte sich noch einmal um, bevor sie es in die Hand nahm. Das Paket war für seine Größe überraschend schwer. Sie klemmte es sich unter den Arm und ging.

Ein Polizeiauto stand direkt hinter ihrem Wagen. Eeva wurde von Panik ergriffen; sie hatte den unwiderstehlichen Drang wegzulaufen. Mit äußerster Anstrengung gelang es ihr, sich zu beherrschen. Schließlich näherte sie sich dem stattlichen Polizisten, der neben ihrem Auto stand.

»Ist das Ihr Wagen?«, vergewisserte er sich.

»Ja. Das ist meiner. Hab' wohl ein wenig zu nah am Parkverbotsschild gehalten …« Eeva setzte ein Lächeln auf.

»Kann man wohl sagen. Na, Sie haben Glück, dass ich noch nicht den Kugelschreiber gezückt hatte.« Der Polizist tippte mit einem Lächeln auf seine Brusttasche. »Seien Sie in Zukunft ein bisschen genauer! Ein schönes Wochenende!«

»Danke, Ihnen auch!«

Eeva ließ sich mit weichen Knien in den Fahrersitz fallen. Ihr Herz schlug wie wild, das Blut rauschte in den Adern. Sie erinnerte sich an einen eisigen Wintertag, der drei Jahre zurücklag. Es war beim ersten Scharfschießen …

Rekrutin Sunila hatte auf einer verschneiten Böschung stillgestanden und auf den RÜHRT-EUCH-Befehl des diensthabenden Offiziers gewartet. Mit roter Nase, das Gesicht fast erfroren, und einer Fellmütze, die ein wenig schief saß. Und dann hatte der Oberleutnant mit seiner versteinerten Miene die einzelnen Treffer auf der Pappzielscheibe gezählt.

»NEUN, ZEHN, ZEHN, DIE NEUN, DIE ACHT, ZEHN, ZEHN …«

Es war schneidend kalt gewesen, aber Eeva würde gewiss nie das warme Gefühl vergessen, das sich beim Zählen der Treffer in ihrem Inneren ausgebreitet hatte. Ein hervorragendes Schießergebnis.

Als sie die Tammerkoski-Brücke erreichte, musste sie schlucken. Tief aus ihrem Inneren drang eine Welle der Rührung. Endlich hatte sich Eeva Sunila durchgerungen, den entscheidenden Schritt zu tun: Danach gäbe es keine Gelegenheit mehr, Angst zu haben. Die Zeit der Gespräche und Pläne war vorüber.

An der Ampel musste Eeva einen Blick auf das braune Paket werfen, das auf dem Beifahrersitz lag, als ob sie sichergehen wollte, dass es wirklich dort war. Im Fußraum lagen einige exotische englischsprachige Reiseprospekte, auf die vor ein paar Wochen auch Liisa aufmerksam geworden war.

»Was sind denn das für Prospekte? Hast du im Lotto gewonnen und deiner besten Freundin kein Sterbenswörtchen davon erzählt, du dumme Kuh!«, hatte Liisa ausgerufen.

»Wohl kaum. Nur die Tagträume einer armen Kirchenmaus«, hatte Eeva die ganze Sache mit einem Lachen abgetan. »Ach was. Ich habe einen reichen Mann gefunden. Er hat ein großes Landhaus mit Pferden. Einen italienischen Sportwagen. Außerdem

Anteile an einem Weingut in der Provence. Und er spielt wunderbar Klavier, ist ein guter Zuhörer und drückt die Zahnpastatube nie von der Mitte her aus. Hält 'ne ganze Stunde lang durch, aber schwitzt nie dabei. Und die zukünftige Schwiegermutter hat gerade noch rechtzeitig das Zeitliche gesegnet …«

12

»Die finnische Sprache gehört der Vergangenheit an. Hol's der Teufel. Und man kann nichts dagegen machen.« Kurzprosaist Luusalmi saß mit zerknirschtem Gesicht an einer Ecke des Tresens in der *Neuen Apotheke* und blätterte in einer Illustrierten.

»Ist doch ganz egal, du armer Schreiberling.« Meister Strich, ein auf Abwege geratener Grafiker, kannte keine Gnade. »Wer wird sich in Zukunft aus diesen aussterbenden Sprachen der Peripherie noch etwas machen. Die Welt der Zukunft wird vom Englischen beherrscht. Und natürlich vom Bild. Wir wechseln über in das Jahrtausend des Bildes …«

»Den Tod der finnischen Sprache wird man noch einmal zutiefst bedauern.« Luusalmi sprach zu Vares, als ob Meister Strich gar nicht anwesend wäre. »Aber wenn dieser Grafiker da den Löffel abgibt, dann wird man das bestenfalls in den Hungerschlangen der Heilsarmee bemerken. Ein kleiner Verlust für die Erbsensuppenfabrik, aber einige Tausender Erleichterung für den finnischen Steuerzahler.«

»Wann hast du Sack denn selbst zum letzten Mal Steuern bezahlt!« Meister Strich riss der Geduldsfaden. Ottos warnender Blick hinter der Theke brachte ihn jedoch wieder zur Ruhe.

»Du, Luusalmi, wieso bedauerst du eigentlich so sehr das Schicksal der finnischen Sprache?«, fragte Pastor Alanen.

»Na, verflucht noch mal …« Kurzprosaist Luusalmi dämpfte die Stimme, damit Meister Strich es nicht hörte. »Ich hab gestern die Abrechnung für den Verkauf meines Buches im letzten Jahr bekommen.«

»Ach du meinst *Urbane Jurtenmusik*. Wie viel hat es eingebracht?«

»Ich werde beide Fragen auf einmal und in chronologischer Reihenfolge beantworten: Ja. Und überhaupt nichts.«

»Wieso?«

»WIESO! Die Vorschüsse, die wir damals im August anlässlich der Buchveröffentlichung versoffen haben, sind durch den bisherigen Verkauf bei Weitem nicht gedeckt worden. Ein ziemlicher Schlag für eine so kreative und sensible Seele wie mich.«

Am Tresen breitete sich drückende Stille aus. Otto warf einen fragenden Blick zu den Gästen hinüber. Der Pastor wies mit dem Finger auf sein Bierglas. Vares trank das seine aus und schob es in Richtung des einladend tröpfelnden Zapfhahns.

»Maa-ilma.« Luusalmi ließ sich das Wort auf der Zunge zergehen. »Maailma. Auf Schwedisch världen, auf Englisch world und auf Deutsch Welt. Ist doch alles Scheiße. Das sagt doch gar nichts. Alles nur klobige, germanische Klangklumpen. Hässlich wie sonst was. Aber hört euch mal das an, Jungs. Auf Finnisch! Maa-ilma. Land und Luft. Was für ein wunderbares Wort. Und darüber hinaus kristallisiert sich dabei die eigentliche Bedeutung des Wortes heraus. So schön ist unsere Sprache. Ein geniales Codesystem. Ein Kommunikationsmittel, das von den Skolten, den Streitaxtvölkern, den Ugriern aus dem Osten und von ein paar anderen tapferen Volkssplittern, denen die eisige Kälte nichts anhaben konnte, bis zur Vollkommenheit entwickelt wurde.«

»Na, dann gibt es ja wenigstens etwas Schönes in diesem dunklen und matschigen Land. Die Sprache«, brummte Vares.

»Vares zieht mal wieder eine Schnute wie ein Breitmaulfrosch, der auf einen Storch trifft«, lachte Luusalmi. »Läuft schon seit Wochen trübsinnig durch die Gegend. Was ist los? Wenn du mir ein Bier ausgibst, spiel ich 'ne Viertelstunde lang Kummerkastentante für dich.«

»Nee, ich hab doch gar nichts. Muss man denn immer den Smiley machen, ganz ohne Grund? Das bringt doch nichts.«

»Frühlingsdepression. Eindeutig, Vares. Wann haste eigentlich zum letzten Mal 'ne Frau gehabt?«

»Was geht euch das an! Ich könnte ja auch mal 'n paar Fragen stellen. Zum Beispiel, ob die Salbe, die du dir damals besorgt hast, gegen deine Hämorrhoiden geholfen hat, Luusalmi?

»Zeig uns mal, Jussi, dass du noch der Alte bist. Mach einfach die erste Frau an, die da durch die Tür reinkommt. Lass doch mal wieder deinen männlichen Charme spielen. Als Therapie sozusagen, nur um dir was Gutes zu tun.«

»Bin ich denn euer Clown?« Jussi Vares trank sein Glas leer und blickte den Pastor und Luusalmi herausfordernd an. »Na gut. Hauptsache ihr habt Spaß. Also abgemacht. Ich werde mich an das erste Weibstück ranmachen, das da zur Tür hereink …«

Die Tür öffnete sich und eine unbekannte Frau steuerte direkt auf den Tresen zu.

Die von Zigarettenrauch durchtränkte Luft der *Neuen Apotheke* wurde von dem schneidenden Wind zerrissen, der aus der frühlingshaften Straßenschlucht hereinwehte. Jussi Vares erstarrte. Luusalmi hüstelte vielsagend. Pastor Alanen suchte vorerst das Weite.

Die Frau stellte sich neben Jussi Vares an die Theke, öffnete ihre kleine schwarze Handtasche und holte ein Lederportemonnaie heraus. Dann erkundigte sie sich bei Otto, welche trockenen Weißweine auf der Karte standen.

»Der geht auf meine Rechnung. Anlässlich Ihres Geburtstags.« Vares zauberte ein Lächeln auf sein Gesicht und wandte sich der Frau zu. Er sah zwei große Augen, ein von dunklem Haar umrahmtes ovales Gesicht und üppige Lippen, auf denen nur eine Spur von rotem Lippenstift lag.

»Danke schön. Woher wissen Sie, dass ich Geburtstag habe?«, fragte die Frau überrascht.

»Das wusste ich gar nicht. Aber in Ihrer Handtasche lag zuoberst eine Glückwunschkarte. Vielleicht haben Sie ja auch nur Namenstag heute.« Die Frau blickte Vares jetzt ein wenig länger an als zuvor. Ein Schmunzeln huschte über ihr Gesicht.

»Das Angebot mit dem Wein nehme ich gerne an. Danke. Wer sind Sie eigentlich?«

»Urmas Ilmari Järvenhäivä, Dichter.« Jussi Vares reichte ihr seine Hand.

»Nett, Sie kennenzulernen. Ich bin Velma Chevrolet, geborene Letukka.«

»Eine direkte Frage, Velma. Weshalb ist denn Herr Chevrolet nicht hier, um mit Ihnen diesen Ehrentag zu feiern? Die Ringe dort stammen doch wohl kaum aus einem Schokoladenei. Eine unglückliche Schöne ganz allein in der kalten Nacht. Was hat das zu bedeuten?«

»Mein Herr Gatte wird sich für meine Ehrentage und meine Unternehmungen wohl kaum interessieren.«

»Ach? Scheint ein seltsamer Mann zu sein.« Vares bemerkte, dass die Antwort nicht schlecht war. Luusalmi hüstelte.

Velma bekam ihren Wein. Sie sahen einander an. Jussi Vares versuchte zu analysieren, was er sah, die Gestik und Mimik der Frau, das Make-up und die Frisur. Velma war nicht in verrauchten Kneipen zu Hause, aber sie spielte ihre Rolle gut

»Woher kommen Sie, Velma?«, fragte Jussi Vares, nur um etwas zu sagen.

»Von dort komme ich.« Die Frau warf einen lächelnden Blick über ihre Schulter. »Von der Straße.«

»Und wohin werden Sie von hier aus gehen, Velma?«, versuchte Vares sich fortzutasten.

»Zurück natürlich, auf die Straße. Wohin denn sonst.«

»Was für ein Zufall!«, tat Vares erstaunt »Ob Sie es glauben oder nicht. Auch ich komme von der Straße. Und auch ich muss nachher noch zurück!«

»Nicht möglich. Seltsam. Die Welt ist wirklich klein!«

»Hören Sie, Velma, glauben Sie all das, was Ihnen fremde Männer erzählen?«

»Das hängt von dem Mann ab. Solchen Dichtertypen wir Ihnen traue ich immer, Urmas Ilmari ...« Die Frau blickte Vares an, ohne mit der Wimper zu zucken. »Haben Sie auch Saarikoski zu Hause?«

»Hab ich. Sowohl Saarikoski als auch Koskenkorva. Es mangelt bei mir an nichts.«

Velma Chevrolet hob nachdenklich ihr Glas und trank es in einem Zug aus.

»Sie haben ausgetrunken, Velma. Möchten Sie gehen?«

»Sehr gern.«

Jussi stellte sein Glas auf den Tisch und stand von seinem Hocker auf. Luusalmi und der Pastor sahen mit an, wie das Pärchen hinausging und im Dunkel der Nacht verschwand. Der Pastor konnte es sich nicht verkneifen, den Daumen zu heben.

Aber Vares ging gar nicht mehr auf die Geste ein.

Jussi Vares' Mietwohnung lag in einem älteren Holzhaus am Rande des Samppalinna-Hügels, nur wenige hundert Meter von der *Neuen Apotheke* entfernt. Der Fußboden im Schlafzimmer der Wohnung war teilweise morsch und knarrte ebenso aufdringlich wie Jussis hart erprobtes Holzbett.

Jussi atmete schwer. Velma schien nicht ganz bei der Sache zu sein.

Zwischendurch wirkte sie auf Vares, als ob sie nur einen Job zu erledigen hatte.

Die Situation hatte etwas Seltsames und Unwirkliches. Als sie endlich zum Höhepunkt kamen, fühlte Jussi eher eine schale Erleichterung.

»Ich danke dir, Urmas.«

Die Frau stieg aus dem Bett und schritt über den knarrenden Fußboden ins Badezimmer. Vares war nass wie ein begossener Pudel. Er lag zwischen den zerwühlten Laken und lauschte dem Brausen im Bad und dem Blubbern in den Rohren. Sein Geist war leer, wie so oft nach Abenteuern wie diesem. Aber da war noch etwas anderes.

Jussi Vares konnte nicht verstehen, aus welchem Grunde diese Frau mit ihm mitgekommen war.

Als Velma aus dem Badezimmer zurückkehrte, trocknete sie sich gerade mit Vares' großem TPS-Badetuch ab. Sie ließ das Tuch auf den Boden fallen, was nach Vares' Vorstellungen dem traditionellen Turkuer Eishockeyverein gegenüber ethisch-moralisch nicht vertretbar war. Schließlich zog sich die Frau langsam wieder an.

»Ich möchte dir was erzählen, aber du brauchst es nicht unbedingt zu glauben«, sagte die Frau im Vorbeigehen, während sie den BH anlegte.

»Erzähl nur.« Vares schloss die Augen. Er war sich nicht sicher, ob er hören wollte, was jetzt kam.

»Du bist der Erste, mit dem ich meinen Mann betrogen habe.«

»Aha, soso.«

»Ich bin jetzt neununddreißig Jahre alt. Heute ist wirklich mein Geburtstag. Also ganz gut kombiniert. Du bist erst der zweite Mann, mit dem ich überhaupt je geschlafen habe.«

»Und es ist die Sache nicht wert gewesen, oder?«

»Nein, ganz im Gegenteil. Das war für mich ganz wichtig. Jetzt habe ich eine wichtige Schwelle überschritten, sozusagen«

»Ganz sicher.« Vares lachte freudlos. Verflixt, immer diese Geschichten. So etwas sollte man per Gesetz verbieten.

Velma Chevrolet stand vom Stuhl auf und zupfte ihr Kleid zurecht. Dann schritt sie geradewegs zum Bett und bückte sich hinunter, um Jussi Vares einen schnellen Kuss zu geben, ganz kameradschaftlich, nur auf die Wange.

»Viel Erfolg mit deinen Gedichten, Urmas. Und mit deinen Musen.«

»Gute Nacht, Velma. Hoffentlich hast du die ganze Zeit über gewusst, was du tust.«

13

Eeva hatte ihrer Freundin Liisa schließlich doch in groben Zügen von dem großen Moment erzählt, der ihr bevorstand. Und Liisa sprach natürlich sofort den Polterabend an.

Wie sollte man auf einen Vorschlag reagieren, der von der besten und intimsten Freundin geäußert wurde?

»Was hältst du davon, wenn ich mich einfach als Biene verkleide.« Eeva versuchte, während sie mit ihrer Freundin am Kaffeetisch saß, ihr Unbehagen zu verbergen. »Dann machen wir einen Bummel durch die Kneipen an der Hämeenkatu und ich werde irgendwelchen betrunkenen Handelsreisenden Kondome mit Erdbeergeschmack anbieten.«

»Ja, toll! Und auch mit Bananengeschmack.« Liisa fuchtelte begeistert mit der Hand. »Ach nee, lass uns lieber zu zweit irgendwo hingehen, wo es nett ist. Das ist doch immerhin eine Sache, die man feiern sollte: der entscheidende Schritt im Leben einer jungen, beziehungsweise einigermaßen jungen Frau.«

»Na, da bin ich eher skeptisch …«, entgegnete Eeva. »Um eine Märchenhochzeit handelt es sich wirklich nicht.«

»Wieso!«, lächelte Liisa. »Du trittst mit dem Traumprinz deines Lebens vor den Altar, mit einem gestandenen Mann.«

»Wohl eher gesessen als gestanden«, lachte Eeva, obwohl ihr Liisas offener Blick tief unter die Haut ging.

»Liisa, du bist meine beste und einzige Freundin. Vergiss das nicht.«

Eeva begann in ihrem Kalender zu blättern. »Also, passt es dir nächstes Wochenende? Wo wollen wir uns treffen?«

Das alte traditionelle Speiselokal *Tillikka* an der Hämeensilta-Brücke war heutzutage ein feines Theaterrestaurant. Mit vorangeschrittener Zeit ging die Tür des Lokals immer häufiger auf.

Eeva Sunila und Liisa Kuismanen waren zuvor schon in anderen Lokalen gewesen. Sie hatten ihre Runde im Pub *Ohranjyvä* begonnen und gleich hinter der nächsten Straßenecke im Brauereirestaurant *Plevna* fortgesetzt.

»Glaubst du wirklich, Eeva, dass Antero unschuldig ist?« Liisa steckte sich eine Zigarette an und blies den Qualm in kleinen Ringen zur Decke.

»Nein, das glaube ich nicht. Wieso?« Eeva Sunila hob schnell das Glas an die Lippen. Sie fluchte in Gedanken. Scheiße, verdammt. Sie hatten doch ausgemacht, dass sie nicht über Antero sprechen würden. Das sollte ein Frauenabend werden. Eeva bekam Lust auf eine Zigarette.

»Das ist schon eine verrückte Sache, dein Entschluss. Ein mutiger Schritt, richtig eevamäßig.« Liisa blickte Eeva durch den grauen Rauch hindurch mit ernster Miene an.

Sie konnte Liisas unschuldigen und teilnahmsvollen Blick nicht ertragen. Liisa, Liisa! Wenn du nur wüsstest, um was für einen mutigen Schritt es sich handelt.

»Ein wenig wie damals, als du dich plötzlich entschieden hattest, zur Armee zu gehen.«

»Als Antero verurteilt worden war, musste ich einfach eine Zeit lang aus meiner bisherigen Umgebung raus. Ich musste mal was anderes tun. Und während des knappen Jahres bei der Armee gab es wirklich genug anderes.«

»Eeva, ich muss dich was fragen: Was ist eigentlich so Besonderes an Antero. Er ist immerhin wegen eines Wirtschaftsdelikts verurteilt worden.« Liisa schob ihre Hand über den Tisch und ergriff Eevas Handgelenk. »Das wird euer Leben doch nicht gerade leichter machen. Gäbe es da nicht noch andere Möglichkeiten für dich!«

»Liisa, meine Gute, wir hatten doch was abgemacht«, quengelte Eeva. »Das ist hier unser Frauenabend. Ich hab jetzt keine Lust über Hochzeiten, Männer und Familienzuwachs zu reden. Gehen wir tanzen, im Nightclub des *Ilves*!«

Die beiden Freundinnen saßen auf hohen Hockern am hintersten Ende des langen Tresens des Hotel-Nightclubs. Hin und wieder wurden sie zum Tanz gebeten. Sie hatten sich jedoch darauf geeinigt, dass sie für diesen Abend schon genug getanzt hatten.

»Könnte ich nicht vielleicht doch zur Kirche kommen?«

»Glaub mir doch, Süße, da wird niemand anderes sein als der Bräutigam, ich, der Pastor und ein paar Gefängniswärter aus Kylmäkoski. Versteh doch, dass du nicht kommen kannst. Ich hab es Antero versprochen. Und an das Versprechen werde ich mich halten!« Eeva wurde schon fast wütend.

»Na gut. Sprechen wir nicht mehr davon.« Liisa wirkte gekränkt.

»Hör mal, Liisa. Vergiss das nie. Wohin es uns auch verschlagen wird in dieser Welt, wir werden immer Freunde sein!«

»Sagt die Biene zu dem Stachelschwein. Du und ich wir stimmen ein: Schön ist es auf der Welt zu sein ...«, trällerte Liisa müde vor sich hin. »Aber werd' mal ein wenig munterer. Du ziehst ja nicht ans Ende der Welt! Das Leben ist doch nicht vorbei.«

Eeva hob schnell das volle Glas an ihre Lippen. Das erstickende Gefühl, das in ihr aufsteigen wollte, war kaum noch zu unterdrücken. Eeva begann mit den Augen zu blinzeln.

»Ich geh mal auf die Toilette.« Eeva Sunila stand so schnell auf, dass ihr Barhocker fast umgefallen wäre.

Die Damentoilette war glücklicherweise leer. Eeva stützte sich mit beiden Händen auf den Waschbeckenrand und ließ ihren Tränen freien Lauf. Das befreite.

Verdammt noch mal. Was ist los mit dir? Das Dickste steht dir doch noch bevor.

»Rekrutin Sunila! Bist du kampfesmüde oder hast du deine Tage? Leider findet sich hier im Wald nicht immer ein Gentleman, der einem die Tür aufhält. Rekrutin Sunila, was ist? Macht euch da mal von dieser Krüppelkiefer los, mit euren Assault-Westen. Oder müssen euch die Ausbilder mit ihren Klappmessern zu Hilfe kommen?«

Eeva Sunila schniefte und begann sich frisch zu machen. Dann zog sie ein Papierhandtuch aus dem Halter und tupfte sich die Wangen ab.

Plötzlich betrat eine Brünette im Minirock den Toilettenraum. Sie trug eine silberne Abendtasche unter dem Arm. Eine wirkliche Schönheit. Die Frau schaute Eeva lange an. Sicher wunderte sie sich über ihre geröteten Augen und ihre elende Erscheinung.

»Entschuldigung!«

»Ein schwacher Augenblick«, erklärte Eeva mit einem Schmunzeln.

»So etwas passiert häufig auf der Damentoilette«, lachte die Frau mit tiefer Stimme.

»Ich habe Polterabend. Ein etwas wehmütiges Gefühl«, setzte Eeva fort und musterte im Spiegel ihre Augenwinkel, ein Netzwerk von kleinen Falten, die sich allerdings nur ganz aus der Nähe erkennen ließen.

Die Frau stellte sich neben Eeva vor den breiten Spiegel. Sie öffnete ihre glänzende Abendtasche und holte einen dunkelroten Max-Factor-Lippenstift hervor.

»Wann wird denn die Hochzeit sein?« Die Frau wandte den Blick nicht von ihrem Spiegelbild ab.

»Hat noch Zeit. Der Polterabend wurde etwas vorverlegt.« Eeva versuchte zu lachen.

Die Frau nickte, steckte den Lippenstift in ihre Tasche zurück und lächelte. Sie roch stark nach Parfüm. Opium von Yves Saint Laurent.

»Viel Glück für Ihre Hochzeit.« Die tiefe Altstimme der Frau bekam einen seltsamen Unterton. »Glück braucht man immer in den Stürmen der Ehe, nicht wahr?«

Eeva blieb nichts anderes übrig als zu nicken. Die Tür ging auf und knallte wieder zu. Zurück blieb nur ein Hauch von Opium.

14

Die Ufer des Flusses erwachten allmählich zum Leben. Möwen, Mütter mit Kinderwagen, fleißige Männer, die ihre Boote auf Vordermann brachten. Ein frischer Wind blies vom Meer her. Die Straßen waren schon fast wieder trocken, und die ersten eifrigen Inlineskater wagten sich nach draußen, um ihre Künste auf dem Asphalt auszuprobieren.

Der Frühling ist jedoch nicht für alle eine Zeit des Wachsens und der Hoffnung. Vor dem 1. Mai fristete Jussi Vares' Einmannunternehmen ein stilles, wenn nicht lethargisches Dasein. Ein nennenswerter Zuwachs auf dem Bankkonto war dementsprechend kaum zu verzeichnen.

Draußen, außerhalb der vier Wände, hellte sich Jussis Gemütslage merklich auf, nachdem er tagelang vor dem stummen Telefon gehockt hatte.

Der Spaziergang entlang des Flussufers endete wie üblich mit einem Mittagsmahl im Brauereirestaurant *Hermanns*. Das Vappu-

Fest stand bevor. Am Vorabend des 1. Mai klingelte das Diensttelefon nur einmal, als Vares' alter Armeekamerad Hauptmann Petri Jakonen anrief. Jakonen kam sofort zur Sache und fragte, ob der Herr Privatdetektiv einen kleinen Auftrag annehmen könne.

Jussi blätterte ein wenig in seinem leeren Kalender, schwieg eine Weile und teilte schließlich mit, dass er im Moment ziemlich viel um die Ohren hätte. Er versprach aber, nach dem 1. Mai über das Auftragsangebot nachzudenken.

Petri Jakonen schien zufrieden über die Antwort zu sein und betonte, dass es sich nur um eine Aufklärungstätigkeit handle. Ohne Gefechtskontakt also. Jakonen schien sich an der Bildhaftigkeit seiner Sprache zu erfreuen. Er kündigte an, dass er Anfang Mai auf die Sache zurückkommen werde.

Die Zeit um das Vappu-Fest herum war für Jussi Vares ziemlich unruhig gewesen. Wie immer.

Am Morgen des 1. Mai wachte Vares zu seiner Überraschung auf dem Sofa im Hinterzimmer des Antiquariats von Pastor Alanen auf. Der Pastor war nicht da. Am Boden lag eine weiße Studentenmütze, eher Frauengröße. Unter dem Sofa fand sich ein mit Spitze verzierter heller Slip.

Made in Sweden. Größe Medium.

Jussi Vares hatte nicht die geringste Ahnung, wer die Besitzerin dieses niedlichen kleinen Wäschestücks war. Glücklicherweise wusste er aber, wo der Pastor die Flaschen in seinem Laden versteckt hatte.

Jetzt tüchtig einen hinter die Binde kippen, dann käme man schon wieder in Schwung und würde auf der gut geschmierten Rutschbahn des Königs Alkohol wie von selbst voranschlittern. Und ordentlich bergab.

Jussi wusste nicht genau, wie spät es war, als er sich an einem ihm irgendwie vertraut erscheinenden Bartresen wiederfand. Er schüttelte eine Weile den Kopf und kam zu dem Entschluss, dass er im Nightclub des Hotels *Hamburger Börs* sein musste.

Die Vappu-Feierei schien noch im Gange zu sein: An den Theken und auf der Tanzfläche hielten sich mehr oder weniger müde wirkende Gäste auf, von denen jeder zweite eine zerschlissene weiße Studentenmütze trug.

»Also, was ich aus meinem Leben machen will? Ob ich irgendwelche Ziele habe? Oder ehrgeizige Ambitionen? Du, das ist 'ne wirklich gute Frage!«

Jussi Vares blinzelte und fokussierte seinen Blick. Vor ihm stand ein völlig überschminktes, etwa zwanzig Jahre junges Ding mit aufgedonnerten, schneeweißen Haaren.

Moment mal. Habe ich dich etwas gefragt. Jussi Vares schüttelte den Kopf. Oh, that's the way, uh-huh uh-huh, I like it, uh-huh, uh-huh ... Wohin bin ich eigentlich unterwegs. Was in aller Welt könnte mich weniger interessieren, als das Leben oder die Ziele dieser Barbiepuppe. Was in aller Welt?

»Ja, ganz genau. Das würde mich auch interessieren. Eigentlich sogar sehr. Erzähl mal.« Vares holte Luft und stützte sich an der Kante des Tresens ab.

»Klar, Karriere ist mir schon wichtig. Aber ich bin nie neidisch. Weißt du, ich hab da an sich 'ne grundpositive Einstellung. Ich weiß, was ich kann, und mach mir wegen der anderen Mädels überhaupt keinen Stress.«

Vares wollte schon fragen, in welchem Bereich diese junge Erfolgsfrau studierte. Dann aber begriff er, dass die Antwort ihm keinen Pfennig wert gewesen wäre. Jussi begnügte sich damit, mit seinem dicken Schädel zu nicken.

»Ich bin immer wieder gelobt worden, dass ich so zielstrebig und entschlossen bin. Letztes Jahr hab ich mich in Tallinn mit Silikon behandeln lassen – hab's mir selbst zum Geburtstag geschenkt. Damit bin ich wieder einen Schritt vorangekommen. Nächstes Jahr lass ich meine Taille von 60 auf 54 cm bringen. Die zwei unteren Rippen weg. Schnipp schnapp. Ich betrachte das Ganze als meine persönliche Amerikanisierung, sozusagen. Und ich bin zu hundert Prozent sicher, dass dort meine Zukunft liegt. Also ... in Amerika.«

»Amerika ist klasse«, bestätigte Jussi Vares mit einem Nicken. »I like to be in America ... Everything's free in America.«

»Na ja, so einfach wird man da nicht berühmt. Hart arbeiten

muss man. Man muss wissen, was man will. Und das weiß ich natürlich. Hab's immer gewusst. Nach dieser Silikonbehandlung hab ich bemerkt, dass mich die Männer viel zuvorkommender behandeln. Ich hebe mich seitdem deutlich von der Masse ab. Und eine eigene Meinung hab ich auch. Also, ich werde einfach versuchen, gegen das traditionelle Bild von einem Model anzukämpfen. Ein harter Krieg wird das. War.«

»Jepp. Dann wünsche ich dir viel Kampfgeist, Babe.« Jussi richtete seinen Zeigefinger wie eine Pistole auf das Mädchen und lächelte ermutigend. »Und einen Rat. Nimm keine Gefangenen in diesem Krieg, hörst du.«

»Ich will keine vorbeiziehende Sternschnuppe sein. Zisch und weg. Ich möchte was Bleibendes aufbauen. Außerdem bin ich ziemlich sensibel, trotz allem. Ja, und dann möchte ich einen wunderbaren dunkelhaarigen Mann haben und viele hübsche Kinder.«

»All diese Seite-1-Girls wünschen sich einen Mann, der sowohl humorvoll als auch treu ist«, murmelte Jussi Vares vor sich hin. »Begreifen diese Talghirne denn nicht, dass es sich da um zwei Eigenschaften handelt, die einander ausschließen.«

»Ich hab' mir auch schon Namen für die Kinder ausgedacht«, setzte das Fräulein fort. »Das Erste wird ein Junge und Jean-Claude heißen. Natürlich nach van Damme. Ach ... der ist sooo wunderbar. Und das Mädchen soll Isobel heißen. Der Name ist aus einem Buch, das ich am Zeitungskiosk gekauft habe. Ich bin ja so eine Romantikerin!«

»Kisse. Wer is'n das da?« Schwere Schritte näherten sich und kamen neben Jussi Vares' linker Schulter zum Stehen.

Vares blickte zur Seite und sah einen hochgewachsenen Burschen, dessen Schädel dem Trend gemäß so kahl geschoren war wie Porzellan. An dem knolligen Kopf baumelten hier und da einige glänzende Piercings, ähnlich wie Keime an einer austreibenden Saatkartoffel.

»Ach, hallo Danny. Der Typ hier ist ... ähh ... also das ... ist Erno Taunus. Erno hat mir ein wenig Gesellschaft geleistet, während ich auf dich gewartet habe. Ganz nett, der Mann.«

»Also, Erno T. Aunus«, berichtigte Jussi Vares gelassen. »Du kommst mir irgendwie bekannt vor, Däni. Sag mal, arbeitest du nicht bei *Serviclean & Co* …«

»Was redet der Typ da? Häh? Sag mal!«

»Ich bin Forscher an der Finnischen Akademie. Mein Forschungsbereich sind Hautkrankheiten. Die Verbreitung von Akne im Pornofilm der Siebzigerjahre. Mein Spezialinteresse gilt vor allem dem Bereich um das Rektum herum …« Jussi Vares räusperte sich. »Und du Däni? Was ist mit dir? Was machst du?«

»Ich bin im Reifenbusiness tätig.« Das Kinn des Glatzkopfes schob sich bedrohlich nach vorn. Der Bursche musterte Vares vom Scheitel bis zur Sohle.

»Wirklich? Du glaubst also, dass der Hula-Hoop wieder in Mode kommt?«

»Nee. Zierfelgen für Karren. Kapierste.«

»Wie untersuchst du die eigentlich? Die Akne? Ich hab' vor ein paar Jahren noch ein paar Pickel gehabt.« Kisse prüfte in einem Taschenspiegel ihr Make-up.

»Jetzt sag bloß nicht, dass dein sauberes Popochen mal …«

»Laberkopf!« Felgen-Dannys große Hand klatschte völlig unerwartet an Vares' Wange. »Du, Kisse!«, zischte der Glatzkopf zwischen seinen Zähnen hindurch. »Was is'n das für 'n verdammter Schwätzer. Der will wohl was auf die Fresse.«

Die Faust des stämmigen Burschen setzte erneut zum Schlag an. Im selben Augenblick wurde sein Handgelenk jedoch wie mit einer Eisenzange festgehalten. Jussi Vares holte tief Luft und war schon auf den Schlag eingestellt. Dann bemerkte er hinter Dannys Rücken eine noch massivere Gestalt.

Es war Karri, der schrankbreite Türsteher des *Hamburger Börs*. Karri drehte Felgen-Danny gelassen den Arm hinter den Rücken. Trotz der dröhnenden Musik glaubte Jussi Vares zu hören, wie Danny-Boys Knochen krachten.

»Guten Abend, Vares. Und ein schönes Vappu-Fest.« Karri zwinkerte und schob das Bündel in aller Ruhe voran.

»'n Abend Karri. Dir auch. Sei vorsichtig mit ihm. Die Ladung ist Gold wert.«

Karri grinste und ging. Danny bewegte sich in seinem Windschatten wie vom Schwerkraftfeld einer Trägerrakete angesaugter Weltraummüll. Kisse blieb zögernd an der Theke zurück. Die Szenenwechsel waren zu schnell für sie gewesen.

Jussi steuerte die Herrentoilette des Nightclubs an. Er stellte sich vor den breiten Spiegel und inspizierte seine linke Wange. Sie fühlte sich ziemlich schmerzhaft an.

»Scheiße, verdammt!«

Im selben Augenblick klingelte irgendwo in seiner Brusttasche sein Handy. Jussi holte das Nokia hervor und hob es ans Ohr.

»Jussi Vares.«

Am anderen Ende war es einige Sekunden lang still. Schließlich hörte Vares ein schweres Atmen, fast ein Schluchzen.

»Hier ist immer noch Vares, aber wer verdammt ist dort?«

»Ich. Ich bin's«, sprach eine gedämpfte Stimme.

Jussi Vares brauchte einen Augenblick, bis er die matte Stimme dem dazugehörigen Gesicht zuordnen konnte.

»Ist das Petri?«

»Ja, ich bin's«

»Was ist los, Mann?«

»Ich … Ich musste dich anrufen. Wegen dieses Auftrags, von dem wir gesprochen hatten. Ich brauche dich jetzt doch nicht mehr. Danke, aber die Sache ist erledigt.«

»Aha. Ach so.«

»Kirsti hat mir heute mitgeteilt, dass sie sich scheiden lassen will. Und dann hat sie mir gesagt, dass sie … dass sie mit irgend so 'nem Typen gebumst hat. Hat es einfach zugegeben, die ganze Scheiße.«

Es wurde für eine Weile still in der Leitung. Ein elektrisches Knistern.

»Ach, so ist das gelaufen. Tut mir leid.« Jussi wusste nicht, was er sagen sollte. Eine unangenehme Situation.

»So isses. Und ich dachte, dass ich nur noch mal Bescheid sagen sollte …« Zum ersten Mal war in der Leitung zu hören, wie Hauptmann Petri Jakonen schluchzte, ganz deutlich.

»Na, das wird schon wieder.«

»Ich dachte, dass ich dir auch noch eine andere Sache mitteile. Weil ich niemand anderen mehr anrufen konnte … Hör mal Jussi, ich hab hier gerade meine Dienstpistole in der Hand. Und ich bin allein zu Hause. Ganz allein.«

»Petri. Nicht. Um Himmels willen! Nicht, hörst du …« Jussi Vares fühlte, wie das Blut durch seine Adern schoss. Er hatte innerhalb einer einzigen Sekunde einen klaren Kopf.

Das Telefon übermittelte einen dumpfen und ohrenbetäubenden Schuss.

Der Knall jagte durch Jussis Kopf wie eine schwere, reißende Bleikugel. Dann war es wieder still.

15

Die Sofakissen raschelten einschläfernd. Mikko Koitere drehte sich ein wenig auf die Seite und suchte eine bessere Stellung. Die auf seiner Brust liegende *Helsinkier Zeitung* fiel auf den Boden. In der Küche war das gedämpfte Klappern der Eisenpfanne zu hören. Aus Jaakkos Zimmer konnte man – auch noch hinter zwei geschlossenen Türen – ein Wummern vernehmen.

Koitere war kurz davor, in einen sanften Schlaf zu sinken. Plötzlich vernahm er ein leises Tapsen, das aus Richtung Flur kam. Koitere ahnte schon, was kam, schaffte es aber nicht, die Hand zu heben.

Tornado war erst ein Jahr alt und befolgte die Regeln des Gesetzes genauso wenig wie sein Herrchen. Trotz andauernder Erziehungsversuche und ausdrücklicher Verbote sprang der ausgelassene Dackel entschlossen zu Mikko Koitere hinauf und machte es sich an vertrauter Stelle zwischen Koiteres Hintern und der weich gepolsterten Sofalehne bequem, woraufhin ein zufriedenes Schnüffeln zu hören war.

»Pirkko, hilf mir doch …«, rief Mikko Koitere müde in Richtung Küche, die Augen halb geschlossen.

»Was ist denn das?« Pirkko warf einen Blick durch den Türspalt. »Die Jungs werden wieder komisch? Ist das noch ein normales Familienleben?«

»Etwas pervers. Der ist völlig durchgeknallt. Aber es ist nicht meine Schuld. Meine Schönheit ist eine Last, die getragen werden will. Ich habe mich mit dem Faktum abgefunden, dass ich unwiderstehlich bin.«

»Das Faktum hast du da in deiner Hose, Mann! Schnarcht da halb bewusstlos vor sich hin, der Papa, die Haare über die Augen gefallen und mit einer alten Turnhose bekleidet. Richtig schön – und sexy – ja ja ...«

Koitere verfolgte zwischen den Augenlidern hindurch Pirkkos Bewegungen. Mittelbraunes Haar, schon ein wenig mollig, fleißige Hände, die niemals richtig zur Ruhe kamen. Er liebte diese Frau so sehr, dass er es nicht in Worte zu fassen vermochte.

Diese Liebe ist kein ewiger Rausch der Leidenschaft, sann Koitere nach. Es ist nicht das liebestrunkene Werben des elegant gekleideten Pagen unter dem Balkon von Julia. Bei ihrer Liebe, der Liebe zweier erwachsener Menschen, war von fleischlicher Lust kaum noch die Rede.

Während der gemeinsamen Ehejahre fallen die auf der Laute zu spielenden Serenaden fast zwangsläufig aus dem Programm. Übrig bleibt der Respekt voreinander, das Bedürfnis nach Schutz und das Gefühl der Besorgnis, wenn der andere zum Beispiel mal eine Stunde später nach Hause kam als gewohnt.

Pirkko war die Frau Nummer eins in seinem Leben. Dessen war sich Mikko Koitere absolut sicher.

Aber, aber. Trotz allem wurde er von einer stärkeren Kraft angetrieben, einem Sog, der ihn in die dunkelsten Abwasserkloaken hinabzog.

Und all diese Bumsgeschichten und schnellen Abspritzaktionen, die er wirklich zur Genüge genießen durfte, hatten nichts mit Liebe, Familienleben und dergleichen zu tun. Die Doppelmoral der heutigen Welt duldete keine Instinkte, die auf menschlichen Qualitäten beruhten.

Der Mann ist kein monogames Tier.

Der Mann ist bloß ein Tier. Dem bösartigen Gift der Männerhormone haben wir es zu verdanken, dass die Welt heute so ist wie sie ist: eine lustige Mischung aus einem Irrenhaus, einem verstopften Verkehrskreisel und einem Hafenbordell.

Mikko Koitere hatte sich mit der Situation abgefunden. Dagegen anzuzappeln wäre vergebliche Mühe gewesen, Selbstverleugnung. Das stetige Brennen in seinem Inneren machte sein Leben allerdings auch nicht gerade leichter.

Eigentlich konnte Koitere die Drogenjunkies gut verstehen, die Tag für Tag herumhingen und mit funkelnden Augen auf den nächsten erleichternden Schuss warteten. Abhängig sein von etwas konnte man auf ganz verschiedene Weise.

Am anderen Ende des Flurs ging die Tür auf. Jaakkos sich nähernde Schritte wurden von dem betäubenden Stampfen lauter Technomusik begleitet – oder war es irgendein stumpfsinniger Heavy-Kram? Man wurde ja nicht mehr schlau aus all diesen Richtungen!

»Jaakkoooo! Hatten wir nicht über diesen Krach gesprochen. Jetzt mach mal 'ne Wende und stell diese verdammte Kiste aus!« Mikko Koitere hob den Kopf vom Kissen.

»Klar. Zu Befehl, Herr Polizist!«

Als Jaakko zurückkam, hatte er eine Sportwettenzeitung unter dem Arm. »Hey du.« Mikko Koitere hievte sich hoch, setzte sich auf die Sofakante und strich durch sein zerzaustes, abstehendes Haar. »Eigentlich hatte ich gedacht, dass der junge Mann seine Hausaufgaben macht. Aber was sehen meine müden alten Augen da! Man beschäftigt sich wieder mal mit dem Totospiel. Kann sich der junge Herr erinnern, was wir vor ein bis zwei Wochen abgemacht hatten? Ich gebe meinem Sohnemann kein Taschengeld, damit er irgendwelche Wettspiele ausprobiert. Die anderen Rotznasen bei euch in der Schule können meinetwegen jeden Penni zum Wettkiosk bringen, du aber nicht! Hast du verstanden?«

Tornado saß hinter Koitere auf dem Sofa und winselte zustimmend.

»Hör' auf, Papa. Ich habe versprochen, dass es damit vorbei ist. Mit dem Spielen. Und ich stehe zu meinem Wort. Aber das heißt ja nicht, dass wir hier zu Hause keine Wetten untereinander abschließen können ...«, erwiderte Jaakko mit einem schlitzohrigen Lächeln.

»Na ja, das stimmt! Und an welche Wette hast du gedacht?«

»Fußballweltmeisterschaft. Bist du dabei?« Jaakko schwenkte begeistert die Sportwettenzeitung in seiner Hand. »Wettest du mit mir darum, wer in Frankreich Fußballweltmeister wird?«

»Kleiner Mann, du weißt doch, dass dein Vater ein finnischer Polizist ist, der sich vor nichts fürchtet ...«

»Und dazu noch von der BUG. Ein richtiger Top-Gun«, ergänzte Jaakko blitzschnell.

»So ist es. Gut präzisiert. Also, um was wetten wir? Hast du Vorschläge?«

»Hab alles schon fertig durchgedacht. Wenn du richtig tippst, wer Weltmeister wird, verspreche ich dir, immer dann, wenn du mit dem Finger schnippst, den Volvo zu waschen. Wenn ich gewinne, finanzierst du uns im Herbst einen Ferienurlaub im Süden. Zum Beispiel in Griechenland oder Spanien. Ganz egal.«

»Okay! Das klingt gut. Ich bin dabei!«, nickte Mikko Koitere mit ernster Miene.

»Setz dem Jungen bloß keine Flausen in den Kopf, Mikko«, rief Pirkko aus der Küche. »Der Herr Polizist hat doch wohl nicht vergessen, dass im Herbst ein paar Zahlungen fällig sind. Zum Beispiel die Zinsen für das Wohnungsdarlehen und die Raten.«

»Das ist rein theoretisch. Als ob ich bei der Fußballwette gegen einen zehnjährigen Stöpsel verlieren würde ...«, lachte Koitere. »Aber falls es doch passieren sollte, werde ich das Geld schon irgendwo auftreiben. Mach dir darüber mal keinen Kopf.«

»Also, was wettest du. Sag schon.« Jaakko holte einen Stift hervor.

»Ich sag England. Unbedingt. Bin ganz sicher, dass jetzt endlich wieder einmal England an der Reihe ist, nach zweiunddreißig Jahren!«

»Ganz daneben!« Jaakko brach in Gelächter aus. »Ich bin hundertprozentig sicher, dass die Brasilianer wieder den Pokal mit nach Hause nehmen. Im Moment ist keiner besser als Ronaldo.«

»Na gut. Du wirst sehen. Schreib mal unsere Wetten irgendwo auf …«

Koiteres Handy, das auf dem Sofatisch lag, klingelte. Koitere räusperte sich, nahm das Mobiltelefon in die Hand und warf einen kurzen Blick auf das Display. Er verspürte ein seltsames Stechen in der Magengegend.

Scheiße! Warum musste dieser Mann hier anrufen. Das war doch bisher kein einziges Mal passiert.

Koitere stand vom Sofa auf und schlenderte in den Flur. Er nahm den Anruf an und schloss die Tür hinter sich. Nach einer halben Minute kehrte er ins Wohnzimmer zurück.

»Wer war das?«, fragte Pirkko aus der Küche.

»Korhonen. Etwas Dienstliches. Martti ist heute dran. Er ist ganz hier in der Nähe. Ich geh' nur mal zur Straße und spreche mit ihm.«

»Mikko, du solltest heute einen freien Abend haben. Ich schiebe gerade die Pizza in den Ofen.«

»Korhonen will nur eine Sache klären. Es dauert höchstens eine Viertelstunde. Stell die Mozzarella einfach warm, Schatz. Ich hab' schon richtig Hunger.« Koitere zog sich stöhnend die Schuhe an. Dann hörte man die Tür zuschlagen.

Koitere ging an der flachen Weißdornhecke um den Reihenhauskomplex herum und begab sich forschen Schrittes zur nächsten Kreuzung, wo die einzige Serviceeinrichtung der ganzen Gegend stand: ein Lebensmittelkiosk, der Fleischpiroggen, Lotto und fettarme Milch zum Kauf anbot.

Drei Jungs lungerten mit ihren Mopeds an einer Ecke des Kiosks herum. Es war immer möglich, dass sie ihn, den einzigen Bullen im Wohngebiet, erkannten. Hoffentlich würde Miesmann nicht mit seinem idiotischen roten Luxus-Mercedes angekurvt kommen. Der würde den Kiddies sicher auffallen.

Aber Miesmann war nicht dumm. Natürlich nicht. Am Straßenrand stand ein grauer Opel Astra. Mikko Koitere schritt auf den Wagen zu, öffnete die Tür und setzte sich neben den Fahrer.

Karl E. Miesmann trug lässig sportliche Kleidung. Sein kurzes, an den Schläfen bereits ergrauendes Haar war noch feucht vom Duschen. Auf der Rückbank lag eine große Sporttasche, aus der der Griff eines Tennisschlägers herausstak.

Miesmann begrüßte Koitere mit einem festen und schnellen Händedruck. Das schmale und markante Gesicht des Mannes zeigte wie immer keine Spur von Regung. Sein Profil hatte etwas Falkenartiges und Bedrohliches. Wie ein hochmütiger mittelalterlicher Raubritter, ein gnadenloser englischer Pirat oder ein selbstbewusster römischer Centurio. Seinen eigenen Erzählungen zufolge stammten Karl Miesmanns Vorfahren von adligen Kreuzrittern ab, Landadelige, die im 16. Jahrhundert über Pommern und Estland auf die Halbinsel von Helsinki gezogen waren.

»Lange nicht gesehen.« Miesmann schaute vor sich hin und klopfte auf dem Lenkrad herum.

»Stimmt, lange her seit dem letzten Mal.«

»Kann sein, dass ich mal wieder deine Hilfe brauche. Unter Umständen. Ganz sicher ist das noch nicht. Aber ich muss für alle Fälle vorsorgen. Deshalb hab' ich angerufen.«

»Vorsicht kann nie schaden.« Koitere rutschte ungeduldig auf dem Sitz herum. Irgendetwas an Karl Miesmann bereitete ihm Unbehagen.

»Die Situation ist folgende.« Miesmann räusperte sich. »In naher Zukunft wird es zu einem spektakulären Gefängnisausbruch kommen. Die von mir vertretene Seite hat ein außerordentliches Interesse an der Sache. Sie ist von ganz besonderer wirtschaftlicher Tragweite.«

»Deine Voraussagen haben ja geradezu hellseherische Qualitäten«, lachte Koitere entspannt.

»Um in dieser jämmerlichen Branche bestehen zu können, muss man immer in die Zukunft sehen.« Miesmann zuckte mit den Schultern. »Die Polizei wird sicher vermuten, dass sich der Ausbrecher Richtung Helsinki absetzt, und damit wird sie nicht mal ganz unrecht haben. Ich hoffe sehr, dass du mir bei der Sache behilflich sein wirst, sozusagen als mein Ohr. Du müsstest mich über die Pläne der Polizei auf dem Laufenden halten. Dieser Typ darf unter keinen Umständen geschnappt werden.«

»Also, hmm. Da gibt es vielleicht ein Problem mit der Arbeitsteilung bei uns im Hause. Es kann sein, dass ich mit der ganzen Geschichte gar nichts zu tun habe.« Koitere rieb sich nachdenklich an der Nase. Sein Blick streifte verstohlen über den Straßenrand.

»Ich brauche dir das wohl nicht zu erklären.« Miesmann hob die Schultern. »Du weißt selbst, wie du an den Fall rankommst. Und ich zweifle keinen Augenblick daran, dass es dir gelingen wird.«

»Wer hat denn da vor auszubüchsen?« Mikko Koitere blickte Miesmann fragend an.

»Das wollen wir doch wohl nicht jetzt schon wissen.« Karl Miesmann schmunzelte kurz. »Oder doch?«

»Nein, natürlich nicht. Wozu auch.«

»Gut. Es macht immer Spaß, mit dir zusammenzuarbeiten.«

Miesmann zog einen Umschlag aus der Brusttasche. »Hier sind zehntausend. Ein kleines Frühlingsgeschenk. Ich werde mich melden, wenn ich Hilfe brauche. Halt einfach nur die Ohren offen.«

»Keine Sorge. Ich werde das Hörgerät immer angeschaltet lassen«, lachte Koitere.

»Gut. Dann wünsche ich dir noch einen schönen Abend.«

Koitere steckte den weißen Briefumschlag in seine Brusttasche und stieg aus dem Wagen. Miesmann gab Gas und fuhr davon. Koitere sah einen Augenblick gedankenversunken den Rücklichtern des Opel Astra nach.

Hinter der Straßenecke näherte sich das Geknatter der Mopeds und schreckte Koitere aus seinen Gedanken auf. Er machte kehrt und ging auf die ihm vertraute Gartenpforte zu.

Die Mopedjungs ließen wie die Vorboten des jüngsten Tages ihre frisierten Motoren aufheulen und brausten ganz nah an ihm vorbei.

16

Klasse 9 A, letzte Unterrichtsstunde des Nachmittags. Eeva Sunila fühlte ein seltsames Kribbeln, als würde eine gefrorene Vogelfeder an ihrer Wirbelsäule entlangfahren.

Vor dreizehn Jahren war sie eine unerfahrene Studentin gewesen und gerade vom Land nach Tampere gezogen. Um der bedrückenden Leere ihrer Mietwohnung zu entfliehen, hatte sie an ihrem ersten Abend in der fremden Stadt ein Café im Zentrum aufgesucht und das Leben und die Leute auf der Straße beobachtet.

Plötzlich waren die Türen der kleinen Café-Bar aufgegangen und die heldenhaften Brüder Martti und Pantse von der Rockband *Eppu Normaali* waren eingetreten.

Die Jungs holten sich am Tresen einen Kaffee und setzten sich an den Nebentisch. Pantse fingerte eine Schachtel Zigaretten hervor und bemerkte, dass er kein Feuer hatte. Martti hatte auch keins dabei. Pantse drehte sich also fragend zu Eeva um, dem Mädel vom Lande, das noch nicht einmal gelernt hatte zu rauchen. Eeva blieb nichts anderes übrig, als beschämt den Kopf zu schütteln.

Sie schämte sich so sehr, dass sie die ganze folgende Woche Bauchschmerzen hatte. Sogar ihre Tage gingen völlig durcheinander.

Es war ein Gefühl wie an diesem Morgen, als sie durch das widerliche Klingeln des Weckers aus dem Schlaf gerissen wurde.

Diese zwei, zeitlich weit auseinanderliegenden Situationen hatten etwas Gemeinsames. Eine große Veränderung. Der Schlusspunkt eines Lebensstadiums und ein großer Sprung ins Ungewisse.

Die Geschichtslehrerin Eeva Sunila stand an ihrem Tisch vor der blaugrünen Schultafel und hatte der Klasse den Rücken zugewandt. Wie eine Außenstehende verfolgte sie die von ihrer Hand geführte Kreide, die einige Sätze, Seitenzahlen, Striche und Kommentare auf die Tafel zog.

Eeva wandte sich wieder der Klasse zu und begegnete neugierigen, nachdenklichen, abwesenden, grinsenden, verschlossenen und missgünstigen Teenagergesichtern, die ihr im Laufe der langen Jahre vielleicht schon ein wenig zu vertraut geworden waren.

Eevas Augen verharrten einige Sekunden auf der gekünstelt lässigen Gestalt von Antti Riuttala. Ein seltsames Gefühl regte sich in Eeva. Noch vor zwei Monaten hätte sie sich nicht einmal vorstellen können, dass der starre Blick dieses wilden und vulgären Lederjackenäffchens in ihrem Unterbewusstsein nostalgische ja sogar wehmütige Gefühle hätte hervorrufen können.

»Also, liebe Schüler …« Eeva hatte ein trockenes Gefühl im Hals und musste sich räuspern. »Das wär's für heute. Hat jemand noch Fragen?«

Die kleine Hand von Annika aus der ersten Reihe erhob sich wie von einer Feder gezogen. Das Mädchen wollte von der Klassenlehrerin einige Einzelheiten zum Frühlingsfest der Schule wissen. Auf den anderen Plätzen wurde schon gelärmt und gelacht.

Eeva sagte etwas Vages, an das sie sich hinterher gar nicht mehr erinnerte. Sie war sich sicher, dass den Schülern ihr besonderer Zustand nicht verborgen geblieben war.

Eeva schloss den Mund, konnte aber ein Seufzen nicht unterdrücken. Sie blickte schnell auf die Klassenraumuhr. Gott sei Dank, dass die Stunde endlich vorüber war. Die letzte Unterrichtsstunde.

»Also, meine Damen und Herren!« Eeva verzog ihren Mund zu einem kleinen Lächeln und versuchte einen forschen Klang in ihre Stimme zu bekommen. Kalter Schweiß rann zwischen ihren Schulterblättern hinab. »Das war's dann für heute. Vielen Dank. Ich habe jetzt ein paar Tage frei. Frau Keltto wird mich bis zum Ende der Woche vertreten. Seid nett zu ihr. Und seid vorsichtig auf dem Heimweg.«

Eeva nahm den Bücherstapel, der auf dem Lehrertisch lag, und ging auf den Flur hinaus. Ihr kam es vor, als ob ihre Schuld und ihr schlechtes Gewissen so hell strahlten wie die Weihnachtslichter im Schaufenster eines Spielwarenladens. Sie holte tief Luft, öffnete die Tür und betrat das Lehrerzimmer. Eeva war so tief in Gedanken versunken, dass sie fast vom Schlag getroffen wurde, als sie an einem der länglichen Tische sieben ihrer Lehrerkollegen bemerkte. Normalerweise hätte das Lehrerzimmer zu dieser Zeit schon gähnend leer sein müssen. Eeva schwante Böses.

Im Lehrerzimmer war es so still wie in einer Grabkammer. Schließlich stand Rektor Teuvo Pukalainen auf und räusperte sich.

»Liebe Eeva. Wir dachten, dass wir dich anlässlich deines wichtigen Fests, das du morgen feiern wirst, mit diesem kleinen Kaffeestündchen beehren.«

In der Mitte des Tisches stand eine einfache Sahnetorte, die mit einigen Erdbeeren belegt war. Ach du lieber Himmel, bin ich jetzt von allen guten Geistern verlassen, klagte Eeva im Stillen. Warum muss man mir auch das noch antun!

Eeva versuchte zu lächeln und setzte sich steif an den für sie vorgesehenen Platz am Ende des Tisches. Pukalainen ließ es sich natürlich nicht nehmen, seine bereits begonnene Ansprache fortzusetzen

»Also. Dann wollte ich nur noch sagen, dass wir, deine Arbeitskollegen, liebe Eeva, dass wir alle deinem mutigen Schritt großen Wert beimessen. Deine zukünftige Ehe ist ein Beispiel dafür, dass wahre Liebe auch die härtesten Krisen und Schicksalsschläge besiegen kann.« Pukalainen kleidete seine Rührung in ein Räuspern.

»Na, dann schneid mal die Torte an, bevor sie alt wird«, schlug Turnlehrer Jari Kekäläinen mit einem Augenzwinkern vor.

Eeva tat wie befohlen. Sie fürchtete, dass sie ihr Stück nicht herunterbekommen würde. Das Kaffeestündchen zog dann aber doch an ihr vorüber wie ein Albtraum, von dem man weiß, dass er einmal enden wird.

Nach angebrachter Zeit blickte Eeva kurz auf ihre Armbanduhr, dankte für die ihr entgegengebrachte Aufmerksamkeit und murmelte etwas von einer Verabredung, die sie am Nachmittag hätte.

Jetzt musste sie nur noch das obligatorische Händeschütteln überstehen. Einige ihrer weiblichen Kollegen wollten sie natürlich noch umarmen. Eeva Sunila nahm die Glückwünsche wie eine Wachsfigur entgegen. Dann nahm sie die Lehrbücher unter den Arm und ging zur Tür.

»Noch einmal herzlichen Glückwunsch, Eeva«, wünschte Rektor Pukalainen. »Und das nächste Mal, wenn du hier zur Tür hereinkommst, wirst du bereits ehrenhaft in den Stand der Ehefrau erhoben sein!«

Eeva lächelte mit gespannten Gesichtsmuskeln. Dann trat sie durch die Tür hinaus, die sie niemals im Leben wieder öffnen würde.

17

Die Beerdigung fand an einem sonnigen Samstag statt. Das Thermometer zeigte über zwanzig Grad. Es duftete nach frischer schwarzer Erde und frühlingsgrünem neuen Gras. Es war der erste richtig sommerliche Tag im Mai.

Jussi Vares konnte sich nicht erklären, weshalb er auf dem Friedhof herumstand. Er lehnte sich in seinem dunklen Anzug an einen knorrigen Kiefernstamm, in etwa zehn Meter Entfernung von dem reichlich mit Kränzen bedeckten Grab, das die sterblichen Überreste von Hauptmann Petri Jakonen enthielt. Jussi Vares sah sich die Trauergesellschaft schweigend an und ließ ein schlichtes Blumengebinde in der Hand baumeln.

Bin ich nicht quasi auf Einkaufsreise hier? Um mir ein gutes Gewissen zu erkaufen? Ich habe diesen Mann doch nicht einmal gekannt. Herrgott noch mal, seit diesen gemeinsamen Tagen in der Reserveoffiziersschule waren schon zwei Jahrzehnte vergangen.

Danach waren sie sich nur noch zwei Mal kurz begegnet: einmal bei einer Reserveübung, das andere Mal bei dem feuchtfröhlichen Zechen im *Olavin Krouvi*. Dann waren da noch ein paar Telefongespräche gewesen. Das letzte am Abend des 1. Mai. Vares durchfuhr ein Zittern. Der kalte, markerschütternde Pistolenschuss in der Telefonleitung klang immer noch in seinen Ohren nach.

Noch am Tag zuvor hatte Vares fest beschlossen, dass er den

heiligen Boden des Gottesackers nicht betreten würde. An diesem Morgen jedoch hatte ihm eine innere Stimme hartnäckig neue Anweisungen diktiert.

»Zieh' was Schwarzes an, kauf Blumen und geh hin, Jussi Vares! Petri Jakonen wird das sicher egal sein, aber es könnte dir selbst ganz guttun!«

Über ihm war ein lebendiges Treiben im Gange. Ein durch den Frühling beflügeltes Eichhörnchenpärchen setzte im Kieferngeäst seine gottlose Jagd nach Sex fort, ohne sich um die himmlischen Zeremonien der Menschen zu kümmern.

Der Pastor sprach seinen Text zu Ende. *Ein feste Burg ist unser Gott* klang zu den Kronen der Kiefern hinauf. Ein netter Abschiedsspruch für den Herrn Hauptmann, dachte Vares für sich. Es erschallten die kraftvollen Stimmen einer Handvoll festlich gekleideter Offiziere.

Das Kirchenlied endete. Die Trauergäste entfernten sich langsam vom Grab. Eine Windböe rauschte über die Kronen der hohen Bäume hinweg. Das männliche Eichhörnchen machte auf einem verkrüppelten Aststumpf Rast, ließ aber das gerade begattete Weibchen keinen Augenblick aus seinen glänzenden kleinen Augen. Es wird noch weitergehen, Goldhörnchen.

Am Grab blieben nur noch die in Schwarz gekleidete Witwe sowie Petris großgewachsener, etwas unbeholfen wirkender Sohn zurück. Plötzlich sagte der Sohn etwas zu seiner Mutter und verschwand in Richtung Friedhofstor.

Jussi Vares ging auf das frische Grab zu und legte seine Blumen nieder. Dann richtete er sich auf und blickte einige Sekunden lang stumm und ehrerbietig auf den Strauß.

Schließlich drehte Vares sich um und reichte der Witwe die Hand.

»Mein tiefstes Beileid. Ich bin ein alter Freu ...«

Jussi Vares erstarrte zu einer Eissäule, als er das von einem dünnen Trauerschleier bedeckte Gesicht sah. Der Satz blieb ihm im Halse stecken. Vares blinzelte mit den Augen und holte tief Luft, aber er bekam kein Wort mehr heraus.

Kirsti, die Witwe von Petri Jakonen, war Velma Chevrolet! Es war wie ein Schock für ihn. Ein Hammerschlag auf den Hinterkopf.

Die Frau erblasste ein wenig, konnte sich aber auf bewundernswerte Weise beherrschen. Viel besser als Jussi Vares.

»Es tut mir ja so leid ...« Kirsti Jakonens Stimme klang irgendwie mechanisch. »Ich hätte Petri nie etwas erzählen sollen ... Aber weil ... also, ich konnte doch so was nicht ahnen. Ich wollte doch nur mein eigenes Leben zurück.«

»Ja, ich verstehe ... Oder eigentlich verstehe ich gar nichts ...«

Vares verließ mit trottenden Schritten den unendlich großen Friedhof, ohne sich noch einmal umzuschauen. Unterwegs fluchte er laut auf die Stimme, die ihm am Morgen diese großartigen Anweisungen gegeben hatte.

»Zieh' was Schwarzes an, kaufe Blumen und gehe hin, Jussi Vares! Das könnte dir selbst ganz guttun!«

Verdammte Scheiße! Das war zu viel! Vares biss die Backenzähne zusammen, dass es knirschte. Er begann noch einen Schritt zuzulegen. Einen Kilometer, eineinhalb, und noch einen Kilometer ließ er wie im Flug hinter sich zurück.

Leichter Schweiß stieg ihm aus den Poren. Schließlich traf sein unruhig umherirrender Blick irgendwo an der Uudenmaankatu auf einen Pub.

Unter der angedunkelten Decke des Pub *Vapari* ließ Jussi Vares dann den Nachmittag verstreichen. Und auch den Abend. Wo er später ein Nachtquartier gefunden hatte, war ihm dann völlig aus dem Gedächtnis entschwunden.

Vares kehrte erst nach zwei Tagen wieder in seine Bude zurück. Er trug immer noch den schwarzen Anzug, der allerdings ein wenig schmuddelig geworden war.

Jussi Vares brauchte zwei ganze Tage, um sich von dem Ausflug zu erholen und die Splitter seines Lebens zusammenzukehren. Bei solchen Kehrarbeiten fügt man sich oft neue Wunden zu – an den Händen, bisweilen sogar an den Handgelenken.

Schließlich beschloss Jussi Vares, zu seinem älteren Onkel Valtteri nach Siikainen zu fahren. Er warf das Handtuch, auf der Flucht vor der plötzlich so beklemmend eng gewordenen Stadt.

ZWEITER TEIL

»Ohne Eier hätte es der Mann im Leben leichter.
Auf jeden Fall würde er von Spott und größeren
Konflikten verschont bleiben, und auch zu Hause
würde es stimmen.« M. I.

1

Direkt am Zentralmarktplatz von Tampere erhob sich eine in gelblichem Ton gestrichene Holzkirche, die eigentlich ein wenig zu klein und heimelig aussah zwischen all den Steingebäuden im Kern der geschäftigen Stadt. Irgendwie hatte Eeva Sunila diese Kirche immer gemocht.

Eeva kam in den Sinn, welche Gründe Antero für den Antrag auf Trauung vor den Gefängnisbeamten angegeben hatte. Antero hatte erklärt, dass auch seine Eltern sowie seine Großeltern väter- und mütterlicherseits vor dem Altar dieser Kirche getraut worden waren.

Für diese Personen – außer Anteros Mutter, die immer noch lebte – hatte in dieser Kirche auch das Sterbeamt stattgefunden. Und Antero selbst war hier konfirmiert worden.

Das Warten auf den behördlichen Entscheid war für sie beide ein äußerst harter Prozess gewesen. Ende März schließlich konnte Antero bei einem Treffen im Gefängnis Eeva die Antwort mitteilen: Die Angelegenheit war endlich in Ordnung. Antero hatte sanft über ihre Hand gestrichen und deutlich gezeigt, wie gerührt er war. Der Antrag auf Genehmigung eines Hafturlaubs von fünf Stunden war von der Gefängnisverwaltung einstimmig angenommen worden.

Eeva Sunila sah von Weitem die einen Spalt weit offen stehende Doppeltür der Kirche und zupfte mit einer instinktmäßigen und nervösen Geste ihr Kleid zurecht. Sie blickte unbemerkt auf ihre Armbanduhr. Es war so weit. Sie musste den steinernen Platz überqueren. Es kam ihr vor, als sei sie der Späher einer angreifenden Kompanie am Rande eines ungesicherten Sumpffeldes. Aber so war es abgemacht. Sie musste hinübergehen.

Eeva klemmte ihre glänzende Brauttasche noch enger unter den Arm und holte tief Luft. Die Kriegsmanöver waren dagegen nur eine Art geleitetes Spiel gewesen.

Jetzt aber wurde scharf geschossen.

Antero Kraft stand mit zwei Vollzugsbeamten im Vorraum der Kirche, direkt an der Außentür. Er trug einen dunklen Zweireiher und eine weinrote Krawatte. Am Revers seines Sakkos steckte eine blutrote Rose. Antero zeigte eine feierliche und ernste Miene.

»Hallo Eeva. Wie schön du aussiehst!«

Über Anteros Gesicht breitete sich das vertraute jungenhafte Lächeln aus. Er tat einen kurzen Schritt nach vorn und nahm Eeva bei der Hand. Die sich seltsam trocken anfühlenden Lippen des Mannes berührten kurz Eevas warme Wange. Er roch dezent nach Rasierwasser, einem exotischen und teuren. Mit Sicherheit war das kein gewöhnliches Barracuda.

»Antero, wie elegant du aussiehst!«

»Aus dem Postversandhaus. Die wollten mich nicht allein zum Shoppen lassen«, lachte Antero.

Eeva drückte ihm kurz die Hand und trat einen Schritt zurück. Einer der beiden abseits stehenden Gefangenenbegleiter räusperte sich leicht. Immerhin trugen die Beamten nicht die steif geschnittenen, grauen Dienstanzüge des Justizvollzugs. Eeva wusste, dass die Männer ihre Eisen diskret im Gürtelhalfter unter ihren Jacken verborgen hatten.

»Also dann. Es geht los. Ich wünsche dir einen unvergesslichen Hochzeitstag, meine Liebe.« Auf Antero Krafts Gesicht schimmerte ein vielsagendes Lächeln.

Aus der Richtung des Kirchenraums waren Schritte zu hören.

»Aha. Die wichtigsten Personen des Nachmittags sind schon eingetroffen.« Der Traupastor trat in seinem weiten Messgewand durch die Kirchentür in den Vorraum – ein jüngerer Mann mit Brille und einem kleinen Spitzbart.

»War ja auch nicht zu befürchten, dass sich unsereiner verspätet …« Antero Kraft lachte und wandte sich dem Pastor zu, um ihm die Hand zu geben. »Richtig nett, sich mal von Angesicht zu Angesicht gegenüberzustehen. Am Telefon haben wir ja schon mehrmals miteinander gesprochen.«

Eeva schob ihre Handtasche unter den anderen Arm und gab ihrerseits dem freundlich lächelnden Pastor die Hand. Sie hatten sich immerhin einmal getroffen und sich gemeinsam um die Formalitäten für die Hochzeit gekümmert, die für den Antrag auf Trauung erforderlich waren. Eeva hatte zu verstehen gegeben, dass sie und der Bräutigam keine Musik wünschten, sodass sich der Kantor einen freien Nachmittag nehmen konnte.

»Also, alles klar.« Der Pastor rieb sich die Hände und lächelte wie ein Jugendpastor, der sich auf dem Abschiedsfest einer Konfirmandenfreizeit über die Pfannkuchen hermachte. »Dann kann's also losgehen, nicht wahr.«

»Ist uns recht«, sagte Antero und blickte Eeva an.

Der Pastor öffnete die Doppeltür zum Kirchenraum und geleitete die bescheidene Hochzeitsgesellschaft zum Altar. Eeva Sunila ging steif neben Antero Kraft her. Sie spürte den tiefen Frieden, der in dem hohen und stillen Holzgebäude ruhte.

Antero blieb auf ein Zeichen des Pastors hin vor dem Altar stehen. Eeva folgte einen halben Schritt später und wäre beinahe am Rand der Altarerhöhung gestolpert. Die Begleiter gingen langsam hinter ihnen. Die Anzüge der Männer raschelten, und einer der beiden hustete. Sie ließen sich ächzend auf der harten Bank nieder.

Der Pastor begann mit seiner Litanei. Eeva konnte sich nicht auf die Worte des Geistlichen konzentrieren. Sie lauschte nur dem gedämpften Flüstern, das in den jahrhundertealten Konstruktionen der hölzernen Kirche zu hören war, und dachte an all die Tausende von Bräuten, die vor ihr an dieser Stelle gestanden hatten.

Sie fühlte, dass sie ein viel schwächerer und schlechterer Mensch war als ihre Vorgängerinnen. Nie zuvor hatte sich Eeva so gefürchtet wie jetzt.

Sie schreckte auf, als der Traupastor die obligatorische Frage an sie stellte, aber sie riss sich dann zusammen.

»Ja.« Das Wort klang quälend in Eevas Ohren, fast unnatürlich laut. Kam dieser Laut wirklich aus ihrem Mund?

Anteros Antwort auf die Frage des Pastors war für Eeva nicht zu hören. Warum gab Antero sein Versprechen nicht laut und deutlich?

Der Ring war eng. Das Gold fühlte sich am Ringfinger eiskalt an. Eeva lief ein leichter Schauer den Rücken hinunter.

»Also, ihr lieben Kinder Gottes.« Der Pastor lächelte mild. »Die Ringe sollen den heiligen Bund zwischen euch besiegeln. Ihr dürft euch jetzt küssen.«

Eeva Sunila holte so tief Luft, als würde sie unter Wasser tauchen wollen. Anteros Lippen waren hart. Eevas Augen trafen Anteros strengen Blick. Der Mann zuckte nicht einmal mit der Wimper.

Antero Kraft schloss Eeva erneut in die Arme. Einer der beiden Gefangenenbegleiter hüstelte gelangweilt auf der vorderen Kirchenbank. Der Pastor trat zur Seite, sein Messgewand raschelte leise.

Eeva neigte ihren Kopf und öffnete schnell den Verschluss ihrer glänzenden schwarzen Handtasche. Sie spürte wie Anteros trockene Lippen auf ihrem Mund lagen. Eeva blieb die Luft weg. Sie konnte nur erahnen, wie Anteros Hand zu ihrer geöffneten Handtasche strebte und wie sich seine Finger entschlossen um den Nussholzgriff des Trommelrevolvers legten.

2

»Hier. Für den Holzhacker.« Valtteri Vares reichte seinem Neffen eine Bierflasche, auf deren Etikett das massive Bärenlogo des Karhu-Biers prangte, ein echtes Raubtier des Waldes.

Jussi Vares wischte sich mit der Hand über die Haut, die nach dem Saunagang ganz feucht geworden war, und seufzte zufrieden. Vor den Augen der Männer breitete sich in seiner unschuldig grünen Frische der Vorsommer über der entlegenen Provinz Satakunta aus. Gleich vor der Sauna begann der steinige und hügelige Bruchwald der Landgemeinde Siikainen; eine karge Wasserscheidenregion so weit das Auge reichte. Sich kilometerweit erstreckendes Brachland, Wald, Einschlagsgebiete und Sümpfe. Hier und dort eine Holzhütte, die schon vor langer Zeit verlassen worden war.

Im Gebüsch hörte man das verärgerte Gezwitscher von Vögeln, die um ihre Nistreviere kämpften oder dem anderen Geschlecht ihre Stimmkünste demonstrierten, damit die Weibchen ihre potentiellen Paarungspartner in irgendeine Rangfolge stellen konnten. Es herrschte Lärm wie an einer Kneipentheke kurz vor Schankschluss.

Irgendwo weit hinter der Sauna, auf einem gewundenen Schotterweg, der von der Wegegemeinschaft unterhalten wurde, knatterte ein starker Traktor. Irgendein Bauer aus Vuorijärvi bog in Richtung Saarikoski ab, was bewies, dass die Holzhütte von Valtteri Vares noch nicht das letzte Zeichen von Zivilisation war.

Jussi Vares kippte die halbe Flasche auf einmal runter. Valtteri bot ihm aus einem Plastikkanister Selbstgebrannten an, den er mit dem Saft von selbst gepflückten Preiselbeeren gestreckt hatte. Etwas für Hartgesottene. Jussi Vares lehnte vorerst ab. Valtteri nahm einen kräftigen Schluck – nicht der erste an diesem schönen Sommertag.

»Ich bin ja schon ein alter Mann. Habe zwei Kriege miterlebt. Aber von diesem neumodischen Schnickschnack, diesen Viagras oder wie sie alle heißen, versteh' ich nichts.« Valtteri schüttelte den Kopf.

»Hmm. Wie ist denn das bei dir in letzter Zeit mit den Frauen gewesen?«, erkundigte sich Jussi Vares.

»Na ja, das wäre ja sicher kein Problem. Wenn's welche gäbe. Aber dieses Mädel aus Leväsjoki – also Telma meine ich – ist vor zwei Jahren hops gegangen. Und nach einer Neuen habe ich mich nicht ernsthaft umgeschaut. Aber ist es mit den Bumsgeschichten nicht so wie mit dem Fahrradfahren? In der Übephase hat man noch ziemlich Angst, aber dann, wenn man das erste Mal so richtig auf dem Ledersattel sitzt, verlernt man es sein Leben lang nicht mehr und kommt auch ohne irgendwelche Mittelchen aus.«

»Ja genau. Aber es gibt auch schwächere Männer als dich«, bemerkte Jussi Vares. »Und du wirst doch nicht bestreiten, dass auch bei einem flotteren Drahtesel mit der Zeit die Kette rostet, oder?«

»Hör mal, mein lieber Neffe. Die Medaille hat auch eine Kehrseite. Es kann nämlich auch eine Art Erleichterung sein. Also, ich meine, dass man nicht mehr die ganze Zeit hechelnd durch die Gegend laufen muss. Wenn dich das Alter einholt, wird der Strahl kürzer und das Gesicht faltiger. Also, das macht einen doch auch irgendwie ruhiger. Oder?« Valtteri Vares blickte seinen Neffen herausfordernd an.

»Na ja, doch. Und du hast ja sicher genug Gelegenheit gehabt, dir vom großen Kuchen des Lebens deine Scheibe abzuschneiden. Also, wenn ich die Sache richtig verstanden habe.«

»Ich hab mich schon behaupten können. Ach, du kannst dir gar nicht vorstellen, wie mein Leben damals ausgesehen hat, als ich noch ein junger Mann war. Ständig angebaggert und abgeschleppt. Und das war damals gar nicht so leicht, weil die Tanzplätze und Marktflecken weit entfernt waren. Und sich die Landstraßen in einem so schlechten Zustand befanden, dass die Gänge des Fahrrads ständig gestreikt haben. Aber auch das nahmen wir Jungs in Kauf.«

»Die Zeiten haben sich ein wenig geändert.«

»Ja, das haben sie. Als ich ein junger Mann und mein Dödel noch eine Eisenstange war, gab es keine ordentlichen Verkehrsmittel, mit denen man irgendwo hinkam, wo es Frauen gab. Heutzutage stellt die Gemeinde uns Senioren Taxicoupons zur

Verfügung. Aber was machen wir damit. Da sind wir fünfzig Jahre zu spät dran. Damals, als wir jung waren, gab es nur eine einzige Fahrtmöglichkeit für uns, und zwar vom Staat verordnet, an die Front nach Karelien.«

Die Krähen in Valtteris Garten, ein Pärchen, das in einem nahen Fichtengehölz nistete, flogen in eine Hängebirke, um den süßen Geruch des Aufgussdampfes, der aus der Sauna kam, zu genießen. Die Männer saßen einen Augenblick schweigend da und verfolgten das unruhige und vorsichtige Geflatter der grau gefiederten großen Vögel.

Jussi Vares nahm auf dem Gartenstuhl, dessen Stoffbezug an den Nähten schon auseinanderging, eine bequemere Haltung ein. So war es gut. Ein seltenes Gefühl von Ruhe und Frieden war besser für die Seele als der teuerste Balsam. Die böse Welt mit all dem Stress und den Enttäuschungen befand sich weit weg hinter dem Horizont. Der unter den Blumenkränzen ruhende Armeekamerad und die in Schwarz gekleidete Witwe mit den schuldbewussten Augen waren plötzlich nur noch ein böser Traum.

»Du wirst doch nicht schon morgen wieder nach Turku zurückfahren, oder?« Valtteri Vares schaute Jussi schräg an.

»Wir werden mal sehen, wie die Welt morgen ausschaut …« Jussi wusste jedoch, dass er seinen Entschluss schon gefasst hatte.

»Aber jetzt, Onkelchen, gibst du mir doch mal einen Schluck von diesem Fusel da.« Vares deutete mit seinem Becher auf den Kanister. »Damit ich mich nicht erkälte oder womöglich noch Trübsal blase …«

3

Die Zeit in der alten, inmitten der geschäftig rauschenden Stadt liegenden Holzkirche schien stehen geblieben zu sein. Als ob ein riesiges Rad plötzlich geknirscht hätte und auf der Stelle verstummt wäre.

Die kurzläufige Waffe in Anteros Hand, ein tückischer Colt

King Cobra, war direkt auf die zwei Vollzugsbeamten gerichtet, die in der vordersten Kirchenbank saßen. Eeva Sunila stand mit entschlossenem Gesicht neben den beiden Männern.

»Verdammt-der-hat-das-Eisen-aus-der-Tasche-der-Braut-gezogen! Schei-ße …« Einer der beiden Begleitmänner des Vollzugsdienstes verlor fast die Beherrschung. Der Wärter klammerte sich mit beiden Händen an der Kirchenbank fest und plapperte wie ein Maschinengewehr. Er sah sich jedoch vor, keine überflüssige Bewegung zu machen.

»Pass auf, was du sagst, Uusiniitty. Wir sind an einem heiligen Ort. Du solltest dich dementsprechend verhalten.« Antero Kraft lächelte hämisch.

»Nimm das Eisen weg. Dann wirst du später leichter davonkommen.« Lehtosuo verriet mit keiner Geste, was er im Inneren fühlte.

»In Gottes Namen … nicht …«

Antero gab dem Pastor zu verstehen, dass er näher kommen solle. Der Geistliche kniff entsetzt die Augen zusammen, aber gehorchte. Kraft streckte seine Hand über den flachen Altarrand und packte den Pastor am Kragen. Der Ruck war nicht besonders heftig, aber doch kräftig genug. Die Fersen des Pastors lösten sich vom Boden, und der Mann fiel vor dem Brautpaar zu Boden wie ein halb leerer Hafersack. Der Pastor schloss die Augen, bekreuzigte sich hastig und leierte in seiner Panik die ganze Litanei herunter: »Vaterunserimhimmelgeheiligtwerdedeinnamedeinreichkomme …«

»Halt die Schnauze, Mann. Verkriech dich, verdammt«, sagte Eeva Sunila mit einer derartigen Kommandostimme, dass sie sich selbst über ihren barschen Ton wunderte. Sie mussten die Lage jetzt in den Griff bekommen, damit die Operation nicht zu einer einzigen Farce wurde. Das Gewimmer des Pastors brach abrupt ab. Er rollte sich in Embryostellung, schloss die Augen und spielte den Toten.

Antero Kraft sprang vor die beiden Begleitmänner und drückte den Lauf seiner Waffe an die Stirn des Oberwächters Lehtosuo.

»Also dann, ihr Revolverhelden!« Er nahm den Griff seiner Pistole in beide Hände. »Werft die Waffen auf den Boden. Mit zwei Fingern. Na wird's bald!« Antero Kraft erhob die Stimme und wedelte verärgert mit seiner Pistole herum.

Uusiniitty handelte als Erster, ohne auf eine weitere Aufforderung zu warten. Die Polizeipistole, eine Sig Sauer, polterte mit solcher Wucht auf den Dielenboden, dass der Aufprall aus der Höhe des Mittelschiffs widerhallte.

»Na, wird es Lehtosuo der jüngeren Generation nachtun? Oder lässt er sich lieber einige Gramm Blei durch die Schläfe pusten?«, spöttelte Kraft.

Lehtosuo entschied sich für die erste Alternative. Kraft stieß die Waffen der Gefangenenwärter mit dem Fuß beiseite. Er reichte Eeva, höflich mit dem Griff nach vorn, seinen Revolver, zwinkerte ihr schelmisch zu und hob die auf dem Boden liegende Sig Sauer auf.

Lehtosuo stellte demonstrativ die Füße aus und begann leise vor sich hin zu pfeifen. Uusiniitty starrte seinen Kollegen missbilligend an.

»So, jetzt rückt mal eure Handschellen raus! Hopp, hopp!«, sagte Eeva Sunila mit lauter Stimme. Die schlimmste Anspannung war gewichen. Eeva machte einen kleinen Schritt zur Seite und behielt die beiden Wärter fest im Auge. Gefangenenwärter Uusiniitty holte die unter seiner Jacke hängenden Handschellen hervor. Oberwärter Lehtosuo grinste Antero bewusst herausfordernd an, aber widersetzte sich dem Befehl nicht. Auch unter seiner Jacke fanden sich fröhlich klirrende Handschellen.

»Hör mal, schöne Braut. Noch ein kleiner Tipp für die Hochzeitsnacht.« Lehtosuo konnte einfach nicht den Mund halten. »Mach's ihm nicht mit dem Mund. Der Kraft war einer von denen, bei dem allen immer so ein schlechter Geschmack im Mund zurückblieb.«

»Antti-nicht-doch-lass-es-doch-du-hörst-du-Antti.« Gefangenenwärter Uusiniitty bekam wieder einen Rappel. Er schien nicht besonders begeistert von den Sprüchen seines Kollegen. Der junge Wärter zitterte wie Kalbfleischsülze.

Antero Kraft tat so, als ob er die Bemerkung des älteren der beiden vollzugsdienstlich bestimmten Trauzeugen gar nicht gehört hätte. Er bückte sich zum Pastor hinunter, klatschte dem Geistlichen ein paar Mal an die Wange und forderte ihn auf, sich zwischen die beiden Wärter auf die Bank zu setzen. Der Pastor winselte wie ein getretener Hund und stellte sich vorsichtig auf seine zittrigen Beine. Der Kirchenherr machte ein Gesicht wie ein Galeerensklave, der gerade gehört hatte, dass der Kapitän des Schiffes als Nächstes Amerika entdecken wolle.

Antero Kraft befahl den Männern, sich hinzuknien, den Kopf zwischen die Knie zu schieben und die Hände tief unter die Bank zu stecken. Eeva überwachte die Situation von der Seite aus. Das Rauschen des Verkehrs, das von draußen hereindrang, schien aus einer anderen Welt zu kommen.

Es schnappte ein paar Mal metallisch, und die Kopplung der Handschellen war hergestellt. Das Dreiergespann blieb ächzend in unbequemer Position auf der Bank sitzen.

»Dann noch einen schönen Tag, meine Herren!« Antero konnte es nicht lassen, Oberwärter Lehtosuo noch einmal ermunternd auf den Rücken zu klopfen. »Es wird jetzt ein Weilchen dauern. Singt doch zum Zeitvertreib ein Kirchenlied.«

»Kraft, hör mal!« Da er sich in einer so unbequemen Stellung befand, hörte man aus Lehtosuos Mund nur ein schwerverständliches Gemurmel. »Glaub mir, deine Rückkehr nach Kylmäkoski werde ich noch viel inniger erwarten, als damals den ersten festen Kackeklumpen meines geliebten Erstgeborenen.«

»Noch einen schönen Sommer euch dreien. Vielleicht schicke ich euch eine Karte.« Antero Kraft nahm Eeva fest am Handgelenk. Sie eilten im Laufschritt auf die Haupttür zu. Der Hall ihrer Schritte verfolgte sie wie ein Rudel blutrünstiger Wölfe.

Eeva verspürte ein schmerzliches Gefühl, als sie an Anteros Seite aus der großen Doppeltür der Kirche hinaus ins Sonnenlicht trat. Das Adrenalin schoss ihr durch die Adern wie ein untergäriges Frühlingsbier. Verdammt noch mal, Rekrutin Sunila! Das war's. Du hast es getan!

»Wo ist es? Wo zum Teufel ist das Auto …« Antero Krafts falkenartiger Blick streifte über den nah gelegenen Parkplatz.

Von der anderen Seite des Platzes her kurvte ein hellblauer Mitsubishi Colt heran und fuhr direkt vor den Treppenaufgang der Kirche. Der Wagen erweckte nicht die geringste Aufmerksamkeit der Passanten.

Genau in diesem Augenblick drang von der Wand der Kirche her ein Geräusch in Eevas Ohren, das wie ein Schluchzen klang.

»Eeva. Eeva, meine Liebe. Ich bin's doch nur …«

Eeva fuhr zusammen, als ob sie einen Schlag mit der Faust bekommen hätte. Antero hatte sich schneller als Eeva in die Richtung gedreht, aus der die Stimme kam. Der Lauf seiner Sig Sauer erhob sich wie der Kopf eines überraschten Raubtiers und richtete sich auf sein neues Ziel. Eeva griff erschrocken nach Anteros Handgelenk.

»NICHT, ANTERO!«

In einer Entfernung von einigen Metern, im Schatten der Giebelwand der Kirche, stand Liisa. Mit einer niegelnagelneuen Pillendose auf dem Kopf und im besten Festkostüm. Liisa hielt in der linken Hand eine Tüte Reis und in der rechten ein kleines Bukett – natürlich Rosen. Die schockierende Wendung kam für Liisa völlig überraschend. Sie ließ die Reistüte fallen. Die Körner verteilten sich auf dem Boden. Liisa schaute mit halb offenem Mund und entsetztem Gesicht in den Lauf der Pistole.

»Antero. Nicht schießen!«, schrie Eeva erneut auf. »Das ist Liisa, eine gute Freundin von mir.«

»Scheiße, verdammt! Zur Hölle mit dir! Aber schnell!« Antero Kraft fuchtelte mit seiner Waffe herum.

Liisa lehnte wie gelähmt an der Kirchenmauer und sank langsam zum Steinsockel der Kirche hinab. Wie der erste Schnee breitete sich ein weißer, unschuldiger Reisteppich vor ihren Füßen aus.

Der Mitsubishi blieb vor den Stufen der Kirche stehen. Der Fahrer streckte sich, um die Beifahrertür zu öffnen, und rief etwas. Antero ergriff Eevas Arm und zerrte sie mit ins Auto.

»Liisa, verschwinde!«, rief Eeva noch über ihre Schulter hinweg. »Verzeih mir.«

4

Eine vertraute Unruhe begann sich am Nachmittag in Mikko Koitere breitzumachen. Er versuchte, seine Gedanken in den Griff zu bekommen und sich am Schopf zu packen. Aber das andere Ich, das (in einem roten Trikot) auf der anderen Seite der Matte hockte, war ein viel zu starker und hartnäckiger Gegner. Der Ringkampf war von Anfang an für ihn verloren. Er wurde auf die Schultern gelegt. Die Sonne, die glühend über der Stadt stand, schickte ihre schädlichen Gammastrahlen auf den schwarzen Asphalt. Die Strahlen spiegelten sich direkt in Mikko Koiteres empfindlicher Libido wider und versetzten seine hyperaktiven männlichen Hormone in einen wilden, unkontrollierten Galopp. Und auch die in Miniröcken und dünnen Tops durch das Straßengewimmel stöckelnden Circen trugen nicht gerade zur Verbesserung seiner Lage bei.

Nach einem hastigen Hamburger-Lunch machte Koitere einen Abstecher ins Polizeipräsidium, um einen kurzen mündlichen Bericht über die neuen Verstrickungen der Einbrecherbande von Vallila abzugeben. Kriminalkommissar Bo Bergström beschloss, die Observierung noch ein paar Tage fortzusetzen, bevor sie die Schlawiner festnehmen würden.

Das Postenschieben wurde an Harju und Sorsa delegiert. Nach der Besprechung schloss sich Koitere in seinem Arbeitszimmer ein und versuchte etwas Papierkram zu erledigen. Zwischendurch ertappte er sich dabei, wie er an dem flimmernden Bildschirm vorbei in die Ferne starrte. Er fühlte eine bedrohliche Anspannung. Die Finger trommelten unruhig auf der Tischplatte herum.

Um halb drei war Mikko Koitere bereit. Er warf sich die Jacke über und teilte dem Diensthabenden mit, dass er eine kleine »Observierungsrunde« unternehmen würde.

Gegen drei parkte Koitere seinen Wagen vor einer Bierkneipe in Kallio. Aus alter Gewohnheit blickte er nach rechts und nach links und ging auf der schmalen, sich durch das verwinkelte Viertel schlängelnden Gasse bis zur nächsten Straße hinunter. Er kam an einem tamilischen Schnellimbiss, einem russischen Blumenladen sowie an einer türkischen Lederwarenboutique vorbei, die an den Strandboulevard von Marmaris erinnerte.

An der Tür eines weiteren Ladens stand: *Taj Mahal Erotic Center*. Mikko Koitere griff nach der Klinke und trat ein. Der im Untergeschoss gelegene Laden war überraschend geräumig. Dutzende von Regalmetern vollgestopft mit Pornovideos erstreckten sich bis in die hintersten schummrigen Winkel des Geschäfts. Viljanen saß hinter dem Verkaufstisch und zeigte keine Regung. Der Mann hatte Mikko Koitere mal erzählt, dass es die Kunden störte, wenn man ihnen zu schnell Beachtung schenkte. Die Scheueren unter ihnen würden dann sogar auf der Schwelle kehrtmachen. Es war also besser, die Kunden zunächst zwischen die Kassettenregale schlüpfen zu lassen, wo sie quasi inkognito blieben.

Viljanens Verkaufsphilosophie gründete sich darauf, dass man erst dann dem Kunden Auge in Auge gegenüberstehen sollte, wenn er mit zerknitterten Scheinen in der einen und dem sorgfältig ausgewählten Produkt in der anderen Hand auf die Theke zutrippelte. Womit Viljanen nicht unbedingt unrecht hatte. Mikko Koitere wusste, dass das *Taj Mahal Erotic Center* von der Kundschaft gut angenommen wurde.

»Tag auch, Viljanen.«

Viljanen löste seinen Blick von der Zeitung. Der Mann hatte schon eine Glatze gehabt, bevor Glatzen in Mode gekommen waren. Viljanens Schädel erinnerte Koitere an einen riesigen Werbephallus aus Kunststoff. Dieser Eindruck wurde vielleicht auch dadurch verstärkt, dass sich in den Regalen hinter Kenneth Viljanen eine prächtige Reihe unterschiedlichster Dildos befand.

Koitere ließ seinen Blick schweifen. Das Sortiment war umfassend: von unbedeutenden silberfarbenen Blockflöten einer Konfirmandin bis hin zu halbmeterlangen ädrigen Knotenschwengeln, die so idiotisch waren, dass sie nur das Produkt von amerikanischem Größenwahn sein konnten.

»Na, wen haben wir denn da! Da ist ja der Rattenhirte. Hereinspaziert, bitte schön ...« Kenneth Viljanen lächelte.

»Ziemlich ruhig heute?«

»Kann man wohl sagen. Aber übermorgen wird die Volksrente ausgezahlt. Dann wird es wieder in den Scharnieren quietschen. Wie immer. Am besten läuft das Geschäft an den Montagen nach dem Auszahltag. Nach dem Wochenendfick kribbelt es bei den verkaterten Kunden immer ganz ordentlich, und ein wenig Kompott ist meist auch noch übrig.

»Wen hast du heute da?«

»Ellen, aus Estland. Schau mal.«

Vor Viljanen lag auf dem Tisch das Farbfoto einer blonden Schönheit. Das Mädchen posierte in einem engen schwarzen Latexdress mit einem unartigen Blick auf ihrem Puppengesicht. Unter dem Foto stand, dass Ellens Preise für eine Ganzkörpermassage bei zweihundert Mark begannen.

Mikko Koitere schnalzte mit der Zunge. Ellen. Warum nicht. Er mochte dieses Mädchen auf den ersten Blick. Ellen. Ein netter Name.

»Ja. Nicht schlecht. Ich bin dabei.«

»Dann geh mal rein. Geht auf Kosten des Hauses.« Viljanen zwinkerte und zeigte auf eine Tür, die einen Spaltbreit geöffnet war.

Mikko ging den ihm bekannten düsteren Gang entlang. Die Tür der Kabine war halb geöffnet. Es gab knapp zehn Quadratmeter Platz. Ein Strebenstuhl, ein Kleiderständer und ein Massagetisch. An der hinteren Wand baumelte eine Tubenflasche aus Plastik, in der sich irgendein Öl befand.

Koitere zog sich nackt aus, legte seine Jeans über die Stuhllehne und hängte seine Jacke auf einen Bügel. Dann setzte er sich auf den Rand des Massagetisches.

Der Türvorhang raschelte. Ellen trat herein. Das Mädchen war in Natur noch viel hübscher als auf dem Foto am Verkaufstisch. Zwanzig Jahre alt, lange Beine und ein richtig guter Body.

Oh Mann! Warum in aller Welt massierte ein Mädchen, das so aussah, in den Hinterzimmern muffiger Schmuddelschuppen die fiesen Stiernacken finnischer Drecksäcke? Unvorstellbar!

»Was möchtest du? Nur Massage?«

Koitere schüttelte den Kopf und blickte das Mädchen unverwandt an. Koitere hatte vorsorglich ein Trinkgeld in der Hand.

»Zieh dich nur ganz aus …« Koitere steckte dem Mädchen den Hunderter zu.

Ellen neigte ein wenig den Kopf, machte einen Schmollmund, öffnete im Rücken irgendeinen Haken und ließ das schwarze Paillettenkleid auf den Boden gleiten. Das Mädchen stand nackt, nur einen Meter von Koitere entfernt, unter einem gedämpften Lichtspot.

»Vergiss die Massagen und Ölbehandlungen. Setzt dich auf den Stuhl und reib dich ein wenig.«

»Ich masturbiere nicht. Grundsätzlich.«

»Wer will denn das von dir? Setz dich einfach hin und streich dir über die Schenkel.« Koitere gefielen die Brüste von Ellen wirklich. Abstehend, spitz und prall. Kein Silikon.

Das Mädchen tat wie ihr befohlen und setzte sich. Koitere ergriff sein Glied und brachte sich in Gang. Ellen strich sich leicht über die Innenflächen ihrer Schenkel.

Koitere schüttelte den Kopf und sog die Unterlippe ein. Das Mädel war schön wie eine Engelspostkarte, aber ein wenig zu kühl. Die Sache musste mehr Schwung bekommen.

»Bitte schön. Jetzt bist du dran …« Koitere ließ von seinem Teil ab. Es schwenkte frei in der Luft umher.

»Das gehört nicht dazu. Für Trinkgeld ziehe ich mich nur aus. Und massieren tue ich auch. Berühren darf mich der Kunde nicht. Er kann sich einen runterholen, aber ich darf ihm dabei nicht behilflich sein.« Ellen machte einen entschlossenen Eindruck.

»Diese Innendienstvorschrift betrifft nicht mich. Pack zu, Mädel!«

»Das geht nicht.« Ellen machte einen Schmollmund und schüttelte entschlossen den Kopf.

»Aber hallo. Ich hab hier nicht den ganzen Tag Zeit. Jetzt geh mal zu Viljanen und frag ihn selbst. Ich halte inzwischen das Feuer am Brennen. Na, geh schon …« Koitere ergriff seinen schlaff gewordenen Schwengel und deutete mit der anderen Hand befehlend zum samtenen Türvorhang.

Ellen zog die Stirn in Falten und wirkte sichtlich unentschlossen. Dann zog das Mädchen seinen seidenen, dünnen Morgenmantel über und ging mit klackernden Absätzen aus der Kabine heraus.

Mikko Koitere seufzte. Es kam ihm die Taipale vom Betrugsdezernat in den Sinn. Sinikka war wohl ihr Vorname. Eine Junggesellin, die schon des Öfteren Interesse gezeigt hatte. Und auch noch ganz gut aussah.

Und diese Sinikka Taipale war durchaus nicht die Einzige ihrer Art.

Aber Koitere sehnte sich nicht nach einem Verhältnis. Was für einen Reiz hätte das gehabt? Gemeinsame Kaffeepausen? Heimliche E-Mails? Treffen an entlegenen Kneipentheken nach einem langen Arbeitstag? Etwas weniger Reizvolles konnte man sich kaum vorstellen. Koitere schüttelte langsam den Kopf.

Das, was ich brauche, ist Sex. Nur Sex. Jemanden, den ich liebe, habe ich schon. Und eine Familie, die mir viel bedeutet.

Koitere erinnerte sich an eine Doku-Reportage im nächtlichen Fernsehprogramm, die er zusammen mit Pirkko gesehen hatte, nachdem Jaakko bereits schlafen gegangen war. Die Sendung hatte auf reißerische Weise über das Sexleben von Hollywood berichtet. Irgendein Redakteur vom Playboy hatte erklärt, dass die Männer, denen sich an jeder Ecke eine Schnecke anbot, nicht ins Bordell gingen, weil sie Frauen bekommen wollten.

Sondern deshalb, weil sie sie einfach loswerden wollten.

Koitere hatte sich in dieser Äußerung selbst wiedererkannt. Ficken tut man, weil man Lust drauf hat. That's all. Mehr bedeutet es nicht. Gefühle und Zärtlichkeitsbeweise sind der heimischen Mannschaft vorbehalten.

Ellen kehrte zurück und ließ sofort ihren leichten Morgenmantel auf den Boden gleiten. Auf ihrem Gesicht spielte ein kühles, professionelles Lächeln.

»Na, was hat Viljanen gesagt?«

»Alles okay. Ich soll dir ein wenig entgegenkommen.«

»Na prima. Dann komm mal zu Papa.« Koitere tätschelte das raschelnde Papierlaken.

Ellen setzte sich mit ihrem kleinen Hintern neben Koitere auf den Massagetisch und nahm ihn sich mit professionellem Griff vor. Sie ließ »die Hand gehen«, wie man bei ihr zu Hause in Estland sagte. Ihre kessen Titten wippten rhythmisch im Gleichtakt. Mikko Koitere streichelte mit halb geschlossenen Augen die abstehenden Brustwarzen. Das tat gut. So verdammt gut.

In fünf Minuten war der ganze Spaß vorbei.

Koitere schloss die Augen. Er wunderte sich wieder einmal über das Dröhnen in seinem Kopf, dieses nichtssagende Gefühl von fader Enttäuschung.

Ein Heiligabend von zweieinhalb Sekunden, auf den ein unendliches, an der Seele zehrendes Dreikönigsfest folgte.

Koitere stemmte sich ächzend auf die Beine. Das Mädchen wischte sich ihre Hand an einem Papiertuch ab, zog das Papierlaken ab und warf es zerknüllt in den Papierkorb, der unter dem Massagetisch stand. Dann zog sie ein neues Laken von der Rolle. Der Massagetisch stand für den nächsten Kunden bereit.

In der Brusttasche von Koiteres Jacke klingelte das Telefon. Koitere ließ seine Jeans vorläufig über der Stuhllehne hängen und nahm das Gespräch an.

»Ich bin's.« Mikko Koitere erkannte die tiefe Stimme von Karl Miesmann.

»Ja.«

»Also, die Sache, von der wir gesprochen hatten. Es geht jetzt los. Nur zur Information. Du erinnerst dich doch an das, was du versprochen hattest.«

5

»Seid gegrüßt, ihr Jungverheirateten.« Der Mann am Steuer warf grinsend einen Blick über die Schulter und versuchte den Tamperaner Dialekt nachzuahmen. Was ihm jedoch nicht so recht gelingen wollte. Der Fahrer war etwa dreißig Jahre alt und von ziemlich dünner Gestalt. Er hatte eingefallene Wangen und ein pockennarbiges Gesicht. Seine Haare waren zu einem Pferdeschwanz zusammengebunden, und der Haaransatz war schon deutlich zurückgewichen.

»Na, fahr schon!«, fuhr Antero Kraft mit heiserer Stimme den Fahrer an und blickte sich nervös um. »Aber ganz ruhig. Ohne Aufmerksamkeit zu erregen!«

»Ja, ja. Ich versteh meinen Job schon.«

Eeva biss die Zähne zusammen und drehte ihr Gesicht in Fahrtrichtung. Jetzt bloß die Nerven nicht verlieren.

Der Fahrer betätigte den mit einem schwarzen Knauf versehenen Schaltknüppel. Schon nach drei Minuten hatte das Japsenauto den Tammerkoski-Strom überquert. An der Ampel mussten sie stehen bleiben. Die Sekunden krochen gerade so langsam dahin, wie man es auf einer Flucht erwarten konnte.

Antero saß neben Eeva auf der Hinterbank und wandte sich nervös auf dem Sitz hin und her. Es war heiß im Wagen, und die Luft war stickig. Eeva bemerkte, dass der Steuerknecht, der vor ihr saß, einen besonders stechenden Schweißgeruch verströmte. Der Fahrer kaute seinen Kaugummi, dass man die Kiefer fast knacksen hörte, blickte nach rechts und nach links und wischte sich mit einer schnellen und nervösen Geste über die verschwitzten Augen. Auf seiner Hand schimmerte irgendeine blaue Tätowierung. Aus der Abbildung wuchs ein dichtes Büschel schwarzer Haare heraus.

»Ich bin übrigens Eeva«, sagte Eeva Sunila plötzlich mit heiserer Stimme, nur um etwas zu sagen.

»Aha. Ich werde schon seit Urzeiten Pizzaboy genannt.« Der Fahrer gab einen trockenen, hüstelnden Lacher von sich. »Aber man darf mich auch Jarmo nennen. Jarmo ist mir ganz recht.«

»Ich werd's mir merken, Jarmo.«

»Scheiße, schalten diese Ampeln denn nie um!« Antero sah sich immer wieder nach hinten um. Auf seiner Stirn bildeten sich Schweißtropfen.

Schließlich schaltete die Ampel auf gelb. Der Mitsubishi Colt schnellte wie aus der Pistole geschossen los.

»Zum Teufel, Jarmo. Cool bleiben! Ganz ruhig jetzt. Wir wollen auf keinen Fall die Verkehrspolizei am Hals haben!«, zischte Antero zwischen seinen Zähnen hervor.

Der Fahrer ging ein wenig mit der Geschwindigkeit herunter und zwang seinen nervösen Bleifuß, sich dem übrigen Verkehr anzupassen. Der Wagen suchte seinen Platz zwischen einem Linienbus und einem Sattelschlepper, sodass sich die Geschwindigkeit bei vierzig Stundenkilometern einpendelte. Schon ziemlich bald befanden sie sich auf den Ausfallstraßen, die den Verkehr zur Fernstraße nach Helsinki schleusten.

»Wer um Himmels willen war das?« Antero Krafts gereizte Stimme durchbrach die Stille wie ein Peitschenschlag.

»Wer?« Eeva Sunila schreckte aus ihren Gedanken auf. Sie verstand nicht sofort, was er meinte.

»Die Else da vor der Kirche!«

»Das war doch nur Liisa. Ich hab sie mehrere Male beschworen, dass sie nicht zur Kirche kommen soll. Und da hat sie sich diese blöde Überraschung ausgedacht.«

»Die hätte von unserer Hochzeit gar nichts wissen dürfen!« Antero blickte Eeva zornig an. »Diese blöde Kuh hätte sich mit ihrer Überraschung beinahe in den Himmel befördert. Mit ihrer beschissenen Reistüte!«

Der Steuerknecht bremste plötzlich und setzte den Blinker nach links. Die Reifen des alten Colts quietschten, und es knarrte im Getriebe. Dann überquerte der Wagen die Straße und fuhr ruckelnd in eine Toreinfahrt, die direkt in den Hof eines gräulichen, mit Baugerüsten und Leihplanen bedeckten großen Etagenhauses führte. Der Ort sah wie eine Baustelle aus.

»Sind wir hier richtig?«, zischte Antero, drehte den Kopf und wischte sich über seine feucht schimmernde Stirn. Er war auf Touren gekommen.

»Ja.« Der Fahrer nickte. »Die wollten die alte Bruchbude den ganzen Sommer über sanieren. Aber jetzt ist die Arbeit aus irgendwelchen Gründen unterbrochen worden. Hier auf dem Hof können wir in aller Ruhe die Klamotten wechseln.«

»Gute Idee.«

Der Mitsubishi Colt drehte eine Runde über das enge, halb mit

Baumaterial zugestellte Hofgelände. Der Fahrer stellte den Wagen im Schatten einer Baubude ab, zog die Handbremse und steckte sich eine Zigarette an. Dann schaltete er das Autoradio ein.

»Wartet einen Moment. In einer Minute kommen die Lokalnachrichten.«

Antero hob die Schultern und stieg aus. Eeva folgte seinem Beispiel. Im Kofferraum des Wagens lagen zwei ordentlich zusammengelegte Blaumänner. Sie zogen sich die Overalls rasch über. Rote Schirmmützen und dunkle Sonnenbrillen vervollständigten die Maskerade.

»Pssst! Da, sie bringen gerade den Polizeibericht«, zischte Pizzaboy aufgeregt, als sie wieder ins Auto stiegen. Ein Zigarettenstummel kokelte im Aschenbecher verloren vor sich hin.

»Nach ersten Angaben der Polizei war die Flucht gründlich vorbereitet gewesen ...«, berichtete eine markante Männerstimme auf der Frequenz des Lokalradios. »Der Flüchtige und seine frisch vermählte Braut stiegen direkt vor der Kirche in ein Auto, das von einem unbekannten Dritten gefahren wurde. Bei dem Fluchtwagen handelt es sich um einen alten, hellblauen Mitsubishi Colt mit dem Kennzeichen ROC-483. Hinweise aus der Bevölkerung werden ...«

»So 'ne Scheiße ...«, entfuhr es dem Fahrer.

»Scheiße! Und wir sind mit dieser Schrottkarre bis fast vor unser Nachtquartier kutschiert.« Antero Kraft schüttelte fassungslos den Kopf. »Jetzt geht wirklich alles in den Arsch. Welcher verdammte Autoexperte kann uns denn da vor der Kirche beobachtet haben?«

Eeva Sunila zuckte auf der zerschlissenen Rückbank zusammen. Antero brauchte nicht unbedingt zu wissen, dass Liisa als Verkaufssekretärin eines Gebrauchtwagenhändlers arbeitete.

»Jetzt müssen wir uns was Neues einfallen lassen.« Antero Kraft schnippte mit den Fingern. »Das Auto bleibt hier! Wir gehen zu Fuß weiter!«

»Zu Fuß? Von hier bis zu unserem Schlupfloch sind es noch vier Kilometer. Wenn nicht mehr ... Da müssen wir noch eine Ewigkeit laufen ...« Der Fahrer breitete die Hände aus.

»Steigt aus, verdammt! Und dann Abmarsch! Es bleibt uns nichts anderes übrig.« Antero winkte befehlend. In dem Blaumann, den er über den dunklen Hochzeitsanzug gezogen hatte, wurde es ihm in dem geschlossenen Wagen zu warm. Auf seiner Stirn und seiner Oberlippe perlte der Schweiß. Die Stille auf der verlassenen Baustelle wurde von dem wütenden Zuschlagen der Autotüren unterbrochen. Der Fahrer fluchte und warf den Zündschlüssel im hohen Bogen in eine Ecke des Innenhofs. Eeva Sunila hielt noch einen Moment ihren Brauthut in der Hand, schmiss die Kreation aber dann auf das Dach der Baubude.

Sie schlüpften durch die Torausfahrt hinaus in eine vom Sonnenlicht durchflutete Nebenstraße und bogen entschlossen nach links.

»Hey, Jarmo! Du gehst jetzt mal so fünfzig Meter hinter uns«, befahl Antero. »Die suchen nämlich nach drei Personen!«

»Nach etwa einem Kilometer kommt eine Würstchenbude. Vielleicht sollten wir uns da treffen und besprechen, wie es weitergehen soll. Oder?« Jarmo deutete in Gehrichtung.

»Okay, so machen wir's. Aber jetzt los!«

In der Nebenstraße war es ziemlich ruhig. Es kam ihnen eine mollige Frau entgegen, die einen Babybuggy schob, in dem ein dickköpfiger Junge saß, der für den Wagen schon viel zu alt aussah. Einige jugendliche Rotznasen, die mit ihren Mountainbikes neben dem Schaufenster eines staubigen Secondhandplattenladens herumhingen, übten wie in einem Sprachlabor englische Schimpfwörter.

Antero Kraft holte tief Luft und versuchte gelassener zu gehen. Man sah ihm an, dass er versuchte, sich zu beruhigen. Sie zuckten zusammen und legten einen Zacken zu, als in einer Querstraße der Motor eines Motorrads aufheulte. Es handelte sich jedoch nicht um eine BMW der Polizei, sondern um eine große Kawasaki, auf deren Sattel irgendein Fettarsch hing, der seine sommerliche Motorradsaison begann.

Schließlich kamen sie zu der Würstchenbude. Antero Kraft begab sich direkt zum Verkaufsfenster und bestellte sich eine Bratwurst. Eeva begnügte sich mit einer Cola. Jarmo tauchte ein oder zwei Minuten später auf und kaufte sich eine Packung Belmont.

Die drei nahmen auf den gelben Plastikstühlen am einzigen Tisch Platz.

»Also, hmm …«, begann Jarmo, nachdem er sich eine Belmont angesteckt hatte. »Da gibt es jetzt ein Problem. Vom Nachtquartier bis zum Motel, wo der Austausch-Mercedes wartet, ist es verdammt weit. Eigentlich sollte der Colt ja noch bis dort mit im Spiel sein. Das heißt also, dass wir jetzt kein Fahrzeug mehr haben.«

»Die Nacht über werden wir uns ganz ruhig verhalten, wie es ursprünglich abgemacht war. Lassen wir die Bullen in dem Glauben, dass wir schon über alle Berge sind.« Antero Kraft hatte seine Nerven jetzt wieder im Griff. »Wenn es zu dämmern beginnt, wirst du uns irgendwo ein brandneues Gefährt stibitzen. Und dann werden wir morgen dorthin fahren, wo unser Austausch-Mercedes auf uns wartet.«

»Scheiße.« Jarmo kratzte sich am Kinn. »Ziemlich riskante Sache. Es war doch nur von einem Fahrerjob die Rede …«

»Zum Teufel noch mal, Alter! Zehntausend Piepen kriegst du für diese kleine Vergnügungsfahrt. Verdammt viel für so wenig Aufwand.« Antero Kraft beruhigte sich wieder. »Das Geld bekommst du nur, wenn wir alle unbeschadet bleiben und du uns in deine geliebte Hauptstadt bringst. Wenn's in die Hose geht, gehst du leer aus, und wenn du Pech hast, wirst du auch noch eingelocht.«

»Ein Polizeiwagen! Dort aus Richtung Stadt!«, zischte Eeva Sunila zwischen ihren Zähnen hindurch und erstickte die Auseinandersetzung der Männer damit im Keim. Ein Schrecken fuhr ihr durch den Unterleib.

»Ach was. Ganz mit der Ruhe«, brummte Antero Kraft. »Kein Grund zur Beunruhigung. Wir stehen doch nur ganz ruhig an einer Imbissbude und mampfen etwas. Die Bullen können uns gar nicht erkennen. Das ist völlig unmöglich. Sie haben doch bestimmt noch keine Fotos dabei.«

Das Polizeiauto kam mit langsamer Geschwindigkeit angefahren. Dem Dreiergespann am Plastiktisch stand das Herz fast still, als der Wagen vor der Imbissbude anhielt. Der Polizist auf dem Fahrersitz blieb sitzen, der andere, der neben ihm saß, stieg aus, blickte eine Weile verstohlen auf den heißen Asphalt und rückte schließlich am Ledergürtel seine Hose zurecht.

Anteros Wangen wurden ein wenig blasser. Er fischte die Sig Sauer, die er dem Gefangenenwächter abgenommen hatte, aus dem Inneren seines halb offenen Blaumanns hervor. Eeva sah, dass die Hand, die die Waffe umschloss, im Sichtschutz des Plastiktisches auf Anteros Knie lag.

»Antero. Was hast du vor!« Eeva schluckte angestrengt.

»Pssst. Maul halten. In diesem Stadium hält mich kein einziger kleiner Schupo mehr auf.«

»Ach, Scheiße.« Auch Pizzaboy gab ein angstvolles Stöhnen von sich. Der schmale Adamsapfel des Mannes rührte sich.

Der Polizist betrat den Verkaufsraum des Imbisses. Eeva sog mit einem Strohhalm Coca-Cola aus ihrem Glas und fixierte den Blick auf die abgenutzte Oberfläche des Plastiktischs. Sie wagte sich gar nicht vorzustellen, dass der Bulle aus irgendeinem Grunde neugierig werden könnte. Das würde mit Sicherheit ein Blutvergießen zur Folge haben, das schlimmste aller Verbrechen, Polizistenmord. Eeva Sunila wurde es schwindelig im Kopf.

»Ehhm, 'ne Literflasche Fanta«, sagte der Polizist am Verkaufstresen.

»Wir haben nur Fanta light.«

»Die schmeckt ja wohl nach gar nichts. Oder doch … natürlich schmeckt die nach was. Nach Pisse. Dann gib mir 'ne Flasche Cola. Und 'n paar Kaugummis. Mit Pfefferminz.«

»Darf es noch was sein?«

»Ja, noch 'n Rubbellos.«

Der Bulle bekam seinen Kram, bezahlte und verschwand, ohne zur Seite zu schauen. Das Trio am Plastiktisch der Würstchenbude verfolgte stumm, wie die Amtskollegen in ihrem Wagen saßen und das Casino-Los aufrubbelten. Ihr Kopfschütteln verriet ihre Enttäuschung darüber, dass ihnen das Schicksal dieses Mal nicht gewogen zu sein schien. Doch irrten sie sich darin gewaltig.

Der Polizei-Mondeo mischte sich unter den anderen Verkehr. Eeva Sunila holte tief Luft. Ihre Glieder fühlten sich seltsam träge an; wie nach starker körperlicher Anstrengung.

Sie musterte Antero von der Seite. Er sah ein wenig blass aus, wirkte aber ziemlich entschlossen. Unter dem Plastiktisch des Schnellimbisses hörte man ein scharfes, metallisches Klicken.

Der Entsicherungshebel der Sig Sauer schnappte an seinen Platz zurück.

»Na, hat jemand von euch noch Hunger?«

6

Auf dem Tennisplatz rackerten sich in der sengenden Nachmittagsonne zwei drahtige Spieler ab. Das jüngere der beiden Tennisasse hatte ein markantes Kinn und dunkles Haar und war etwa dreißig Jahre alt. Das Gesicht des Mannes war vielleicht schon einmal in einem älteren Versandhauskatalog zu sehen gewesen. Heutzutage verdiente er hauptberuflich sein Brot als Tennislehrer und als Schwiegersohn. Im Moment wurde jedoch nicht trainiert, sondern ernsthaft gespielt. Der Einsatz des Tennislehrers betrug genau einen Tausender, der Spieler auf der anderen Seite des Netzes hatte zehntausend Finnmark gesetzt.

Die Höhe der Einsätze stand in keinem Verhältnis zu den spielerischen Fähigkeiten der beiden Männer. Für das Ex-Model war der Tausender viel mehr Geld als die läppischen Zehntausend für seinen Gegner.

Der Gegner, ein sehniger und gelenkiger Athlet mit grauen Haaren, war weithin nur mit seinem Nachnamen bekannt: Miesmann. Allein der Name weckte die verschiedensten Gefühle. Die Skala der Emotionen reichte von Neid über Hass und Furcht bis hin zu widerstrebender Bewunderung.

Karl Erik Miesmann war ein Geschäftsmann der schlimmsten Sorte: ein eiskalter Geldmacher, der sich an keine Regeln hielt und für den Mitgefühl ein Fremdwort war. Im Nachtleben der

Stadt galt Miesmann als legendärer Playboy, als ein Raubvogel, zu dessen Beute zwei Miss Finnlands und ein Haufen Zweitplazierter sowie zahllose andere Mädchen gehörten.

Karl Miesmann wischte sich mit seinem Frotteeschweißband über die hohe, tiefgebräunte Stirn und dachte in diesem Moment weder an seine Geschäfte oder Frauen noch an seine dubiosen Kontakte zur Unterwelt in Helsinki, St. Petersburg oder in den baltischen Ländern. Karl Miesmann konnte sich immer voll und ganz auf die Situation konzentrieren. Und im Moment war dieses Spiel dran.

Miesmann dachte nur an seine Grundschläge und an die flinken Bewegungen seines Gegenspielers. Denn nichts auf der Welt war ihm so wichtig wie zu GEWINNEN. Sei es bei einem schweißtreibenden Tennisspiel, bei dunklen Geschäften oder beim ältesten Wettkampf der Welt zwischen (und unter) den Geschlechtern in den besten Bars der Stadt und auf den glänzenden Parketts der teuren Spitzenrestaurants.

Sowohl mit der Vorhand, als auch mit der Rückhand lief es heute ziemlich gut. Auch an Kraft schien es, obwohl es drückend heiß war, nicht zu mangeln. Der Gegner hatte trotz seines durchtrainierten Körpers in der brennenden Nachmittagssonne einige Schwierigkeiten.

Das Spiel war bereits in der entscheidenden Phase. Es stand eins zu eins und jetzt, zum Ende des dritten Satzes, hatte Miesmann die Möglichkeit, nach dem Aufschlag des Gegners den entscheidenden Angriffsschlag auszuführen. Noch einmal Kräfte sammeln, sich kurz konzentrieren, und das Match wäre vorbei.

Achtung, da kam er schon! Miesmann ging in die Hocke und spannte die Waden.

Wütend schmetterte der Schläger seines Gegners gegen den Ball. Der Typ ächzte, und der Tennisball schoss wie ein weißer Blitz auf das Netz zu. Aber, aber! Der Ball traf das Netz, prallte wie leblos davon ab und landete jenseits der Seitenlinie auf dem Boden.

Doppelfehler. Ein übler Schnitzer in dieser Phase. Miesmann lächelte grimmig über das Netz hinweg und wechselte auf die andere Spielfeldseite, um den nächsten Aufschlag entgegenzunehmen.

Die Sonne glühte am Himmel. Kein Windhauch rührte sich.

Zwei Männer verfolgten hinter dem Maschendrahtzaun im Schatten einer alten Linde den Spielverlauf. Sie hatten bisher kaum ein Wort miteinander gewechselt. Tennis war nicht gerade das interessanteste Spiel für Tetsuo Sinkkonen und Jari Munck.

Äußerlich waren sich die beiden Kameraden nicht besonders ähnlich. Was allerdings ihre Denkweise und ihre Wertvorstellungen betraf, waren sie aus dem gleichen Holz geschnitzt. Sinkkonen und Munck waren Berufsverbrecher, von der skrupellosesten und gewalttätigsten Sorte.

Tetsuo Sinkkonen war von kleiner Statur. Seine fernöstlichen Gesichtszüge hatte er seinem Vater zu verdanken, der Steuermann auf einem der zahlreichen japanischen Trockenfrachtschiffe gewesen war, die gegen Ende der Fünfzigerjahre die Häfen im Bottnischen Meerbusen anliefen.

Tetsuo Sinkkonens verstorbene Mutter hatte sich kaum noch an seinen Vater erinnern können. Den Vornamen hatte sie allerdings nicht vergessen. Sinkkonen fühlte sich von der Kultur seines Vaters in keiner Weise angezogen. Er hasste Reis in jeder Form.

Der Erzeuger von Tetsuo Sinkkonen hatte Gerüchten zufolge auf der linken Brust eine kunstvolle Tätowierung gehabt: einen Kirschbaum und den Fujiyama. Auf Tetsuos Schulter waren der Finnische Löwe und ein Text eingestochen: *Deep is our blow, our wrath invincible.*

Tetsuo Sinkkonen hatte den stämmigen aber etwas haltungsschwachen Jari Munck vor dreizehn Jahren im Gefängnis von Katajanokka kennengelernt, als er dreieinhalb Jahre lang seine bisher einzige Gefängnisstrafe absitzen musste. Jari Alarik Munck war ein freundlich aber etwas schwermütig aussehender Typ, ein bewegungslegasthenischer Waisenjunge, dessen Vater ein versoffener Staubsaugervertreter und dessen Mutter eine ebenso alkoholsüchtige Telefonistin war.

Die Freundschaft der beiden Männer hatte ihren Anfang genommen, als Jari Munck es mit harter Hand einem Typen gezeigt hatte, der sich als Knastkönig aufzuspielen versuchte. Dieser Gewichtestemmer hatte besonders Sinkkonen auf dem Kieker gehabt und dem »reisfressenden Schlitzauge« wegen jeder Kleinigkeit die Hölle heiß gemacht. Da Jari Munck dieses Gehabe auf den Senkel ging, zertrümmerte er die Kniescheiben des Großmauls mit einem metallenen Pisspott. Dies war der Beginn einer unerschütterlichen und ewigen Freundschaft.

Jari »Matschauge« Munck drückte seine Zigarette auf dem Schotter aus und zog ein rot-weiß kariertes Stofftaschentuch aus der Tasche, mit dem er sich ein helles Sekret aus den ewig gereizten und triefenden Augen wischte.

»An den letzten Alben von Elton John ist wenigstens etwas Gutes dran. Von der Qualität her sind die Platten alle gleich. Selbst wenn man sich intensiv bemüht, findet man kein einziges Stück, das noch schlechter ist als die anderen.«

»Du sagst es«, brummte Tetsuo Sinkkonen. »Na also. Auch dieses Match ist zu Ende.«

Miesmann schüttelte seinem Kontrahenten, der knapp aber verdient verloren hatte, die Hand, drehte sich um und ging mit leichten Schritten auf den Maschendrahtzaun zu.

»Guten Tag, die Herren!« Ein breites Lächeln machte sich auf Miesmanns gebräuntem Gesicht breit. »Schönes Spiel, nicht wahr?«

»Ja. Du hast es ihm so richtig gezeigt. Der hübsche Junge hatte dir nicht viel entgegenzusetzen.«

»So wie es sein sollte. Ach übrigens, gute Nachrichten von unserem Hochzeitspärchen!«

»Aha. Dann scheint die Sache ja zu laufen.« Tetsuo Sinkkonen nickte.

»Die illegalen Flitterwochen des jungen Pärchens haben begonnen. Unserem Freund steht bei Einbruch der Dunkelheit die Hochzeitsnacht bevor. Aber der Alltag wird ihn schon wieder einholen.« Karl E. Miesmann zeigte ein bedrohliches Lächeln.

»Ja, lässt sich wohl kaum vermeiden.«

»Wie steht's, meine Herren, sollten wir uns jetzt nicht nach einem Fahrzeug umsehen und den Bräutigam nach Hause holen? Damit wir uns gemeinsam ein wenig an alte Zeiten zurückerinnern können.«

7

Die Einzimmerwohnung befand sich im zweiten Stock auf der Giebelseite eines Wohnblocks, der kurz nach dem Krieg erbaut worden war. Die schmutzigen Fenster gingen nach Norden, mit direktem Blick auf einen flechtenbehangenen Fichtenwald am Stadtrand.

Das Zimmer war spärlich eingerichtet. An den Wänden lagen drei dünne Matratzen samt Kissen und Decken. Am Fenster standen zwei alte Strebenstühle, von denen einer als Ablage für ein kleines Kofferradio diente. In der Kochnische befand sich ein brauner Kaffeekocher und zu beiden Seiten der Tür standen zwei blau-weiße Plastiktüten.

»Dafür hat der Vermieter zwei Monatsmieten bar auf die Hand bekommen. Ganz schön üppig. Aber anders lässt sich das wohl nicht regeln«, erklärte Jarmo. »Keine besonders tolle Hochzeitssuite, aber eine Nacht wird man's hier schon aushalten.«

»Na ja, wieso nicht.« Antero Kraft lächelte. »Lieber hier als im Knast von Kylmäkoski.«

Eeva musterte ihren frischgebackenen Ehemann aus dem Augenwinkel heraus. Er wirkte entspannt. Vielleicht zum ersten Mal an diesem nervenaufreibenden Nachmittag. Antero machte dennoch einen merkwürdig distanzierten Eindruck, er schien Eeva geradezu zu meiden, wich ihren Blicken aus und hielt bewusst Abstand.

Was hätte man anderes erwarten sollen! Eeva Sunila rümpfte die Nase. Sie fuhren ja nicht mit einer von weißen Hengsten gezogenen Hochzeitskutsche zum Festessen in ein Strandrestaurant. Viel mehr war unter den gegebenen Umständen von der Unterkunft wohl kaum zu erwarten gewesen.

»Jetzt würde ich gern einen Becher starken Kaffee trinken. Den ersten, den ich in Freiheit trinken kann«, seufzte Antero.

»Gehört zu einer ordentlichen Hochzeit nicht auch ein richtiges Kaffeekränzchen?« Jarmo lachte. Zehn Minuten später hatte jeder einen Pappbecher in der Hand. Im Hintergrund säuselten aus dem Kofferradio finnische Popschlager.

Jarmo saß mit angewinkelten Beinen auf dem Stuhl vorm Fenster und summte mit. Eeva hockte auf einer Matratze an der Wand. Antero hatte sich ebenfalls auf die Matratze gesetzt, aber ganz auf die andere Seite.

»Also. Ich hab mich wohl etwas zu sehr aufgeregt in der Stadt. Einen Moment dachte ich, dass alles in den Arsch gehen würde.« Jarmo blickte Eeva und Antero entschuldigend an.

Antero Kraft winkte ab.

»Es ist wirklich toll, mal so einen Mann von Rang und Namen wie dich in Natura zu sehen, Kraft«

»Na ja, ein Promi bin ich ja nun wirklich nicht!«, lachte Antero.

»Nichts für ungut.« Jarmo stellte seinen leeren Kaffeebecher auf den Fußboden und zündete sich mit einem widerspenstigen Feuerzeug eine Zigarette an. »Wenn Schmollmund mir nicht gesagt hätte, um welchen Ausreißer es sich handelt, wäre ich gar nicht mit von der Partie gewesen. Das hat was mit Ruf und Ehre zu tun, weißt du. Also, so ein Coup zusammen mit Männern vom Fach, das ist schon etwas.«

Das Lokalradio unterbrach die Musikübertragung, und die Stimme einer jungen Frau begann die Nachrichten zu verlesen.

Das Hauptthema war die dreiste Flucht eines Insassen aus der Haftanstalt von Kylmäkoski, der während seiner eigenen Hochzeit die Beine in die Hand genommen hatte. Etwas wirklich Neues wurde nicht berichtet. Noch einmal wurde die Beschreibung der Gesuchten durchgegeben. Gleichzeitig wurde erwähnt, dass das Paar zwar bewaffnet, jedoch nicht unbedingt als gefährlich einzustufen sei.

Eeva lehnte sich an die kalte, nackte Wand der muffigen Wohnung. Die Situation kam ihr unwirklich vor. War da im Radio wirklich gerade von ihr die Rede, von Eeva Sunila, der Geschichtslehrerin? Von der ehemaligen Pfadfinderin und der Reserveoffizierin, die mit dem glänzenden Verdienstorden des Offiziersvereins der Brigade Pori ins zivile Leben zurückgekehrt war?

In den Nachrichten ging man zu anderen Themen über. Antero rieb sich nachdenklich die Stirn und sah zu Jarmo hinüber.

»Deine Aufgabe ist es, einen neuen Wagen zu beschaffen. Hast du Werkzeug dabei?«

»Ich hab nicht einmal einen vernünftigen Dietrich. Aber macht nichts. Wenn nötig, besorge ich uns innerhalb einer Viertelstunde ein Fahrzeug.«

»Na gut.« Antero grinste. »Es ist mir immer eine Freude, mit Experten zu arbeiten.«

»Das wollte ich schon die ganze Zeit sagen. Bankräuber, die einige Zehntausend einsacken, sind Federgewichte gegen Typen, die mit Strategie und klarem Verstand Millionen mit nach Hause bringen.«

Antero lachte müde, steckte sich eine neue Zigarette an und sah den grauen Rauchkringeln hinterher.

Eeva stand von der Matratze auf, ging zur Kochnische und ließ lauwarmes Leitungswasser in ihren Pappbecher laufen. In einer Ecke der Küche lag eine Sporttasche. Eeva zog den Reißverschluss auf. In der Tasche waren Jeans, T-Shirts, Turnschuhe, Socken, Sweatshirts und Windjacken.

Anteros unbekannter Freund aus Helsinki hatte zweifellos gute Arbeit geleistet. Eeva nahm sich aus der Tasche eine Garnitur Kleidungsstücke und zog sich in das kleine Badezimmer zurück, in dem sich eine gesprungene Kloschüssel, ein brüchiges Waschbecken und eine enge Sitzwanne befanden.

Sie ließ warmes Wasser in die Wanne laufen, zog sich aus und stieg hinein. Mit einem Seufzen ließ sie sich bis zum Kinn in den Schaum sinken. Nach dem langen und anstrengenden Tag, fand Eeva, hatte sie sich das warme Wasser redlich verdient.

Eevas Gedanken wanderten vier oder fünf Jahre zurück, in die rosige Zeit, die ihr nun wie ein fernes Paradies erschien.

Die Beziehung mit Antero hatte sich gerade gefestigt, obwohl er von einer Tamperaner Finanzierungsfirma zu einem großen Helsinkier Bankhaus gewechselt war. Eeva verstand, dass Antero diesen Wechsel nötig und auch verdient hatte. Berufliche Bewegungsfreiheit. Eine gute Gelegenheit, um seine Karrieremöglichkeiten auszubauen.

Alles schien anfangs perfekt zu sein. Die gemeinsam verbrachten Wochenenden in Tampere oder Helsinki waren für Eeva eine königliche Entschädigung für ihre einsamen Wochentage.

Und dann wurde Antero festgenommen! Eeva würde diesen warmen, samtdunklen Septemberabend, als sie bei stimmungsvollem Kerzenlicht zusammensaßen, nie vergessen.

Ein Auto war vorgefahren, noch ein zweites. Die Zivilpolizei war vor dem Landhaus ihrer Bekannten erschienen. Gerade, als sie sich über die Krebse hermachen wollten, hatten die Beamten Antero festgenommen und waren wie Gespenster ohne große Erklärungen wieder in der hereinbrechenden Nacht verschwunden.

Wie sollte man ein Unglück beschreiben, das so plötzlich aus heiterem Himmel über einen hereinbrach. Während des Prozesses und beim Lesen der Zeitungsartikel bekam Eeva langsam ein Bild davon, in was die Liebe ihres Lebens eigentlich verstrickt gewesen war. Das Helsinkier Bankhaus hatte sich ganz trendgemäß auf Offshore-Anlagen spezialisiert und, sozusagen als Zwischenstation, schmutziges Geld aus Russland in sichere Häfen wie die Jungferninseln, die Cayman- und Cookinseln, Antigua, Barbados oder Nauru umgelagert.

Aber Antero hatte auch noch sein eigenes Eisen im Feuer gehabt. Innerhalb eines knappen Jahres hatte der junge, vorausschauende Ökonom das geschafft, wovon viele erfahrene Berufsverbrecher nur träumten. Antero Kraft wollte sich mit seinem stolzen Gehalt und beachtlichen Schmiergeldern nicht begnügen. Er hatte ein ausgeklügeltes, gut getarntes System entwickelt, mit dessen Hilfe er sich von den Schwarzgeldströmen, die über die Konten dubioser Kunden flossen, seinen Teil abzweigte – in sein eigenes supergeheimes Versteck. Alles war so gut geplant gewesen, dass Antero Kraft sicher der große Coup gelungen wäre, wenn ihm nicht der pure Zufall einen Strich durch die Rechnung gemacht hätte.

Wie es das Schicksal so wollte, hatte ein Kleinmafioso aus St. Petersburg im Amphetaminrausch im Casino herumrandaliert und dabei seine Waffe gezogen. Natürlich war er festgenommen worden.

Nachdem der Mann einige Tage im Polizeigefängnis von Pasila eingesessen hatte, war sein Schweigen unter dem kalten Entzug überraschend gebrochen. Er erzählte der Polizei von seinen regelmäßigen Kurierdiensten, die mit dem Transport von Schwarzgeld zusammenhingen.

Die Abteilung für Wirtschaftsdelikte der Zentralkriminalpolizei begann daraufhin, die Machenschaften des Bankhauses, das der Kurier genannt hatte, genauer in Augenschein zu nehmen. Die Ermittlungen breiteten sich aus wie ein Buschfeuer. Schon zwei Wochen später saß der Betriebswirt Antero Kraft in der engen Zelle des Polizeigefängnisses. Das Gewahrsam wurde in Untersuchungshaft umgewandelt, und zwar noch vor Ablauf der in den Haftvorschriften vorgesehenen 24-Stunden-Frist.

Eine Woche später fand man vor einem Betonkai bei Kirkkonummi auf dem Meeresboden einen PKW, in dem noch der Direktor des Bankhauses saß. Erik Bo Karlsson sollte eigentlich mit seinem Mercedes auf Urlaubsreise in Mitteleuropa sein. Stattdessen lag er mit einem Loch im Schädel im trüben, von Blaualgen befallenen Wasser des Bottnischen Meerbusens.

Nach dem Leichenfund schrieben zahlreiche Zeitungen, dass Karlssons trauriges Schicksal ein regelrechter Lottogewinn für den großen Fisch sei, für den eigentlichen Kopf der finnischen Sektion dieses Geldwäschegeschäfts. In diesem Zusammenhang wurde auch erwähnt, dass der im Gefängnis sitzende Antero Kraft noch immer schwieg wie ein Grab.

Das Wasser in der Wanne wurde langsam kalt. Eeva Sunila pustete sich den Schaum aus dem Gesicht. Der lange Herbst raste damals wie im Zeitraffer an ihr vorbei. Erst kam die Entscheidung des Amtsgerichtes und etwas später folgte das endgültige Urteil des Berufungsgerichts.

Und dann waren da noch – als Tüpfelchen auf dem i – die unzähligen Zeitungsberichte, Spekulationen über die verschwundenen Millionen und Mutmaßungen über die Verbindungen zu Geschäftsleuten und zur Lokalprominenz der Helsinkier High Society.

Das Schlimmste aber waren das bedrückende Schweigen und die langen Blicke, die Eeva wie eine ansteckende Krankheit verfolgten, wo auch immer man sie erkannte.

Selbst wenn sie das Lehrerzimmer betrat, kam es ihr anfangs so vor, als würde sie vor ein stummes Inquisitionsgericht treten. Lähmende seelische Folter, die einen verzehrte wie eine Seuche.

Eigentlich war es kein Wunder, dass Eeva dann im Winter in irgendeiner Zeitschrift an einem Artikel über die mutigen weiblichen Wehrdienstleistenden der finnischen Armee hängenblieb. Die Entscheidung, zum nächsten Musterungstermin der Armee zu erscheinen, war innerhalb weniger Augenblicke gefallen.

Eeva zog den Stöpsel aus der Wanne. Das schmale Fenster des Badezimmers war halb geöffnet. Zum Abend hin wurde es allmählich kühl. Anteros kräftige Stimme drang durch die geschlossene Tür. Eeva wurde plötzlich kalt.

8

Der ziegelfarbene alte Nissan würde das Jahr 2000 bestimmt nicht mehr erleben. Der Rost, der sich im Wagen ausbreitete, war schon weit vorgedrungen. Der braune Tod nagte schon am Unterbau des Wagens. Der Kraftfahrzeugprüfer hatte Jussi Vares schon vor Kurzem einen langen Vortrag darüber gehalten.

»Na gut, lassen wir ihn noch ein allerletztes Mal durch. Aber nur ungern … Das ist wirklich das letzte Jahr für diese Blechkiste.«

Der alte Motor des Nissans ächzte wie immer, als Vares kurz vor der ersten Brücke, die über den Kokemäenjoki führte, in den dritten Gang zurückschaltete. Von hier aus waren es noch etwa

145 Kilometer bis nach Turku, dachte Vares. Sein Blick streifte über das von braunen Wasserläufen durchzogene frühsommerliche Flussmündungsgebiet, in dem Schilf, Rohr, Weiden, Espen und Erlen wuchsen.

Die grüne Landschaft wurde von den schwarzen Furchen gepflügter Äcker durchbrochen. Pori mit seinem großen Jazzfestival war und blieb Finnlands New Orleans. Zumindest zu dieser Jahreszeit. Im Winter nicht unbedingt.

Jussis Gedankengang wurde jäh unterbrochen, als der haushohe Anhänger eines entgegenkommenden Sattelschleppers plötzlich mitten auf der Brücke zur Seite ausbrach und sich quer stellte. Der stählerne Container kam dem kleinen Nissan auf der gesamten Breite der Brücke entgegen. Die schwarze Masse wuchs vor Vares' Augen, wie ein verrückt gewordenes aufblasbares Spielzeug.

Eine Sekunde später war der Anhänger fast vor ihm! Jussi Vares öffnete seinen Mund und schloss die Augen. Plötzlich ging ein Ruck durch seinen Körper, der ihm das Amalgam aus den Zähnen rieseln ließ.

Das Kreischen des berstenden Brückengeländers hörte Jussi Vares nicht mehr. Das Schreckgefühl während des Sturzes hatte jedoch eine ganz eigene Qualität. Der trübe, plätschernde Kokemäenjoki nahm den bereits völlig zerbeulten Nissan, der nur mehr einer faltigen Rosine glich, in sich auf. Der Wagen erbebte und zitterte wie bei einem letzten Krampf, gab ein stetiges Glucksen von sich und sank schließlich immer schneller und tiefer in die braune, alles Licht verschluckende Lehmbrühe.

Vares konnte gerade noch einmal Luft holen. Ein letztes Mal, schoss es ihm durch den Kopf.

Dann zog ihn die kalte Umarmung des Wassers weiter in die Tiefe hinab. Tiefer. Immer tiefer. Langsam, sich im Kreis drehend, und noch ein Stück tiefer. Tiefer …

KRISTA!

Krista! Krista! So ist es also gelaufen. Ich habe das nicht gewollt. Verzeih mir. Ich wäre auch diesen Sommer mit Noora und Aleksi in den Erlebnispark gegangen, ins Puuhamaa oder nach Särkänniemi. Ganz bestimmt. Obwohl ich diese Freizeitparks hasse, dieses ewige Kleinkindergekreische und die Bermudashortsväter mit ihren albernen Schirmmützen. All diese hysterischen Mütter. Genau, und diese gekünstelt freundlichen Aufsichtstanten in den Spielzimmern, die insgeheim ihre Berufswahl verfluchen und jede Nacht ein paar Lines ziehen, um auch den nächsten Tag in dieser lärmenden Hölle zu überstehen.

Du, Krista! Verzeih mir. Denk bitte nicht schlecht von mir. Sag den Kleinen einen lieben Gruß vom Papa, der es einfach nicht geschafft hat, ein ordentlicher Vater zu sein. Und sag auch Tante Elli und Onkel Tauno, dass ich mich entschuldige. Ich kann doch nichts dafür, dass ich Verwandtenbesuche immer so gehasst habe. Die Kaffeekränzchen und das leere Geplapper. Und dieses künstliche Getue auf dem Sofa ...

Ach Krista! Wenn ich das vorher gewusst hätte, hättest du die neuen Küchenschränke bekommen. In hellen Pfirsichfarben. Solche wie die, die dir vor ein paar Wochen in dem Katalog so gefallen haben. Das Geld hätten wir schon irgendwie aufgetrieben, Krista.

Aber jetzt, wo mich diese schwarze Brühe in die Tiefe zieht, ist natürlich alles viel zu spät.

Schlammiges, trübes Wasser strömte in Jussi Vares' Lungen. Es wäre doch besser, sich selbst gegenüber gnädig zu sein. Man sollte aufgeben. Einfach alles tief einatmen. Das teuflische Spiel nicht in die Länge ziehen und die Karten auf den Tisch knallen.

Plötzlich schoss Jussi ein neuer Gedanke durch den Kopf.

Krista? Krista war immerhin die einzige Frau, mit der er sich verlobt hatte. Damals, vor langer Zeit.

Aber Moment mal! War Krista nicht schon vor langer Zeit gestorben?

Gästeheim Pilvilinna und Helsinki. Jussi Vares' Augen waren voll von trübem Flusswasser. Trotzdem sah er den von Kugeln durchbohrten, blutüberströmten Körper der Frau auf dem Boden des kleinen Zimmers der billigen Pension liegen.

Warum rechtfertige ich, ein ertrinkender, sterbender Mann, meine Handlungen und Unterlassungen vor einer Frau, die vor fast zehn Jahren ermordet wurde?

Und wer zum Teufel sind Noora und Aleksi? Also, wenn es Krista nicht gab (Jussi Vares fügte ein Puzzleteil an das andere), dann bedeutete das doch, dass es auch keine Noora und keinen Aleksi gab! Wenn er genauer darüber nachdachte, hatte er nicht die geringste Ahnung, wie diese Gören überhaupt aussahen. Jussi Vares schreckte auf. Kalter Schweiß stand ihm im Nacken. Er schnappte nach Luft wie ein vor dem Ertrinken Geretteter.

Hinter dem von einer Blumengardine bedeckten Fenster war ein Stück dämmernder Himmel zu sehen. Es war wohl später Abend, die Nacht hatte begonnen.

Der schwarze Laster! Wo zum Teufel kam der her?

Genau! In jener Nacht im *Börs*, als ihm das Blackjack nicht gerade gewogen gewesen war. Die dunkelhaarige Frau hatte Jussi angeboten, unter einen schwarzen Laster zu kommen. Zur Hölle mit diesen Träumen. Warum zum Teufel mussten sie so real sein.

Vares sah sich um.

Die durchgelegene Matratze war ihm gut bekannt. Das war Onkel Valtteris ausziehbares Gästebett. In Jussis Nase drangen der Geruch von schweißdurchtränkter Kleidung, der Mief von unaufgeräumten Ecken und Winkeln sowie der Dunst von deftig gebratenen Speisen.

Vielleicht auch das bittere Aroma von Selbstgebranntem. Genau. Davon hatten sie ja im Laufe des Abends doch noch etwas mehr getrunken als ursprünglich geplant.

Von Valtteris Feldbett, das nur einige Meter entfernt stand, drang ein gleichmäßiges Atmen herüber. Eine Nachtigall hatte in der Abenddämmerung ihren Gesang begonnen.

Der Vogel trällerte ganz in der Nähe des Häuschens. Er zog wirklich alle Register, dieser Kiefernwald-Mozart. Der Gesang des kleinen Piepmatzes ließ Jussi Vares einen merkwürdigen Schauder über den Rücken laufen.

Krista! Verdammt noch mal, Krista!

Nach so vielen Jahren erscheint diese Frau ganz ohne Vorwarnung in meinen Träumen. Ist das fair? Was hat das zu bedeuten?

Jussi Vares drehte sich auf der quietschenden Unterlage auf die Seite und schloss noch einmal seine Augen.

Das schwarze, schlammige Wasser kehrte nicht mehr zurück.

9

»Und haben sie etwas über den Wagen gesagt?«, wollte Antero Kraft von Jarmo, dem Pizzaboy, wissen, als dieser aus einer nah gelegenen Kneipe zurückkehrte, wo er die Zehnuhrnachrichten geguckt hatte.

»Von einem Colt war nicht die Rede. Nein.«

»Alles klar. Dann haben die Bullen das Auto also gefunden. Aber sie wollen es nicht publik machen.« Antero Kraft war sich sicher.

»Was haben sie gezeigt?«, wollte Eeva wissen.

»Die Kirche von außen gefilmt und auch noch Anteros Visage. Danach hat der Sprecher wieder die Geschichten von vor drei Jahren hervorgekramt. ›Der größte Schwarzgeldbetrug in der finnischen Geschichte‹ und so weiter.«

»Und mein Foto wurde nicht gezeigt?«, vergewisserte sich Eeva.

»Nein. Aber dein Name wurde erwähnt. Und der Sprecher hat gesagt, dass die Frau, die als Fluchthelferin agierte, sehr kaltblütig gehandelt hat. Und rücksichtslos.«

»Kaltblütig. Klingt gut, nicht wahr?«, lachte Antero und schlug Eeva leicht auf die Schulter. Sie registrierte, dass es das erste Mal war, dass ihr frischgebackener Ehemann sie berührte, seit dem Kuss, den sie sich vor dem Altar gegeben hatten.

»Gut. Die Polizei sucht angestrengt die Ausfallstraßen ab, und Vater Staat bezahlt den Bullen Überstunden wie verrückt. Alles läuft wie geplant.« Antero Kraft seufzte zufrieden. »Wir können uns hier ganz entspannt ausruhen. Außer Jarmo, der noch eine

Kleinigkeit zu erledigen hat. Na los, Junge. Es wird langsam Zeit, dass du uns 'ne neue Karre besorgst.«

»Nennt mir die Marke und das Baujahr. Dann werde ich eine besorgen«, sagte Jarmo mit stolzgeschwellter Brust.

»Darf nicht zu schick sein. So ein normales und anspruchsloses Allerweltsauto. Noch ist hier nichts mit Saus und Braus. Das kommt erst später.«

Als Eeva sich schlafen legte, bemerkte sie, dass es in der kleinen Einzimmerwohnung unangenehm heiß war. Die Sonne hatte den ganzen Nachmittag über die dicke Ziegelwand des alten Wohnblocks aufgeheizt.

Eevas Mund war trocken, ihre Haut schweißnass und klebrig. Sie lag neben Antero auf der durchgelegenen Matratze und starrte an die dunkle und fleckige Decke des Zimmers. Die Decke sah wie die undeutliche Kartenskizze eines mittelalterlichen Geografen aus. Das war also ihre Hochzeitsnacht. Von der Situation und vom Gefühl her war es ganz anders, als sie es sich als Teenager in ihren Träumen vorgestellt hatte. Eeva Sunila musste lächeln, als sie im stickigen Dunkel ihres Schlupfwinkels an ihre früheren Schwärmereien dachte. Wie kindisch. Eine Nacht in sanfter Umarmung mit einem romantischen Bräutigam, der an Simon le Bon erinnerte, in irgendeinem Luxushotel.

Antero lag neben Eeva, die eine Hand unter den Nacken gestützt, die andere ruhig auf der Brust. Der Körper des Mannes war noch schneeweiß vom Gefängnisaufenthalt und etwas verschwitzt. Er strahlte eine Wärme aus wie eine Zentralheizung.

In dieser Bude ist es wirklich viel zu heiß, dachte Eeva verzweifelt. Jetzt muss ich die ganze Nacht in meinem Schweiß baden und schlaflos auf dieser unbequemen Matratze liegen! In meiner Hochzeitsnacht.

Antero war still. Eeva spürte aber, dass er noch nicht schlief. Sie schloss die Augen und verlangsamte ihre Atmung. Sie wollte sich schlafend stellen. Die Minuten krochen dahin.

Plötzlich wurde die Stille unterbrochen. An der Tür klingelte es viermal kurz. Antero fuhr auf, in der Hand die Sig Sauer, die er dem Wärter abgenommen hatte. Er sprang wie von der Feder geschnellt hoch und verriet damit, dass er die ganze Zeit über hellwach gewesen sein musste.

»Das ist Jarmo ...«

Antero Kraft schlich nackt in den Flur. Eeva hörte das metallische Klicken des Sicherungsbolzens.

Ja, es war wirklich Jarmo. In einer Plastiktüte klirrten einige Bierflaschen aneinander. Er erklärte, dass er bei einer nahen Tankstelle gewesen war.

Die Männer wechselten ein paar Worte über das Auto, das Jarmo besorgt hatte. Es handelte sich um einen altersschwachen, aber durchaus fahrtauglichen Ford Escort. Jarmo setzte sich auf seine dünne Matratze, öffnete die erste Bierflasche und bot auch den anderen großzügig ein Bier an. Eeva lehnte ab, Antero griff zu. Jarmo rauchte einige Zigaretten und trank in aller Ruhe zwei Flaschen leer. Schließlich fing er herzhaft an zu gähnen, kratzte sich am Kopf und drehte sich, während er die graue Decke über sich zog, auf die Seite. Nach nicht einmal einer Minute hörte man ihn schnarchen.

Eeva war sich nicht ganz sicher, ob sie schon geschlafen hatte, als sie durch ein dumpfes Geräusch aufgeschreckt wurde. Antero Kraft erhob sich von seiner Matratze – sehr leise und vorsichtig. Die Situation war so merkwürdig, dass Eeva auf einen Schlag hellwach war.

Antero schien sich versichern zu wollen, dass die anderen fest schliefen, und setzte sich in Bewegung. Eeva öffnete ihre Augen einen Spalt und sah Antero nach dem Handy greifen, das Jarmo auf dem Gartenstuhl hatte liegen lassen.

Antero schlüpfte, das Handy in der Hand, ins Bad. Eeva hörte, wie er die Tür abschloss. Im Bad war es absolut still. Kein Wasser floss, kein Toilettendeckel klapperte.

Nach etwa zehn Minuten kam Antero aus dem Bad zurück, ohne dass er länger vermied, Geräusche zu machen. Er warf das Telefon zurück auf den Stuhl, setzte sich ächzend auf die Matratze und wickelte sich wieder in seine Decke ein.

Eeva lag wach auf ihrer feuchten Matratze. Als die Morgendämmerung aufzog, beschloss sie zu handeln. Antero und Jarmo schliefen noch fest.

Sie schlich zum Stuhl, nahm Jarmos Handy und ging ins Bad.

Hinter der verschlossenen Tür traute sie sich, eine Taste zu drücken. Eeva las die zuletzt gewählte Nummer, holte tief Luft und wählte die Nummer der Auskunft.

Sie hörte sich die übliche Litanei an, dass zurzeit leider alle Leitungen besetzt seien. Als sie endlich durchkam, diktierte sie die Zahlenkolonne so hastig in den Hörer, dass die Stimme am anderen Ende der Leitung bat, die Nummer noch einmal zu wiederholen.

Und wenn es nun eine geheime Nummer war?

Nein, die Dame von der Auskunft teilte ihr mit maschinenhafter Gleichförmigkeit den Teilnehmer mit, für den diese Nummer eingetragen war, und legte auf, bevor sich Eeva bedanken konnte.

Eeva Sunila schaltete das Handy aus und starrte nachdenklich auf den rissigen Plattenfußboden des muffigen Badezimmers.

»Ifigenia Multanen …«

Eeva wiederholte immer wieder diesen Namen.

»Ifigenia Multanen? Also, Antero Kraft. Mein lieber Ehemann! Wer zum Teufel ist Ifigenia Multanen?«

10

Die Frau ließ im Halbdunkel das Handy sinken, verharrte einen Moment still und sagte lächelnd: »Das war er.«

Der Raum war prachtvoll eingerichtet, ohne dass man Kosten gescheut hatte, obwohl ein Miesepeter das Zimmer hätte kitschig finden können. Der Raum entsprach von der Größe her der Gesamtfläche einer Otto-Normalverbraucher-Wohnung in einer durchschnittlichen Großstadt. Das Bett war eine üppige Rokokoimitation. Der flächendeckende, weiche und weiße Flokati wollte allerdings nicht recht zur übrigen Einrichtung passen.

Die Seidenlaken raschelten, und die Frau drehte sich langsam auf den Rücken. Sie blickte zum breiten Erkerfenster, das die ganze Höhe der Wand einnahm.

Ein Lichtschein traf auf das ovale, blass schimmernde Gesicht. Die Frau hatte makellose Züge. Sie war kein junges Mädchen mehr, aber es ging ein gewisser Glanz von ihr aus, der auch mit den Jahren nicht verflogen war. Sie hatte volle Lippen und so große Augen, dass sich auch Fremde häufig in ihnen verfingen.

Neid, Bewunderung und Begierde. Das waren die Gefühle, die man Ifigenia Multanen gegenüber immer wieder gezeigt hatte.

Weiche, lauernde Schritte raschelten über den flauschigen Haargarnteppich. Ein dunkler Schatten näherte sich, schwebend wie ein Geist.

»War er es wirklich?« Die Stimme des Mannes klang rau und tief und ein wenig boshaft.

»Ja … ja.« Ifigenia Multanen streckte ihm ihre Hand entgegen und lachte sanft. »Natürlich.«

Ohne lange zu tasten fand die Hand der Frau das, was sie suchte, griff entschlossen zu und begann den Mann näher an sich heranzuziehen, wie einen störrischen Stier an einem dicken, geschmierten Seil.

Ifigenia Sofia Multanen wurde Ende der Sechzigerjahre in einem kleinen ingermanländischen Dorf geboren. Im Jahre 1990 gelang es ihr, mit ihrer kränklichen Mutter nach Finnland zu ziehen.

Die nur einundzwanzigjährige Rücksiedlerin gehörte zu den ersten Glücklichen, denen die neue Grenzlandpolitik Finnlands die Möglichkeit zu einem Neuanfang bot.

Im Gegensatz zu vielen anderen Rücksiedlern hatte die junge Ifigenia Sofia keine Probleme, sich in die finnische Gesellschaft zu integrieren. Sie lebte sich in Helsinki so gut ein wie ein geschmeidiger Otter in einem Lachsbecken. Der ständige Mangel an Lebensnotwendigem, die Kälte, die trostlosen Räume des Instituts für Gesundheitspflege, die engen Baracken des Studentenwohnheims in irgendeinem grauen Vorort von St. Petersburg – all das hatte sie hinter sich gelassen.

»Tawarisch Gorbatschow – guta Präsident. Finnland – gutas Land. Maarka – gutas Geld.«

Ifigenia Multanens Sprachfertigkeiten waren schon bei ihrer Einreise ganz passabel. Nach einem Jahr sprach sie perfekt Finnisch. Nachdem sie anderthalb Jahre in Helsinki gelebt hatte, fühlte sich Ifigenia in der Stadt wie zu Hause.

Aber Ifigenia Multanen war streng mit sich selbst. Sie war sich immer zu schade gewesen, sich auf den Weg einzulassen, den viele Mädels aus dem Osten einschlugen, um auf einfache Weise an das gute Geld zu kommen. Anschaffen zu gehen kam für sie nicht in Frage. Ifigenia war viel zu schlau, zu schön und zu glamourös, um sich zum Dumpingpreis anzubieten.

Herrengesellschaft hatte Ifigenia natürlich schon von Anfang an genug, insbesondere Gesellschaft von betuchteren Herren. Darüber hinaus war es Ifigenia wichtig, Karriere zu machen. Sie arbeitete als Fotomodell für eine renommierte Helsinkier Agentur, womit sie zeitweise ganz gut verdiente.

Ifigenia Multanens Kavalkade an Männerbekanntschaften war beeindruckend. Ihr erster Bräutigam war zwar keine Berühmtheit, dafür aber umso vermögender gewesen. Und außerdem ganz blind vor Liebe. Der etwa dreißigjährige Tunichtgut und Erbe einer Ost-Helsinkier Einzelhandelskette brachte dem mittellosen ingermanländischen Rücksiedlermädel schnell bei, dass Geld wahre Wunder vollbringen konnte.

Das Glück des Paares dauerte ein halbes Jahr an. Es endete, als ein flinker ehemaliger Eishockeynationalspieler, der gerade während seines Urlaubs von der NHL in Finnland war, an einem Sommertag mit seinem feuerroten Corvette-Cabrio an einem Strandcafé im Kaivopuisto-Park vorfuhr. Mit schicksalhaften Folgen.

Der Falkenblick des Eishockeyhelden traf Ifigenia Sofia Multanen, die allein an einem Tisch saß. Der junge Mann trat das Pedal bis zum Anschlag durch. Das reichte. Weitere überflüssige Spielchen wurden nicht erwartet.

Der breitschultrige Eishockeyheld zog sich im Herbst wieder

hinter den Atlantik zurück, um die nächste Dollarmillion zu scheffeln. Ifigenia fand schnell Ersatz: einen jungen aufsteigenden Bühnenstar, bei dessen erstem Zeitungsinterview sie sogar öffentlich in Erscheinung trat. Das Glück hielt trotzdem nicht lange an. Dem Schauspieler ging schon Anfang Oktober das Geld aus.

Der nächste Kandidat war ein erfolgreicher Vertreter aus der Bekleidungsbranche, und gleich nach ihm kam ein langjähriger Schlagerstar, der gerade erfolgreich an einem Schlagerwettbewerb des finnischen Rundfunks teilgenommen und seiner Karriere damit ein neues Hoch beschert hatte. Im Frühling des Jahres 1994 erlebte Ifigenia ihren ersten Rückschlag im Schlaraffenland Finnland. Ifigenias Mutter, die schon längere Zeit vor sich hin gekränkelt hatte, starb noch vor Ostern.

Ifigenia begann ernsthaft über ihre Zukunft nachzudenken. Dass Antero Kraft auf der Bildfläche erschien, kam wie auf Bestellung. Er sah gut aus, war clever und schien Unmengen an Geld locker zu haben. Antero hatte zwar ein braves Frauchen (oder nur eine Freundin) in Tampere, doch darüber machte sich Ifigenia keine Sorgen.

Irgendwann fing Antero an, sich Ifigenia anzuvertrauen. Er legte ihr Stück für Stück seiner finanziellen Lage offen. Ifigenia begriff schnell, dass das viele Geld, über das Antero verfügte, nicht nur ehrlich verdient war. Die Augen gingen ihr aber erst dann richtig auf, als Antero überraschend festgenommen wurde.

DREIZEHN MILLIONEN FINNMARK!, verkündeten die Schlagzeilen kreischend in den Zeitungen. Diese Summe sollte in irgendeinem geheimen Versteck verborgen sein, das weder die Polizei noch die Sonderkommandos aufzuspüren vermochten. DREIZEHN MILLIONEN! Eine Summe, die so unvorstellbar war, dass Ifigenia diesen Mann namens Antero Kraft plötzlich mit völlig anderen Augen sah. In diesen unsicheren Zeiten lohnte es sich immer, noch ein Ass im Ärmel zu haben. Und so beschloss Ifigenia, zu ihrem Exfreund in der Strafanstalt Kylmäkoski regelmäßig Kontakt zu halten.

Viel Mühe kostete es nicht. Ab und zu ein paar Briefe oder mal eine Karte. Und nur zwei bis drei Besuche im Jahr. Peanuts!

Aber eines Montagabends, an der Bar des Spitzenrestaurants *10th Floor*, traf Ifigenia Multanen ihr Schicksal.

Auf den Barhocker, der neben ihr stand, setzte sich der Mann ihrer Träume. Volle zehn Punkte, welches Maß man auch ansetzte. Schon bald waren sie unzertrennlich. Dieser Mann bot immer und in allem vollen Widerstand.

Einmal durfte Ifigenia mit ansehen, wie er auf einem windigen Kai erbarmungslos auf einen belanglosen Typen einschlug, der auf seiner Gehaltsliste stand und sich einen Fehler erlaubt hatte. Als das schluchzende, blutige Häufchen Elend schließlich in die Büsche kroch, um seine Wunden zu lecken, nahm Ifigenia ihren neuen Bekannten an der Hand und zerrte ihn auf die Rückbank des großen Mercedes.

Nie zuvor in ihrem Leben war Ifigenia so schnell und heftig gekommen. Niemals hatte jemand Ifigenias Begehren und Leidenschaft so stark geweckt.

In dieser sternenklaren Nacht, auf der nach Blut und Sperma riechenden Rückbank des Mercedes, erzählte Ifigenia dem Mann von Antero Kraft, dem berüchtigten Betrüger, der im Gefängnis saß. Sie wollte sich von allem Gewesenen befreien, sich ganz diesem neuen Mann widmen. Ohne Geheimnisse. In diesem Zusammenhang beteuerte Ifigenia auch, dass nun alles zu Ende sei. Keine Briefe mehr, keine Karten und keine Treffen. Das sei jetzt vorbei.

Zu Ifigenias großer Überraschung brach der Mann in Gelächter aus, schloss sie fest in seine bärenstarken Arme und flüsterte mit heiserer Stimme in ihr Ohr: »Im Gegenteil, mein Mädel! Im Gegenteil! Den armen Mann wirst du niemals verlassen. Zumindest nicht ohne meine Erlaubnis.«

Ifigenia Multanen bewegte rhythmisch ihren Kopf, saugte glückselig und bewegte gleichzeitig die andere Hand auf und ab. Der Mann verfolgte ihr Tun still und konzentriert, die Hände auf die Hüften gestützt. Ein Zucken warnte sie. Ifigenia ließ von ihm ab, bewegte ihre kleine Faust schneller und ließ sich die heiße Ladung auf die Brust spritzen.

Der Mann schrie nicht. Das war nicht sein Stil. Er sackte nur mit einem tiefen Brummen nach vorn, packte Ifigenia fest im Nacken, zog den Kopf der Frau noch etwas weiter nach hinten und presste seine Lippen fest gegen Ifigenias leicht geöffneten Mund.

Dann löste der Mann seinen Griff. Ifigenia fiel rücklings auf die glatten Seidenlaken und blieb anmutig und bewegungslos liegen. Der Mann ging lautlos zum Fenster, blieb dort neben einem antiken Tisch stehen und zündete sich einen Zigarillo an.

»Was hatte dein geliebter Freund denn auf dem Herzen?«

»Hat mir versichert, wie sehr er mich liebt und vermisst.«

»Merkwürdig. Die frisch vermählte Braut direkt neben sich.« Dem Mann entschlüpfte ein kurzes, trockenes Lachen.

»Antero hat versprochen, dass sie morgen Nachmittag im Motel sind. Ich soll mir nicht unnötig Sorgen machen.«

»Der Idiot scheint die Stunden und Minuten bis zu eurem Wiedersehen wirklich zu zählen. Wie sentimental.« Er lachte trocken. »Du hast jedenfalls genug Zeit. Sinkkonen und Munck schieben heute Nacht in dem Motel Wache. Als Spähtrupp sozusagen. Wenn die ersehnten Gäste aus Tampere eintreffen, wird alles bereit sein.«

»Bereit wofür?« In Ifigenia Sofia Multanens heller Stimme schwang eine Spur von Zweifel mit.

»Du weißt schon wofür, Schatz.«

11

»Klar, *True Romance* ist mindestens genauso gut wie *Reservoir Dogs*. Zwar anders, aber gut.«

»Aber da hat Quentin doch gar nicht Regie geführt. Das ist einzig und allein die Geschichte von Quentin.«

»Und eine verdammt gute Geschichte. Auch Quentin hat mal bei einem Videoverleih hinter dem Tresen gestanden, genau wie der Typ im Film. Und dann dieser harte Vater, Dennis Hopper, echt genial. Was für ein verrückter Sack.«

Jari Munck schob sich zwei Antihistamintabletten hinter die Backen und spülte sie mit Wasser hinunter. Dann warf er den Plastikbecher in den Mülleimer und wandte seinen Blick aus dem Fenster des Motelzimmers.

»Die Leute aus Zimmer sechsundzwanzig brechen grade auf.«

»Wirklich?« Tetsuo Sinkkonen unterbrach seine Arbeit am Campingkocher. Die Champignonsuppe mit Mettwurststreifen brodelte schon und war bald fertig. »Na, was hat das junge Fräulein denn heute Morgen an?«

»Rate mal. Dasselbe ärmellose Top, das sie auch gestern schon getragen hat. Ist schon beschissen, wenn man nicht genug Kleider mit auf die Reise genommen hat. Halbnackt muss man da bei hellem Tageslicht durch die Gegend wackeln.

Tetsuo Sinkkonen hörte auf, die Suppe umzurühren, legte die Schöpfkelle ab und schlich zum Fenster.

»Du Jari.« Tetsuo richtete seine pechschwarzen, ein wenig schiefen Augen auf seinen Kumpel. »Erinnere dich mal zurück an die Zeit, als wir achtzehn waren, irgendwann in den Siebzigern. Hatten die Mädels damals solche Titten?«

»Nee, hatten die damals nicht. Und wenn doch mal eine solche Titten hatte, dann hat man noch am anderen Ende der Stadt drüber gesprochen. Aber heute hat doch bald jede zweite solche Möpse.«

»Sind wohl einfach in Mode gekommen.« Tetsuo Sinkkonen zuckte die Schultern. »Komm jetzt zu Tisch. Gleich gibt's was zu futtern.«

»Für dich waren die Siebziger doch sicher eine goldene Zeit, Tetsuo.« Munck pustete auf seinen heißen Suppenlöffel. »Hast überall den Prahlhans gemacht und die Fräuleins auf Englisch angesprochen, wie so'n Ausländerclown, der kein Finnisch kann. Und bestimmt immer 'ne Muschi abgekriegt. Mit absoluter Sicherheit.«

»Ich kann nicht klagen. Das waren die Siebziger.« Sinkkonen hob seine schmalen Schultern und grinste kurz. »Aber man wird alt. Und die Welt um einen rum verändert sich. Heutzutage ist die Stadt voll von irgendwelchen Reggaeklubs, und überall laufen so schwarze Typen herum. In der Forum-Passage lümmeln den lieben langen Tag dutzende von kanadischen Zahnärzten rum und geifern nach jedem Loch. Den Mädels bieten sich da gute Möglichkeiten, ihr Englisch ein bisschen zu verbessern. Beugung der unregelmäßigen Verben und so. Auf ganz natürliche Weise.«

»Richtig gut, die Suppe. Hast vielleicht ein wenig mit dem Salz gespart?« Jari Munck leckte sich abschätzend über die Lippen. »Übrigens, hat eigentlich jemand angerufen, als ich da am Abhang auf Erkundungstour war?«, erkundigte sich Jari Munck.

»Miesmann hat eine SMS geschickt. Schmollmund wird um die Mittagszeit hier eintreffen.«

»Na, dann werden wir ja das Neueste erfahren. Reich mal die Gewürzmischung rüber. Auch wenn dein Blutdruck wer weiß wie hoch ist, heißt das noch lange nicht, dass ich so eine salzlose Brühe schlürfen muss!«

»Salz ist Gift, hörst du. Richtig gefährlich. Vergiss das nicht, mein Freund.«

»Jetzt bekomme ich auch noch Ratschläge von einem, der mindestens fünfmal Tripper und sechsmal die Chlamydien hatte.«

12

»Hör dir das mal an. Hier ist ein langer Artikel, in dem berühmte Personen des öffentlichen Lebens den Zeitungslesern offenherzig Geständnisse machen. Diesmal geht es um das Thema Düfte. Ob du es glaubst oder nicht. Es geht um Gerüche, die man irgendwann im Laufe des Lebens mal wahrgenommen hat und dann nie wieder vergessen konnte. Das Beste ist dieser Kaj Kalin.« Vares blätterte zum Morgenkaffee in einer neuen Illustrierten.

»Wer ist Kaj Kalin?« Valtteri legte die Zeitung auf den Tisch.

»Gute Frage. Aber lass uns denselben Test mit dir machen. Schauen wir mal, welche geistige Ähnlichkeit zwischen dem ästhetisch veranlagten Herrn aus Helsinki und dem Rentner aus der Provinz Satakunta besteht. Mach die Augen zu und beschreibe mir einen Duft, Geruch oder Gestank, der dir ganz stark im Gedächtnis geblieben ist. Sag einfach, was dir zuerst einfällt!«

»Ganz einfach. Dafür brauche ich nicht mal die Augen zu schließen. Klare Sache.«

»Na, dann sag schon.«

»Das war 1943, im Frühjahr, als die Straßen in ganz schlechtem Zustand waren.« Valtteri Vares schlug ein Bein über das andere und schaute gedankenversunken in die Ferne, zurück in seine Jugend, die im Krieg verloren gegangen war. »Die endgültige Niederlage war schon abzusehen, doch trotzdem haben wir dem Feind noch einige Streiche zu spielen versucht. Wir sind mit dem Spähtrupp hinter die feindlichen Linien gedrungen und haben den Russen den Weg abgeschnitten. Es gelang uns, ihnen einen Hinterhalt zu legen. Ein paar Dutzend von ihnen konnten wir direkt auf der Wagenpritsche erschießen, die anderen mussten wir im Straßengraben mit dem Feldspaten erschlagen. Zwei Tage und eine Nacht sind wir anschließend in Sümpfen und Entwässerungsgräben herumgekrochen, um diesen Kirgisen zu entfliehen. Als wir dann wieder auf der eigenen Seite waren, hat in einer Senke diese Gulaschkanone auf uns gewartet. Voll mit fetter Erbsensuppe. Ein Geruch, dass man fast den Verstand verlor. Mit Speck drin, so daumengroße weiße Klumpen. Erst nach dem dritten Teller hab ich bemerkt, verdammte Scheiße, dass meine Hände und Arme bis zu den Ellenbogen voller Blut waren. Ich hatte mich nämlich seit zwei Tagen nicht mehr gewaschen. Also, diesen Geruch der Erbsensuppe vermischt mit dem Blutgestank, den werde ich nie vergessen.«

»Ich verstehe.« Jussi Vares raschelte mit der Illustrierten. »Kaj Kalins einschneidendstes Geruchserlebnis war, diesem Qualitätsblatt zufolge, ein winziges, aus orangefarbener Seide gefertigtes und mit klein geriebenen Lotusblättern gefülltes Duftkissen, das ihm von einem ganz besonders gutem Freund in einem Pariser Café geschenkt wurde. Ich nehme an, bei einem Milchkaffee.«

Über dem Stubentisch machte sich eine geheimnisvolle Stille breit. Valtteri Vares schenkte noch Kaffee nach. Jussi Vares schnitt Rauchfleisch auf eine Scheibe Gerstenbrot. Die Wacholderdrosseln zwitscherten in der Gartenbirke, und eine leichte Windböe rauschte hinter dem kleinen Haus durch das Erlenwäldchen.

»Seltsame Träume hatte ich«, murmelte Jussi Vares nach einiger Zeit wie zu sich selbst. »Ich meine, in der letzten Nacht.«

»Hatte ich auch«, antwortete Valtteri Vares. »Also, ich habe geträumt, dass du schon zu Mittsommer wieder hierher zurückgekommen warst. Ich hatte eigens für den Herrn aus der Stadt einen kräftigen Geburtstagstrunk gebraut. Und dann haben wir hier deinen Vierzigsten gefeiert und ordentlich gezecht. Und die Sonne strahlte am Firmament, ohne dass sich auch nur ein einziges Wölkchen zeigte. Und im Suff hast du mir dann offenbart, dass du ein richtig reicher Knacker bist. Jussi, was glaubst du, mein Junge? Ist das eine Vorahnung gewesen? Ob das wohl wahr werden könnte?«

»Aha, ein reicher Knacker. Ich weiß nicht. Aber spielen wir mal ordentlich Lotto und kommen dann später noch mal auf die Sache zurück«, lachte Jussi Vares.

Plötzlich kam Jussi der eigene Traum wieder in den Sinn. Ein schwarzer Laster. Der im Fluss versinkende Nissan. Die verstorbene Kirsti. Und die ungeborenen Kinder. Die Bilder waren so lebendig, dass es ihn immer noch fröstelte. Auch an diesem hellen und sonnigen Vormittag.

»Hör mal, Valtteri. Vielleicht komme ich wirklich zu Mittsommer. Falls ich gerade in der Gegend sein sollte.«

»Was meinst du mit in der Gegend! Wo solltest du denn sonst sein?«

»Ich weiß nicht.« Jussi Vares zuckte mit den Schultern. »Das Leben ist nun mal so, dass man nichts sicher versprechen kann, weil man nicht weiß, was alles so passieren wird.«

DRITTER TEIL

»Gern hält sich der Mann an Lösungen, bestimmte
Schlussfolgerungen, die seinen Prinzipien entsprechen.
So hat er seinen Frieden – einen kleinen Frieden
zwischen den großen, sich als bodenlose Abgründe
erweisenden Frieden.« M. I.

1

»Der erste Tag unseres restlichen Lebens! Ein ganz angenehmes Gefühl!« Antero Kraft war in glänzender Laune aufgewacht. »Etwa in diesem Moment bekommt man in den Bunkern von Kylmäkoski eine laue Kaffeeplörre, einen wässrigen Brei und mit Billigmortadella belegte Brötchen vorgesetzt. Und danach kriechen die Minuten wieder endlos langsam vor sich hin.«

Eeva verzog den Mund, konzentrierte sich auf ihr Spiegelbild und trat gleichzeitig die hellen Haarbüschel zur Seite, die auf den Klinkerboden des Klos gefallen waren. Anstelle der halblangen, bis zur Schulter reichenden Geschichtslehrerinnenfrisur trug sie nun einen ungeschickt geschnittenen Bubikopf. Außerdem hatte Eeva die Haare noch kohlrabenschwarz gefärbt.

Eeva grinste ihr Spiegelbild an. Sie fand, dass sie jetzt ziemlich hart, ja fast gefährlich aussah. Dieser Gesamteindruck wurde noch dadurch verstärkt, dass ihr Gesicht von den Spuren der durchwachten Nacht gezeichnet war. Ein nettes Verwandlungsspiel. Schön werden auf der Flucht!

Ein weibliches Mitglied der Baader-Meinhof-Bande hatte auf den Zeitungsfotos ganz ähnlich ausgesehen, bevor sie sich in irgendeiner deutschen Vollzugsanstalt erhängte.

Eeva zog sich auf der Toilette eine Jeans und ein weites Sweatshirt an und kehrte wieder ins Wohnzimmer zurück.

»Mein lieber Scholli!« Antero Kraft war begeistert.

Pizzaboy Jarmo, der am Lüftungsfenster stand und eine Zigarette rauchte, blickte Eeva abschätzend an. »Ich bin beeindruckt. Aber vom Stil her fand ich es vorher besser.«

»Mann, wir wollen doch nicht zum Schönheitswettbewerb. In diesem Wettstreit werden die Stilpunkte für ganz andere Qualitäten vergeben.« Antero Kraft musterte die flache Tube, die in seiner Hand ruhte. »Ich will einen Blondschopf. Also, mal sehen, was für eine Tönung man aus der Tube hier herausbekommt?«

»So in Richtung Johnny Hallyday. Schmier dir einfach das Zeug in die Haare, und dein Schopf wird so aussehen wie der von Johnny«, gab Jarmo kund.

»Mein Leben fängt erst richtig an ... wenn ich nach Hause gehen kann ... Dorthin wo meine Freunde sind ... wo ich in Sonnenschein und Wind ...« Antero hielt die Tube wie ein Mikrophon und tänzelte mit schwingenden Hüften ins Badezimmer. Die Anspannung vom vorigen Tage war wie weggewischt.

»Ich geh mal auf einen Kaffee in die nächste Bar. Ein Omelett würde jetzt guttun. Oder wenigstens ein frisches Brötchen.« Jarmo drückte seine Zigarette auf dem Fußboden aus.

»Ich komme mit.« Eeva strich sich entschlossen durchs Haar. Sie wollte einige Zeit mit Pizzaboy allein sein. »Ist gar kein Risiko. Mich würde nicht mal meine selige Mutter erkennen.«

Das Kneipencafé, das zwei Straßenecken entfernt lag, war zwar kein richtiges Frühstückslokal, die Türen standen aber trotzdem schon um neun Uhr morgens einladend offen. Vor ihren Bieren saßen eine Handvoll Männer, die ihre Sorgen bereits im vorangegangenen Jahrzehnt zurückgelassen hatten.

Pizzaboy holte sich entschlossen eine Flasche Bier aus dem Kühlregal und schritt geradewegs zur Kasse.

Eeva blieb ein paar Minuten nachdenklich an der Theke stehen und entschied sich schließlich, dem Beispiel ihres Kameraden zu folgen. Außer einem Brötchen nahm auch sie eine Flasche kaltes

Lapin Kulta. Ein kameradschaftliches Morgenbier könnte ein gewisses Zusammengehörigkeitsgefühl schaffen.

Eeva spürte einen Blick im Nacken und schaute zum Ecktisch. Ein hagerer, ungepflegt aussehender Bursche, der allein am Tisch saß, zwinkerte ihr zu und wandte seinen brennenden Blick dann langsam Jarmo zu. Irgendwie tickte der Typ nicht richtig. Entweder war er von Geburt an verrückt oder er konsumierte neben Lapin Kulta auch noch etwas Härteres.

»Jarmo, weshalb nennt man dich eigentlich Pizzaboy?« Eeva beschloss, sich gar nicht um den aufdringlichen Gaffer zu kümmern.

»Ich betreibe zusammen mit meiner Mutter eine Pizzeria in Töölö. Einige Kilometer von der Bibliothek entfernt. Der Name ist *Deli-Pizza Tölikkä*. Schon seit Ewigkeiten.«

»Aber wieso lässt sich ein Pizzabäcker auf einen Job wie diesen ein?«

»Also, dir kann ich es ja sagen. Diese Pizzeria ist eher so ein Deckmantel. Mutter handelt mit allem möglichen heißen Kram, der gerade angeboten wird. Und ich mache auch noch dies und das nebenbei. Je nach Nachfrage.«

Der Gaffer hatte seine langen, dünnen Beine ausgestreckt und starrte jetzt noch unverschämter zu ihnen herüber. Seine schmalen Lippen hatten sich zu einem leichten Grinsen verzogen. Die Situation wurde immer unbehaglicher.

»Mutter ist die Chefin unserer Klitsche. Das geb' ich gern zu. Sie ist eine großartige Frau, eine gute Mutter und gleichzeitig ein prima Kumpel. Kaum jemand von den Typen, die ich kenne, hat so ein gutes Mütterlein. Hier ist übrigens die Visitenkarte unserer Pizzeria. Da findest du die Adresse und Telefonnummer und alles.«

Pizzaboy gab Eeva seine Pappvisitenkarte. Eeva sah sich die Karte kurz an und stellte fest, dass Pizzaboy-Jarmo eigentlich Jarmo Heino hieß.

»Bist du ein Glücksjunge, dass du noch eine Mutter hast. Meine Mutter ist im letzten Winter gestorben.« Eeva steckte die Karte in die Tasche ihrer Jeans.

»Ich wage es gar nicht, dran zu denken, dass Mutter mal den Löffel abgeben wird. Sie ist eine sorgsame und vorsichtige Frau. Als ich ihr von diesem Job erzählt hab, war sie total dagegen. Und sie ist erst dann weich geworden, als ich ihr gesagt hab, wie viel Kohle dabei herausspringt. So viel Geld bekommt man sonst nirgendwo. Aber ich musste ihr natürlich die ganze Geschichte ausführlich erklären. Und dann hat Mutter auch noch mit dem Passmann verhandelt.«

Der Schirmmützentyp vom Ecktisch gab mit der linken Hand irgendwelche Zeichen und grinste dabei wie ein Idiot.

»Was für ein Passmann?« Eeva versuchte sich zu konzentrieren.

»Na, der Typ, der dir und Kraft die Papiere besorgen soll. Und für euch die Überfahrt über den Finnischen Meerbusen organisiert. Er soll der Beste in der Hauptstadt sein in seinem Bereich. Und auch der teuerste. Mutter vertraut auf ihn. Sie kennen sich schon seit Jahren.«

»Wer bezahlt dich eigentlich für diesen Job? Der Passmann?«

»Nein. Der doch nicht. Mich hat diese Frau engagiert.« Jarmo schüttelte den Kopf.

»Ach, was du nicht sagst.« Eeva Sunila nahm ein paar Brötchenkrümel vom Teller und steckte sie in den Mund. »Ich kann mich da an einen Namen erinnern, den du gestern erwähnt hast. Schmollmund. Ist sie das?«

»Ja genau. Schmollmund nenne ich sie. Ich kenn ja noch nicht mal ihren richtigen Namen. Der Name Schmollmund passt ganz gut. Ich bin ihr nur ein paar Mal kurz begegnet.« Jarmo Heinos Bierflasche war fast leer. Er blickte sehnsüchtig in Richtung Kühlregal, blieb aber brav sitzen. »Auf meine Mutter hat Schmollmund keinen besonderen Eindruck gemacht. Eira musste unbedingt Mäuschen spielen, als wir uns im Busbahnhofscafé getroffen haben. Und hinterher hat sie gemeckert, dass sie so leichtfertigen Schicksen kein bisschen Vertrauen schenken würde. Aber die Sache war schon abgemacht. Schmollmund hat uns ohne mit der Wimper zu zucken den Vorschuss in die Hand gedrückt.«

»Du weißt vermutlich nicht, was dieses Frauenzimmer und Antero miteinander zu tun haben?«

Jarmo Heino schüttelte den Kopf. Er hatte seine Gedanken noch nie gut in Worte fassen können.

Der Verrückte vom Ecktisch kam auf sie zu. Er brach in ein langes, fast gackerndes Lachen aus.

»Ich glaube, ich kenne euch!«

»Da irrst du dich wohl. Verpiss dich.« Eeva streckte entschlossen ihr Kinn vor und blickte dem Mann in die Augen. Panik stieg in ihr auf.

»Verdammt noch mal! Diese Zivilbullen wollen mir dumm kommen!« Die Stimme des Mannes schwang sich in die Höhe. Er zog aus seiner ausgeblichenen Jeansjacke eine kleine Pistole hervor.

»Hei Leka, was ist los. Keep cool!«, wurde am Nachbartisch gerufen.

»Nix da. Ich rechne jetzt ab. Weil diese Zivilbullen mich einfach nicht in Ruhe lassen wollen. So 'ne Scheiße, die verfolgen mich von morgens bis abends.«

»Leka. Das sind keine Bullen. Glaub mir.« Der Wirt des Lokals versuchte von der Theke aus in die Situation einzugreifen.

»Ach, Unsinn. Diese schwarzhaarige Hure und ihr Gehilfe haben mich von der Treppe geschubst, als sie mich das letzte Mal zum Polizeipräsidium geschleppt haben. Die Zähne und ein Knie sind dabei draufgegangen. Genau dieses Bullenpärchen war's. Ich bin doch nicht blind.«

Eeva schluckte angestrengt. Der Mann war total durchgedreht. Verflixt und zugenäht …

Sie dachte angestrengt nach. Es gab zwei Alternativen: Entweder würde dieser Hitzkopf schießen, oder die Polizei würde kommen und dem Krawall ein Ende bereiten. Beide Alternativen kamen nicht infrage.

Die Lage musste möglichst schnell entspannt werden. Aber wie sollte man mit so einem Verrückten fertig werden? Mit vernünftigen Worten würde sich sicher nichts erreichen lassen.

Eeva Sunila stand langsam auf und blickte dem Schirmmützenkopf tief in die Augen.«

»Du Arschloch hast uns als Bullen bezeichnet! Oder was? Na,

wie isses, bist du schon mal von einer Bullenfrau geküsst worden? Häh!«

»Noch nie, verdammt.« Der Schirmmützenkopf blinzelte, tat einen nervösen kleinen Schritt zur Seite und stieß einen Lacher aus.

»Na, dann kannst du jetzt entscheiden, ob es heute das erste Mal sein wird.«

Eeva Sunila fuhr sich mit der Zunge über ihre trockenen Lippen und stellte sich, den Kopf ein wenig nach hinten geworfen, vor dem Burschen auf. Ihr Mund war einladend geöffnet und ihre Augen halb geschlossen. In der Bierkneipe wurde es still. Man hätte eine Stecknadel auf den Boden fallen hören können.

»Was ist, du Stier! Traust du dich, eine Bullenfrau zu küssen!«

Der Schirmmützenfritze schluckte. Die Unterlippe des Mannes begann zu beben. Nahe der Tür hörte man ein Stuhlbein knacken.

»Na, zeig's ihr, Leka!«

Der Schirmmützenträger schluckte erneut. Dann drückte er seine dünnen, aufgesprungenen Lippen auf Eevas Mund. Er hielt seine Lippen dort zwei unendliche Sekunden lang und zog den Kopf dann vorsichtig zurück.

»Verdammt, du bist wirklich nicht von der Bullerei.« Der Schirmmützenmann wischte sich mit der Hand über den Mund und ließ seine Waffe sinken.

»Hättest du uns nur geglaubt. Dann hättest du auch dieses Jahr ehrenvoll und ohne zu küssen überstanden«, sagte Eeva Sunila und nahm dem Mann die Waffe aus der Hand. Klick! Mit einer schnellen Bewegung entfernte sie das Magazin und gab dem Mann die leere Knarre zurück.

»Du brauchst die Ordnungshüter nicht zu verständigen«, wandte sich Eeva an den Wirt. »War nur ein kleines Missverständnis.«

»Na gut, lassen wir das auf sich beruhen ...«

»Gehen wir!«, forderte Eeva Jarmo auf.

Die Kneipentür schlug zu. Eeva und Jarmo waren wieder auf der verlassenen, von der Morgensonne erhellten Straße.

»Jarmo, Kraft braucht davon nichts zu wissen. Der würde total ausrasten, wenn er wüsste, wie knapp wir gerade davongekommen sind.«

»Ganz schön verrückt bist du. Ein scharfer Trick.«

»Ja, ich bin ganz offensichtlich verrückt. Das brauchst du mir nicht zu erzählen.« Eeva Sunila warf das längliche Magazin in einen Mülleimer und marschierte los.

2

Auf der Parkbank im Schatten der Bäume an der Helsinkier Flaniermeile Esplanade war es angenehm mild. Die Bauarbeiter rackerten sich etwas weiter entfernt in tiefen Gruben ab, die sie in den Asphalt geschlagen hatten. Die Bauzäune, die Verkehrsschilder und die orangefarbenen Absperrbänder zwangen die Autofahrer auf eine schmale, völlig verstopfte Fahrspur, auf der sie mit ihren Volvos und Toyotas immer wieder anhalten mussten. Die Fahrer stöhnten in der erdrückenden Hitze ihrer Blechkäfige.

Kriminaloberwachtmeister Mikko Koitere, der seinen freien Tag hatte, ließ seine Zeitung auf die Bank sinken und fuhr Jaakko, der gerade ein Eis aß, durchs Haar. Der Blick des Mannes heftete sich auf eine heiße Schnitte, die gerade vorbeistolzierte. Das üppig gebaute junge Fräulein bewegte sich voran, als ob sie durch einen Lavastrom schreiten würde. Sie drehte die Pfennigabsätze ihrer offenen hohen Stöckelschuhe so, dass das wohlgeformte, gebräunte Bein bis zum Gesäß hinauf eine imposante Bewegung beschrieb.

Verdammt gut einstudierte Choreografie, dachte Mikko Koitere im Stillen.

»Vati. Warum wird eigentlich jedes Jahr die Straße wieder aufgerissen?« Der Junge unterbrach Koitere in seinen tiefsinnigen Gedanken.

»Mein Junge«, sagte Mikko Koitere in gemessenem, lehrerhaftem Ton und sah Jaakko ernst an. »Du kannst deinen Vater jederzeit fragen, wo die Kinder herkommen, wo das Weltall zu Ende ist oder welches Stück auf dem nächsten Doppel-Album von *Prodigy* ein Hit werden wird. Und auf alles wirst du auch sofort die richtige Antwort bekommen. Aber bitte stell mir keine Fragen zu den Straßenbauarbeiten der Stadt Helsinki.«

»Haha. Ich habe Durst.«

»Hol dir was am Kiosk da drüben. Hier hast du einen Zehner.«

Jaakko nahm die Münze und schlenderte in Richtung Kiosk. Mikko Koitere zog sein Handy aus der Tasche. Er drückte die Direktwahltaste zu Kommissar Bo Bergströms Diensttelefon. Nach kurzem Tuten meldete sich die gehetzt wirkende und dröhnende Stimme seines Vorgesetzten.

»Hallo, Koitere hier, bin gerade dabei, meinen freien Tag zu genießen. Na, kommt ihr auch ohne euren Supercop klar?«

»Mit Mühe und Not«, antwortete Bergström. »Wir haben gerade eine kleine Besprechung mit Hinkkanen und Tonteri. Auf dem Schreibtisch stapelt sich die Arbeit. Also, wir brauchen uns wohl auch diesen Sommer keine Sorgen um Beurlaubungen zu machen.«

»Das hört man gern. Als Mann mit Familie. Was steht denn auf der Liste ganz oben? Hat man den Schlächter aus Vuosaari immer noch nicht gefunden?«

»Keine Spur von ihm. Langsam scheint es so, als ob der Typ eine sogenannte persönliche Entscheidung getroffen hat. Der liegt sicher irgendwo im Bodenschlamm eines Sees. So lange könnte er sich niemals versteckt halten.«

»Und dieser Ausbrecher aus Kylmäkoski? Ist der schon in Helsinki aufgetaucht?« Mikko Koitere kniff die Augen zusammen und nahm das Telefon in die andere Hand.

»Hat sich noch nicht blicken lassen. Aber er wird schon noch kommen. Schließlich warten hier irgendwo ein paar Milliönchen auf ihn.«

»Woher wissen wir eigentlich, dass die Kohle hier in der Stadt ist. Könnte die nicht genauso gut in Genf, St. Petersburg oder in den Emiraten sein?«, setzte Mikko Koitere fort. »Oder sind vielleicht gerade die Jungferninseln in Mode, in diesen Kreisen?«

»Unsere Abhörleute haben damals einen Gesprächsfetzen aufgeschnappt, in dem der Typ vor seiner Geliebten aus Ingermanland mit seinem Geld herumprahlte. Die Kohle ist mit absoluter Sicherheit hier in der Gegend versteckt.«

»Ganz schön scheiße, wenn wir den Typen nicht bald schnappen«, brummte Mikko Koitere. »Das wäre ein gefundenes Fressen für die Presse, und die große Allgemeinheit würde dieses clevere Arschgesicht sicher bald als romantischen Ausbrecherhelden feiern. Die Frauen werden ihm die Liebesbriefe postlagernd nach Helsinki schicken.«

»Das ist uns klar. Ich war gestern zu einer Besprechung bei der Zentralkriminalpolizei. Wir richten gerade die Soko Kraft ein. Es hilft nichts. Wir müssen wohl hier und da ein paar zusätzliche Beamte abziehen, wenn wir den Kerl schnappen wollen.«

»Wart' mal einen Moment ...« Koitere zog den Satz nachdenklich in die Länge und suchte nach Worten. »Noch mal zu diesem Fräulein aus Ingermanland. War das vielleicht eine gewisse Ifigenia Multanen?«

»Genau. Ifigenia Multanen. Wenn diese Mieze in Hollywood leben würde, könnte man sie sicher im Kino bewundern.«

»Ja, ich erinnere mich. Dieses süße Kätzchen.« Fast zufällig kam Mikko eine Idee. »Ich habe das Fräulein vor ein paar Jahren beobachtet, bin dabei aber einem falschen Hinweis nachgegangen. Ihr ehemaliger Bräutigam, den sie aus dem Wasserbett geworfen hatte, wollte das Mädel damals als Grand Dame und Spießgesellin der Ostmafia denunzieren. Aber njet, das hat sich dann doch nicht bestätigt!«

»Was du nicht sagst.« Bo Bergströms Stimme bekam einen nachdenklichen Unterton. »Du hast noch eine Woche Urlaub, oder? Hättest du nicht Lust, deine Ferien etwas weiter in den Herbst zu verschieben? In die Preiselbeerzeit, zum Beispiel. Dann könntest du jetzt bei uns in der Soko mitarbeiten.«

»Wenn der Staat ruft, kann ich als Beamter nichts anderes tun, als meinen Kram zusammenzupacken und zu gehorchen.« Koitere streckte zufrieden die Beine aus und nahm eine bequemere Position ein. Das lief ja wie am Schnürchen.

»Das hört man gern, Koitere. Die Soko Kraft tritt heute Abend um sechs zu einer Besprechung zusammen. Du könntest zum Beispiel die Observation der jungen Dame aus Ingermanland übernehmen. Was meinst du?«

»Klar, Boss. Ich bin um Punkt sechs zur Stelle! Bis dann.«

Koitere legte auf und blickte kurz über die Schulter. Jaakko verfolgte mit großen Augen einen geschickten Amateurjongleur, der die Passanten mit drei bunten Bällen unterhielt.

Koitere spürte ein seltsames Stechen in der Magengegend, ganz so, als ob er etwas Falsches gegessen hätte. Ein harter Kerl durfte kein schlechtes Gewissen haben. Man musste alles im Griff behalten. Selbst im Schlaf.

Mikko Koitere schüttelte den Kopf, nahm sein Handy und wählte erneut.

»Ja?«, antwortete eine Männerstimme nach dem dritten Freizeichen.

»Koitere hier. Eine kleine Zwischenmeldung. Die Polizei weiß nichts. Keine Spur von dem Flüchtigen. Aber sie nehmen an, dass er nach Helsinki kommen wird.«

»Na, dazu braucht man keine hellseherischen Fähigkeiten zu haben«, lachte der Mann mit tiefer Stimme. »Nicht einmal die Polizei.«

»Die Suche läuft jetzt richtig an. Sogar mit eigener Soko. Der Mann ist langsam ein Stein im Schuh.«

»Ja, mit Sicherheit. Aber du hältst mich doch immer auf dem Laufenden?«

»Ja. Wird kein Problem sein.« Koitere seufzte zufrieden über die Glanzleistung, die er gerade vollbracht hatte. »Die Sache ist nämlich so, dass auch ich zu dieser Soko gehöre.«

»Was du nicht sagst!« Der Tonfall des Mannes veränderte sich leicht. »Gut hingekriegt. Meinen Glückwunsch!«

»Na, das war's fürs erste. Ich melde mich, wenn es was Neues gibt.«

»Tu das. An der Börse würde man sagen, dass die Zahl der Notierungen bei einem gewissen Helsinkier Polizeibeamten stark gestiegen sind!«

Jaakko trottete in seinen überweiten Jeans und seinem nach hinten geschobenen Montreal-Canadiens-Käppi herbei.

»Was jetzt, Papi? Mama kommt erst nach vier von der Arbeit. Fahren wir nach Suomenlinna und schauen uns die Kanonen an?«

»Gute Idee. Kanonen, Kanonen! Irgendwas fehlte doch heute noch im Programm. Ja natürlich, die Kanonen!«

Mikko Koitere klopfte Jaakko auf die Schulter. Vater und Sohn schlenderten in aller Ruhe Richtung Marktplatz zu den Fähren, die zur Festungsinsel Suomenlinna abfuhren.

Plötzlich wurden Koitere und Jaakko von drei jungen Männern überholt, die es ziemlich eilig hatten. Der mittlere von ihnen sprach mit energischer Stimme auf die anderen beiden ein. Auf Koitere wirkte es so, als ob irgendwelche Befehle ausgegeben würden.

Dann wurde der Mittlere langsamer und blieb hinter seinen Kumpels zurück. Die beiden anderen näherten sich einer Dame mittleren Alters, die mit einem hellen Sommerkostüm bekleidet war. In der Hand trug sie die Papiertüte einer Boutique. Ihre Handtasche hing locker über der Schulter.

Koitere kniff die Augen zusammen und machte eine schnelle Handbewegung, damit Jaakko stehen blieb. Der Junge sah seinen Vater verwundert an.

»Pssst Jaakko, ganz cool bleiben. Lass uns einen Moment zuschauen.«

Der größere der beiden Kameraden zog einen Stadtplan hervor und sprach die Frau freundlich lächelnd an. Es sah so aus, als würde er nach einer Sehenswürdigkeit suchen.

Der Kerl stellte dem Opfer auch seinen Kollegen vor. Man wechselte ein paar höfliche Worte auf Englisch. Die Dame erklärte freundlich den richtigen Weg und bemerkte nicht, dass ihr Portemonnaie plötzlich verschwand.

Das Muster war klar. Koitere brauchte sich weder auf den Lockvogel noch auf den Langfinger zu konzentrieren. Das Wichtigste war, den Spielleiter im Auge zu behalten, der mit aller Wahrscheinlichkeit die Beute in Empfang nehmen würde.

Die Sache lief nach einer einstudierten Choreografie ab. Die jungen Herren bedankten sich bei der Dame überschwänglich und gingen dann langsam in die Richtung zurück, aus der sie gekommen waren. Der Spielleiter, der ein paar Jahre älter war als seine beiden Kollegen, kam ihnen entgegen wie ein x-beliebiger Fremder. Sie kamen ganz nah aneinander vorbei, streiften sich fast.

Die braune Geldbörse wechselte wieder den Besitzer und verschwand im Nu in der dunklen Lederjacke des Spielleiters.

»Jaakko. Ruf die Polizei! Mit der Direktwahltaste Nummer eins.« Mikko Koitere drückte seinem Sohn das Handy in die Hand und beschleunigte seine Schritte.

Der dunkelhaarige Lederjackenmann war völlig überrascht. Mikko Koitere griff den Mann wie ein Verteidiger beim American Football schräg von hinten an und streckte den Kerl am Rand des Sandweges nieder.

»Hey, auuu! What's happening? Help! Help me!«

Der Taschendieb war ein Profi und wehrte sich nicht. Wie ein unschuldiges Opfer von Straßengewalt blieb er auf dem Boden liegen.

»Du verstehst gut genug Finnisch. Mach keine Faxen, sonst kugele ich dir den Arm aus!«, zischte Mikko Koitere dem Mann ins Ohr. »Und rück brav das Portemonnaie raus, damit ich dir nicht wehtun muss!«

»Hey, du Penner! Was soll denn das? Schrecklich!« Zwei Frauen in Shorts blieben auf der Stelle stehen und kommentierten lautstark die Situation.

»Lassen Sie den Mann los! Meine Güte, einfach unschuldige Passanten zu überfallen, und das mitten in der Hauptstadt!«

»Was fällt Ihnen ein, Sie Raufbold und Straßendieb!«, keifte die andere Frau. »Polizei! Ruft die Polizei!«

»Moment! Mein Vater ist kein Verbrecher.« Jaakko Koitere kam mit dem Handy in der Hand hinzu. Seine Wangen glühten vor Eifer.

»Mein Vater ist Polizist. Und außerdem ein Held.«

3

Der ziegelrote, rostige Nissan fuhr aus dem Schutz des Waldes den langsam abfallenden Hügel hinab.

Vares überquerte die Linie, auf der im blutigen Frühling, im Jahre 1918, die Front zwischen den weißen Schlächtern und den Roten in der Provinz Satakunta verlief. Jussi hatte von älteren Verwandten gehört, dass die Vares-Kampfbrüder aus Merikarvia und Siikainen genau von dieser Hügelschwelle aus ihre Kugeln in Richtung Pori abgefeuert hatten. Die Vettern aus der Stadt wiederum, allesamt Bretterträger und Kreissägendreher im Sägewerk, hatten mit ihren Maxim-Maschinengewehren und Kracheisen in die entgegengesetzte Richtung geballert.

Die Alten meinten, dass noch mehrere Jahrzehnte danach auf den Familienfesten eine leicht unterkühlte Stimmung geherrscht hätte – aus nachvollziehbaren Gründen.

Jussi Vares saß aufmerksam hinterm Steuer. Der nächtliche Albtraum mit dem schwarzen Killer-Lkw war immer noch lebendig. Auch wenn der liebe Verstand ihm einzureden versuchte, dass man solchen schnapsdurchtränkten Phantasien keinen besonderen Wert beimessen sollte.

Die Prophezeiung hatte sich nicht erfüllt. Jussi Vares überquerte unbeschadet die Brücken des Kokemäki. Pori mit seinen langen Ziegelschornsteinen blieb hinter ihm zurück. Bald würde er nur noch Flachland vor sich haben, wenigstens bis er Laitila erreichte.

Im Autoradio sang Gösta Sundquist von seiner Kyllikki, einer Dame, die in Männermagazinen ihre besten Seiten präsentierte. Vares pfiff mit und trommelte mit den Fingern auf dem Lenkrad …

»Und des Schicksals Winde, treiben ein Boot aus Rinde …«

Wieder oben auf einem Hügel angelangt wechselte Jussi Vares in den Dritten. Im selben Augenblick tauchte hinter dem Hügelkamm, so hoch wie ein zweigeschossiges Einfamilienhaus, eine schwarze Wand vor ihm auf, die dichte dunkelgraue Dieselschwaden hinter sich herzog.

Jussis Herz setzte für ein paar Sekunden aus. In einer instinktiven Reaktion zog er den Wagen halb zur Seite an den Straßenrand. Der Schotter prasselte in den Abschlussblechen, und der Wagen verlor so viel an Geschwindigkeit, dass Vares in den Zweiten wechseln musste. Der pechschwarze Lastwagen erreichte keuchend den Gipfelpunkt des Anstiegs. Das Fahrzeug schien wie vor Erleichterung aufzuatmen, als es auf der abschüssigen Strecke neuen Schwung bekam, und donnerte schließlich mit Getöse bergab. Und gleichzeitig an ihm vorbei.

Jussi Vares konnte noch erkennen, dass der Brummi mit einem russischen Nummernschild versehen war. Der Auspuffkrümmer stieß ungesunden grauen Rauch aus. Ein Hinweis dafür, dass der Motor nicht mehr im allerbesten Zustand war. Wie zuverlässig die Bremsen waren, ließ sich nur erahnen.

Jussi Vares schaltete erneut in den Dritten, gab Gas und musste lachen, dass er sich so erschrocken hatte. Mein lieber Mann! Da war wirklich dieser Laster erschienen – ganz wie es im Traum vorausgesagt worden war! Allerdings hatte der Teufel nicht in Betracht gezogen, dass die Zylinderkopfdichtung dieses russischen Gefährts so miserabel war. Aus diesem Grund war der Zeitplan des Gehörnten, der von einem Zusammentreffen an der Kokemäki-Brücke ausgegangen war, wieder einmal durcheinandergeraten. Die dunkle Voraussage in Jussis Traum hatte sich nicht bewahrheitet.

Nach einigen Kilometern tauchte am Straßenrand ein Werbeschild auf, auf dem ein Motel in der Landgemeinde Mynämäki als eine »besonders günstige Übernachtungsalternative« angepriesen wurde. Bis nach Turku waren es zwar nur noch knapp über vierzig Kilometer, aber gegen eine Tasse Kaffee war nichts einzuwenden.

Kurz darauf tauchte inmitten eines lichten Kiefernwaldes das *Mynämotel* auf. Der Beherbergungsbetrieb bestand aus einem Cafeteria-Restaurant sowie hell gestrichenen Flachdach-Appartementreihen, die an eine trostlose, auf menschlichen Maßstab übertragene Nerzfarm erinnerten.

Eine verlassene, von Korrosion gezeichnete Tankstelle mit

staubbedeckten Fenstern vervollständigte das Bild. Vares glaubte sich zu erinnern, dass sich hinter dem Motel ein schon seit Jahrzehnten nicht mehr mit Wasser gefülltes, blau gekacheltes Schwimmbecken und ein ungenutztes Saunagebäude befanden. Ein längst vergangenes Milieu, das nur noch traurig wirkte. Früher hatte hier das Leben getobt.

Jussi fasste einen spontanen Entschluss und fuhr mit dem Nissan vor dem Motel vor; vielleicht aus einem Nervenimpuls heraus, der von dem Zusammentreffen mit dem schwarzen Sattelschlepper herrührte. Wie entscheidend dieser Entschluss sein sollte, ahnte Vares jetzt noch nicht.

An den Wänden des Gebäudes wucherte Gras und wildes Buschwerk. Vor den Appartements standen einige fast schrottreife Autos. Im Gesamtbild fehlte nur noch die einsame Gebüschkugel, wie sie im Wilden Westen von einem Präriewind durch eine tote Goldgräberstadt getrieben wurde.

Hätte es dieses *Mynämotel* nicht bereits gegeben, wäre es mit Sicherheit vom Filmregisseur Quentin Tarantino erfunden worden, dachte sich Jussi Vares. Dazu noch eine Veranda und ein wichtigtuerischer Provinzdepp, der den Gast, den es aus der Stadt hierher verschlagen hatte, hinter seiner dunklen Brille angriffslustig anstarrte. So ein Scheißkerl, der irgendein düsteres Geheimnis mit sich herumtrug.

Die Cafeteria hatte geöffnet. Vares parkte seinen Nissan und betrat das Lokal. An den Wänden hing Werbung für Karjala-Bier. Orangefarbene Plastikstühle. Im Fernsehen ein alter finnischer Schwarz-Weiß-Spielfilm. Auf den Tischen geblümte Kunststofftischtücher, und auf jedem Tisch bunte Plastikblumen. Auf dem Tresen ein halbmeterhoher Stapel zerfledderter Klatschmagazine und alter Zeitungen. Die Kartoffel-Speckwürfel-Pfanne für dreißig Finnmark.

Vares nahm eine große Tasse Kaffee und setzte sich an einen Tisch am Fenster, auf dem jemand das *Tamperaner Abendblatt* hatte liegen lassen. Der Kaffee schmeckte Jussi ausgezeichnet, er war überraschend gut und frisch.

Die Titelseite der Zeitung wurde von einem großen Schwarz-

Weiß-Bild beherrscht. Fluchtdrama in Tampere. Ein von Wärtern begleiteter Strafgefangener hatte auf seiner eigenen Hochzeit die Flucht ergriffen.

DAS ERSTE FOTO VON DER REVOLVERBRAUT!

Vares hob die Kaffeetasse an die Lippen, aber seine Hand blieb plötzlich in der Luft stehen. Wie gelähmt starrte er auf das Gesicht, das auf dem Titelbild zu sehen war. Jussi Vares lief ein Schauder über den Rücken. Das Foto stammte aus einem Soldatenpass der finnischen Armee. Die Frau, die darauf zu sehen war, blickte direkt in die Kamera, die Armeemütze ausgestreckt und die Kokarde millimetergenau auf der Mitte der Stirn platziert. Auf den Kragenspiegeln die Rangabzeichen einer Unteroffizierin. Den Mund zu einem geraden Strich verzogen, obwohl in den Augen ein verschmitztes Funkeln zu erkennen war.

Unteroffizierin Sunila! Eeva Sunila, Geschichtslehrerin, Alter: 31 Jahre.

Genau, das war sie. Es gab keinen Zweifel. Sie hatten sich damals sogar das Du angeboten, was bei der Armee ziemlich selten war. Am vorletzten Abend. Kurz vor Ende der Reserveübung.

Und dann hatten sie auch noch etwas anderes verabredet. Eeva Sunila, du armes Ding, auf was um Himmels willen hast du dich da eingelassen?

Jussi Vares blätterte direkt zur dritten Doppelseite vor. Dort setzte der Bericht fort, ohne dass mit Spaltenplatz gespart wurde. Ein Gefangener aus Kylmäkoski war gestern zur Mitte des Tages, unterstützt von seiner mit einem Trommelrevolver ausgestatteten Braut, aus einer Kirche in Tampere geflüchtet.

Jussi sog mit ständig wachsender Verwunderung die Story in sich auf, die viel zu unglaublich klang, um wahr zu sein. Eeva, du Arme! Wer oder was in deinem Leben hat dir so einen Schlag versetzt?

Jussi las den von drei Redakteuren zusammengebastelten Bericht zweimal durch. Die Puzzleteile fügten sich allmählich zusammen. Vares kam ein Gesprächsfetzen in den Sinn, auf dem

Porsaanharju im nächtlichen Kieferngehölz, als das Lager der Gelben schon in tiefem Schlaf versunken war. Jussi Vares erinnerte sich, wie er die Frau gefragt hatte, warum sie zur Armee gegangen sei. Weshalb entschied sich eine dreißigjährige Frau, die ihr Studium glanzvoll absolviert, einen Beruf erlernt und einen ordentlichen Arbeitsplatz hatte, zu einem solchen Schritt?

Eeva hatte etwas gezwungen gelacht und erklärt, dass sich früher ja auch die Männer zur Fremdenlegion gemeldet hätten, weil ihnen die Frau untreu geworden war. Sie selbst hatte, wie sie erzählte, die Armee gewählt, weil ihr von einem Halunken übel mitgespielt worden war.

Vares zog die Stirn in Falten. Handelte es sich vielleicht um den Mann, der auch an dem Fluchtdrama beteiligt war?

Vares fasste in Gedanken zusammen, was in dem Bericht über diesen Mann geschrieben wurde. Ein skrupelloser Schwindler, der einen Coup von über zehn Millionen gelandet hatte. Ein Betrüger, Geldwäscher und Wirtschaftsverbrecher. Laut diesem Artikel ein eiskaltes Arschloch, ein Schleimscheißer in der wahren Bedeutung des Wortes. Arme, arme Eeva.

Die Tür der Cafeteria ging auf. Jussi erhob so weit seinen Blick von der Zeitung, dass er einen ausländischen Herrn ausmachen konnte, der mit einem stilvollen Anzug bekleidet war. Da kein neuer Wagen auf dem Parkplatz zu sehen war, musste es sich um einen Gast des Hauses handeln.

Der Mann trat zum Verkaufstresen, musterte das Angebot und verlangte schließlich zwei Schinkenbrötchen, eine Diät-Cola und eine Limonade. In perfektem Finnisch. Das war also wieder einmal so ein Tag. Nichts war mehr so, wie man es auf den ersten Blick annehmen sollte.

Die Cafeteria-Verkäuferin steckte die Einkäufe in eine Plastiktüte. Der Kunde fingerte ein paar Münzen aus der Jackentasche und legte sie der Frau in die Hand. Er wollte sich schon umwenden und gehen, als sich plötzlich seine Aufmerksamkeit auf den alten Fernsehapparat richtete, der in einer hinteren Ecke des Lokals vor sich hin schepperte. Der alte finnische Spielfilm verlief in gewohnter und vertrauter Weise.

»Ähh. Haben Sie dort in Ihrem Apparat auch Videotext?«, fragte der Mann.

»Nein, haben wir nicht«, sagte die Thekentante. »Und das nächste Internet befindet sich in der Bücherei von Mynämäki.«

Der Japaner zuckte mit den Schultern und schritt mit seinen Einkäufen in Richtung Außentür. Als er am Glücksspielautomaten vorbeikam, fuhr er zusammen und starrte auf den Vorhof.

Auf dem Parkplatz war ein blauer Ford Escort erschienen, dessen Fahrer gerade ausstieg. Ein hagerer Bursche mit Pferdeschwanz, über der Schulter eine ausgeblichene Jeansjacke. Das zerknitterte T-Shirt hatte ganz offensichtlich eine Wäsche nötig. Ein Präriereiter, der einen Abstecher zur Schenke machte.

Im selben Augenblick klapperte die Toilettentür der Cafeteria. Jussi Vares drehte seinen Kopf und bemerkte, dass der japanische Anzugmann, flink wie ein Wiesel, in der Pisskabine verschwunden war.

Vares, der Profi, wurde wach. Normalerweise spielten erwachsene Männer nicht solche Versteckspiele.

Der Pferdeschwanztyp trat zur Tür herein und blickte kurz nach rechts und links. Auf der Hinterbank des Wagens waren zwei Personen sitzen geblieben, ein Mann und eine Frau. Der Pferdeschwanz schritt direkt auf die Verkaufstheke zu, sah sich eine Weile die angebotenen Speisen an und bat schließlich um drei Schinkenbrötchen.

»Ach, tut mir leid, sind nur noch zwei da. Ich hatte so viel zu tun. Aber wie wär's mit einem Käsebrötchen als Ersatz?«, schlug die Verkäuferin vor.

»Na gut, wenn's sein muss. Und dann noch einen halben Liter fettarme Milch und eine Eineinhalbliterflasche Fanta.« Der Pferdeschwanz zückte sein schäbiges Lederportemonnaie, das so flach wie ein Crêpe war.

»Und dann den Zimmerschlüssel.«

»Welche Nummer hatten Sie?«

»Zweiundreißig.«

»Alles klar. Bitte schön, der Schlüssel.«

Jussi beobachtete durch das staubverschmutzte Fenster das

Pärchen, das auf der Hinterbank des Escorts saß. Der Mann war etwa vierzig Jahre alt und sah recht stattlich aus. Sein Haar war modisch kurz geschnitten und schneeweiß gefärbt.

Die Frau kam ihm irgendwie bekannt vor. Irgendetwas irritierte ihn an dem Gesicht der Frau. Irgendetwas, das sein Gehirn auf Hochtouren brachte. Der Pferdeschwanzheini kehrte zum Wagen zurück, setzte sich auf den Fahrersitz und betätigte die Gangschaltung. Das Auto fuhr langsam in Richtung der Motelappartements. Die Frau auf der Rückbank bewegte sich und drehte den Kopf. Vares' Kinnlade kippte herunter. Er holte tief Luft. Was sahen seine entzündeten Augen da …

Gleichzeitig ging die Toilettentür wieder auf. Der Japaner kam zurück und schritt vorsichtig zum Windfang. Besonders eilig schien er es nicht zu haben. Irgendetwas Seltsames lief hier ab, in dieser gottverlassenen Wildnis. Daran bestand kein Zweifel.

Jussi senkte seinen Blick auf das Titelblatt der Zeitung, die vor ihm lag. Zu dem Bild, auf dem die Frau in der Soldatenuniform zu sehen war. Na klar, die dunkelhaarige Frau auf der Hinterbank des Escorts war niemand anderes als Eeva!

Was in aller Welt hatte diese Frau in einer so öden Landgemeinde wie Mynämäki zu suchen?

4

Die Tür des Zimmers 31 im *Mynämotel* öffnete sich. Tetsuo Sinkkonen trat mit seiner Proviantüte in den Raum.

»Na, so langsam geht's los. Sie sind grade angekommen«, brummte Sinkkonen Jari Munck zu, der auf der Bettkante saß und sich seine schlammigen Stiefel von den Beinen zog.

»Ja, hab ich bemerkt. Und auch gehört«, bestätigte Munck. »Hinter der Wand da war vor einigen Minuten Gepolter und Gequatsche zu hören. Wer weiß, vielleicht ist die Alte mit den Vorhängen im Appartement nicht zufrieden oder mit den Kacheln in der Duschkabine.«

»Ach, übrigens … Du hast den Feldspaten neben der Tür stehen lassen. Hat das einen bestimmten Zweck?

»Ja. Das ist ein Zeichen. Schmollmund hat vor einer Minute dein Handy angerufen. Sie ist schon irgendwo ganz in der Nähe. Ich hab ihr gesagt, sie soll an der Tür klopfen, vor der dieser Spaten steht. Um böse Überraschungen zu vermeiden.«

»Immer gut, auf Nummer sicher zu gehen. Obwohl so ein fixes Mädel sicher auch Zahlen lesen kann. Die Schaufel ist ja voller Sand. Scheint sich leicht graben zu lassen da hinten an der Böschung, was?«

»Der Boden ist weich wie am Strand. So ein kiefernbestandener Heidesand ist der beste Ort für Grabungsarbeiten. Rate mal, wie viele stille Jungs in den Kiefernwäldern dieser Welt versteckt liegen. Viel mehr als in einem Fichtengehölz. Das ist sicher.«

»Bestimmt. Die Jungs vom russischen Volkskommissariat haben damals vor den Kriegen in Ostkarelien ordentlich aufgeräumt. Dort gab es auch solches Kieferngehölz.«

Tetsuo Sinkkonen schaute in die Ferne. Munck kratzte mit einem Holzstöckchen den Schlamm aus dem Sohlenprofil seiner Stiefel und war ganz Ohr.

»Harter Job. Egal, wie das Wetter war, die Tötungsnormen mussten eingehalten werden. Die Vollstrecker haben immer paarweise gearbeitet. Und die Paare haben sich dann mit dem nachfolgenden Paar alle zwei bis drei Stunden abgewechselt.«

»Also richtige Schichtarbeit«, lachte Munck.

»Kann man wohl sagen. Während das eine Paar mit gestreckten Tula-Tokarevs am Rande eines rauchenden Schlammkraters stand, hat sich das andere Paar in der Baracke aufgewärmt und Salzgurken reingezogen. Und hinterher einen Schluck Wodka getrunken. Die Schlange an Landesverrätern wollte überhaupt nicht abreißen. Eine Pause gab es nur, wenn Schichtwechsel war. Ein Schlag und tot. Übrigens, musstest du weit mit deinem Spaten laufen?«

»Einen halben Kilometer den Fluss entlang. Stilles Buschwerk. Bis dahin, wo niemand etwas zu suchen hat. Kein Kraut, an dem Beeren wachsen, und nichts anderes Interessantes.«

»Und du hast ein richtiges Doppelbett gegraben?«

»Der Sicherheit halber. Ein Zweierbett. Das lässt sich auch ohne Schaufel ganz einfach zuscharren, in fünf Minuten. Nur noch ein paar Zweige drüber. Das ist alles. Und dann Gute Nacht.«

»Klingt ganz vernünftig. Dann ist ja alles in Ordnung. Aber lass uns erst mal was futtern.«

Tetsuo Sinkkonen trat an den Rand der Liege und präsentierte die Tüte mit den Speisen.

»Brötchen. Sehr gut. Aber das nervt, wenn man zu den Brötchen immer diesen verdammten Saft trinken muss. Als Blag ist man ja dran gewöhnt worden, dass man zu Brötchen Milch bekommt. Was Besseres gab es nicht. Verflucht, wenn man dann neben all den Allergien auch noch laktose-intolerant ist.« Leise fluchend wickelte Jari Munck sein Brötchen aus der Plastikfolie. Die nässenden, geröteten Augen des Mannes sahen traurig aus. »Das ist wirklich nicht lustig.«

Plötzlich waren hinter der dünnen Wand des Motelzimmers Nr. 32 wieder Stimmen zu hören. Was gesagt wurde, konnte man nicht verstehen, aber dem Klang nach schien es sich um eine heftige Auseinandersetzung zu handeln.

»Was ist denn da los?«

»Vielleicht stimmt bei dem frischgebackenen Hochzeitspaar die Chemie nicht. Es hängt oft von Kleinigkeiten ab, das Eheglück.« Tetsuo Sinkkonen grinste und wischte sich einen Brotkrümel vom Mund.

»Kann sein. Ob es wirklich so etwas wie Chemie zwischen den Menschen gibt?« Jari Munck schaute Tetsuo Sinkkonen fragend an. »Oder ist das nur so'n Quatsch aus den Weibermagazinen.«

»Natürlich gibt es so was. Die Chemie hat damals auch meine selige Mutter mit diesem Typen zusammengebracht, der Steuermann auf einem Japsenschiff war. Irgendwann Ende der Fünfziger«, brummte Tetsuo Sinkkonen. »Die Chemie war es – nichts weiter. Und beim nächsten Mal stimmte die Chemie, als der Herr Vater auf der Rückreise nach Japan in der Diele eines Rotterdamer Bordells stand. So steht's mit der Chemie der Menschen.«

»Die Chemie hat sicher auch meine Alten zusammengebracht. Beide sind begnadete Saufnasen gewesen.«

»Na, immerhin hattest du einen Vater. Ich hatte nur ein Lederportemonnaie, das mit dem Bild des Kaisers verziert war. Das hatte dieser Steuermann meiner Mutter als Andenken hinterlassen. Du hattest einen richtigen, lebendigen Vater, der dir Ratschläge geben konnte.«

»Ratschläge! Ach was. Soweit ich mich erinnere, hab ich von dem Kerl nur einen einzigen Ratschlag bekommen: Junge, stecke niemals gelben Schnee in den Mund.«

Plötzlich hörte man an der Außentür des kleinen Motelzimmers ein leises Klopfen.

5

Das Zimmer 32 des Motels, eines waldseitig gelegenen Appartements an der Stirnseite des barackenartigen Flachdachgebäudes, war eine längliche, schmale Kammer. Beim Anblick des Zimmers kamen einem verschwitzte Unterhosen von Wanderbauarbeitern in den Sinn, dazu der Geruch seit Längerem geöffneter Thunfischdosen, abgestandener Kaffee und ein klappriger Kassettenrekorder, aus dem pausenlos Schlager aus vergangenen Zeiten dröhnten.

Der Grundriss des Zimmers sah folgendermaßen aus: vorn links war die Toilette, dahinter standen zwei Liegen, ein flacher Furniertisch sowie zwei Sessel, deren grünliche Stoffbezüge mit Sicherheit noch aus einem volkseigenen Textilkombinat der DDR stammten. Vor dem Fenster, das zum Wald hinausging, hing ein grauer Vorhang, der sich im Luftzug bewegte. Eine andere Tür führte auf eine Art Terrasse: eine leere, mit Holzbohlen belegte Fläche, die sich vom einen Ende des Motelgebäudes zum anderen erstreckte. Durch einen Spalt in der Gardine war ein Stück Wiese zu sehen. Sie verlief bis hinunter zum Fluss. Das Wasser sah seltsam dunkel aus, da der Fluss aus den Quellmooren und Sümpfen der Umgebung gespeist wurde.

Der Pfad, der im Weidengebüsch am Flussufer verschwand, schlängelte sich im weiteren Verlauf durch die Schatten einer kiefernbestandenen Schotterheide.

Eeva saß auf der Liege an der linken Wand. Sie versuchte den Wind zu genießen, der durch das Lüftungsfenster hereinwehte.

Pizzaboy hatte sich ihr gegenüber auf dem anderen Bett ausgestreckt und rauchte genüsslich eine Zigarette. Er verfolgte die zur Decke aufsteigenden Rauchspiralen und pfiff leise irgendeinen Schlager.

Antero Kraft war immer noch auf dem Klo. Er hatte Jarmos Handy mitgenommen. Eeva glaubte zu wissen, mit wem er – das Telefon dicht am Ohr – gerade tuschelte.

Der Gedanke an die ihr unbekannte Ifigenia Multanen ließ sie nicht los. Es war nicht Eifersucht, nein, das war es nicht! Eeva ärgerte vielmehr, dass sie völlig abhängig von Antero war. Von einem Mann, der mit gezinkten Karten sein Pokerspiel mit ihr spielte.

Der Spieleinsatz war ihre Zukunft. Der ganze Rest ihres Lebens!

»Du, weißt du, was ich mache, wenn dieser Job hier vorbei ist?« Pizzaboy schloss die Augen und suchte sich eine bequemere Lage auf dem Bett. Der Anflug eines Lächelns huschte über sein Gesicht.

»Na, erzähl.«

»Ich werd mal drei Wochen nur Urlaub machen und nach Estland abzischen. Da hab' ich einen guten Freund. Ich werd mich in seinem Hotel in Pärnu einquartieren. Das ist ein Badekurort. Richtig exklusiv. Alles halb umsonst. Wein, Essen. Ja, und weibliche Begleitung. Ich werd dann auf der Terrasse sitzen und über das kalte Longdrinkglas hinweg in den Himmel schauen. Und immer, wenn ein Düsenjet vorübersaust, stelle ich mir vor, dass ihr vielleicht drinsitzt, du und Antero, mit einem Riesenbatzen Geld und einem One-Way-Ticket in die Ferne. Zum Beispiel nach Istanbul. Und von dort aus wer weiß wohin. Unter irgendeine Dattelpalme. Irgendwohin, wo der Pfeffer wächst.«

»Und wenn der Flugkapitän unserer Maschine dann zufällig ankündigt: ›Meine sehr verehrten Damen und Herren, wir überfliegen gerade die Stadt Pärnu‹, dann werde ich bestimmt zur Terrasse deines Kurhotels hinunterwinken.« Eeva versuchte zu lächeln, aber das miese Gefühl in ihrem Inneren wollte nicht weichen.

Die Tür des Toilettenraums öffnete sich. Eeva bemühte sich gar nicht, ihren stechenden und forschenden Blick zu verbergen, aber Antero sah überhaupt nicht in die Richtung seiner Frau. Er warf das Handy neben Jarmo auf die Tagesdecke und ließ sich in den Sessel fallen.

Etwas Seltsames beschäftigte den Mann, das war deutlich zu sehen. Und diese Beobachtung mehrte nur noch Eevas Unsicherheit.

Antero steckte sich eine Zigarette an und tat ein paar tiefe Züge.

»Sollte nicht der Austausch-Mercedes schon bereitstehen?« Eeva blickte Antero herausfordernd an. »Wo ist der Benz im Moment?«

»Der ist unterwegs.« Antero musterte das glühende Ende seiner Zigarette.

»Aha? Aber der kommt wohl sicher nicht allein.« Eeva versuchte nicht, ihre Ironie zu verbergen. »Wer wird denn der Fahrer sein?«

»Das ist Nebensache. Bleib nur ganz ruhig, meine Gute. Wir sind schon so weit vorangekommen, dass das Spiel fast gewonnen ist. Es gibt keinen Grund, die Nerven zu verlieren.«

»ACH? DIE NERVEN ZU VERLIEREN!« Eeva konnte sich kaum beherrschen. »Was für ein gemeinsames Projekt ist das eigentlich? Du verschweigst mir alles, sogar, wer mit dabei ist, in diesem Spiel. Mit wem hast du eigentlich eben gesprochen?«

»Ach Eeva, meine Eeva.« Antero schüttelte traurig den Kopf. »Jetzt bin ich wirklich ein wenig enttäuscht. Ich habe etwas mehr von dir erwartet. Dass dir die Nerven so schnell durchgehen, hätte ich nicht gedacht. Eine Frau, die bei der Armee war …«

»Ja eben. Gerade weil ich Unteroffizierin der Reserve war, möchte ich gern etwas mehr über den Verlauf der Operationen und über die bevorstehenden Etappen wissen«, erwiderte Eeva schnippisch. »Könntest du freundlicherweise auch uns in die Details einweihen?«

»Alles mit der Zeit, Darling. Wir sollten die Sache ganz easy nehmen«, warf Antero Kraft ein. »In Hinblick auf das Ergebnis ist es auf jeden Fall besser.«

Darling! Auch noch Darling! Eeva sah rot bei diesem Wort. Verdammt noch mal! Dieser Kerl erstickte ihre berechtigten Nachfragen im Keim. Eeva verstummte verbittert.

Im selben Augenblick war an der Außentür ein entschlossenes, scharfes Klopfen zu hören. Eeva Sunila erstarrte auf der Stelle.

Endlich geschah etwas. Der Vorhang öffnete sich.

Antero Kraft sprang vom Sessel auf und war schnell wie der Blitz im Vorraum. Die Tür öffnete sich mit knarrenden Scharnieren. Eeva Sunila spürte wie ihr Mund trocken wurde. Panik stieg in ihr auf. Wer kam dort?

Antero tat einen Schritt nach vorn, musste aber an die Wand ausweichen und Platz machen. Zwei Männer schritten an ihm vorbei und traten in den Raum.

Der kleinere der beiden Männer, der mit einem tadellosen Anzug bekleidet war, dunkle Haare hatte und wie ein Asiat aussah, hielt seine Pistole direkt an Eevas Schläfe. Der größere der Eindringlinge, der rot angelaufene Augen hatte und eine Igelfrisur trug, stellte sich mit seiner Handfeuerwaffe in stabiler Spreizstellung am Fußende von Jarmo Heinos Liege auf.

Eeva Sunila registrierte, dass beide Schützen durchsichtige Plastikhandschuhe trugen. Ein schreckliches Gefühl. Chirurgenhandschuhe!

»Tag allerseits. Trägt der Typ da 'ne Waffe?« Der Rotäugige deutete in Jarmos Richtung und blickte Antero Kraft an.

»Nee, der hat keine.« Antero schüttelte den Kopf. »Das ist nur der Fahrer.«

»Aus welchem Film seid ihr denn?« Eeva Sunila fand schnell die Sprache wieder und versuchte sogar zu lachen. »Aus Blues Brothers etwa? Aber wo sind denn eure Ray Bans geblieben, Jungs?«

»Ich glaub, du bist im falschen Film. Hier wird keine harmlose

Musikkomödie gespielt. Schreib dir das hinter die Ohren, Alte!« Eeva bemerkte, dass der Japaner fließend Finnisch sprach.

Pizzaboy setzte sich auf. Er suchte an der Wand nach Halt und glotzte die uneingeladenen Gäste mit offenem Mund an; ganz so, als ob ihm plötzlich etwas Seltsames in den Sinn gekommen wäre. »Was um Himmels willen. Das sind ja ...« Jarmo Heino begann zu sprechen, aber der Stiernackige mit den roten Augen war flink. Er sprang herbei und brachte Jarmo mit einem einzigen Schlag zum Schweigen. Er traf mit dem Lauf seiner Pistole Jarmos Mund und schlug ihm, dem Geräusch nach zu urteilen, einige Vorderzähne aus. Jarmo wand sich auf der Liege, hielt die Hände vors Gesicht und begann zu wimmern.

»Der redet zu viel. Kleb im das Maul zu!« Der Japaner gab seinem Kollegen einen deutlichen Befehl.

Der Rotäugige nahm eine Rolle Abklebband aus der Tasche und umwickelte mit einigen Streifen Jarmo Heinos untere Gesichtspartie. Es war nur noch ein schmerzerfülltes Murmeln zu hören. Jarmo Heino zappelte mit seinen dünnen Beinen wie ein an Land geworfener Barsch mit dem Schwanz.

»Lasst den armen Kerl in Ruhe! Wer seid ihr eigentlich!« Eeva Sunila konnte sich nicht halten.

»Hör mal, Alte. Versuch endlich zu verstehen, dass das Leben kein Streichelzoo ist.«

»Ihr Schweine! Passt wenigstens auf, dass der Mann nicht erstickt!«

»Jetzt schauen wir uns mal die Ausstattung dieser Dame hier an.« Der Asiat schnappte sich Eevas Handtasche, ohne Jarmo Heino weitere Beachtung zu schenken. »Aha, einen derart großen und gefährlichen Revolver trägt die kleine Frau mit sich herum. Na, na, na. So ein gefährliches Spielzeug.«

»Jungs, wie sieht's aus?« Im Vorraum war eine feminine, tiefe Stimme zu hören.

»Okay. Alles im grünen Bereich«, antwortete der Japse mit ruhiger Stimme.

Man hörte das entschlossene Klackern von Stöckelschuhen. Die dunkelhaarige Schöne blieb einige Sekunden in der Türöffnung stehen und ließ einen schnellen Blick durch das Motelzimmer schweifen. Dann stürzte sie Antero Kraft direkt in die Arme. Die Frau schlang ihre Hände um Anteros Nacken und streckte sich in die Höhe. Es folgte ein leidenschaftlicher Kuss.

»Ifigenia Multanen, nehme ich an? Nett dich kennenzulernen.« Eeva Sunila erkannte ihre eigene Stimme kaum wieder.

Die dunkle Frau löste sich aus Anteros Umarmung, strich sich eine lockige Strähne aus der Stirn und wandte sich mit einem Lächeln Eeva zu. Eeva holte kurz Luft. Sie kannte diese Frau. Und sie erinnerte sich auch, wo sie einander begegnet waren.

Hotel *Ilves*. Damentoilette. Der schwüle Duft von Opium.

»Da haben wir ja ein ganz cleveres Mädel. Kennt sogar meinen Namen, und wer weiß, was sie noch so alles weiß.«

»Wohl eher dumm als clever. Wenn man die Umstände in Betracht zieht.« Eeva wunderte sich darüber, wie unnatürlich ruhig ihre Stimme klang. »Tausend Dank für die Glückwünsche damals, zu meinem Polterabend.«

»Nichts zu danken.« Die dunkle Frau hob die Schultern. »Die waren wohl auch nötig, was?«

»Antero.« Eeva wandte ihren Blick Antero zu. »Was habe ich dir getan? Womit habe ich das von dir verdient?«

Antero Kraft gab keine Antwort. Er begnügte sich damit, seine Wange an das dichte, lockige Haar der dunklen Frau zu schmiegen. Ifigenia steckte besitzergreifend ihre Hand in Anteros Achselhöhle.

»Wir lieben uns. Wir sind schon vor Anteros Gerichtsurteil zusammen gewesen. Wovon du natürlich keine Ahnung hattest. Zuerst wollten wir abwarten und irgendwie die Gefängniszeit überstehen … Aber dann wurde es eilig. Aus unvorhergesehenen Gründen, für die wir nichts können.«

»Ich verstehe. Zwangsheirat«, sagte Eeva Sunila mit heiserer Stimme. »Eine Zwangsheirat mit mir.«

»Ganz genau. Den Nagel auf den Kopf getroffen. Wir brauchten unbedingt eine Braut. Und du warst ohne Zweifel die beste Kandidatin: glaubwürdig, verfügbar, dazu noch eine Geschichtslehrerin. So war das also. Kurz gefasst.«

Eeva Sunila schwieg. Sie starrte auf den Lauf der Pistole.

Plötzlich stand ihr klar vor Augen, dass sie sterben würde. Hier, an diesem Ort. An diesem Tag. Eeva versuchte noch einmal Anteros Blick zu treffen. Sie wollte versuchen, diesen Mann wenigstens irgendwie in den Griff zu bekommen.

Aber Antero Kraft war so ungreifbar wie ein Stück Seife in einem dunklen Badezimmer. Er vermochte es immer noch nicht, Eeva in die Augen zu schauen.

»Ach so ist das. Danke schön, Antero.« Eeva schloss den Mund.

»Ja, so ist das Leben.« Ein kleines Lächeln huschte über die Lippen des kleinen Anzugmanns. »Jahrtausende verfließen, Kulturen entstehen und gehen wieder unter. Aber nie wird man aufhören, sich gegenseitig zu verarschen. Das wussten schon die Sumerer.«

»Also. Wie geht es jetzt weiter?« Antero blickte auf die Uhr.

Im Raum machte sich eine dumpfe Stille breit. Ein seltsamer und undefinierbarer strenger Geruch lag in der Luft. Etwas Drückendes, das dichter war als Sauerstoff ... War es die Angst vor dem Tod?

»Also, Moment mal!« Antero Kraft räusperte sich und blickte sich um. »Ist das unbedingt nötig? Also, dass auch Eeva ...«

»Regel Nummer eins bei diesen Jobs ist, dass die Spuren beseitigt werden müssen! Immer!«, betonte der dunkle Anzugmann und stellte sich vor dem Fenster auf.

»Aber so hab' ich mir das nicht vorgestellt ...« Antero Kraft fuhr sich nervös mit der Zunge über die Lippen.

Ifigenia blickte kurz zur Seite und bemerkte Anteros Zweifel. Sie zögerte nicht lange, checkte kurz die Lage ab und nahm die Zügel in die Hand.

»Die Frau können wir vielleicht verschonen. Mal sehen. Aber der Typ da ist ein viel zu großes Risiko ...«

Aus Jarmo Heinos überklebtem Mund drang ein bitteres Schluchzen. Eeva bemerkte, wie sie der Mann verzweifelt anschaute. Mit blinzelnden Augen versuchte er Eeva eine Nachricht zu übermitteln.

Jussi Vares drückte seine Schulter gegen die raue Außenwand des Motelgebäudes. Er schloss die Augen, hielt den Atem an und nahm vorsichtig eine andere Haltung ein. Seine Füße fühlten sich steif an, die Waden waren taub und schmerzten. Die Hockstellung, die Vares vor der Wand unter dem halboffenen Lüftungsfenster des Motelzimmers Nummer 32 eingenommen hatte, war äußerst unbequem. Die starke Nervenanspannung trug nicht gerade zur Verbesserung seines Befindens bei.

Jussi Vares wischte sich mit dem Handrücken den Schweiß ab, der ihm bereits in die Augen lief, und versuchte sich zu beruhigen.

»Jetzt ganz gelassen bleiben … Und nichts überstürzen! Konzentrieren und nachdenken!«

Jussi blinzelte und verfolgte mit seinen Augen eine lange Kolonne brauner Ameisen, die die schimmelgraue Holzbohlenterrasse überquerten. Die Ameisen eilten fort, als ob sie das Böse witterten.

Unten in der Böschung am Fluss schrie ein kleines Tier schrill auf. Trotz der Hitze jagten Jussi Vares kalte Schauer über den Rücken.

Vares streckte vorsichtig seine Beine und überlegte fieberhaft, was er als Nächstes tun sollte. Er fühlte sich rat- und hilflos. Die Gesprächsfetzen, die aus dem Zimmer zu ihm drangen, klangen besorgniserregend. Wie es aussah, blieb nur noch wenig Zeit.

Vares holte sein Handy aus der Brusttasche. Von der Säule, die den Akkustand anzeigte, war kaum noch etwas zu sehen. Vares erinnerte sich, dass er irgendwo kurz hinter Pori das warnende Piepen gehört hatte. Aus dem Telefon war nicht mehr viel herauszuholen. In der friedlichen Atmosphäre von Valtteris ungestrichenem Holzhaus bei Siikainen war es ihm nicht mehr so wichtig gewesen, das Handy aufzuladen. Jussi Vares steckte das Mobiltelefon in die Tasche zurück und schob sich näher an den unteren Rand des Lüftungsfensters heran. Sein Herz schlug irgendwie schwerfällig, seine Brust schnürte sich zusammen. Er fühlte sich wie damals mit zehn Jahren, als eine Schneeburg über ihm zusammengebrochen war. Jussi war mehrere Minuten unter dem Schnee begraben gewesen, bevor ihn die größeren Jungs freigeschaufelt hatten.

»Wie sieht es eigentlich hinter dem Gebäude aus? Wäre interessant zu wissen, wie lange es dauert, bis man von hier aus am Fluss ist?«, überlegte Tetsuo Sinkkonen halblaut.

Sinkkonen trat ans Fenster und schob den dünnen Baumwollvorhang ein Stück zur Seite. Er verharrte eine Weile, um die sich vor ihm ausbreitende Fläche abzumessen.

»Das sind gerade mal zwanzig Meter bergab«, antwortete Jari Munck. »Ein flinker Mann braucht dafür nur einige Sekunden – auch, wenn er was zu schleppen hat. Und dann ist man schon im Erlengehölz, außer Sicht. Einfacher geht's nicht ...«

»Was dieser Hänfling hier wohl wiegt?« Tetsuo warf einen kurzen Seitenblick zu Jarmo Heino, der bewegungslos auf dem Bett lag. Pizzaboys Bein zuckte wie unter einem Peitschenschlag.

»Wohl auch nicht mehr als du. Sechzig Kilo, vielleicht.«

»Ich wiege fünfundsechzig Kilo. Feste Muskeln sind immer schwerer als weicher Krapfen ...«, sagte Tetsuo Sinkkonen ohne die Miene zu verziehen. »Hier in dieser Appartementreihe sind doch im Moment keine weiteren Gäste? Oder, Jari?«

»Wollt ihr den ganzen Tag mit eurem Geschwätz vertrödeln? Wir müssen irgendwann mal los. Es ist immer sicherer, wenn man in Bewegung bleibt ...« Ifigenia Multanen tippte ungeduldig auf ihre edle Quarzuhr.

»Die Sache muss gründlich durchdacht sein, bevor gehandelt wird. Sonst geht früher oder später alles schief«, brummte Tetsuo und wandte sich wieder Jari Munck zu. »Und ein Sack? Wie wär's, wenn wir einen Sack nehmen, Jari?«

»Ist mir recht. Klar. Ein Müllsack bleibt ein Müllsack. Wenn irgendein Schnüffler einen Blick auf den Hof werfen sollte, wird er denken, dass da einfach jemand illegal Abfall entsorgen will. Na ja, um Abfall geht es ja schließlich auch, nicht wahr. Also, ich bin sehr dafür, dass dieses Häufchen Elend eingetütet wird.«

Eeva schluckte, als müsste sie ersticken. War so etwas möglich? Die kaltblütigen Witzeleien der Männer versetzten sie in Panik. Das konnte doch nicht ihr Ernst sein?

»Okay. Ist mir recht. Wenn das Fräulein nichts dagegen hat?« Tetsuo Sinkkonen wandte sich fragend an Ifigenia Multanen.

»Macht, was ihr für richtig haltet. Ich vertraue auf eure Fachkenntnis. Hauptsache, dass es jetzt schnell geht.« Ifigenia Multanen hob die Schultern.

Eeva Sunila konnte ihren Blick nicht von den Lippen der Frau abwenden. Von ihrem breiten, scharf gezeichneten Mund. Diese Frau war es gewohnt, zu bekommen, was sie wollte. Immer. Eeva spürte Übelkeit in sich aufsteigen. Die meinten es ernst! Sie wollten Jarmo töten!

»Okay. Dann mal los!« Tetsuo Sinkkonen schaute vielsagend auf seine Armbanduhr und nickte Jari »Matschauge« Munck zu. Munck setzte sich, um in Ruhe arbeiten zu können, auf den Rücken von Jarmo, der bäuchlings auf dem Bett lag. Hinter dem zugeklebten Mund des Fahrers war ein gedämpfter Laut zu hören, ein letztes Schluchzen.

Munck holte einen länglichen schwarzen Gegenstand aus seiner Brusttasche hervor, den er mit einer schnellen Handbewegung auf den Lauf seiner Pistole schraubte. Ein sanfter Windhauch brachte die Vorhänge im Fenster zum Rascheln. Der Sommer zog ins Land. Mit all seinen angenehmen Seiten: Eisdielen, unbekümmertes Liebesglück, heiße Badestrände, sonnige Tage und helle Nächte.

BUFF, BUFF

Zwei aufeinanderfolgende dumpfe Geräusche. Die Schüsse ließen Eeva zusammenzucken. Sie begann leise zu schluchzen.

Jarmo lag schlaff auf dem Bett, mit dem Gesicht nach unten. Sein Hinterkopf sah wie rotes Preiselbeerkompott aus, das mit einem grauen Brei vermischt war. Der dünne, fransige Pferdeschwanz schwamm in einem Meer aus Blut. Das flache Kissen war strahlenförmig mit rötlichen Streifen übersät.

Ein bitterer Geruch von Pulver lag in der Luft. In dem Hotelzimmer schien die Zeit stehen geblieben zu sein.

Ifigenia Multanen beendete die Stille. Sie räusperte sich ein paar Mal, bevor sie ihre Stimme fand.

Ein Kloß im Hals! Dann fühlst du ja immerhin etwas, du verdammtes Biest! Doch Eeva ließ keinen Laut über ihre zusammengepressten Lippen kommen.

»Schrecklich viel Blut.« Ifigenia Multanen sah an der Leiche vorbei, irgendwohin an die leere Wand. Auch wenn wir das Kissen mit in den Müllsack tun, werden sich die Putzfrauen morgen wundern …«

»Mach dir da mal keine Gedanken. Was glaubst du, was die Putzfrauen so alles in diesen Motelzimmern finden!« Tetsuo Sinkkonen lachte allwissend und zwinkerte.

»Blut, Pisse, Scheiße und manchmal auch einige Teelöffel von diesem grünlich-grauen Lebenskleister. Also kein Grund, sich Sorgen zu machen.«

»Stimmt, genau.« Jari Munck ging zur Außentür. »Ich hol mal eben einen Müllsack aus unserem Zimmer.«

6

Die Außentür, die zum Hofbereich hin auf eine Holzveranda führte, war entweder durchweicht oder aufgequollen; oder das Schloss war einfach nur im Laufe der Jahre verrostet.

Wollte man die klemmende Tür öffnen, musste man schon einen Moment mit ihr kämpfen. Jussi Vares hatte es ohne Probleme noch geschafft, an der Giebelseite des Motelgebäudes um die Ecke zu schleichen. Dort verharrte er bewegungslos, den Rücken an die Wand gepresst, und hielt die Luft an.

»Scheiße. Warum geht die denn nicht auf, verdammt!« Ein verärgertes Fluchen ging nahtlos in ein kräftiges Ächzen über. Schließlich sprang die Tür mit einem Knarren in den Scharnieren auf.

Vares hörte, wie schwere Schritte über die Türschwelle und die halbmorschen Bretter der Holzveranda stapften.

Jemand stöhnte und stieß einige scharfe Flüche aus. Eine Männerstimme sagte: »Was wollt ihr eigentlich, verdammt! Für einen richtigen Mann sind solche kleinen Sünden doch keine Last.«

Die Holzlatten fingen wieder an zu knarzen, verstummten aber, als der Mann seinen Weg über die abschüssige Wiese in Richtung Fluss einschlug. Jussi Vares ließ sich vorsichtig auf den Bauch hinab. Er beobachtete den Mann nun aus dem Schutz des hohen Grases heraus, das vor dem Betonfundament wuchs.

Der breitschultrige Mann trug über der Schulter ein schlaffes Bündel. Die Last war sorgfältig in zwei schwarze Müllsäcke verpackt.

Der Leichenträger schlüpfte im Laufschritt in den Schatten des Laubwerks. Das Treiben des Mannes wurde von dem ärgerlichen Gezwitscher einiger Vögel begleitet, die sich beim Brüten gestört fühlten. Mehr und mehr Federvieh fiel in das Gekreische und Geschrei mit ein, das den Mann immer tiefer in den dämmerigen Wald hinein verfolgte.

»In Finnland werden Morde immer aufgeklärt. Das wird schlecht für euch ausgehen.« Eeva Sunilas Stimme klang so ruhig, dass sie sich selbst darüber wunderte.

»Du scheinst dir nicht im Klaren darüber zu sein, in welcher Situation du dich befindest, Schätzchen.« Ifigenia Multanen erhob sich von Antero Krafts Schoß, strich sich durchs Haar und zupfte ihren knappen Rock zurecht.

»Vergiss nicht, dass du gesucht wirst. Auch du bist eine Verbrecherin.« Ifigenia schwieg eine Weile und ließ ihre Worte auf Eeva wirken. »Du hast nur zwei Möglichkeiten. Entweder du versuchst heute Abend mit der nächsten Fähre nach Schweden zu gelangen oder du landest in Hämeenlinna. Im Knast. Verstehst du?«

»Klar verstehe ich Finnisch. Sehr gut sogar.« Eeva war mit ihren Kräften fast am Ende.

»Die junge Dame scheint nicht genügend Teamfähigkeit zu besitzen. Sie will nicht verstehen, was das Beste für sie ist.« Ifigenia kehrte zu Antero Kraft zurück und fuhr ihm mit ihren langen

Fingern durch das kurze, schneeweiß gefärbte Haar, in der anderen Hand qualmte noch immer die Zigarette.

»Das glaub ich auch. Ein wahrer Profi würde niemals solche Fehler machen.«

Tetsuo Sinkkonens Worte blieben Unheil verkündend in der Luft des verrauchten Zimmers hängen. Antero sah sich nervös um. Er suchte vergeblich nach Worten.

»Ursprünglich war aber nicht die Rede davon … Das geht zu weit«, wisperte er kraftlos.

»Antero …« Ifigenia spielte mit dem Ohrläppchen des Mannes wie eine Katze mit einer gepulten Krabbe. »Unsere Leute haben tierisch hart gearbeitet. Du ahnst nicht, wie viele Stunden Arbeit und Vorbereitungen nötig waren, damit du jetzt hier sein kannst. In Freiheit!«

»Doch, das weiß ich ja, und …«

»Alle haben nach Plan gearbeitet.« Ifigenia sah Antero tief in die Augen. »Wenn wir Glück haben, sind wir schon in der nächsten Woche weit weg von Finnland. Aber lass die Profis jetzt tun, was zu tun ist! Vertrau auf ihre Hilfe und ihre Erfahrung!«

»Aber …«

»Nichts mit aber! Keine Fisimatenten jetzt, sonst vermasseln wir noch alles. Begreif das doch, guter Mann!« Tetsuo Sinkkonens Stimme klang allmählich ein wenig ungeduldig.

»Antero, mein Schatz. Es geht um unser beider Zukunft. Du willst doch sicher nicht den Rest unseres Lebens aufs Spiel setzen. Wegen so einer dummen Sache. Die Frau wird alles der Polizei erzählen. Das weißt du doch selbst.«

»Hier, mein Schlüssel, Antero.« Tetsuo Sinkkonen zog einen glänzenden kleinen Schlüssel aus der Hosentasche. »Geh einfach ins Nebenzimmer und warte eine Weile, damit wir hier erledigen können, was zu erledigen ist. Danach hüpfst du zusammen mit Ifigenia in den Benz, und dann düst ihr beide in Richtung Helsinki ab. Bis zum Abend werdet ihr dort sein … Und Jari und ich juckeln dann später mit dem anderen Wagen hinterher. Okay?«

Ifigenia griff entschlossen nach Anteros Hand und zog ihn aus dem knarrenden Sessel. Antero gehorchte ihr willenlos wie ein Schafbock, der zur Schlachtbank gebracht wurde.

Eeva Sunila spürte, wie sich ihr Herz zu einer braunen Rosine zusammenzog. Wie viele Sekunden blieben ihr noch? Wie viele Atemzüge? Wie viele vorbeirasende Gedanken? Eeva schloss die Augen und begann zu beten.

Liebergottsohilfmirdoch ...

Antero Kraft wischte sich über die von kleinen Schweißperlen überzogene Stirn und blickte über die sonnendurchflutete Landschaft, die sich vor ihm ausbreitete. Über die Fernstraße donnerten in beide Richtungen schwere Lkws. Nach Norden und nach Süden.

Der elchgroße Text, der an der Seite eines vorbeirauschenden Bierlastwagens prangte, forderte dazu auf, positiv zu denken.

»Mensch, Mann! Bald habe ich die vollkommene Freiheit, haufenweise Geld sowie die schönste Frau, die man sich vorstellen kann. Freiheit, Geld und eine süße Frau! Eine Frau, Freiheit und verdammt viel Geld! Denk daran, du Arschloch, vergiss alles andere!« Antero Kraft nahm sich den kostenlosen Rat des über die Fernstraße donnernden Brummis zu Herzen.

Er öffnete mit dem kleinen Schlüssel die Tür von Zimmer Nummer 31. Das tröstende Mantra schwirrte ihm im Kopf herum: »Ewige Freiheit! Geld wie Heu! Und die Frau deiner Träume!«

Kraft konnte den heftigen Schlag auf seinen Hinterkopf nicht einmal mehr nachvollziehen. Die Hauptsicherung in seinem Kopf schaltete das Licht sofort aus. Es wurde ihm schwarz vor Augen. Er segelte über die Türschwelle in den Vorraum und fiel ächzend auf sein Gesicht.

Auf der grauen Kunststoffmatte verlor Antero Kraft das Bewusstsein. Die Matte war von kleinen Lehmbröckchen übersät, die von dem Doppelgrab stammten, das an der Böschung auf der nahe gelegenen Kiefernheide auf die Opfer wartete.

Jussi Vares beobachtete, wie der Mann in sich zusammensackte. Dann trat er weiter in den Vorraum und holte mit dem Armeespaten zu einem erneuten Schlag aus. Von Kraft würde keine Gefahr mehr ausgehen.

Jussi Vares beugte sich hinunter, um den Mann zu durchsuchen. Hinter dem Hosenbund fand er eine Pistole. Jussi Vares ging mit der Waffe in der Hand zur Tür des benachbarten Appartements. Die Zeit war knapp. Es konnte um Sekunden gehen. Vares klopfte an die Tür und wartete. Ungeduldige Schritte polterten durch den Flur. Das Schloss sprang auf. Die Tür öffnete sich einige Handbreit, und Tetsuo Sinkkonens verärgertes Gesicht kam zum Vorschein.

»Na, Antero, was zum Teufel ist jetzt no ...«

Vares trat die Tür ganz auf. Der Feldspaten donnerte gegen die linke Schläfe des Mannes. Sinkkonen taumelte – wie ein Junkie auf einem schlechten Trip – benommen einige Schritte zurück.

Jussi Vares nutzte die Gelegenheit und sprang über die Schwelle. Der Japse war erstaunlich zäh. Mit der einen Hand stützte er sich an der Wand ab. Obwohl seine Knie wie Götterspeise zitterten, konnte er sich noch auf den Beinen halten.

Vares zog dem Mann noch einmal eins mit der Schaufel über. Dieses Mal traf er die rechte Wange. Einige blutige Zähne wurden in den Flur geschleudert. Der teure Anzug des Mannes fiel in sich zusammen. TILT! GAME OVER! Tetsuo Sinkkonen sank eindrucksvoll zu Boden. Wie ein Stuntman in der Schlussszene eines Westerns.

»He Tetsuo! Was ist los?«

Jussi Vares ließ die Schaufel in eine Ecke fallen und stürmte mit Antero Krafts Pistole in der Hand in den Raum. Die dunkelhaarige Frau fingerte bereits ihre Waffe hervor.

Aber Eeva Sunila war schneller. Die Frauen begannen auf dem Boden einen Ringkampf.

Eeva Sunila setzte einen Nackenhebel an und riss die andere Frau zu Boden. Ifigenias rechter Ellenbogen schlug beim Sturz an die Tischkante. Die Pistole flog aus ihrer Hand in die hintere Ecke unter das Liegenbett.

Eeva Sunila war entschlossen und kannte keine Gnade. Sie setzte sich rittlings auf die Frau, die sich auf dem Rücken wand, griff ihr mit beiden Händen ins Haar und schlug ihren Schädel mit solcher Wucht zu Boden, dass es knackste. Die langen Beine der Frau streckten sich noch einmal, bevor sie schließlich erschlafften.

Eeva Sunila setzte sich schwer atmend auf. Ihre Augen trafen auf Jussi Vares und verharrten ungläubig. Ein unsicheres Lachen huschte über ihre blassen Lippen.

»Das kann doch nicht wahr sein. Das ist ... Du bist doch dieser Leutnant von den Blauen? Vares? Jussi Vares?«

»Genau der. Rühren! Schön, dich nach so langer Zeit mal wieder zu sehen, Eeva. Unteroffizierin Sunila von den Gelben.«

7

»Genau der. Unglaublich, aber wahr. Du hast die seltsame Angewohnheit, immer dann in meinem Leben aufzutauchen, wenn es für mich fast zu spät ist. Wo kommst du jetzt her?« Eeva Sunila stand unsicher auf und starrte Jussi Vares an wie ein Gespenst.

»Durch die Tür. Wie alle anständigen Menschen. Aber jetzt haben wir keine Zeit für lange Erklärungen. Dieser stämmige Bursche kann jeden Moment aus dem Wald zurückkommen! Es ist wohl besser, wenn wir bis dahin verschwunden sind!«

»Okay. Sag einfach, was ich tun soll.« Eeva Sunilas Gesicht bekam langsam wieder Farbe. Ihre Unterlippe bebte, und ihre Augen füllten sich mit Tränen.

»Beruhig dich erst mal. Es ist vorbei.« Jussi Vares versuchte überzeugend zu klingen.

»D-d-die wollten mich gerade umbringen ... die wollten mich da auf dem Bett erschießen wie Schlachtvieh ...« Eeva Sunila fiel Jussi Vares um den Hals und umschlang ihn wie in Todesangst.

»Nur ruhig!« Jussi Vares klopfte Eeva auf den Rücken. »Ruhig ...« Er fühlte, dass die Frau von Krämpfen geschüttelt wurde. »Es ist alles wieder gut. Aber jetzt müssen wir uns ein wenig beeilen.«

»Ich bin völlig am Ende. Ein Wunder, dass ich noch auf den Beinen bin.« Eeva lachte bitter. Auf der Schwelle blieb sie abrupt stehen.

»Ich bin eine Flüchtige. Eigentlich eine Verbrecherin. Was wirst du mit mir tun, Jussi Vares? Bringst du mich zur Polizei?«

»Das weiß ich wirklich nicht.« Jussi Vares rieb sich nachdenklich die Wange. Diese Frage war nicht von erstrangiger Bedeutung. »Was sollte ich denn jetzt mit dir tun?«

»Ich habe dich ja damals auch ausgeliefert. Aber das hast du doch wohl nicht vor. Du wirst mich doch nicht ins Gefängnis bringen?« Eeva jammerte wie ein Kleinkind.

»Nein, das habe ich nicht vor, du gelbe Offizierin«, antwortete Jussi Vares und versuchte ein wenig zu lächeln. »Ich glaube, dass ich nicht besonders nachtragend bin.«

»Erinnerst du dich an diesen schönen Tag im August, Leutnant? An den Tag, an dem ich dich gefangen nahm?« Eeva blinzelte mit den Augen. Sie stand immer noch unter einer Art Schock.

»Natürlich erinnere ich mich. Das war ein richtig schöner Morgen. Nicht wahr … Eeva«, sagte Vares mit beruhigender Stimme und führte sie hinaus. Der Hofbereich war verlassen. Jetzt musste es schnell gehen. »Das war ein wirklich schöner Augustmorgen. Dort auf dem Porsaanharju …«

Jussi Vares hatte den Einberufungsbefehl irgendwann im Juni bekommen. In der Hitze des Augusts sollte dann vor der alten Kirche in Aura das Zusammentreffen des Reservebataillons stattfinden, das zur Ermittlung der Gefechts- und Verpflegungsstärke anberaumt worden war.

Die Gefechte waren auf einem Gelände ausgetragen worden, auf dem sich nach der Eiszeit mehrere Millionen Tonnen Felsgestein, Moränen und Schuttfelder abgelagert hatten. Das sandige Hinterland des Höhenzugs Porsaanharju bei Säkylä eignete sich hervorragend für Kriegsspielereien. Es bot genügend Platz, sich nach Herzenslust auszutoben.

Es war ein diesiger und ruhiger Morgen. Leutnant Vares war

schon früh unterwegs gewesen. Er hatte sein Zelt verlassen und war gemütlich durch das Gebiet an der sonnenzugewandten Seite der Anhöhe gestapft, ganz so, als würde es überhaupt kein Manöver geben.

An diesem Morgen hatte Leutnant Vares beschlossen, sich für die morgendliche Toilette etwas weiter vom Lagerplatz zu entfernen, an den Busen der erwachenden Natur. Das Scheißloch, an dem seine ungewaschenen und morgenmuffeligen Kameraden Schlange standen und Unmengen schwarzer Fliegen um ihren Festschmaus herumschwirrten, war keine allzu verlockende Alternative. Ein wenig Einsamkeit und Ruhe tat auch einem Kämpfer ab und zu mal ganz gut.

Unter einer windgepeitschten Krüppelkiefer, oben auf dem Höhenzug, fand Vares schließlich einen angenehmen Ort zur Besinnung. Sogar die Aussicht war hervorragend. Irgendwo in der Ferne stieg aus den undurchdringlichen Nadelwäldern der blaue Morgendunst auf.

Das Geschäft war erledigt. Leutnant Vares zog seine Tarnhose wieder hoch und machte sich langsam auf den Weg zurück zum Standquartier seiner Truppe. Er ging mit einem Grashalm im Mund am Fuße des Hügels entlang, das Sturmgewehr sorglos über die Schulter gehängt. Ein finnischer Soldat, ausgebildet für den Kampf im Bruchwaldgelände.

Doch dem Frieden dieses Sommermorgens wurde ein jähes Ende bereitet. In den Wacholderbüschen an Jussi Vares' Seite begann es zu rascheln, und plötzlich blickte er in die Läufe von Sturmgewehren (immerhin gesichert), die unzweideutig auf ihn gerichtet waren. Der Spähtrupp bestand aus ganzen drei Sturmsoldaten, die mit schmutzigen Tarnanzügen bekleidet waren und einen unheilverkündenden gelben Aufnäher an ihren Stoffmützen trugen. Das Spiel war aus!

Leutnant Vares hob langsam die Arme und bemerkte, dass zwei der feindlichen Soldaten nicht einmal zwanzig Jahre alt waren. Die Winkel, die am Kragen des dritten Soldaten funkelten, waren die eines Unteroffiziers. Weder die schlabbernde Kleidung, das mit Ruß geschwärzte Gesicht noch der weit in die Augen gerutschte große Helm konnten darüber hinwegtäuschen, dass es sich um einen weiblichen Offizier handelte.

»Behalt die Hände schön weit oben! Du bist jetzt ein Gefangener!«

Die Frau bewegte drohend den Gewehrlauf, während einer der jungen Burschen zu Vares eilte, um ihm das Sturmgewehr abzunehmen.

»Okay. Aber ich kenne meine Rechte! Ich gebe der Frau Unteroffizierin nicht mehr an, als meinen militärischen Rang, meine Heimatadresse … und natürlich meine Telefonnummer. Ich hab auch einen Anrufbeantworter. Und natürlich ein Faxgerät«, leierte Jussi Vares mit ernster Miene herunter.

»Es heißt nicht Frau Unteroffizier, ich bin nur Unteroffizier. Und jetzt zack, zack, den Hang runter. Marsch, marsch! Sonst wischen wir dir noch den Arsch mit den Genfer Konventionen ab.«

Der altersschwache Motor von Jussi Vares' Nissan heulte auf wie ein gequältes Tier. Der Wagen wirbelte beim Anfahren ordentlich Kies auf, fuhr aus dem Vorhofbereich des Motels auf den glatten Asphalt der Fernstraße und zischte in Richtung Turku davon.

Jussi Vares warf einen kurzen Blick zurück. Der stämmige Leichenträger war zum Glück noch nicht aufgetaucht. Vares schaltete einen Gang höher. Das Getriebe quietschte gefährlich. Die Geschwindigkeit nahm langsam aber sicher zu.

Der Nissan sauste über einen gemächlich dahinfließenden schwarzen Fluss. Das *Mynämotel* blieb hinter ihnen zurück. Die flachen Gebäude verschwanden in der Senke zwischen den kleinen Hügeln.

Jussi Vares sog ruhig die Luft durch seine zusammengepressten Zähne ein. Er schätzte, dass sein Puls auf zweihundert angestiegen war. Wie hoch sein Blutdruck war, ließ sich kaum sagen.

Vor ihnen öffneten sich die weiten Felder von Mynämäki. Das Dorf mit seiner Kirche ließen sie rechts hinter sich liegen. Vares verlangsamte ein wenig das Tempo, da im Moment häufig Verkehrskontrollen in diesem Gebiet durchgeführt wurden.

Jetzt von einer Polizeistreife angehalten zu werden, wäre der

Sache nicht besonders förderlich gewesen. Jedenfalls nicht zu diesem Zeitpunkt. Was mit der Frau, die neben ihm saß, geschehen sollte, war ihm immer noch nicht klar …

»Wir haben wohl das eine oder andere zu besprechen«, Vares warf der Frau einen kurzen Seitenblick zu.

»Ja, das haben wir …« Eeva Sunila nickte. Sie wirkte jetzt bedeutend ruhiger. »Du hast sicher viele Fragen.«

»Darauf kannst du wetten. Fragen über Fragen. Fangen wir mal mit dem an, was in der Vergangenheit liegt. Eine Frage beschäftigt mich schon seit einigen Jahren. Gut, dass sich die Sache endlich klären lässt. Hand aufs Herz! Wie lange habt ihr mich damals eigentlich beobachtet? Also, bevor ihr aus dem Gebüsch gekommen seid und mich gefangen genommen habt?«, wollte Jussi Vares wissen.

»Ach so. Eine von diesen männlichen Egosachen«, über Eeva Sunilas blasses Gesicht huschte ein Lächeln. Sie schien sich schnell wieder erholt zu haben.

»Ja. Wir haben den Herrn Leutnant eine Zeit lang beobachtet. Ganz im Vertrauen kann ich versichern, dass ich seinen weißen Hintern auf Kimme und Korn genommen habe.«

»Danke. Keine weiteren Fragen.« Vares wurde rot.

»Ich habe auch ein paar Fragen. Du wohnst doch in Turku, nicht wahr?«

»Ja, genau. Die nächste Frage …«

»Gibt es in deiner Wohnung eine Badewanne?« Eeva Sunila ergriff Vares am Arm und drückte leicht. »Ich brauche jetzt dringend ein warmes Bad, mit weißem, duftendem Schaum. Ich möchte ganz unter Wasser tauchen. Noch nie in meinem Leben bin ich so schmutzig gewesen.«

»Ja, eine Badewanne hab ich.«

»Du bist wunderbar!«

»Bin ich das?«

»Ja!«

»Warte erst mal ab. Wenn du den Inhalt meines Kühlschranks gesehen hast, wirst du mich als Genie bezeichnen.«

Eeva Sunila beugte sich zu Vares hinüber und küsste ihn direkt auf den Mund. Fast wäre Vares von der Fahrbahn abgekommen und direkt über den Straßengraben in ein dichtbelaubtes Erlenwäldchen gerauscht. Ein Saab, der schon längere Zeit hinter ihnen fuhr, hupte und zog mit hoher Geschwindigkeit an ihnen vorbei. Im Gesicht des Fahrers stand Wut und heiliger Zorn. Im Straßenverkehr begegneten einem wirklich alle möglichen Clowns und Idioten.

Vares blickte die neben ihm sitzende Frau an. Er begann zu lachen. Vielleicht war so ein Leben doch keine so schlechte Wahl. Der Tipp, den er von dem schwarzen Laster bekommen hatte, musste wohl befolgt werden.

8

»Dein Gesicht sieht aus, wie das von diesem Bullen, den Madsen in dieser fiesen Szene im Speicher vermöbelt.« Jari Munck musterte halb besorgt, halb belustigt Tetsuo Sinkkonens malträtiertes und geschwollenes Gesicht.

»Was zum Teufel labert ihr da?« Unter einem nassen Handtuch blinzelte wütend ein Auge von Ifigenia Multanen hervor. Ifigenia saß schlaff in einem Sessel und versuchte verzweifelt ihren schmerzenden Schädel zu umwickeln.

»Guckst du keine Filme? Hast du nicht *Reservoir Dogs* von Tarantino gesehen?«, wunderte sich Matschauge Munck. »Tetsuo und ich haben zu Hause beide das Video. Wir haben es bestimmt schon sechsmal gesehen.«

»Verdammt, das ist hier nicht die Matineeveranstaltung eines Videoarchivs.« Antero Kraft lag regungslos auf einer der Liegen des Motelzimmers. Er vermutete, dass er eine Gehirnerschütterung hatte. Ihm war schlecht und schwindelig.

»Woher kam dieser Irre eigentlich? Aus dem Nichts? Ein Geist. Ein richtiges Phantom, verdammt.« Tetsuo Sinkkonen riss das Lüftungsfenster auf und lehnte sich gegen die Fensterbank. Er war völlig ratlos.

»Deine Braut ist schlauer, als ich dachte«, wandte sich Ifigenia Multanen an Antero. »Ob diese Bestie von Anfang an etwas geahnt hat? Vielleicht hat sie jemanden engagiert, der sie observiert und beschützt?«

»Nein. Nein, das kann nicht sein.« Antero Kraft versuchte seinen Kopf nicht zu bewegen. »Da läuft noch irgendwas anderes. Auf jeden Fall. Aber was zum Teufel?«

»Man hat uns einfach überrumpelt. Scheiße.« Tetsuo Sinkkonens Berufsstolz hatte mindestens so sehr gelitten wie die rechte Hälfte seines schmalen Gesichts.

»Hey, Tetsuo! Ich hab einen Zahn von dir gefunden!« Jari Munck stand gebückt im Flur, richtete sich wieder auf und kam mit einem zufriedenen Strahlen auf seinen Kumpel zu. »Schau mal, der Goldklumpen hier! Bringen wir den in Sicherheit, dann kann ihn der Onkel Doktor wieder zurück an seinen Platz steck …«

»Steck dir das verdammte Teil in den Arsch! Bring den bloß nicht her!«

»Was hast du denn? Das ist doch ganz normal. Wenn heutzutage jemand bei einem Unfall seinen Daumen, seine Hand oder seinen Pimmel verliert, wird das Teil zum Arzt gebracht und wieder ordentlich angesetzt«, erwiderte Jari Munck gekränkt.

Tetsuo Sinkkonen schüttelte genervt den Kopf.

»Jetzt konzentrieren wir uns mal auf wichtigere Dinge, ja?«, sagte Ifigenia kalt. »Wir haben eine frisch vergrabene Leiche da hinten an der Böschung und einen Gefängnisausbrecher, der von der Polizei gesucht wird. Und dann ist uns eine Frau entkommen, die viel zu viel gesehen hat. Es wäre das Beste, wenn wir so schnell wie möglich von hier verschwinden.«

»Sie hat recht.« Antero Kraft versuchte sich aufzusetzen. »Wir können nicht einfach hier herumliegen. Hauen wir ab. Die Bullen können jeden Augenblick mit Tatütata angefahren kommen.«

»Also los, bewegt euch! Und: Möglichst wenige Spuren.« Ifigenia stand flink aus ihrem Sessel auf, musste sich aber gleich wieder an der Lehne festhalten. »Die Putzfrauen werden denken, dass hier jemand vorzeitig Mittsommer gefeiert hat. Packt die Taschen, gebt die Schlüssel zurück und ab die Post!«

Antero Kraft zwang sich in die Senkrechte, begann zu taumeln und fand an der Wand Halt. Sein aschfahles Gesicht und sein hüpfender Adamsapfel verrieten, dass er sich übergeben musste. Antero stolperte ins Bad und schloss die Tür hinter sich.

Unmittelbar darauf war ein krampfhaftes Würgen zu hören.

Eine gespannte Stille legte sich über das Motelzimmer.

»Dumm gelaufen. Wer wird Miesmann davon Bericht erstatten?«, fragte Tetsuo schließlich.

»Ich«, antwortete Ifigenia streng. »Aber erst später. Ich will ihm nicht die Tennisstunde verderben.«

VIERTER TEIL

»Die Wärme des Abends,
irgendeine Erinnerung an die Jugend,
an die Anwesenheit einer Frau, an eine Vulva.
An eine strömende Flüssigkeit.« M. I.

1

Eeva Sunila lümmelte sich in Jussi Vares' Secondhandsessel. Die Zeitung war auf ihrem Schoß liegen geblieben. Vares kam aus der Küche mit zwei Gläsern, in denen sich eine undefinierbare, grünlichbraune Flüssigkeit und einige Eiswürfel befanden.

Eeva Sunila drehte sich zur Seite und nahm ihr Glas entgegen. Die Zeitung fiel auf den Boden. Auf der Doppelseite waren die ernsten Gesichter von Eeva und Antero abgebildet.

WER HAT DIESES PÄRCHEN GESEHEN?

»Dreizehn Millionen sind eine gewaltige Summe. Vielleicht würde ich mich noch schlechter und elender fühlen, wenn Antero mich wegen eines belanglosen Rubbellosgewinns betrogen hätte.« Eeva Sunila strich sich über ihr kurzes, schwarzes Haar. Auf ihren Lippen lag ein dünnes, bitteres Lächeln.

»Das ist verdammt viel Geld. Menschen bringen einander schon wegen einiger hundert Piepen um.« Jussi Vares saß auf dem abgenutzten Rindsledersofa, das knirschend nachgab.

»Sag es einfach gerade heraus: Hältst du mich für total abgebrüht? Bin ich für dich eine Ganovin?« Eeva wandte sich Vares zu und sah ihn herausfordernd an.

»Diese Bürgschaftsgarantien für deinen hinterfotzigen Bruder über fast sechshunderttausend Finnmark. Der plötzliche Tod deiner Mutter. Die anstrengende Arbeit in der Schule, in der es von pubertären Rotznasen nur so wimmelt. Das sind genug Motive. Kein Wunder, dass du zugegriffen hast, als sich die Chance deines Lebens bot. Eigentlich verstehe ich dich ganz gut. Vielleicht hätte ich ebenso gehandelt«, überlegte Vares. »Nur, dass mir noch niemand so einen Millionendeal angeboten hat.«

»Danke für dein Verständnis. Aber, was ist eigentlich in dem Glas hier?« Eeva warf einen misstrauischen Blick auf ihren Drink.

»Ein Drittel Koskenkorva, ein Drittel Goldbrand und ein Drittel Pfefferminzlikör. Das erfrischt und belebt. Hab ich mir selbst ausgedacht, als ich mal allein am Tresen der *Neuen Apotheke* herumsaß und genug Zeit hatte, mich schöpferisch mit Chemie zu beschäftigen.«

»Und hat diese Mischung auch einen Namen?«

»Natürlich. Das ist ein Sumpfleichencocktail. Sieh dir die Farbe genauer an, dann weißt du, warum.« Vares schwenkte das Glas vor Eevas Augen. »Genau so sieht das Wasser aus, wenn man aus schlammigem Sumpfboden eine Leiche fischt.«

Farbe, Geschmack und Name sind wirklich gut aufeinander abgestimmt«, gab Eeva Sunila zu und kippte die Hälfte des Glases in einem Zug hinunter.

»Schon ganz gut. Das wird noch«, ermunterte Vares. »Ach übrigens, dein Antero ist ja gar kein schlechter Psychologe. Er hat erkannt, wie sensibel und verwundbar deine Situation war, und gleich am richtigen Faden gezogen. Du bist eher ein Opfer als ein Täter. Jedenfalls in den Augen dieses ewigen Jurastudenten hier, der immerhin fünf Prüfungen absolviert hat.«

»Die Richter könnten da etwas anderer Meinung sein.« Eeva lachte freudlos.

»Einen ganz schön teuflischen Plan haben sie da ausgeheckt. Zweifellos.« Vares starrte, den Arm hinter dem Kopf verschränkt, durch sein Glas zur Deckenlampe hinauf.

»Aber einen Fehler hat Antero gemacht. Oder besser: haben sie gemacht! Einen ganz üblen Fehler.« Eeva sprang von ihrem Stuhl auf und ging zum Fenster. Die sommerlich grünen Baumkronen im Samppalinna-Park wehten im sanften Abendwind.

Eeva starrte regungslos hinaus. Sie schien angestrengt nachzudenken.

Schließlich musste Jussi Vares dann doch nachhaken: »Welchen Fehler haben sie gemacht?«

Eeva drehte sich leise wie ein Geist um. Sie sah Vares forschend an.

»Die Scheißkerle haben mich am Leben gelassen. Das war ihr großer Fehler.«

Abwartende Stille breitete sich im Zimmer aus. Das leise Rauschen des Windes war zu hören.

»Was hast du vor? Du hast sicher einen Plan.« Jussi Vares sah die Frau lange an.

»Ja, hab ich. Ich habe mir schon den ganzen Abend den Kopf darüber zerbrochen. Ich denke, es ist ein Plan, der es verdient hat, verwirklicht zu werden. Aber es hat gar keinen Sinn, darüber zu reden, wenn du vorhast, mich direkt zum Polizeipräsidium zu bringen.« Eeva lächelte müde.

»Ich bin ein ziemlicher Faulpelz, der nur selten etwas Nützliches und Vernünftiges tut. Erst recht nicht so spät nach Feierabend.« Jussi Vares gähnte herzlich und versuchte eine bequemere Position auf seinem Rindsledersofa einzunehmen.

»Ein guter Grundsatz.« Eeva Sunila kehrte leichten Schrittes zu ihrem Sessel zurück.

»Aber du könntest mir mal mit ein paar erhellenden Worten deinen Plan schildern. Heute gibt es nicht mal Herzblatt im Fernsehen, sodass ich im Moment nichts Besonderes zu tun habe«, ermunterte Vares sie.

»Ich habe nicht vor, mich freiwillig der Polizei zu stellen. Das steht schon mal fest.« Eeva sah Vares direkt in die Augen. »Viel zu verlieren habe ich nicht. Ich habe keine Arbeit und keine Mutter mehr, bin völlig blank und werde von der Polizei gesucht. Ich bin zwar verheiratet, aber das letzte Mal, als ich mit einem Mann geschlafen habe, war an Silvester. Also, wenn man nachrechnet, ist das schon fünf Monate her.«

»Du bist ja ein richtiges Kopfrechengenie«, lobte Vares. »Viel zu verlieren gibt es also nicht. Aber was hast du zu gewinnen?«

»Meinen Anteil an Anteros Millionen!«, warf Eeva entschlossen ein.

Es wurde wieder still im Zimmer.

»Wie bitte?« Jussi Vares lachte ungläubig. »Wie willst du denn an das Geld rankommen?«

»Darüber hab ich gründlich nachgedacht, da kannst du dir sicher sein. Ich glaube, ich muss Antero und seiner süßen Freundin etwas verkaufen. Etwas ganz Wertvolles.«

»Und was?«

»Nun denk schon nach! Ich wurde einzig und allein deshalb als Braut angeworben, weil Ifigenias Beteiligung an der Operation bis zum Schluss geheim gehalten werden sollte. Das war sicher einer der Grundpfeiler des Plans. Jetzt aber hat sich die Situation grundlegend geändert. Ich kenne den Namen der Frau. Ich weiß sogar, wie sie aussieht. Ich habe ihnen also etwas zu verkaufen – mein Schweigen. Nicht wahr?« Eeva breitete ihre Hände aus.

»Da könnte was dran sein«, antwortete Jussi Vares nachdenklich. »Der Jackpot ist so gigantisch, dass sie vielleicht wirklich ein paar Hunderttausend oder sogar Milliönchen lockermachen würden, um nicht aufzufliegen. Aber das setzt natürlich voraus, dass es dir gelingt, Kontakt zu ihnen aufzunehmen. Ganz so leicht wird das nicht sein. Du kannst ja wohl kaum eine Zeitungsanzeige schalten und ein Treffen für Montagmittag unter der Uhr am Eingang von Stockmann vorschlagen.«

»Das habe ich mir auch schon überlegt. Ich habe immerhin einen guten Kontakt in Helsinki. Jarmo hat mir eine Visitenkarte gegeben. Ich kann seiner Mutter Eira einen letzten Gruß von ihm übermitteln. Ja, und das werde ich tun.« Eeva Sunila war entschlossen. »Sein Mütterchen scheint auch nicht gerade ein Unschuldslamm zu sein. Sie kennt die Unterwelt mindestens so gut wie ihren Pizzateig. Das hat mir Jarmo versichert. Eira weiß sogar, wer Ifigenia ist. Sie hilft mir ganz bestimmt. Wenn überhaupt jemand ein Motiv hat, mir zu helfen, dann sie!«

»Da hast du ja was vor … also, ich weiß nicht …«

»Wieso?«, unterbrach ihn Eeva hitzig. »Ich muss das Risiko eingehen! Überleg mal, was für mich in der Waagschale liegt. Ein Vermögen. Meine ganze Zukunft!«

»Aber hast du dir auch überlegt, was in der anderen Waagschale liegt?«

»Na, was denn?«

»Die ist voller Blei! Und das sage ich als Fachmann, als Privatdetektiv. Du bist heute gerade noch mal mit dem Leben davongekommen. So eine Glückssträhne hält nicht ewig an, glaub es mir. Du bist noch am Leben. Und ich werde dich wohl kaum ausliefern. Die Polizei zahlt einem Spitzel heutzutage so wenig, dass es schon peinlich ist.«

»Moment mal, guter Mann!«, platzte Eeva heraus. »Ich habe all meine Ersparnisse bei mir. Eine nette Summe: zwölftausend Finnmark plus etwas Kleingeld. Damit kann man kein neues Leben im Ausland beginnen. Von null an und steckbrieflich gesucht.«

»Das meine ich ja auch gar nicht.«

»Aber dieses glückliche Pärchen sitzt da mit seinen Millionen auf einer Sonneninsel in einem Fünfsternetraumhotel. Ist das etwa fair?«

»Natürlich ist das nicht fair, meine Liebe. Aber unsere prächtige Welt hat noch nie eine Auszeichnung dafür bekommen, dass sie besonders fair ist.«

»Nein, das stimmt. Und deshalb begnüge ich mich ja auch mit zwei Millionen ... statt die Hälfte von dem Geld zu verlangen ...«

»Ein richtig hartes Mädel bist du«, musste Jussi Vares zugeben.

»Denkst du das wirklich? Oder sagst du das nur?« Eeva Sunila kniff ein Auge zu und sah Vares skeptisch an.

»Habe ich dich jemals angelogen?« Jussi breitete die Hände aus.

Eeva Sunila leerte ihr Glas und stand auf. Sie setzte sich neben Vares aufs Sofa. Ganz dicht neben ihn.

»Da fällt mir ein ...« Vares räusperte sich. »Dass du das Schaumbad ganz vergessen hast.«

»Ach ja! Es gab einfach so viel zu besprechen. Wie groß ist deine Wanne denn, Jussi?«, fragte Eeva mit großen Augen.

»Ich weiß nicht. Haben Badewannen denn Größen – so wie

Schuhe? Kann man beispielsweise sagen, dass eine Wanne die Größe zweiundvierzig hat? Ich weiß nicht.«

»Ist doch egal, Jussi Vares.« Eeva Sunila legte die Hand auf Vares' Bein. »Hauptsache, sie ist groß genug für uns zwei.«

2

Gegen elf Uhr abends kündigte Vares Eeva an, dass er ihr seine Heimatstadt zeigen wolle. Beflügelt von den zahlreichen Sumpfleichencocktails gingen die beiden davon aus, dass Eeva als unbekannte Schwarzhaarige an einem warmen Sommerabend in Turku nicht auffallen würde. Auf den belebten Straßen der Stadt würde es leicht sein, in der Masse zu verschwinden.

In der Aurakatu stieß das Pärchen auf Redakteur Ruuhio, der gerade aus dem Pub *Old Bank* auf die Straße trat. Ruuhio hatte dort den Abend mit einer Bierprobe verbracht. Er lobte euphorisch die jüngsten Errungenschaften des Wirtes. Köstliches Bockbier, wohl aus irgendeiner kleinen, mitteleuropäischen Brauerei.

Eeva hatte sich sofort aus Vares' Arm gelöst, sich einem nahen Schaufenster zugewandt und konzentriert die Auslagen betrachtet.

»Etwas schüchtern, die Kleine, was?«, fragte Ruuhio.

»Wie die Frauen so sind. Sie ist einfach nur etwas angespannt.«

»Ich verstehe. Die Sache mit euch beiden ist also noch nicht ganz unter Dach und Fach …«

»Nein. Wir arbeiten noch dran.«

»Dann will ich nicht länger stören.« Ruuhio zwinkerte Vares vielsagend zu.

»Also dann … einen schönen Abend noch.«

»Alles klar. Wir sehen uns. Und wünsch auch der Kleinen einen schönen Abend. Von mir und der von mir vertretenen Gesellschaft.«

Eeva kehrte wieder zu Jussi zurück. Sie blickte Ruuhio nach, der weiter in Richtung Aura-Brücke trottete.

»Wer war das?«

»Er ist Redakteur. Bei der *Abendzeitung*.«

»Ach du meine Güte!«

»Keine Sorge. Das bestätigt nur, dass dein neues Outfit gelungen ist. Aber lass uns irgendwo hingehen, wo es nicht so von Bekannten wimmelt.«

Der Mann trug ein schleimgelbes, figurbetontes Hemd. Der dicke Bierbauch kämpfte – bereits siegesgewiss – gegen den engen Hemdenschnitt an. Die braune, trendig-knitterige Hose schlabberte. Ebenso modisch wie das grünliche, mit einem schmalen Kragen versehene Sakko waren auch die Koteletten des Typen. Der dünne Ziegenbart, der verloren am Kinn hing, war selbstverständlich rot gefärbt.

Der Bursche, der um Jussis und Eevas Tisch herumschwänzelte, war nach dem letzten Schrei gekleidet, trotzdem bestand kein Zweifel, dass er schon über vierzig war. Man war ja schließlich nicht in einem kunstnebelgeschwängerten Technoschuppen, sondern in der traditionellen Kellergaststätte *Haarikka*, die besonders unter Quartalssäufern, Gelegenheitsarbeitslosen und rüstigen Rentnern beliebt war. »Ich hab hier die neue Scheibe von *Goldie*. Schaut mal!« Der Kerl zog eine CD aus seiner Jackentasche und warf sie prahlerisch auf den Tisch. »*Saturnz Return*. Etwas Besseres wird man im Moment wohl kaum finden. Oberaffengeil. Absolute Weltklasse.«

Jussi Vares blickte kurz Eeva an und schaute dann zu dem Typen hinüber, der sich an der anderen Seite des Tisches niedergelassen hatte.

»Hör mal, Täti. Ich hab wirklich keinen Schimmer, wer dieser *Goldie* ist. Sorry.«

»Du verfolgst anscheinend keine Medien. Der Typ ist der Vater des Jungle-Sounds. Er hat den Drum'n'Bass geschaffen. Und mit Björk war er auch schon zusammen. Außerdem hat er Hausverbot bei British Airways und in allen größeren Kettenhotels. Das kann doch wohl nicht wahr sein, dass du überhaupt nicht weißt, was in der Welt passiert. *Goldie*! Auf der CD hier ist auch dieser

Klassiker namens *Mother* drauf. Das Stück ist fast eine Stunde lang. *Mother!*«

»Das geht zum Muttertag sicher weg wie warme Semmeln. Habe ich noch nichts von gehört. Das ist also Jungle, diese Mucke?« Vares musterte die CD in seinen Händen. »Passt gut! Der Typ sieht wie ein Kinderzuhälter aus Uganda aus. Eine Frage, Täti: Was verschlägt dich eigentlich hier an unseren Tisch?«

»Erinnerungen an alte Zeiten, Vares. Zu Studienzeiten haben wir doch immer mit den Leuten im *Kåren* rumgehangen. Den ganzen verfluchten Winter lang. Oder eigentlich ziemlich viele Winter. Remember, pal?«

»Das ist ungefähr zwanzig Jahre her. Ich besitze nicht mal mehr einen Studentenausweis. Und Filzläuse hab ich seit mindestens zehn Jahren nicht mehr gehabt. Aber wie du siehst, muss ich mich hier jetzt um meine eigene Gesellschaft kümmern.«

»Macht nichts. Ich hab schon die ganze Zeit drauf gewartet, dass du uns einander vorstellst. Hi, ich bin Täti.« Täti streckte Eeva seine Hand entgegen.

»Träum weiter. Hier ist geschlossene Gesellschaft. Also, please! Mach 'n Abgang!« Jussi Vares zeigte mit dem Daumen über die Schulter.

»Hmm ... aber könntest du mir nicht zufällig ...«

»Hier hast du 'nen Zwanni. Mehr gibt's nicht. Und wage dich nicht noch mal näher als zehn Meter an unseren Tisch ran, sonst werd ich mir das Geld gleich wiederholen. Und wenn ich es dir aus den Rippen schneiden muss.«

Der komische Kauz schnappte sich flink den zerknitterten Geldschein und verschwand in Richtung Tresen.

»Täti?«, wunderte sich Eeva.

»Das ist eine Abkürzung. Turkus ältester Teenager. Das Lustigste an der Sache ist, dass der Typ gar nicht weiß, weshalb er so genannt wird. Irgendwie hat ihm das niemand erklären wollen. Und er selbst findet den Spitznamen einfach nur cool.«

»So, aber lass uns jetzt über Anteros Millionen reden.« Eeva blickte Vares in die Augen. »Deine Meinung dazu ist in erster Linie moralisch bestimmt, nicht wahr?«

»Schon möglich. Und außerdem von einer gesunden Portion Selbstschutz.« Jussi Vares hob die Schultern.

»Du darfst aber auch nicht vergessen, dass es sich hier nicht um Rücklagen für kranke Rentner oder Vollwaisen handelt. Diese Millionen sind Schwarzgeld, noch viel schwärzer als schwarz, die stammen aus der Geldwaschanlage russischer Mafiabosse. Es geht um das leicht verdiente Geld von großen und bösen Jungs. Da solltest du keine allzu großen Gewissensbisse haben.«

Jussi Vares schwieg. Er warf einen Blick über das Gewimmel in der verrauchten Kneipe.

»Das hängt vom Gewissen ab ...«

»Wenn dein Gewissen aus so feinem Reisporzellan ist, möchte ich dich auf keinen Fall unter Druck setzen.«

Eeva Sunila trommelte unruhig mit den Fingern auf den Teakholztisch. Vares seufzte schwer und nahm einen Schluck aus seinem Glas.

Plötzlich meinte er eine wohlvertraute Stimme zu hören. Es war Valtteri Vares, der da zu seinem Neffen sprach.

»Junge, siehst du denn nicht, dass sich dir gerade die Möglichkeit bietet, auf die du schon den ganzen elenden Frühling gewartet hast. Als vierzigjähriger Mann muss man auch mal schwerwiegendere Entscheidungen fällen. Die einen fangen an zu joggen, die anderen schließen aus einer Laune heraus eine Rentenversicherung ab. Und dann gibt es noch diejenigen, die nicht einmal mehr ausweichen, wenn ihnen ein großer schwarzer Sattelschlepper in einer Kurve entgegenkommt. Aber hör mal, dir wird da gerade ein ganz anderes, viel besseres Angebot gemacht.«

Vares faltete die Hände hinterm Nacken und sah Eeva nachdenklich an. In seinen Gehirnwindungen gesellte sich eine weitere Stimme zu der ersten. Was war das? War das Pastor Alanen, sein alter Kumpel, der da jetzt sprach? Ja, das war er, der Pastor!

»Das habe ich dir ja schon zu erklären versucht, Jussi. Du sehnst dich nach einer radikalen Veränderung in deinem Leben. Da hilft nichts anderes, als das Risiko einzugehen und die Gelegenheit beim Schopf zu packen! Wenn du dich jetzt als Angsthase erweist, wirst du es für den Rest deines Lebens bereuen. Mit Sicherheit!«

Jussi Vares rieb sich die Schläfen und sah Eeva an.

»Nun gut, was willst du eigentlich von mir? Könntest du mich mal aufklären!«

»Na ja, zum einen gehst du ganz geschickt mit dem Badeschwamm um …« Eeva Sunila lächelte. »Zum anderen bist du ein Mann vom Fach, ein Privatdetektiv. Dir habe ich es zu verdanken, dass ich noch lebe. Also, ich brauche einen zuverlässigen Gehilfen. Du bist der Einzige, den ich in diesem Bereich kenne. Ich bin auf dich angewiesen. Bei den Vertragsverhandlungen kannst du diesen Trumpf natürlich skrupellos ausspielen.«

»Vertragsverhandlungen?«

»Genau. Wir müssen doch schließlich ausmachen, wie ich dir deine verlorene Freizeit entschädige. Dazu käme noch eine Gefahrenzulage. Also, falls du einwilligen solltest.«

Vares schwenkte das Goldbrandglas in seiner Hand und starrte in die Tiefen der goldbraunen Flüssigkeit. Die Eiswürfel klackerten leise. Die Stimmen an den benachbarten Tischen drangen wie durch einen dicken Samtvorhang zu ihm herüber.

»Ich bin zwar ein impulsiver Typ, aber ein Mindestmaß an Überlebensinstinkt hab auch ich.«

»In diesem Land gibt es viel zu viele Menschen, die niemals die Initiative ergreifen und für die der Übergang vom Arbeitslosengeld zur Sozialrente der Höhepunkt in ihrem Leben ist. Aber zu denen willst du doch wohl nicht gehören.«

»Was bietest du mir?« Jussi Vares lehnte sich vor. »Ich frage bloß aus Neugier.«

»Wie wäre es mit einem Anteil an der Beute. Eine halbe Million. Steuerfrei. Aber ohne Kranken- und Urlaubsgeld.«

»Ich habe neulich in der Zeitung gelesen, dass einige Arbeitgeber heutzutage über die Firma Putzhilfen für ihre Angestellten engagieren …«

»Auf so was lasse ich mich nicht ein. Aber ich könnte mir vorstellen, zusammen mit dir in einem Winkel der Welt zu landen, in dem die Passatwinde von morgens bis abends den Staub von der Veranda fegen.«

»Yamswurzelmus und Zuckerrohrschnaps? Ich verspreche nichts. Ich weiß nicht, ob das was für mich ist, diese schlecht einheizenden Saunaöfen auf Ost-Borneo oder die im Tornado raschelnden Bambushalme, in denen wohl kaum das Rufen eines Goldkuckucks zu hören sein wird ...«

Eeva Sunila sah hoffnungsvoll aus. »Aber seine heiligen Grundsätze kann man doch auch mal überdenken?«

»Ich habe keine heiligen Grundsätze. Oder doch, zwei: Meinem Leben darf auf der Stelle per Genickschuss ein Ende bereitet werden, wenn man mich dabei erwischt, wie ich eine Golf-Aktie veräußere oder in der Bücherei ein Do-it-yourself-Video für den Eigenheimbauer ausleihe. Jetzt hole ich uns erst mal was zu trinken.«

»Aber bitte was anderes als dein Sumpfleichengrab, s'il vous plaît!«

Vares ging zur Theke. Das *Haarikka* begann sich langsam zu füllen. Am Kriegsveteranentisch wurde eine Vollversammlung abgehalten, bei der mit Pulver nicht gespart wurde. An einem anderen Tisch spielten einige Exknastis – Verbrecher der alten Garde, die direkt nach ihrer Gefängniszeit in Frührente gegangen waren – mit angemessenem Einsatz Scandinavian Stud, natürlich mit kleinen Tricks. Am Ecktisch der Altschwulen entzündete sich gerade ein Streit.

Und aus der Richtung der Dartscheiben war lautes Gejohle zu hören. Jemand gewann, jemand verlor. Das war ein Naturgesetz.

Es war schon halb drei in der Nacht, als Jussi Vares Eeva zur Theaterbrücke geleitete, die sich wie ein konturloses, von Nebel umschlossenes Kunstwerk über den Fluss wölbte. Die Stadt schlief, träumte auf beiden Seiten des braunen Wasserwegs.

Vares und Eeva blieben auf der Mitte der Brücke stehen und lehnten sich ans Geländer.

Es war eine milde, helle Sommernacht. Der Wind der ersten Morgenstunden frischte die vom bierdunstigen Tabakqualm des *Haarikka* geschädigten Hirnzellen auf.

Vares nahm Eeva fester in seinen Arm. Der Goldbrand befreite die Gedanken, machte sie einfach und klar. Der Aurajoki floss unter ihnen ruhig und gemessen wie eine alte Weisheit. Eine Weisheit, die ganz trübe war, ergänzte Jussi Vares in Gedanken.

Ein vertrautes Lied begann in seinem Kopf zu erklingen. Wie auf Bestellung.

Soll es der Strom entscheiden,
wer heut' wird bei dir bleiben …

Vares sah auf das dunkel strömende Wasser. Die Entscheidung bildete sich wie von selbst heraus, kristallklar. Vares legte die Hände auf Eevas Schultern und drehte ihr Gesicht zu sich. Er beugte sich leicht vor und flüsterte ihr etwas ins Ohr. Leise, damit der stumm unter der Brücke zum Meer hin fließende Old Man River sie nicht heimlich belauschen konnte …

FÜNFTER TEIL

»Über Wasser weiß ich mehr.
Neulandgebiete. Die schwarzen Augen
der Tümpel, dunkle Fische.
Niederungen. Verknöcherung.
Nachmittagsbierbraunes Tidewasser,
Stoffwechsel.« M. I.

1

Die Stadtteilbibliothek Töölö lag neben einem grünen Park im Schatten einiger großer Steingebäude. Kriminaloberwachtmeister Mikko Koitere stieg die Stufen zum Haupteingang hinauf.

Im Foyer standen zwei pubertierende Baseballmützenträger und begutachteten gegenseitig die CD-Roms, die sie gerade ausgeliehen hatten.

»Was machen wir jetzt?«

»Im Internet surfen.«

»Nee, spielen wir lieber Playstation.«

»Schau mal, was für einen Stapel Bücher dieser Typ da hat.«

»Crazy.«

»Ja, total.«

Karl Miesmann stand im Lesesaal vor dem Regal mit den internationalen Zeitschriften und blätterte im *Gentlemen's Quarterly*. Was sein Outfit betraf (moosgrüner Zweireiher von Armani, braune Halbschuhe und ein türkises Hemd ohne Krawatte), erweckte er den Anschein, als sei er gerade aus einer der Seiten dieser Zeitschrift herausgesprungen.

»Tach auch.« Koitere stellte sich zu Miesmann ans Regal und nahm sich eine abgegriffene Ausgabe der *Newsweek*.

Miesmann wandte den Blick nicht von seiner Zeitschrift ab. »Ich bin nicht besonders vertraut mit diesen öffentlichen Dienstleistungsangeboten. In einer Bibliothek bin ich das erste Mal. Die Leute nehmen einfach die Bücher mit nach Hause und scheinen sie auch wieder zurückzugeben.« Miesmann schmunzelte.

»Man lernt immer was dazu. Aber eines rate ich dir. Fahre nie mit der Straßenbahn. Es ist nämlich gar nicht so einfach, seine Fahrkarte abzustempeln. Außerdem kann es in diesen öffentlichen Verkehrsmitteln ganz schön stinken«, lachte Koitere.

»Den Fehler werde ich nicht begehen, das verspreche ich dir. Aber, lass uns doch gleich mal 'ne Stange Wasser in die Ecke stellen. Geh du schon mal vor.«

»Ist mir recht, solange es sich nur um ein faires Heterospielchen handelt.«

»Zum größten Teil schon.« Miesmann grinste schief.

Koitere schaute sich im Saal um. Arbeitslose, Rentner und gestresste Mütter mit ihren Kindern. Koitere ging ins Foyer zurück und fand die Herrentoilette. Sie war leer. Er drehte den Waschbeckenhahn voll auf. Das Rauschen des Wassers erfüllte den engen Raum. Schließlich ging die Tür auf und Karl Miesmann trat mit schneidigen Schritten über die Schwelle.

»Also. Was gibt's Neues bei der Polizei?« Miesmann verriegelte die Tür.

»Nichts Besonderes. Wir haben keine Spur von euren Freunden. Absolut Totenstille.«

»Schön, zwischendurch auch mal gute Nachrichten zu hören.« Miesmann sah verstimmt aus. »Ist bei den Besprechungen der Polizei zufällig auch der Name Mynämäki gefallen? Das ist so ein ödes Bauerndorf irgendwo hinter Turku.«

»Nein.« Mikko Koitere hob fragend die Brauen. »Wieso?«

»Da ist etwas richtig schiefgelaufen in diesem blöden Kaff. Diese Intelligenzbestien haben sich mal wieder tief in die Scheiße geritten.« Karl Miesmann konnte sich kaum beruhigen. »Na ja, was soll's. Wenigstens sind sie nicht festgenommen worden. Die sind sicher schon in ihrem Versteck, auf einer der Inseln westlich von Helsinki. Aber zur Sache. Hier erst mal eine kleine Prämie für dich, als Anerkennung. Bitteschön!«

Miesmann zog einen weißen Briefumschlag aus seiner Brusttasche und übergab ihn Koitere, der ihn in die Tasche seiner Windjacke steckte.

»Das sind zehntausend. Als Dank für die gute Arbeit. Und dann möchte ich dir noch etwas mitteilen, was den Leuten von eurem Ermittlungsteam nicht unbedingt zu Ohren kommen braucht. Die Wege von Kraft und seiner frischgebackenen Ehefrau haben sich bereits getrennt!«

»Ach was! Das war ja eine lange Ehe.« Koitere musste schmunzeln.

»In unserer schnelllebigen, unbeständigen Welt bringt man nicht mehr die nötige Intensität für zwischenmenschliche Beziehungen auf.« Karl Miesmann sah Koitere ernst an. »Aber ehrlich gesagt bin ich an dem Schicksal dieser Eeva Sunila fast ebenso interessiert wie an dem Wohlergehen von Antero Kraft. Wir müssen die Frau finden, bevor es der Polizei gelingt. Ich versichere dir, dass jeder entscheidende Hinweis für dich Geld wert ist! Unsere Priorität *Number one* ist jedoch weiterhin Antero Kraft. Der Mann darf auf keinen Fall von den Bullen geschnappt werden.«

»Habe verstanden.«

Miesmann streckte die Hand aus. Koitere ergriff sie. Ein fester Händedruck. Dann ließ Miesmann die grünliche, desinfizierende Flüssigkeit aus dem Seifenautomaten in seine rechte Hand laufen, verrieb sie sorgfältig zwischen den Händen, spülte den Schaum ab und hielt seine Hände in den brausenden Luftstrom des Trockners.

»Versteh das nicht falsch.« Ein kurzes Lächeln huschte über Miesmanns schmales, aristokratisches Falkengesicht. »Ich habe meine Hände nicht deinetwegen gewaschen. Aber stell dir nur mal vor, wie viele elende Schlucker, erbärmliche Loser und andere potentielle Krankheitsträger im Laufe des Tages dieses stinkende Scheißhaus besuchen.«

Die Deli-Pizza *Tölikkä* lag, nicht weit von der Stadtteilbibliothek Töölö entfernt, in einem der nicht ganz so hoch im Kurs stehenden Viertel des legendären Stadtteils.

Die Küche der Pizzeria war für die Gäste nicht einsehbar. Die mit Pullovern und Jeansjacken bekleideten Gäste, die in aller Ruhe ihre Nachmittagsbiere schlürften und Kreuzworträtsel in Boulevardblättern lösten, brauchten nicht mit anzusehen, wie man an Herd und Spüle richtiger Arbeit nachging.

Der Küchenbereich wurde vom Restaurant durch eine dicke Feuermauer getrennt, durch die man irgendwann eine schmale Tür gebrochen hatte. In der engen Küche hing, wie es sich gehörte, ein intensiver Knoblauchgeruch, und es war unerträglich heiß.

Eeva Sunila und Jussi Vares saßen in einer Ecke der Küche auf knirschenden Barhockern. Jussi wischte sich mit dem Handrücken über die schweißnasse Stirn. Eine mindestens ein Meter achtzig große Frau mit breiten Hüften und dunklen Haaren bereitete eine Pizza für den Ofen vor.

»Jarmo hat an mich gedacht. So ein netter Junge. Trotz allem. Wirklich, ich habe ihn ja … so geliebt.«

Die Frau verteilte eine sämige, blutrote Tomatensoße auf dem Pizzaboden. Ihre wulstigen Finger bewegten sich überraschend flink und zielstrebig zwischen den sauber nebeneinanderstehenden Plastikschälchen. Champignonscheiben und geraspelte Zwiebeln. In kleine Stücke geschnittener Räucherschinken. Paprikastücke, fünf oder sechs schwarze Oliven. Zwei Prisen frischer Knoblauch.

»Ich habe Jarmo vor diesem Job gewarnt. Es war sicher eine Art mütterliche Vorahnung. Aber der Junge war ja schließlich erwachsen.«

Einige dicke Scheiben sahniger Mozzarella rundeten die Pizza ab. Eira Heino griff zum Gewürzstreuer. Der letzte Pep, bevor die Pizza in den Ofen kam. Die Frau schniefte und wischte sich schnell mit der freien Hand über die Wange. Jussi Vares glaubte gesehen zu haben, wie einige salzige Tropfen in dem Pizzabelag verschwanden.

Eira Heino bugsierte mit einer gekonnten Bewegung die Pizza auf die Backschaufel, öffnete die Vorderklappe des heißen Ofens und schob die Pizza auf den glühenden Rost. Dann wischte sie sich die feuchten Hände an ihrer bunten Baumwollschürze ab und setzte sich schwer atmend auf einen Hocker.

»Ihr wart dabei, als es passierte?« Der überraschend ruhige Blick der Frau wanderte von Eeva Sunila zu Jussi Vares und wieder zurück. »Ging es schnell? Musste mein Junge sehr leiden?«

»Nein. Vermutlich hat Jarmo nicht einmal geahnt, dass es passieren würde. Es dauerte nur einen Bruchteil von Sekunden.« Eeva Sunila brachte es nicht übers Herz, der gepeinigten Mutter in die Augen zu schauen. In einer Situation wie dieser sollte doch eine kleine unschuldige Lüge erlaubt sein.

»Wer war eigentlich noch dabei? Außer diesem ingermanländischen Flittchen und dem schleimigen Bräutigam?« Eira Heino rieb sich unentwegt die Hände, sie hatte sichtlich Schwierigkeiten tatenlos dazusitzen.

»Na ja, die beiden Killer, zwei Kerle in dunklen Anzügen. Der kleinere sah wie ein Asiat aus.«

»So ein kleines Schlitzauge? In einem dunklen Anzug, sagst du?«

»Ja, aber ein Ausländer war er nicht. Der kam aus Helsinki«, fügte Eeva hinzu.

»Verdammt noch mal! Diesen Schweinehund kenne ich mehr als gut. Das war Sinkkonen! Tetsuo Sinkkonen! Dieser Scheißkerl hat meinen Sohn erschossen?«

»Nein, das war der andere.«

»So ein Goliath etwa? Ein stämmiger Bursche mit Igelfrisur?«

Eeva nickte.

»Matschauge Munck. Na klar. Wo Sinkkonen ist, ist auch Munck nicht weit. Die beiden treten immer zusammen auf, wie Scheiße und Gestank.«

Eira Heinos rechte Hand ballte sich langsam zur Faust.

»Du kennst diese Typen also?«, fragte Jussi Vares.

»Ich verstecke hier in der Stadt schon seit zwanzig Jahren heiße Ware. Und ich habe sogar solchen Burschen Geld geliehen, die mit Banken nur dann zu tun haben, wenn sie sich eine Strumpfhose über den Kopf ziehen. Also, ich kenne hier fast jeden vom Fach. Und Sinkkonen und Munck sind bekannte Jungs in den kleinen Insiderkreisen von Helsinki.«

»Jarmo kannte sie also auch?«

»Natürlich. Jarmo wusste, für wen die beiden heutzutage arbeiten. Und genau deshalb hatten diese Arschlöcher keine andere Wahl, als meinen Jungen zum Schweigen zu bringen.«

»Und für wen arbeiten die beiden?«

Eira Heino erhob sich schwerfällig von ihrem Hocker und begab sich zum Ofen. Als sie die Luke öffnete, breitete sich ein appetitlicher Duft in der Küche aus. Die dampfende Pizza wanderte auf einen breiten Keramikteller. Dann kam noch eine Prise Oregano drüber. Schließlich drückte Eira einen Knopf neben der Tür, und nur wenige Sekunden später erschien ein Mädchen mit Kellnerschürze, um die Pizza in Empfang zu nehmen.

Eira Heino setzte sich wieder auf den Hocker. Sie lächelte bitter.

»Für Miesmann natürlich. Diese Scheißtypen sind Miesmanns treue Helferlein. Seine Fäuste, sozusagen. Und wenn Jarmo das ausgeplaudert hätte, wäre es Antero Kraft wie Schuppen von den Augen gefallen. Dann hätte Kraft endlich begriffen, dass er wie ein Mastschwein zur Schlachtbank geführt werden soll.«

»Aha. Das erklärt einiges.«

»Ja. Ein falsches Wort, und alle ihre Pläne wären dahin gewesen. Sie hatten keine andere Wahl, als meinen Jarmo auszuschalten. Und sie mussten schnell handeln.«

Eine zermürbende Stille legte sich über den Raum. Der Schmerz, den die Mutter fühlte, war fast greifbar. Vares und Eeva sahen einander an.

»So rächt sich alles in dieser Welt! Kraft, der große Verräter, wird selbst zum Betrogenen. Der Ärmste glaubt noch immer, dass er zusammen mit seiner Liebsten und seinen Millionen auf einer Palmeninsel landen wird. Dabei könnte es sein, dass auf irgendeiner Müllhalde schon ein metertiefes Loch für ihn bereitsteht.« Eeva schüttelte den Kopf.

»Wenn Miesmann erst mal sein Geld hat, dann kennt er keine

Gnade mehr. Das ist sicher«, stellte Eira Heino fest. »Miesmann kann es nicht leiden, wenn man ihn zu bescheißen versucht, erst recht nicht, wenn es um Millionen geht.«

»Anteros Schicksal soll nicht unsere Sorge sein.« Jussi Vares wirkte nicht gerade betroffen. »Wichtiger ist die Sache mit dem Geld. Mit wem sollen wir verhandeln, wenn Antero mit dem Mund voll Erde in einer lehmigen Grube liegt?«

»Das würde nichts an der Sache ändern«, erwiderte Eeva scharf. »Gar nichts. Dann verhandeln wir mit Karl Miesmann persönlich. Wir haben viel zu viele brisante Informationen über seine Machenschaften, und zwar aus erster Hand. Zum Beispiel über den Mord an Jarmo. Wissen, das Geld wert ist.«

»Viel zu viele. Das ist ein wichtiger Punkt«, bemerkte Vares trocken.

»Jarmo erwähnte, dass du den Typen kennst, der uns ursprünglich die Pässe und weitere nötige Papiere beschaffen sollte.« Eeva Sunila blickte Eira Heino an.

»Werner Ahokas heißt der Mann.«

»Kann man ihm trauen? Ist er ein Freund von dir?«

»Ahokas ist ein Freund der Familie. Werner hat mal fünf Jahre lang mit Pentti, meinem damaligen Mann, also Jarmos verstorbenem Vater, in Sörkkä gesessen. Ahokas war der Patenonkel von unserem Jarmo ...« Eira Heino schnäuzte sich die Nase und wischte sich über die Augen. »Ich vertraue Werner mehr als jedem anderen in dieser Stadt. Wenn ihr wollt, mache ich für euch ein Treffen mit ihm klar.«

»Das könnte uns vielleicht weiterhelfen.« Eeva Sunila drückte Eira Heinos fleischige Hände.

»Tausend Dank, Eira. Du hast uns sehr geholfen. Und das inmitten einer Zeit des großen Schmerzes.«

Eira Heinos Gesichtszüge erstarrten wie das Eis im sibirischen Winter.

»Tut, was in eurer Macht steht. Macht diesem Mann die Hölle heiß. Holt euch euer Geld und gebt mir Bescheid, wenn ihr mit ihm fertig seid. Lasst mich die Sache dann zu Ende führen.« Eira Heino holte tief Luft.

»Die Sache zu Ende führen?«

»Ganz genau. Einen Killer werde ich schon finden. Sei es diesseits des Meerbusens oder drüben auf der anderen Seite, in Tallinn. Ich hab genug in meinem Sparstrumpf. Im nächsten Winter wollte ich zwar einen neuen, etwas größeren Pizzaofen kaufen. Aber meinetwegen kann jetzt alles fürs Kopfgeld draufgehen.«

2

Der Schlupfwinkel lag auf der Stadtteilinsel Lauttasaari in einer ruhigen Gegend mit gutem Ruf direkt am Strand. Die Dreizimmerwohnung im zweiten Stock des modernen Wohnblocks war mit einer schönen Küche und einem großen, überdachten Balkon ausgestattet. Zur Wohnung gehörte außerdem eine Sauna mit fein geschliffenen Espenholzbänken, auf denen fünf Personen Platz hatten.

Als Ifigenia die Wohnung bei dem Makler für drei Monate gemietet hatte, hatte sie sich als EDV-Beraterin aus Turku ausgegeben und betont, dass sie im Sommer geschäftlich in Helsinki zu tun hätte. Der Makler, ein rotwangiger Herr in den Fünfzigern mit einem breiten goldenen Trauring und einem schneeweißen BMW der 700er-Klasse, zeigte sich überaus besorgt darüber, ob sich das Fräulein aus Turku im sommerlichen Großstadtgewimmel von Helsinki überhaupt zurechtfinden würde. Der Mann hatte versichert, dass ein ortskundiger Stadtführer im Betondschungel der Hauptstadt von unersetzlichem Nutzen sei, und ihr vielsagend lächelnd seine Telefonnummer über den Verhandlungstisch zugeschoben. Nach Mittsommer sei er für zwei Wochen »ganz allein und verlassen« in der Stadt.

Ifigenia Multanen hatte sich nett bedankt und beim Verabschieden zu verstehen gegeben, dass ein Stadtführer durch das Nachtleben von Helsinki auf ihrer Dringlichkeitsliste nicht gerade an oberster Stelle stehe. Viel wichtiger sei es für sie, vorübergehend ein Kindermädchen zu finden; für ihr gerade mal anderthalbjähriges Töchterchen und für die Zwillinge, die auch noch nicht älter als fünf seien.

Tetsuo Sinkkonen und Jari Munck saßen am Küchentisch und waren mit ihrer Mahlzeit schon fast fertig. Munck aß mit Appetit und schmatzte gierig dabei. Sinkkonen hatte es mit dem Essen sichtlich schwerer. Seine rechte Wange war geschwollen, und da ihm einige Zähne fehlten, bereitete ihm das Kauen Schwierigkeiten. Beide trugen dünne, helle Einweghandschuhe, wie zwei Hygienefreaks, die gezwungen waren, ihre Mahlzeit in einer provisorischen Unterkunft einzunehmen, in der die Seife ausgegangen war.

Antero wollte mit Ifigenia in die Sauna. Er fluchte in Gedanken, als er an der Küche vorbeikam: Diese blöden Revolverhelden mit ihren beknackten Latexhandschuhen! Die beiden gingen ihm langsam auf die Nerven.

Ifigenia duschte zuerst. Antero wartete fast schüchtern, bis er an die Reihe kam. Ifigenia seifte sich mit langsamen, kreisenden Bewegungen ein, ohne auch nur eine einzige Stelle auszusparen.

Antero kratzte sich flüchtig an seinem haarigen Hintern. Die Erfüllung seiner Träume stand bevor. Natürlich nicht hier. So viel Geduld und Selbstbeherrschung waren wohl nötig. Die beiden Typen, die in der Küche saßen und vor sich hinmampften, verdarben ihm zwangsläufig die Laune. Dagegen ließ sich nichts machen.

»Was hast du, Antero? Was ist los, mein Schatz?« Ifigenia strich sich das feucht glänzende Haar aus dem Gesicht.

»Ich habe nur gedacht, dass wir uns von unseren beiden Kameraden allmählich verabschieden sollten. Sie haben doch ihren Job erledigt.«

Ifigenia drehte sich unter der warmen Dusche um und blickte Antero fragend an. Eine perlende, weiche Schaumspur suchte sich ihren Weg von Ifigenias Hals an abwärts. Antero Kraft schluckte angestrengt. Er wunderte sich darüber, dass es ihm gelang, seinen Körper so unter Kontrolle zu halten. Ein stählerner Charakter, anders konnte man das nicht erklären.

»Antero! Ich habe mit den Jungs abgemacht, dass sie so lange auf uns aufpassen, bis wir glücklich auf dem Meer unterwegs nach Estland sind.«

»Das dauert mir zu lange. Viele Tage halte ich die nicht mehr aus. Diese Idioten mit ihren Gummihandschuhen! Noch bescheuerter kann menschliche Nahrungsaufnahme überhaupt nicht aussehen. Zum Kotzen!«

»Sie wollen eben kein unnötiges Risiko eingehen und keine Spuren hinterlassen. Vergiss nicht, dass die Polizei die Fingerabdrücke von beiden gespeichert hat. Die haben schon mal gesessen.«

»Ich wundere mich, dass sie nicht bereits wieder im Knast sind. In Mynämäki haben sie ja bewiesen, wie es um ihre Professionalität bestellt ist. Mein Kopf brummt immer noch.«

»Deine Nerven sind nur angespannt. Das geht vorbei.« Ifigenia drehte sich noch einmal unter der warmen Dusche und schlüpfte auf die Saunabank. Antero duschte nur kurz. Die wohlige Wärme des Aufgusses schlug ihm entgegen. Er setzte sich neben Ifigenia.

»Hast du dir überlegt, was du mit dem Geld machen willst, Antero?« Ifigenias Hand lag leicht auf Anteros behaartem Oberschenkel, kaum eine Handspanne von seinem Glied entfernt.

»Ich habe darüber nachgedacht.« Antero Kraft wischte sich den Schweiß aus seinen brennenden Augen. »Es ist besser, das Geld weiterhin im alten Versteck zu lassen. Da ist es im Moment am sichersten.«

»Ein Grund dafür ist sicher auch, dass du mit Sinkkonen und Munck nicht so richtig klarkommst? Du scheinst ihnen nicht mehr zu trauen, nicht wahr?«

»Wie in aller Welt kann ich solchen Gangstern trauen. Es ist sicherer, wenn nur ein einziger Mensch das Versteck kennt. Nämlich ich.«

»Da hast du natürlich recht. Wie immer.« Ifigenia Multanen hauchte Antero einen schnellen Kuss auf seine glühende, schweißbedeckte Wange. »Gehen wir duschen! Und dann ins Schlafzimmer. Dort haben wir unsere Ruhe.«

»Nein. Es will einfach nicht. Ich versteh das nicht. Ich versteh das einfach nicht!«

Antero Kraft lag in dem stimmungsvoll abgedunkelten Schlafraum in einem weichen Doppelbett. Aus den Lautsprechern der Stereoanlage säuselte die Stimme von Mariah Carey, am Boden der bauchigen Cognacgläser, die auf dem Nachttisch standen, schimmerten noch einige Tropfen des anregenden Getränks. Am ganzen Rahmen war also nichts auszusetzen gewesen.

Ifigenia Multanen hielt Anteros schlaffes, verschrumpeltes Glied in der Hand. Schließlich ließ sie das Teil los und setzte sich auf die Bettkante, um sich eine Mentholzigarette anzuzünden. Ihre Beine hatte sie übereinandergeschlagen, ihr Fuß wippte.

»Das darf doch nicht wahr sein. Das ist krank.« Antero Krafts Stimme war leise, fast ein Flüstern. »Ich habe zweieinhalb verfluchte Jahre auf diesen Moment gewartet! Weshalb, zum Teufel, lässt er mich gerade jetzt im Stich! Das ist nicht fair!«

»So was passiert. Der Stress und all das. Das ist doch nicht so schlimm.« Ifigenia blies den Rauch durch ihren Mundwinkel zur Seite weg.

Antero Kraft wischte sich über die feuchten Augen und drehte sich weg. Das Kissen fühlte sich tröstend und angenehm kühl an. Antero versuchte sich zu beruhigen. Schuld war mit Sicherheit irgendein verdammter Kurzschluss in seinem Rückenmark. In diesen verfluchten dünnen Bahnen zwischen Gehirn und Hoden. Dort verbarg sich so ein verflixtes Schloss, ein Schlüsselloch, zu dem der Schlüssel verschwunden war. In irgendeinem Pfandleihhaus. In einem vergessenen Versteck.

Mit Vernunft und Geduld würde man die Situation in den Griff bekommen. Hatte er doch viel schlimmere Situationen in den Griff gekriegt. Oder gab es überhaupt schlimmere Situationen?

»Schatz, habe ich was falsch gemacht?« Ifigenia drückte ihre Zigarette in dem Aschenbecher auf dem Nachttisch aus. Ihr schöner Rücken war immer noch Antero zugewandt. Sie begutachtete den rot lackierten Nagel ihres linken Zeigefingers.

Verdammt noch mal! War der Nagel in der Sauna eingerissen?

Ifigenia steckte den Fingernagel zwischen die Zähne und biss entschlossen das eingerissene Stück ab. Es konnte ja nicht alles nach Plan laufen.

»Scheiße auch. Das kann doch nicht wahr sein!« Antero schluchzte. »So ein Schlag auf den Schädel kann alles Mögliche anrichten! Wenn dieser verfluchte Typ mit seinem Feldspaten daran schuld ist, verlasse ich dieses Land nicht eher, bevor ich den Schwachkopf unter die Erde gebracht habe.«

3

Ahokas' Unternehmen, die Firma *Werners Antikladen*, lag im Stadtteil Kallio, im Innenhof eines Steingebäudes. Zufall war das nicht. Man wollte nicht unbedingt Passanten zum Betreten einladen, die hier nur zufällig vorbeikamen.

Jussi Vares und Eeva Sunila hatten von Eira Heino eine klare Wegbeschreibung bekommen. Sie stiegen an der richtigen Straßenbahnhaltestelle aus. Der zur Orientierung angegebene Pornoladen lag gegenüber auf der anderen Straßenseite. In der Toreinfahrt stank es nach Pisse. Der Hof war mit alten Fahrrädern vollgestellt. Auf dem Gemeinschaftsbalkon hockte eine bewegungslose Gestalt. Vares schielte noch einmal verstohlen nach oben und sah einen rothaarigen, ausdruckslosen Typen mit Wasserkopf, der einen mundharmonikaähnlichen Gegenstand in der Hand hielt.

Irgendwie kam ihm der auf einer Hängebrücke Banjo spielende Mongoloide aus dem Film *Beim Sterben ist jeder der Erste* in den Sinn. Zum Glück spielte dieser Kerl nicht. Ein Sabberfaden lief ihm aus dem Mund zum Kragen hinunter.

Werner Ahokas wartete, eine Zigarre rauchend, im Treppenaufgang. Er führte seine Gäste durch einen Lagerraum, der mit dem unterschiedlichsten Krempel vollgestopft war. In seinem Büro setzten sich Vares und Eeva in zwei tiefe antike Sessel, außer denen in dem engen und fensterlosen Kabuff nur noch Ahokas' ausladender Schreibtisch, ein Schreibtischstuhl und einige völlig wahllos mit Kleinkram vollgestopfte Regalmeter Platz fanden.

»Ihr Gesicht kenne ich aus den Zeitungen, wenn sich auch Ihre

Frisur ein bisschen verändert hat.« Werner Ahokas musterte Eeva mit einem schelmischen Blick. »Dem alten Onkel hier haben Ihre längeren und helleren Haare etwas besser gefallen.«

»Das wird schon wieder. Aber am liebsten würde ich mir meinen Wuschelkopf nicht hinter Gittern wachsen lassen«, schmunzelte Eeva.

»Ein kluger Entschluss. Also, ich kenne Sie, und Sie kennen mich. Aber wollen Sie mir nicht diesen Herrn dort vorstellen?« Ahokas sah Vares misstrauisch an.

»Ich bin Eino Grön. Aus Reposaari bei Pori«, erwiderte Vares ruhig. »Zur Zeit nur Trucker. Bis auf Weiteres.«

»Freut mich, Sie kennenzulernen!« Werner Ahokas' Zähne blitzten. »Ich bin Werner Ahokas. Drucker. Ich drucke diese offiziell aussehenden Papiere, die das grenzüberschreitende Reisen erleichtern.«

»Dass Jarmo so brutal ermordet wurde, war ein ziemlicher Schlag für Eira. Und für mich natürlich auch. Jarmo war wie ein eigener Sohn für mich. Im Grunde ist er ein ganz harmloser Kerl gewesen. Er war immer so hilfsbedürftig und brauchte jemanden, dem er sich anvertrauen konnte. Jemanden, der ihm einen Anstoß gab, in dieser harten Welt«, setzte Werner Ahokas mit tiefer Stimme fort.

»Ein ähnliches Bild habe ich auch von ihm behalten. Jarmo hat sich mir am Tag nach dem Ausbruch anvertraut. Er sprach ganz begeistert von einer Reise, die er zu einem Freund nach Estland unternehmen wollte. Fast so eifrig wie ein kleiner Junge«, erinnerte sich Eeva Sunila.

»Jarmo sollte mit der *Toompea Express* übersetzen, einem finnischen Freizeitboot, das häufig für Beutezüge jenseits des Finnischen Meerbusens genutzt wird. Er hatte vor, als blinder Passagier in den Hafen von Tallinn einzusegeln.« Werner Ahokas schnipste die Asche von seiner Zigarre in eine große Kupferschale, die die Form eines geschmiedeten Pisspotts hatte.

»Mit der *Toompea Express?*« Jussi Vares blickte fragend über den breiten Tisch.

»Es handelt sich um ein zwölf Meter langes Motorsegelboot.

Ich will hier jetzt nicht den richtigen Namen nennen. Profis haben das Boot mit Reisetruhen für zwei blinde Passagiere ausgestattet. Verdammt gute Verstecke. Für Klaustrophobiker allerdings nicht geeignet. Die Überfahrt kostet fünfzehntausend pro Nase. Funktioniert ausgezeichnet. Die Route wird schon seit fast anderthalb Jahren gefahren.«

»Sollten auch wir bei unserer Flucht diesen Express in Anspruch nehmen?«, fragte Eeva.

»Jarmo hat irgendwann im Frühling Kontakt zu mir aufgenommen. Der Junge wusste, dass man bei mir eine Überfahrt mit dem Boot buchen konnte.« Werner Ahokas schnippte die weiße Asche erneut in den Kupferpott. »Ich führe nebenbei auch eine Art Spezialreisebüro für Reisende, die es besonders eilig haben, wenn ihr versteht, was ich meine.«

»Ich denke schon.«

»Jarmo erwähnte damals, dass er irgendwelchen Leuten von dieser Alternative erzählt hätte. Es ging um jemanden, für den Anfang Juni Bedarf bestanden hätte.«

»Aber bald stellte sich heraus, dass diese Leute doch keinen so dringenden Bedarf hatten, nicht wahr?«, stellte Jussi Vares trocken lächelnd fest. »Schließlich hatte Miesmann ja gar nicht vor, Eeva nach Tallinn zu befördern. Und Kraft noch viel weniger.«

»Genau. Allerdings hat mich nicht Miesmann, sondern eine äußerst höfliche und vermutlich gut aussehende Frau angerufen und gesagt, dass die Sache nicht mehr aktuell sei.«

»Kann man denn aus einem Telefonat schließen, dass eine Frau gut aussieht?«, wunderte sich Eeva.

»Ja, das kann man mit fünfundneunzigprozentiger Sicherheit.« Ahokas zwinkerte durch den grauen Rauch hindurch. »Die Stimme einer Frau lügt in dieser Hinsicht nicht. Auch bei Ihnen wäre der Fall klar, liebe Eeva. Eine schöne Stimme, und eine mindestens ebenso schöne Frau.«

»Danke Werner. Ich werde mich dran erinnern, wenn ich mich mal irgendwann als Telefonistin durchschlagen muss«, lachte Eeva.

»Also, Herr Ahokas. Sie haben sicher verstanden, dass wir hier sind, um Sie um einen Gefallen zu bitten«, setzte Vares entschlossen fort. »Eira Heino meinte, dass Sie schon seit Ewigkeiten ein enger Freund der Familie sind und dass …«

»Ich werde alles tun, was im Rahmen meiner Möglichkeiten steht.« Werner Ahokas hüstelte. »Allerdings gibt es zwei Dinge, die ich nicht gern in die Waagschale lege. Das eine ist mein Leben, das andere ist meine Freiheit …«

»Alles klar.« Eeva Sunila nickte. »Also, ich selbst werde mich als Nächstes an Miesmann heranpirschen. Ich hätte ihm da etwas sehr Wertvolles zum Verkauf anzubieten.«

Werner Ahokas richtete sich auf, schüttelte seinen grauschläfigen Kopf und sagte nachdrücklich: »Auch ich will dieses Arschgesicht leiden sehen. Genauso wie Sie beide und auch Eira. Das ist so sicher, wie das Amen in der Kirche. Aber denken Sie daran: Wenn mein Name in irgendeiner Weise mit dieser Sache in Zusammenhang gebracht wird, kann ich meine Koffer packen und die Stadt verlassen. Dann kann ich gleich nach Lappland gehen und Wölfinnen besteigen. In diesem Fall stellt sich nur noch die Frage, ob mir bereits am Abend oder erst am nächsten Morgen eine Kugel durch die Schläfen gejagt wird. Sie kennen Karl E. Miesmann nicht. Den sollte man lieber nicht erpressen. Leider kenne ich ihn nur allzu gut.«

Über den kleinen fensterlosen Raum legte sich eine drückende Stille. Eeva Sunila holte tief Luft. Nun war sie am Zug. Sie stand auf.

»Ich kann Sie gut verstehen. Wer mischt sich schon freiwillig in so was ein. Ich danke Ihnen für Ihre Zeit, Werner. Und dafür, dass Sie so ehrlich zu uns waren.«

»Liebes Mädchen. Setzen Sie sich wieder. Vielleicht kann ich doch was für Sie tun. Vor allem auch, weil ich die Sache persönlich unterstützen möchte. Eira und ihrem guten Jungen zuliebe. Ich kann Ihnen die Papiere verschaffen: Pässe, Visa. Alle nötigen Dokumente, mit denen man über Tallinn und Kiew bis nach Istanbul kommt. Außerdem eine Reservierung für die *Toompea Express*, mit der man nach einer Vorwarnzeit von höchstens drei Tagen nach Estland gebracht wird. Was halten Sie davon?«

»Sind Sie sicher, dass ich das nötige Geld für so eine Fahrt hätte?«, warf Eeva ein. »Miesmann ist meine Bank, und an das Konto komme ich vorerst nicht ran.«

»Für diese Dienstleistung berechne ich keine Provision. Ihr bekommt alles zum günstigen Familienpreis«, zwinkerte Ahokas. »Eira wird mich schon mit Pizza versorgen. Ich werde also nicht gleich verhungern. Aber wenn es etwas in dieser Welt gibt, vor dem ich Angst habe, dann ist es Blei.«

»Aber …«

»Eeva, keine Widerrede«, unterbrach Jussi Vares Eeva. »Das ist doch ein gutes Angebot. Zumindest hätten wir dadurch eine Ausweichmöglichkeit. Also, was brauchen wir?«

»Besorgt mir ein paar Passfotos. Das ist alles, was ich von euch benötige. Die Pässe und die restlichen Dokumente sind auf dem Markt erhältlich. Wenn ihr mir zwei bis drei Tage Zeit gebt, wird euer Heimatland Finnland bald nur noch eine blasse Erinnerung für euch sein.«

»Hör mal, Koitere. Reiman ist jetzt dein Partner. Du kannst ihm ruhig ein wenig dabei helfen, sich wieder an den Bullenalltag zu gewöhnen.« Kriminalkommissar Bo Bergström lehnte sich in seinem ergonomisch geformten Bürostuhl zurück. Vor ihm, auf seinem Schreibtisch, türmten sich Berge von Papier. Koitere und Reiman saßen steif wie Schifferscheiße auf den Besucherstühlen.

»Klar, geht in Ordnung«, sagte Koitere und fluchte in Gedanken.

Touko Reiman war ein schmächtiges Kerlchen mit Brille und dünnem Haar. Der etwas farblose, wortkarge Polizist, der aus Nord-Ostbottnien stammte, erinnerte Koitere an einen Bürokaufmann, der sich in seiner Freizeit mit Briefmarken oder Zugfahrplänen beschäftigte.

Verdammte Scheiße … ein richtiger Traumpartner!

»Für wie lange waren Sie an die Polizeischule abkommandiert, Reiman?«, fragte Kriminalkommissar Bo Bergström.

»Zwei Jahre und vier Monate«, antwortete Reiman knapp.

»Und was haben Sie den jungen Polizeianwärtern dort beigebracht?« Koitere gab sich interessiert.

»In erster Linie Polizeitaktik … nur einige Stunden in der Woche. Ich habe nicht Vollzeit gearbeitet, da ich ja noch beim Betrugsdezernat der Kripo Tampere meinen eigenen Bereich hatte. Den Bezug zur Realität hab ich also nicht verloren.«

»Na dann, herzlich willkommen in der Realität von Helsinki, Touko. Das hat sich hier während Ihrer Abwesenheit alles ein wenig verändert. Am Hauptbahnhof kommt man mittlerweile nur noch mit einem Wörterbuch zurecht«, lachte Mikko Koitere.

»Aber zur Sache. Ein Extra-Briefing zum Ausbruch von Antero Kraft brauchen Sie ja wohl nicht, Reiman? Sie sind sicher im Bilde?« Bo Bergström fixierte Reiman über seine Lesebrille hinweg.

»Ich habe die Zeitungen gelesen. Und heute Morgen noch mal im Untersuchungsprotokoll geblättert«, antwortete Reiman. »Eine üble Geschichte.«

»Eine außergewöhnliche Sache auf jeden Fall. Wir konnten ja nicht damit rechnen, dass die Braut einen Trommelrevolver in der Tasche haben würde«, brummte Bo Bergström.

»Scheint ziemlich abgebrüht zu sein, die Frau«, pflichtete Reiman ihm bei.

Mikko Koitere sagte nichts. Das Bild aus der *Abendzeitung* kam ihm wieder in den Sinn. Dieses vertraute Gesicht auf dem Schwarz-Weiß-Foto, das aus einem Armeepass stammte.

Das Foto hatte ihn völlig umgehauen. Ganz unangenehme Erinnerungen waren aus der Jauchegrube seines Unterbewusstseins aufgestiegen und kreisten nun dampfend und stinkend in seinen Gedanken herum.

Eeva Sunila, Unteroffizierin der Gelben. Die Frau, die die größte Fehleinschätzung seines Lebens gewesen war.

4

Über die Sommerterrasse des beliebten Cafeteria-Restaurants an der Nordesplanade in Helsinki flutete die Nachmittagssonne. Die Gäste trugen ihre beste Sommerkleidung, hielten sich superteure Handys ans Ohr und hatten zumindest den *Spiegel* oder eine *Le Monde* vor sich liegen. Stabile Bilanzen, bahnbrechende Perspektiven, mutige Ideen, individuelle Zielausrichtungen. Eine Armbanduhr der richtigen Marke, die modische Sonnenbrille und das trendgerechte Sakko im Sommerdesign. Individuelle Trendsetter am Puls der Stadt, Repräsentanten der neuen, besseren Gesellschaft.

Jussi Vares saß an einem der Tische und beobachtete den Wohlstand in seiner schönsten Blüte.

Es war Frühsommer 1998, und das Leben schien makellos und vollendet zu sein. Zumindest hier an der Esplanade. Man rauchte Zigarren und hatte über dieses Hobby sogar schon Bücher geschrieben. Die Autos sahen immer neuer aus, und ihr Hubraumvolumen nahm ständig zu. Der Quadratmeterpreis im südlichen Helsinki hatte fast die Höhe des Monatsgehaltes eines Bankdirektors erreicht. Und die lieben Direktoren konnten mit einer Pille für rund sechzig Finnmark ihre jugendliche Vitalität zu einem Grade steigern, der dem stolzen Anstieg des Helsinkier Börsenindexes entsprach.

Endlich hatte das Leben wieder ein angenehmes Tempo. Wann hatte man so etwas das letzte Mal erlebt? Das war doch mindestens schon zehn Jahre her!

Und er selbst, was war er? Jussi Valtteri Vares, ein abgebrannter Detektiv und Träumer, der sich vorgenommen hatte, einem großen Pott Geld nachzujagen. Was unterschied ihn von all diesen Bankern, die mit ihren handgenähten italienischen Lederschuhen bald wieder über die glatten Marmorböden ihrer imposanten Hochhäuser schlittern würden?

Jussi Vares schmunzelte selbstironisch in sich hinein. Der Unterschied lag lediglich in der Höhe des Betrages, der bei diesem Glücksspiel eingesetzt wurde.

Eeva kam aus dem Inneren des Cafeteria-Restaurants auf die Terrasse zurück und brachte auf einem Tablett zwei große Kaffeebecher und zwei deftige Schinkenbrötchen. Die dunkle Sonnenbrille, das kurz geschorene schwarze Haar und das kräftige Make-up machten aus ihr eine andere Frau. Es bestand keine Gefahr, erkannt zu werden.

»Rate mal, wen ich in der Schlange da in der Cafeteria gesehen habe?«, lachte Eeva, als sie sich setzte. »Den Sohn des Präsidenten!«

»Ach was, den Bassisten. Muss Marko nicht gerade seinen Wehrdienst ableisten? Was macht er hier am helllichten Tag, während seine Kameraden zum Appell befohlen werden? Ist er krankgeschrieben?«

»Bestimmt kein großer Verlust für die finnische Armee. Etwas schwer, sich das Bürschchen bei einer Manöverübung in der ostfinnischen Wildnis vorzustellen – tagelang nur Knäckebrot kauen ...«

Vares und Eeva wandten sich dem Kaffee und den Brötchen zu. Am Nachbartisch ließen sich zwei Mädels nieder, deren Haare anscheinend von einer stumpfen Schere traktiert worden waren. Die eine der beiden hatte einen gelben Schopf, die andere hatte ihre Haare in natürlichem Grün getönt.

»Mein neuer Look verschmilzt wie ein Chamäleon mit der Umgebung«, lächelte Eeva. »Diese Frisur scheint wirklich der letzte Schrei zu sein! Der einzige Unterschied ist wohl, dass ich mir das ganz allein zurechtgeschnippelt habe, mit einer Nagelschere. Diese Mädels haben für ihre Zotteln sicher Hunderte von Märkern ausgegeben.«

Eeva fischte sich eine saftige Tomatenscheibe zwischen den Brötchenhälften hervor und knabberte nachdenklich daran herum. Schließlich seufzte sie.

»Wir sollten schon heute Kontakt zu Miesmann aufnehmen«, sagte Eeva sehr leise.

»Wie sollen wir das machen? Einfach bei einer seiner zahlreichen Firmen anklingeln? Und bei der Sekretärin eine Bitte um Rückruf hinterlassen?«

»Rufen wir Fräulein Multanen an. Ich habe zufällig ihre Handynummer.«

»Aber was fordern wir? Wie viel? Wann? Wo? Hast du schon einen Plan?«

»Verlangen wir zunächst ... sagen wir mal ... drei Millionen. Dann haben wir ein wenig Verhandlungsspielraum. Die Einzelheiten können wir auch später klären. Das Wichtigste ist erst mal, Kontakt zu dem Mann zu bekommen.«

»Wie viel Verhandlungsspielraum willst du denn lassen? Die Hälfte? Eine Million?«

»Eine Million. Dann blieben zwei Millionen für uns. Damit können wir schon zufrieden sein. Du würdest deine Provision bekommen. Und mir bliebe ein angemessener Grundstock, um irgendwo weit weg von hier ein neues Leben anzufangen ...« Eeva holte tief Luft. Ihre Stimme brach ab. Sie starrte wie gelähmt zur Tür der Cafeteria.

»Was ist los?«

»Pssst ... dreh dich jetzt bloß nicht um!«

»Was ist denn da?« Jussi Vares fühlte einen unangenehmen Schauer im Nacken. Ein beklemmendes Gefühl machte sich in seinem Magen breit. Etwas stimmte nicht.

»Das glaubst du nie im Leben ...« Eeva lächelte, zog Vares' Gesicht zu sich heran und flüsterte in sein Ohr wie eine frisch Verliebte. »Hinter dir, an der Tür zur Cafeteria, stehen zwei Typen, die auf einen freien Tisch warten: und der eine von ihnen ist dieser Militärpolizist ...«

»Der Militärpolizist?« Jussi Vares brauchte ein paar Sekunden, bevor ihm ein Licht aufging. »Dieser Typ von damals? Bist du dir da ganz sicher?«

»Ich hatte die Gelegenheit, mir sein Gesicht ganz aus der Nähe anzusehen. An seinen schlechten Atem erinnere ich mich immer noch. Natürlich, ich bin mir ganz sicher!«

»So ein Scheißpech.« Jussi Vares überlegte fieberhaft. »Wahrscheinlich wird er dich nicht erkennen, aber wir können das Risiko nicht eingehen. Lass uns einen passenden Moment abwarten und dann verschwinden.«

»Sie suchen einen Platz! Aus der Nähe wird der Kerl mich sicher erkennen. Ich bin eine Berühmtheit! Auf allen Titelseiten abgebildet!«

»Okay! Gehen wir! Wenn es ernst wird, versuche ich die Aufmerksamkeit der Typen auf mich zu lenken. Du verdrückst dich in die andere Richtung. Wir sehen uns in einer Viertelstunde im *Meka*! Alles klar?«

Jussi Vares ging im Abstand von nur einem Meter an den beiden Männern vorbei. Er erkannte den Militärpolizisten am Profil.

Wie war noch mal sein Name, verdammt? War das nicht irgendein Landschaftsname gewesen? Irgendein See in Nordkarelien? Und was war er noch von Beruf gewesen? Feuerwehrmann?

Oder Polizist?

Scheiße! Plötzlich erinnerte sich Vares daran, dass der Militärpolizist auch im Zivilleben Polizist war! Ein Polizist, für dessen Libido eine Woche im Wald schon viel zu viel gewesen war. Mit fast fatalen Folgen.

Vares' Magen krampfte sich auf seltsame Weise zusammen. Gerade noch einmal davon gekommen! Der Mann hätte Eeva auf den ersten Blick erkennen können, und mit viel Pech auch ihn.

Es war ja erst ein paar Jahre her, dass sie sich, der eine den anderen am Schlafittchen gepackt, Auge in Auge gegenübergestanden hatten. In der staubigen und knochentrockenen Heidelandschaft von Satakunta. Kampfbereit wie zwei wütende Elchbullen.

Die Fremdenpension *Meka* lag mitten im Stadtzentrum in einem heruntergekommenen Steingebäude, das sicher noch aus der Zarenzeit stammte. Der Zugang zur Pension befand sich auf der schattigen Hofseite des Gebäudes.

Viele der Gäste, die hier abstiegen, waren Männer und Frauen, die nur für ein bis zwei Stunden blieben. Die Geschäftsidee dieses Ortes war Anonymität und Privatsphäre. Das passte Eeva und Jussi ausgezeichnet.

Das Appartement Nummer 35 im dritten Stock hatte eine Fläche von über dreißig Quadratmetern. In einer Ecke des Zimmers stand ein stilvoller alter Kachelofen, an den Wänden hingen verschiedene Stickereien und Wandteppiche mit Jagdmotiven. Man glaubte die Patina des vergangenen Jahrhunderts förmlich zu riechen. Der einzige wirkliche Nachteil war, dass sich die Dusche und die Toilette auf dem Gang befanden.

Jussi Vares lag nackt in den Laken und hatte die *Helsinkier Zeitung* neben sich aufgeschlagen.

Die Tür öffnete sich und Eeva betrat, in ein weißes Frotteehandtuch gewickelt, mit klitschnassen Haaren den Raum.

»Pass auf in der Dusche. Die Temperatur kann ganz plötzlich wechseln.« Eeva ließ sich neben Vares ins Bett fallen. Der klapprige Lattenrost gab ein bedrohliches Geräusch von sich.

»Ist nicht so eilig mit dem Duschen. Ich habe über die Geschichte nachgedacht. Gründlich.«

»Die Sache geht dir nicht aus dem Kopf. Nicht wahr?«

»Ja ... Erinnerst du dich, die *Helsinkier Zeitung*!« Jussi Vares nahm die zerknitterte Zeitung auf. »Im Januar, bei deinem Treffen mit Antero im Knast von Kylmäkoski. Damals hat Antero dir den ersten Hinweis auf seinen Plan gegeben. Er hatte dabei die *Helsinkier Zeitung* offen vor sich liegen. So!«

»Ja, stimmt.« Eeva Sunila trocknete mit dem Handtuch ihr Haar. »Antero saß ziemlich nervös hinter dem Metalltisch des Besucherraums und fluchte über sein Schicksal und über irgendeinen bösen Rückschlag ...«

»Und es ging natürlich um das Geld?«

»Ja ... Ja.« Eeva dachte einen Augenblick nach. »All das Geld, das er versteckt hatte, war angeblich in Gefahr, sich einfach in Luft aufzulösen.«

»Im September dieses Jahres? Nicht wahr?«, fragte Vares mit scharfer Stimme.

»Im September dieses Jahres. Ja genau, das sagte er!«

»Und Antero hatte die *Helsinkier Zeitung* dabei? Hatte er eine bestimmte Seite aufgeschlagen?«

»Ja, es waren die Lokalseiten. Klar, ich erinnere mich ...« Eeva drehte sich auf den Rücken und versuchte, sich auf die Einzelheiten jenes Besuchs zu besinnen, der nun schon rund ein halbes Jahr zurücklag.

Vares drehte sich auf die Seite. Er stützte seine Wange in seine Hand und blickte die Frau begeistert an.

»Eeva. Erinnerst du dich noch, an welchem Tag du in Kylmäkoski warst?«

»Ich habe es bestimmt in meinem Kalender vermerkt. Wieso?«

»Es ist doch sicher noch nicht halb fünf.« Jussi Vares schnappte sich seine Armbanduhr, die auf dem Boden lag. »Ja, stimmt. Dann ist noch Zeit genug, wenn ich mich gleich aufmache.«

»Was hast du vor?«

»In der Unibibliothek haben sie alle Ausgaben der Zeitung aus diesem Jahr auf Mikrofilm.« Jussi Vares sah entschlossen aus. »Mit etwas Glück finden wir genau den Artikel, der Antero aus der Fassung gebracht hat. Und zwar so aus der Fassung, dass er sich unbedingt eine Möglichkeit ausdenken musste, wie er aus dem Bau rauskommen konnte. Zwei Jahre, bevor er entlassen werden sollte. Vor dem September dieses Jahres.«

5

Karl E. Miesmann saß in einem Hotelzimmer im dritten Stock des Hotels *Helsinki* und rutschte nervös auf dem abgenutzten Stuhl herum. Er fühlte sich verunsichert. Antipov machte das mit Absicht! Der brach einfach aus einer Laune heraus etablierte Konventionen und schien die Verwunderung, die er damit auslöste, auch noch in vollen Zügen zu genießen. Dieses bescheidene kleine Hotelzimmer war wirklich keine angemessene Unterkunft.

Ein so einflussreicher Mann hätte in einer Suite des *Hilton Strand* übernachten sollen.

Oder im *Intercontinental*.

Selbst das Hotel *Torni* wäre in Frage gekommen, nicht zuletzt wegen seiner Geschichte. Noch immer nicht vergessen waren jene Jahre nach dem zweiten Weltkrieg, in denen die gefürchtete Kontrollkommission der Russen in diesem Gebäude Hof gehalten hatte. Und jetzt ging es um einen ganz ähnlichen Besuch: Eine östliche Instanz war in die Stadt gekommen, um mit allen Mitteln ihre Interessen zu wahren und zu schützen.

Karl Miesmann zupfte am Ärmel seines fünfhundert Finnmark teuren Louis-Vuitton-Hemds und sah zu dem auf der Bettkante sitzenden Dickerchen hinüber, dessen Korkenzieherlocken an den Schläfen bereits ein wenig angegraut waren.

Ein richtiger Onkel Fedja. Nur die Katze und der Hund fehlten.

»Sie sind ein Glückspilz Miesmann, wissen Sie?« Gennadi Antipov lächelte immer noch still wie der Don, der sanfte Strom, der sich irgendwo in der Ferne durch das südliche Russland schlängelte. Antipov sprach ein weiches, schönes Schulenglisch, mit kultivierter Aussprache.

»Ich weiß, Doktor.« Miesmann hatte noch nie zuvor in seinem Leben jemanden so sehr gefürchtet wie diesen kleinen Mittfünfziger, der auf der zerknautschten Tagesdecke des billigen Hotelzimmers saß.

Die Dusche im Badezimmer begann zu rauschen. Karl Miesmann hörte eine Stimme, schenkte ihr jedoch keine Beachtung. Miesmann schlug ein Bein über das andere und überprüfte mit einer schnellen Bewegung die Bügelfalten an seiner Hose.

»Mein lieber Freund. Irgendwie bewundere ich Sie. Sie haben wirklich die Gabe, eine steinerne Miene zu bewahren ... mit diesem Pokerface. Aber mich kann man nicht täuschen ... Das ist absolut unmöglich ...« Gennadi Antipovs Katzenaugen verengten sich zu einem schmalen Spalt. Es gelang ihm, ein jungenhaftes Lächeln hinter seiner dicken Hand zu verbergen.

»Doktor, das versuche ich doch auch gar nicht. Wir beide kennen die Situation. Wir wissen, was Sache ist. Und innerhalb der nächsten Tage werden wir – das heißt natürlich werde ich – den unglücklichen Unfall wiedergutmachen, der unsere Beziehungen seit nun mehr drei Jahren überschattet. So hatten wir es abgemacht.«

»Karl, mein Freund ... das Wort Unfall halte ich für übertrieben. Kleines Missgeschick klingt besser. Das dürfte die passende Größenordnung sein.«

»Wie Sie meinen.« Miesmann erinnerte sich an einen Zeitungsartikel, laut dem die ehemalige Parteielite (einschließlich der machthungrigen Emporkömmlinge) nach dem Zusammenbruch der Sowjetunion das arme russische Volk einvernehmlich um Eigentum im Wert von mindestens 800 Milliarden Finnmark geprellt hatte.

Das entsprach etwa dem vierfachen Jahresbudgets des finnischen Staates. Kein Kleingeld also.

Die Vereinigung St. Petersburger Geschäftsleute, der Doktor Gennadi A. Antipov vorstand (»Member of the Board«, wie es aus seiner auf Billigkarton gedruckten Visitenkarte hervorging), war einer der einflussreichsten und wichtigsten Akteure in diesem sehr einträglichen Geschäftssektor.

Über Größenordnungen ließ sich also immer verhandeln …

Das Rauschen der Dusche im Bad brach ab. Es folgte eine kleine Pause. Dann begann der Fön hinter der dünnen Tür zu brummen. Das Geräusch verärgerte Miesmann, wie eigentlich alles in diesem Moment.

»Lieber Karl. Wir unterhalten uns doch hier nur ganz zwanglos. Richtige Probleme hatten wir doch noch nie miteinander. Es wäre etwas völlig anderes, wenn Sie bewusst, also mit voller Absicht unser Vertrauen enttäuscht hätten. Aber das ist hier ja nicht der Fall. Sie haben einfach bei der Auswahl Ihrer Untergebenen nicht die genügende Vorsicht an den Tag gelegt. Das mag Sorglosigkeit gewesen sein, oder sogar Dummheit, aber natürlich kein böser Wille. Und deshalb sind Sie ja auch noch am Leben.« Antipov lachte. »Das Wichtigste dabei ist nicht, dass Sie uns ohne zu murren schon eine Million Finnmark im Jahr Zinsen für unsere Rücklage gezahlt haben. Das Wichtigste für mich ist das Vertrauen. Sie haben mir – persönlich – versichert, dass wir unser Kapital zurückbekommen werden. Auf Heller und Pfennig. Und Sie sind gerade dabei, dieses Versprechen einzulösen, nicht wahr, Miesmann?«

»Doktor. Das ist richtig. Wir haben den Mann. Die Situation ist völlig unter Kontrolle. Wir müssen die Sache nur vorsichtig angehen und dürfen nichts überstürzen. Wir müssen Antero Kraft in gutem Glauben lassen. Wenn er etwas wittert, wird er das Versteck des Geldes sicher nicht preisgeben. Aber wir machen Fortschritte.«

»Schön, Karl. Sehr schön. Und wenn dieses kleine, aber zweifellos ärgerliche Missgeschick, das unsere Beziehungen so strapaziert hat, behoben ist, wird unser Vorstandsrat ernsthaft erwägen, auch weitere Investitionen über euch abzuwickeln. Bei uns in Russland sehen wir das so: Freundschaft ist etwas Ähnliches wie Stahl. Beides wird durch Hitze nur fester und besser. Klar?«

»Doktor. Sie können sich sicher vorstellen, welch großen Wert ich Ihren Worten beimesse …« Karl Miesmann nickte leicht. »Ihre Freundschaft ist mir lieb und teuer. Sehr teuer.«

Miesmann verzog keine Miene, aber in seinem Inneren brodelte es. Für was für einen verfluchten Zaren hältst du dich eigentlich! Du magst zwar einige hundert Millionen Schwarzgeld im Hintergrund haben und ein vergilbtes Zeugnis über die Approbation zum Chirurgen aus irgendeiner verdammten kasanischen Uniklinik. Aber das ändert nichts an der Tatsache, du Russenkopf, dass du hier in Helsinki und Finnland niemals mehr sein wirst, als eine lumpige, kohlfressende Rotznase. Meine Vorfahren dagegen sind schon vor vier Jahrhunderten mit dem Segelboot aus dem Baltikum auf diese waldreiche Landzunge gekommen! Seit dieser Zeit hat sich meine Familie für das Wachstum, die Entwicklung und den Aufbau dieser Stadt eingesetzt. Du kannst so viel mit deinem Geld und deiner Macht herumprotzten wie du willst, Gennadi Antipov. Aber bilde dir bloß nicht ein, dass du je mit mir auf einer Stufe stehen wirst!

Miesmann wurde in seinen Gedanken vom Klingeln des Handys unterbrochen. Er zog das Motorola aus seiner Tasche, blickte kurz auf die Nummer, die auf dem Display erschien und warf Antipov einen entschuldigenden Blick zu.

»Ja? Was? Was? So? Ja … lass uns darüber reden … aber später. Bin in einer wichtigen Besprechung.« Miesmann legte auf.

Der Klodeckel klapperte im Badezimmer. Diese Hintergrundgeräusche gingen Miesmann mehr und mehr auf die Nerven.

Eine Hure, die im Bad des Hotelzimmers herumschlich! Antipov schien diese Spielchen zu genießen.

Gennadi Antipov stand vom Bett auf, öffnete die Minibar und nahm sich eine Flasche Mineralwasser. Er goss das sprudelnde Getränk in zwei Gläser und reichte Miesmann das eine.

»Karl mein Freund«, sagte Antipov, hob sein Wasserglas und zwinkerte Miesmann zu. »Wir beide sind uns sehr ähnlich. Auf einer geistigen Ebene. Wir fordern viel von uns selbst. Und auch voneinander. Aber wissen Sie, was der größte Unterschied zwischen uns ist?«

»Sagen Sie es mir bitte, Doktor.«

»Ich werde es Ihnen sagen. Wir kommen aus völlig verschiedenen Welten. Sie, Karl Miesmann, vertreten das traditionsreiche finnische Bürgertum, das über Generationen diese Stadt zu dem gemacht hat, was sie heute ist.«

Miesmann fühlte einen kalten Schauer über seinen Rücken laufen. Zur Hölle noch mal! Konnte dieser untersetzte Kohlfurz jetzt schon seine Gedanken lesen?

»Außerdem sind Sie von Ihrem Wesen her ein Mann, der immer bekommt, was er will. Auch ohne Geld, Macht oder eine bedeutende Stellung. Ich nehme an, dass dies so gewesen ist, seitdem Sie als Dreizehnjähriger herausgefunden haben, dass es noch ein interessanteres Spiel im Leben gibt als Fußball. Einen aufregenden Wettkampf, in dem man hervorragend seinen Erfolg gegenüber den anderen Jungs aus der Nachbarschaft messen kann.«

Miesmann bekam kein Wort heraus. Worauf wollte dieser Russe jetzt hinaus, verdammt?

»Miesmann. Sie waren doch immer bei Frauen und auch bei Männern beliebt, nicht wahr?«

Miesmann konnte nichts anderes tun, als mit den Schultern zu zucken.

»Das also ist Ihr Hintergrund. Bei mir liegen die Dinge ein wenig anders. Das Leben von Leuten wie mir hat einmal ein bekannter russischer Pianist – ein guter Freund und Seelenverwandter von mir – gut beschrieben. Er war in der Schule und auf dem

Schulhof immer der kleine und hässliche Junge mit der großen Nase gewesen, der von den Jungs beim Fußball ausgelacht und von den Mädchen bemitleidet wurde. Und so ähnlich war es auch bei mir.« Antipov machte eine kurze Pause und trank einen Schluck Mineralwasser.

»Dieser liebe, treue Freund erzählte mir, dass ihm die Prüfungen seiner Kindheit, all die Demütigungen, die er hatte erdulden müssen, die Kraft gegeben hätten, der er all das verdanke, was er in seinem Leben erreicht hat.« Gennadi Antipov lachte und breitete seine Arme aus.

»Der Antrieb, der hinter der unsterblichen Kunst dieses bedeutenden Mannes steckt, ist eine Verbitterung, die bis in die Jahre seiner Kindheit zurückgeht. Es waren die Verbitterung und der Hass, die ihn angespornt haben, zu üben und sich abzuplacken. Und gerade wegen seiner Verbitterung wurde Michail schließlich besser, bekannter und größer als all die kräftigen und lautstarken Fußballjungs vom Schulhof.«

Miesmann nickte.

»Karl, mein Guter … Von den Jungs auf unserem Schulhof hat es nur einer bis an die Spitze der Pyramide geschafft. Und zwar ich, Antipov, der Halbtatar und lockenköpfige Schwächling! Ich habe Medizin studiert, um es mir selbst und den anderen zu beweisen. Aber auch das reichte mir nicht. Ich wollte mehr. Ich begriff, dass man Stellung und Macht nicht in aufgeschnittenen und stinkenden Bäuchen findet. Geld wurde immer wichtiger für mich. Ich habe mir ein Ziel gesetzt! Und da bin ich.« Antipov lächelte fast melancholisch.

»Lieber Doktor. Sie haben gar keine schlechte Wahl getroffen.« Karl Miesmann hob höflich sein Wasserglas auf den Gastgeber.

»Anscheinend nicht. Übrigens, Karl. Damals auf dem Schulhof gab es einen, der besonders gern herumpöbelte, sich prügelte und großtat, ein gewisser Nikolischin. Heutzutage arbeitet er als mein Chauffeur. Nicht dass er als Fahrer unersetzbar wäre. Der Grund, dass ich ihn angestellt habe, ist für mich vielmehr eine Art Genugtuung. Irgendwie bringt es mir Spaß, ihn mit einer Dienstmütze und einer viel zu kleinen Uniform auszustatten … und dass ich nur SO mit den Fingern zu schnippen brauche, wenn ich möchte, dass dieser dämliche Trottel meinen Benz wienert.

Aber Karl … ich möchte Sie nicht mit unendlichen Geschichten langweilen …« Gennadi Antipov sah Miesmann mit einem liebenswürdigen Lächeln an. »Die Sache dürfte jetzt klar sein, oder was meinen Sie, mein Guter?«

»Ich glaube schon, Doktor.« Miesmann erhob sich vom Stuhl.

Antipov begleitete Miesmann in den Flur. Die Badezimmertür öffnete sich und es erschien ein unglaublich schöner, dunkelhaariger Jüngling, der seinen Körper in ein dickes Badetuch gewickelt hatte. Auf der muskulösen Brust des jungen Mannes funkelte ein goldenes Kreuz. Als er lächelte, sah man seine makellosen Zähne blitzen.

»Einen schönen Tag noch, Karl, mein Freund«, sagte Antipov.

»Ihnen auch, lieber Doktor.«

6

Vieno Kuistila wohnte auf der Stadtteilinsel Lauttasaari in einer ruhigen Dreizimmerwohnung mit einem Balkon zum Meer, aus dem sie mit viel Liebe und Mühe ein grünes Paradies gemacht hatte. Die betagte Dame bevorzugte es, mit Frau angeredet zu werden, obwohl sie in Wirklichkeit eine alte Jungfer war. Sie war der Meinung, dass sie im Alter von über siebzig Jahren, nach einer langen Berufslaufbahn als Kaltmamsell im Hotel *Torni*, eine gewisse Achtung verdient hätte. Nicht zuletzt auch deshalb, weil sie in ihrer Jugendzeit während des Krieges bei der freiwilligen Frauenhilfstruppe *Lotta Svärd* gedient hatte. Eine Tatsache, die man heutzutage nur allzu leicht vergaß.

In ihrem Innersten jedoch war die freundlich lächelnde Rentnerin eine misstrauische und neugierige Schnüffelnase, eine geborene Spionin. Diese Tatsache gestand sie sich selbst auch ein, anderen gegenüber natürlich nicht.

In die leer stehende Nachbarwohnung waren endlich neue

Mieter eingezogen. Schon nach einem Tag war die alte Dame zu dem Schluss gekommen, dass in der Wohnung mindestens vier Erwachsene lebten. Eine Frau und drei Männer. Was natürlich ungewöhnlich war, so ein Haushalt.

Was für eine seltsame Kommune mochte das sein? Dazu kam noch, dass einer der Männer (den Vieno Kuistila ganz bewusst an der Aufzugtür abzupassen versucht hatte) asiatische Gesichtszüge hatte!

Zwei der neuen Nachbarn schienen Kette zu rauchen. Sie verbrachten viel Zeit auf dem Balkon, der an Vieno Kuistilas blattreiche Oase grenzte. Direkt vor dem undurchdringlichen, von Rankengewächsen überwucherten Sichtschutzzaun, der die beiden Balkone trennte, stand Vienos bequemer Korbstuhl.

Vieno saß gern auf diesem Stuhl in der Sonne und häkelte Tischdecken. Besonders jetzt genoss sie das. Immer wenn die Tür zum Nachbarbalkon aufging, hielt Vieno inne und lauschte mit angehaltenem Atem den Gesprächen der Männer – ein angenehmer Zeitvertreib in diesen Wochen, in denen *Reich und Schön* wieder einmal Sommerpause hatte. Unverschämt eigentlich, dass man für die teuren Fernsehgebühren nicht das ganze Jahr über ein vernünftiges Fernsehprogramm bekam!

Am Nachmittag gegen halb sechs wurde es schattig auf dem Balkon. Vieno Kuistila wollte gerade aufstehen und sich eine Strickjacke holen, als wieder die Tür zum Nachbarbalkon aufging.

Sie legte ihr Häkelzeug nieder und lauschte.

»Ja, das war wohl auf Kreta; ich war stockbesoffen«, erzählte eine gratzige Stimme.

»Da hab ich mich natürlich in einer dieser blöden Gassen verirrt und auch noch 'nen tierischen Brand bekommen. Es ist mir also nichts anderes übrig geblieben, als die erstbeste Bar anzusteuern. Ganz ruhig war es dort. Eine zahnlose Alte hielt am Tresen die Stellung. Ich hab dann mindestens in vier Sprachen ein Tuborg bestellt, aber die Oma hat immer nur dieselbe Litanei heruntergebetet.

Na ja, am nächsten Morgen erinnerte ich mich noch, völlig

verkatert, an die Worte der Alten. Ich fragte die Reiseleiterin, was das auf Finnisch bedeutete. Und das clevere Mädel übersetzte es mir dann: ›Dies ist eine Privatwohnung und kein Bierausschank.‹«

Vieno Kuistila schüttelte hinter dem dichten Efeu missbilligend ihren grauhaarigen Kopf. Teddyboys und Rock 'n' Roller, die völlig anständige Rentner belästigen. Und auch noch im Ausland. Da muss man sich ja in Grund und Boden schämen für sein Land!

Aber der kleine Mann, der wie ein Chinese aussah, lachte nur über die dumme Geschichte seines Kumpels. Vieno Kuistila spitzte die Ohren und wunderte sich darüber, dass der Chinese so fließend Finnisch sprach. Würde man ihn nicht gesehen haben, hätte man ihn für einen ganz normalen Finnen halten können. Scheinen gelehrig zu sein, diese Asiaten!

Schließlich hörte man, wie die Männer ihre Zigaretten zischend in eine Bierdose fallen ließen. Der größere der beiden brummte: »Dann gehen wir mal wieder rein und schauen uns Antero Krafts hässliche Visage an. Mann, dieser Blick. Wenn er seine Gefühle wenigstens verbergen würde. Langsam geht mir der Kerl auf den Sack.«

»Lass uns das noch eine Weile ertragen. Wir kommen noch früh genug dazu, diesem Ehebrecher zu zeigen, was wir von ihm halten.«

»Lange hat die Ehe von diesem Arschloch ja nicht gehalten. Nur einen Tag.«

Schließlich ging die Tür auf dem benachbarten Balkon wieder zu. Vieno zog die Stirn in Falten und nahm die Häkelnadel zur Hand. Sie stach die Nadel in die Masche ein, hielt aber wieder inne.

Was für eine seltsame Assoziation …

Auf dem Boden vor dem Stuhl lag die *Abendzeitung*. Vieno lief ein seltsames Kribbeln über den Rücken, als sie sich zur Zeitung hinunterbeugte und sie aufhob. Ihre faltigen Hände zitterten vor lauter Erregung.

Erinnerte sie sich richtig? War da nicht die Rede von einem flüchtigen Gefängnisinsassen gewesen?

Der vierspaltige Artikel fand sich auf Seite acht. Vieno Kuistila hielt den Atem an. »Ausreißerbräutigam immer noch auf der Flucht.« Die Zeitung in ihren Händen zitterte. Da! ANTERO KRAFT. Das war schon fast zu viel für sie. Vieno holte so tief Luft, dass ihre alten Lungen rasselten.

Vieno Kuistila schleuderte ihr Häkelzeug fort, erhob sich ächzend von dem Korbstuhl und eilte mit trippelnden Schritten zum Telefon.

7

Auf dem Dielenboden des Zimmers Nummer 35 der Fremdenpension *Meka* lagen – in vier Reihen von vier bis sechs Bögen – zwei Dutzend DIN-A3-formatige Kopien.

Jussi Vares und Eeva Sunila saßen vor den Kopien auf dem Boden. Eeva war so konzentriert, dass sie schon seit fünf Minuten keinen Ton mehr von sich gegeben hatte. Nachdem sie einen der Papierbögen aufmerksam durchgegangen war, nahm sie den nächsten zur Hand und vertiefte sich in dessen Inhalt.

Auf dem Boden stand eine Literflasche Cola, aus der Jussi Vares hin und wieder einen Schluck nahm. Ein Gefühl der Spannung hatte sich über das Zimmer gelegt, seitdem Vares mit dem Stapel Kopien unter dem Arm aus der Bibliothek zurückgekehrt war.

»Nun konzentrier dich doch mal. Gib alles, mein Mädchen!«, brach Jussi Vares die Stille. »Immerhin hast du drei lange Jahre mit Antero zusammengelebt. Du kennst ihn doch gut. Denk mal nach! Es muss doch irgendwas auf diesen Seiten geben, das du mit seiner Vergangenheit in Verbindung bringen kannst!«

»PSSSSSST! Sei mal ruhig, bitte!« Eeva fuchtelte ungeduldig mit der Hand. »Lass mich einfach einen Augenblick überlegen!«

Jussi stand ächzend auf und streckte seine steifen Beine. Er ging zum Fenster und starrte auf den gepflasterten Hof. Irgendein Geschäftsmann trat gerade aus dem Eingang der Fremdenpension und eilte auf den Tordurchgang zu, wobei er hastig seine Krawatte zurechtzurücken versuchte.

»Jussi! Du, Jussi …«

»Was ist?« Vares drehte sich wie von der Tarantel gestochen um.

»Hier scheint was zu sein. Glaube ich zumindest …« Eeva Sunila sah ihn ernst an.

Jussi Vares ging ohne etwas zu sagen zu Eeva und beugte sich hinunter, um über ihre Schulter hinweg die Kopie zu inspizieren. Eeva zeigte auf einen dreispaltigen Artikel auf der rechten Seite des Blatts, neben dem ein kleines Bild zu sehen war. Die Fotografie zeigte ein vernachlässigt aussehendes Holzhaus auf einem etwas verwilderten, von alten Apfelbäumen und Linden bestandenen Grundstück.

In dem Artikel wurde berichtet, dass das lange Tauziehen um das neue Jugendzentrum im Vorort Tapanila ein Ende genommen hatte. Der harte Widerstand des Anwohnervereins war gescheitert. Aus dem Artikel ging hervor, dass die Anwohner über die Zerstörung des traditionellen Holzhausmilieus empört gewesen waren. Laut eines Sprechers der Stadt war das Gebäude völlig abbruchreif. Bei dem Neubau sollte die Umgebung auf jeden Fall mit berücksichtigt werden.

»Tapanila? Wo liegt denn das?«, fragte Jussi Vares.

»Tapanila. Das liegt in Richtung Vantaa, von hier aus etwa zwölf bis fünfzehn Kilometer.«

»Und was für ein Haus ist das?« Jussi Vares' Zeigefinger tippte auf das Bild.

»Das ist das alte Haus von Anteros Onkel Eevert, der dreißig Jahre dort zur Miete gewohnt hat. Bis zu seinem Tod. Jetzt hat es wohl schon recht lange leer gestanden. Drei oder vier Jahre …«

»Drei oder vier Jahre!« Jussi Vares ergriff Eevas Schulter und hielt den Atem an. Der Zeitraum passte genau. »Bist du da mal zu Besuch gewesen?«

»Natürlich. Ich bin mit Antero öfter dort gewesen. Eevert Kraft war ein netter alter Herr. Ganz aufgeweckt und gut gelaunt. Ein richtiger Schelm. Hat mir sogar den Hintern getätschelt und mit mir geflirtet.«

»Ist das vielleicht das Haus, das wir suchen?« Jussi Vares' Tonfall wurde schärfer.

»Das ist es. Das muss es sein! Lies mal das hier. Diese Zeilen da …«

Eeva Sunilas Zeigefinger deutete auf den letzten Absatz des Artikels. Jussi Vares beugte sich weiter hinunter und las den Text zu Ende. Der Verantwortliche für das städtische Bauwesen kündigte in dem Interview an, dass man mit der Fundamentlegung für das neue Gebäude bereits Mitte September beginnen wollte. Das alte Haus sollte Ende August, Anfang September abgerissen werden.

»Das isses! Kein Wunder, dass Antero außer sich geraten ist, als er diese Nachrichten aus der Heimat gelesen hat«, stellte Jussi Vares fest. »Etwas über dreizehn Millionen. Jeder Pfennig würde unwiederbringlich in den Klauen der Baumaschinen verschwinden. Oder in den Taschen der Abbrucharbeiter.«

»Genau. Kein Zweifel. Aber … aber was jetzt? Was machen wir jetzt?«

»Ja, nichts wie los.« Vares drückte Eeva einen flüchtigen Kuss auf die Lippen, die vor Aufregung ganz trocken geworden waren. »Jetzt bleibt nur zu hoffen, dass wir nicht zu spät dran sind.«

Kriminalkommissar Bergström hatte Koitere und Reiman damit beauftragt, den derzeitigen Aufenthaltsort von Antero Krafts Exfreundin Ifigenia Multanen ausfindig zu machen. In der kleinen und hübschen Wohnung der Frau im Stadtteil Punavuori war niemand. Der Vogel war ausgeflogen.

In der Modelagentur in der Innenstadt dagegen war man gut informiert.

Die energische Chefin der Agentur erzählte, dass Ifigenia vor ein oder zwei Wochen ans Mittelmeer gefahren sei, wo ein Bekannter von ihr für einen Monat ein Segelboot gemietet hätte.

Koitere und Reiman waren mit der Antwort zufrieden. Und Fräulein Ifigenia war es sicher auch, während sie gerade auf dem Sonnendeck einer Luxusyacht lag. Denn das Wetter dort im griechischen Inselmeer war sicher nicht das schlechteste.

Die Sache war damit fürs Erste geklärt.

Den Männern knurrte der Magen, sodass sie beschlossen, irgendwo in einem Fast-Food-Restaurant zu essen.

Kriminaloberwachtmeister Koitere hatte seine Mega-Jumbo-Portion bereits fast verdrückt, als sein Kollege Touko Reiman gerade erst mit einem Plastikschälchen in der Hand zum Fenstertisch geschlendert kam.

Mikko Koitere konnte sich den Gedanken nicht verkneifen, dass Touko Reiman bei seiner schmächtigen Gestalt eine richtige Frikadelle ab und zu mal ganz guttun würde. Was für ein elender Gemüsefresser, dieser Kerl.

Reiman öffnete den Deckel des Schälchens, in dem sich viel Grünzeug, ein paar schwarze Oliven, Tomatenscheiben und kleine Schafskäsebröckchen befanden. Als er seine Plastikgabel zur Hand nehmen wollte, klingelte das Handy in seiner Brusttasche. Gehorsam holte er das Gerät hervor, gab dem Anrufer eine einsilbige Antwort und kritzelte einige Zeilen auf seine Serviette.

»Wir haben noch einen Hinweis bekommen«, stellte Reiman fest, als er wieder nach der Plastikgabel griff.

»Zu Kraft? Also, wo versteckt er sich denn diesmal?«, fragte Mikko Koitere, während er sich die Mayonnaise von seinem dunklen Dreitagebart abwischte.

»Eine Rentnerin, die auf Lauttasaari lebt, ist sich ganz sicher, dass sich Kraft in ihrer Nachbarwohnung aufhält. In einer Art Kommune.«

»Aha. Wieder mal sowas.« Koitere versuchte zu lachen. Aber halt! Auf Lauttasaari!

Mikko Koitere versuchte, sich nichts anmerken zu lassen. Was hatte Miesmann noch gesagt? ›Unser Freund wird bald in Sicherheit sein. Auf einer Insel westlich von Helsinki.‹

So eine Scheiße!

»Lass uns erst mal in Ruhe zu Ende essen, bevor wir dem Hinweis nachgehen. Kümmern müssen wir uns ja leider darum.« Touko Reiman fischte ein weißes Stückchen Schafskäse aus seinem Salat und schob es sich in den Mund.

»Okay. Ich geh mal eben aufs Klo.« Koitere erhob sich möglichst gelassen vom Tisch. Er musste Miesmann anrufen. So schnell wie möglich! Jede Minute zählte.

Touko Reiman sah seinem Kollegen hinterher und mümmelte weiter an seinem Salat herum. Bestimmt bekam man Magenbeschwerden, wenn man dauernd derart fetthaltige Fleischspeisen aß. Aber solche Typen lernten es ja nie.

8

Kriminaloberwachtmeister Mikko Koitere befeuchtete sich auf der Toilette des *Hesburger*-Restaurants das Gesicht. Er wollte die unangenehme Röte fortwaschen, die sich während der letzten fünf Minuten auf seinen Wangen ausgebreitet hatte. Weshalb war Miesmann gerade jetzt nicht zu erreichen! Nur die Mobilbox meldete sich und forderte Koitere auf, eine Nachricht zu hinterlassen. Immer wieder musste er sich das nervige Geplapper anhören.

Schließlich blieb Mikko Koitere nichts anderes übrig, als eine unverfängliche, »verschlüsselte« Nachricht auf den Anrufbeantworter zu zischeln. Das »Nest« sei möglicherweise aufgeflogen und die »Eierdiebe« seien bereits unterwegs. Spätestens gegen acht könnten die »Vögel« schon im Käfig sitzen.

»Na, das hat aber lange gedauert!« Touko Reiman sah Koitere fragend an.

»Irgendwie ist mein Magen durcheinander«, knurrte Mikko Koitere gezwungen.

»Dir steht ja der Schweiß auf der Stirn. Du ernährst dich einfach falsch. Zu viel Fleisch und gesättigte Fettsäuren. Du solltest mehr auf Gemüse setzten. Ein kostenloser Rat von mir.«

»Ein Bulle von der BUG kann nie genug Informanten haben. Vielen Dank für die Sorge um mein Wohlergehen. Aber zur Sache. Hast du die Adresse, die diese Alte angegeben hat?«

»Ja, lass uns die Sache überprüfen. Auch wenn das höchstwahrscheinlich nur Benzinverschwendung ist.«

»Okay. Also, die Alte meinte, dass Antero Kraft in irgendeiner

Kommune bei ihr direkt nebenan wohnt, oder wie?« Koitere rang sich ein kleines Lachen ab. »Hat die Olle auch erwähnt, wer sonst noch dort zu finden ist? Den Schakal hat man ja angeblich schon erwischt. Der sitzt irgendwo in Frankreich ein.«

»In Tampere hatten wir es mal mit einem Kriegsveteranen zu tun, der mindestens einmal in der Woche bei uns anrief und uns anwies, zum alten Turm der Munitionsfabrik von Pispala zu kommen und die russischen Deserteure abzuholen. Der Alte behauptete, dass ihm Marschall Mannerheim persönlich die Vollmacht erteilt hätte, für die Sicherheit im Westen Finnlands zu sorgen. Einmal haben wir uns dann den Spaß erlaubt und ein paar Nachforschungen über ihn angestellt. Rate mal, was er während des Krieges gemacht hat?«

»Unterwasserspionage auf Suursaari?«

»Nein, was viel Zivileres. Der Typ war den ganzen Krieg über Weichensteller an der Eisenbahnstrecke nördlich von Tampere. Hat die Transportzüge der Brennholzversorgung für die Zivilbevölkerung beaufsichtigt.«

»Soso. Aber lass uns mal los.« Mikko Koitere blickte auf seine Armbanduhr.

Zwanzig Minuten später kurvte ein blauer Opel Vectra auf den gepflegten, gerade asphaltierten Parkplatz eines vierstöckigen Wohnhauses auf Lauttasaari. Die Polizisten von der Abteilung für Berufs- und Gewohnheitsverbrechen, Mikko Koitere und Touko Reiman, stiegen ohne Eile aus dem Wagen und ließen kurz den Blick über das Wohnviertel schweifen, dessen bürgerliche Ruhe ungebrochen zu sein schien.

Zwei junge Mütter schoben teilnahmslos ihre Kinderwagen den Radweg entlang, und auf einer Bank einer nahe gelegenen Grünanlage saß ein Rentner. Etwas weiter entfernt spielten ein paar lautstarke Jugendliche auf dem Asphalt Basketball.

Mikko Koitere schaute auf die Uhr. Zwölf vor acht. Das undefinierbare Kitzeln in der Magengegend wollte nicht nachlassen.

»Lass uns erst mal bei der Nachbarsfrau klingeln, die uns den Hinweis gegeben hat.« Touko Reiman kramte aus seiner Hosentasche eine zerknitterte Serviette hervor. »Vieno Kuistila. Dann woll'n wir mal sehen, was die Oma auf dem Herzen hat. Danach checken wir die Nachbarwohnung ab. Das wär's dann.«

»Okay. In dieser Reihenfolge ist es sicher am vernünftigsten«, nickte Mikko Koitere. Er ließ seinen Blick über die Balkonreihen des lang gestreckten Gebäudes schweifen. Auf einem Balkon im zweiten Stock bewegte sich etwas. Ganz so, als hätte sie jemand beobachtet und schnell seinen Kopf zurückgezogen. Oder irrte er sich?

»Dann mal nichts wie hinein. Es ist das Treppenhaus C dort.« Touko Reiman unterbrach Koitere in seinen Gedanken.

»In welches Stockwerk?«, fragte Mikko Koitere, während er die Tür öffnete.

»Ins zweite«, Touko Reiman stieg mit langen Schritten entschlossen die Stufen hinauf.

Irgendwo weiter oben wurde eine Tür geöffnet. Schwere Schritte hallten durch das Treppenhaus. Touko Reiman blickte Koitere an und tippte sich vielsagend mit dem Finger ans Auge.

Koitere nickte. Natürlich musste in so einer Situation jeder Entgegenkommende genauestens in Augenschein genommen werden.

Auf dem nächsten Treppenabsatz kam ihnen ein Mann entgegen: ein großer Kerl, der in der rechten Hand einen überquellenden Müllsack trug. Mikko Koitere spürte, wie sich seine Nackenhaare sträubten. Moment mal! Irgendwie kam ihm der Typ bekannt vor. Koitere ließ sich nichts anmerken.

Es schien sich jedenfalls um einen richtigen Saubermann zu handeln, da er Einweghandschuhe aus Latex trug.

Der stämmige Bursche verlangsamte seine Schritte, trat zur Seite und machte den Männern höflich auf der Treppe Platz. Mikko Koitere vermied es, dem Mann ein weiteres Mal in die Augen zu sehen. Das mulmige Gefühl in Koiteres Innerem verstärkte sich. Die Zeit schien für einen Moment still zu stehen. Sogar seine Armbanduhr schien nicht mehr zu ticken.

Der Müllsack hinter dem Rücken der Polizisten raschelte. Der große Kerl, der auf der Treppe stehen geblieben war, hüstelte heiser und sagte dann fast flüsternd: »Entschuldigen Sie die kurze

Störung. Aber würden Sie mal bitte herschauen! Und am besten beide Hände gleich so halten, dass ich Sie sehen kann, meine Herren. Ich wiederhole die Warnung nicht!«

Koitere und Reiman blieben wie angewurzelt stehen. Die Männer sahen einander an, begriffen die Situation und drehten sich ohne jede überflüssige Bewegung um.

Der Mann hatte eine pechschwarze kleine Pistole auf sie gerichtet. Seine Augen waren rot angelaufen und wirkten bedrohlich. Der Müllsack lag verloren zu seinen Füßen. Einige leere Milchtüten verteilten sich über die Treppe.

Der große Mann lächelte leicht und hob den Zeigefinger der linken Hand an die Lippen.

Mikko Koitere hob langsam die Hände auf Schulterhöhe. In seinem Kopf überschlugen sich die Gedanken: Miesmann hat also meine Nachricht noch bekommen. Im letzten Moment wahrscheinlich. Aber sie haben es nicht mehr geschafft, hier abzuhauen. Und jetzt hatten sie keine andere Wahl mehr. Es bleibt nur zu hoffen, dass der Schrank und seine möglichen Komplizen ihre Nerven behalten. Bis zum Ende.

»Ganz ruhig bleiben. Was wollen Sie von uns?« Touko Reimans trockene Stimme wirkte gezwungen ruhig. Mikko Koitere ahnte, dass Reiman im Geiste die Dienstvorschriften und Vademekums der Polizeischule herunterspulte, in denen Verhaltensregeln für Gefahrensituationen wie diese festgehalten waren. Sicherlich würde Reiman keinen unüberlegten Angriff starten oder sich zu irgendwelchen Heldentaten hinreißen lassen. Und das war verdammt gut so!

»Freunde. Das Gleiche könnte ich euch auch fragen.« Das Gesicht des großen Kerls verzog sich zu einem selbstbewussten Grinsen. »Aber lasst uns in aller Ruhe darüber reden. Dort oben, ein paar Stockwerke höher.«

»Wir sind von der Kripo. Ich warne Sie.« Reimans Stimme klang mechanisch wie eine automatische Bahnhofsdurchsage.

»Eine falsche Bewegung und ihr werdet sehen, was euch das hier heute nutzt!«

Der Lauf der Waffe bewegte sich auffordernd. Koitere und Reiman stiegen mit schweren Schritten die Treppe hinauf. Es hallte wie in einer tiefen Grabkammer.

Im dritten Stock angekommen, gab der Mann mit der Waffe einen kurzen Befehl. Die drei Männer blieben vor einer Tür ohne Namensschild stehen. Hinter dem Türspion rührte sich ein Schatten. Die Tür öffnete sich, und im Korridor stand ein kleinerer Mann, der einen respekteinflößenden Revolver in der Hand hielt und mit einem aus matt schimmerndem Material hergestellten Damenstrumpf maskiert war. Der schimmernde Strumpf verlieh dem Mann das Aussehen eines Marsmenschen aus einem Science-Fiction-Film.

Mikko Koitere war allerdings nicht zum Lachen zumute. Nicht ein bisschen.

»Nur hereinspaziert, meine Herren!«, ermunterte sie der große Kerl hinter ihnen. »Beine auseinander und mit beiden Händen an die Wand lehnen!«, fuhr er fort. Der Strumpfmaskenmann verhielt sich unauffällig. Mikko Koitere war sich sicher, dass auch Touko Reiman darüber erleichtert war. In einer solchen Situation war es immer besser, wenn man den Angreifer nicht erkannte.

Der Riese und der Zwerg leerten fachmännisch (das musste Koitere zugeben) die Taschen der beiden Polizisten. Die Dienstwaffen wechselten als Erstes den Besitzer. Kurz darauf landeten die Handys auf dem Boden, wo sie von den schweren Schuhen des großen Burschen zertreten wurden. Unter Reimans Jacke fanden sich am Gürtel Handschellen.

»Dorthin. Zur Heizung. Los, auf die Knie!« Die Polizisten gehorchten ohne zu zögern.

Der kleine Mann mit der Strumpfmaske bewegte sich flink. Er ließ eine der Handschellen um Koiteres Handgelenk schnappen, führte das andere Ende hinter einem Zentralheizungsrohr entlang und legte die zweite Schelle an Reimans Handgelenk an.

»Also, die Spielregeln sind folgendermaßen!« Der große Mann hüstelte in seine Hand. »Wir nehmen jetzt noch zwei Freunde von uns mit, die nebenan im Schlafzimmer sind. Und dann verschwinden wir ohne viel Aufhebens. Aber wir wollen nicht, dass ihr euch umschaut, da unsere Freunde etwas schüchtern sind. Wenn einer von euch guckt, machen wir sofort das Licht aus! Verstanden?«

Mikko Koitere blieb ganz still. Touko Reiman nickte kurz.

»Gut. Dann wünschen wir euch noch einen vergnüglichen Abend. Hasta la vista!«

Mikko Koitere saß im Schneidersitz auf dem Boden und lehnte mit der Stirn an der Heizung. Die Schlafzimmertür knarrte leise, schnelle Schritte eilten über das Parkett. Dann ging die Wohnungstür auf und schlug wieder zu. In der Wohnung breitete sich eine abwartende Stille aus.

»Gut. Jetzt sind sie weg.« Koitere streckte seinen Rücken und sah kurz zu Reiman hinüber.

»Ja. Die Balkontür ist übrigens angelehnt.« Reiman reckte den Hals. »Wenn ich mich hinlege, kann ich sie vielleicht mit dem Fuß aufstoßen.«

»Dann versuch es. Ich werde dir mit den Handschellen so viel Spiel lassen wie ich kann.«

Reiman hatte recht. Es gelang ihm, die Tür aufzustoßen. Klare, frische Luft strömte in die Wohnung und verschaffte den durchgeschwitzten Männern etwas Abkühlung.

»FRAU VIENO KUISTILA! VIENO KUISTILA! SIND SIE DA? HÖREN SIE UNS?« Touko Reiman rief, so laut er konnte.

»Ja-a. Ich bin hier«, antwortete es zögernd vom Nachbarbalkon. »Aber wer ist denn da?«

»Koitere und Reiman von der Polizei. Wir haben hier ein kleines Problem. Seien Sie so freundlich und rufen Sie Verstärkung für uns. So schnell wie möglich. Sagen Sie, es handle sich um einen Notfall. Und nennen Sie auch unsere Namen: KOITERE UND REIMAN!«

9

Die ruhige Nebenstraße verlief etwa einen halben Kilometer von der Bahnstation Tapanila entfernt durch ein verschlafenes Holzhausgebiet. In dieser Gegend konnte man noch immer einen Hauch vergangener Jahrzehnte spüren, einen Lebensalltag, der völlig anderes war. Die Satteldächer, Türmchen, Glasveranden und kleinen Fenster brachten die Filme von Michel aus Lönneberga ins Gedächtnis zurück, den Glücksclown aus dem Kinderfernsehen und die verbissenen Länderspiele zwischen Finnland und Schweden (noch vor der Zeit, als man Bierzelte vorm Stadion aufstellte oder die Gesichter witzig in den Landesfarben bemalte). Tapanila erinnerte an eine verschwundene Zeit, die noch nicht vom Euro, dem Music-TV, dem Internet oder von amerikanischen Arzneimitteln wie selektiven Antidepressiva geprägt war.

Der Taxifahrer setzte Jussi Vares und Eeva nahe der Bahnstation ab. Das Paar hatte zwei volle Sporttaschen mit Werkzeug und Proviant dabei. Im Zentrum hatten sie kurz bei einem Lebensmitteldiscounter und einem Baumarkt vorbeigeschaut. Trotz der schweren Last war Jussi Vares der festen Meinung gewesen, dass man bei einer Einbruchstour wie dieser keine Mühe scheuen sollte. Sich entsprechend anzustrengen gehörte gewissermaßen dazu. Sie fuhren also nicht mit dem Taxi bis zu ihrem Ziel, sondern bewältigten die letzte Etappe tapfer zu Fuß.

Das ehemalige Wohnhaus von Antero Krafts verstorbenem Onkel sah tatsächlich so aus, wie man es von einer Holzbruchbude erwarten konnte, die in den Zwanzigern gebaut worden war und mehrere Jahre leer gestanden hatte. Das Gebäude flehte geradezu nach einem Gnadenstoß durch den Schaufelbagger.

Die Jungvandalen hatten sämtliche Fenster mit Steinen zerschmissen. Teerpappenfetzen fledderten traurig vom Dach herunter und hier und da wuchsen graues Moos und verkümmertes Gras. Die Regenrinnen hingen nur noch an einigen rostigen Nägeln. Über den ursprünglichen Anstrich des Hauses konnte man in der frühsommerlichen Abenddämmerung überhaupt nichts sagen. Von den Fassadenbrettern lösten sich die Farbschichten wie abgestorbene Haut vom Körper eines Kranken.

Auch das weitläufige Grundstück war verwahrlost. Die knorrigen alten Apfelbäume waren fast abgestorben. Die einzige Linde im Garten sah so morsch aus, dass sich wohl selbst die Vögel davor hüteten, sich auf den Ästen niederzulassen. Der vertrocknete Wiesenkerbel vom letzten Jahr und die vereinzelten Brennnesselstauden bildeten verwilderte Inseln auf dem üppig grünen Frühsommerrasen.

In einer Ecke des Vorgartens war ein mehrere Quadratmeter großes Sperrholzschild aufgestellt, auf dem in großen Buchstaben bekannt gegeben wurde, dass hier am ersten September die Bauarbeiten zu einem Bauprojekt der städtischen Baubehörde von Helsinki beginnen sollten. Unterhalb der Überschrift präsentierten sich die verschiedenen Subunternehmer.

Die Gegner des Projekts hatten in roter Farbe mit unregelmäßigen Buchstaben ihre Warnung auf das Schild gesprüht:

SCHEISSINGENIEURE!
NEHMT EURE WICHSGRIFFEL WEG VON TAPANILA!

»Recht ruhig hier ...« Jussi Vares sah sich forschend um.

Das schien es wirklich zu sein. Keine Menschenseele weit und breit. Irgendwo in einer Seitengasse knatterte ein einsames Mofa.

»Die Jugendlichen treffen sich sicher woanders, um sich auszutoben. Und die Erwachsenen sitzen drinnen und glotzen Quizsendungen. Wir können uns hier ganz in Ruhe entfalten«, schätzte Eeva Sunila ab und nahm die schwere Tasche über die andere Schulter.

»Gut so. Was warten wir dann noch. Nichts wie rein in die gute Stube!«

»Sollten wir es nicht besser bei den Fenstern versuchen, die nach hinten rausgehen. Da haben wir Sichtschutz.« Eeva sah über den baufälligen Zaun.

»Okay, machen wir das. Obwohl wir gar nicht besonders vorsichtig zu sein brauchen. Wenn uns jemand fragt, was wir hier zu suchen hätten, sind wir einfach ein beschwipstes Pärchen, das in diesem Garten Eden die berüchtigte verbotene Frucht sucht …« Jussi Vares zwinkerte vielsagend.

»Aha. War das vielleicht ein indirektes Versprechen?«

Das Paradies, das sich hinter dem Zaun verbarg, schien sich allerdings bereits im »Stadium nach dem Sündenfall« zu befinden. Unter den Apfelbäumen lagen verwitterte Plastiktüten, Saftpackungen, Joghurtbecher und zerquetschte Bierdosen. Im hohen Gras knirschten die Glassplitter wie Stolperdrähte in einem Minenfeld. Auch an der nach hinten gelegenen Seite des Hauses waren bereits alle Fenster eingeschlagen. Die schwarzen, viereckigen Öffnungen in der Holzverschalung des Hauses wirkten wie blinde Augen, die in den verwahrlosten Garten starrten.

Aus der Fensteröffnung direkt neben der Veranda ragten einige Bohlen, die anscheinend als eine Art Leiter dienten, über die man schnell ins Haus gelangte.

»Man braucht gar kein schlechtes Gewissen zu haben. Die Bruchbude hier wird wohl schon seit längerem als öffentlicher Klubraum benutzt«, bemerkte Jussi Vares trocken, als er durch das Fenster hineinspähte.

»Sieht fast so aus.« Eeva Sunila holte eine Taschenlampe hervor. »Aber hoffen wir, dass in Tapanilas Country-Club heute Abend kein größerer Geburtstag oder ein anderes Familienfest gefeiert wird …«

Hinter dem Fenster erwartete sie das Wohnzimmer des Trümmerhauses. In der Mitte des dunkel angelaufenen Linoleumfußbodens stapelten sich die Bierdosen. Und in einer Ecke des Zimmers breitete sich ein Haufen Pizzaschachteln aus. Ein altes Stoffsofa, ein kantiges dunkles Bücherregal und eine massive Kommode waren den Erben nicht gut genug gewesen, und den ungebetenen Partygästen anscheinend auch nicht.

KLICK!

Das scharfe, metallische Geräusch ließ Jussi Vares auf der Stelle erstarren. Vares holte Luft. Er blickte langsam über die Schulter. Eeva umfasste mit der rechten Hand ihre gerade entsicherte Pistole. Der glänzende Lauf der Waffe zeigte schräg zum Fußboden.

»Nur für alle Fälle.« Eevas Stimme klang entschlossen.

Jetzt erst begriff Jussi Vares, wie angespannt ihre Nerven waren. Eeva hatte natürlich recht. Größte Vorsicht war geboten. Sie mussten auf alles gefasst sein. Hinter jeder Ecke konnte der Feind lauern.

Jussi zuckte mit den Schultern und schaltete das Licht seiner Taschenlampe ein. Der weiß schimmernde Lichtkegel der leuchtstarken schwarzen Maglite huschte in einem Bogen durch das dämmerige Zimmer.

»Ausgezeichnet.« Jussi Vares atmete auf. »Wir sind doch noch rechtzeitig gekommen ...«

»Wieso? Wie willst du das wissen?«

Der Lichtkegel von Vares' Lampe strich über den vollgemüllten Boden des Wohnzimmers, der mit einer gleichmäßigen grauen Staubschicht bedeckt war. Nur ihre eigenen Fußspuren waren auf der Schicht zu sehen.

»Dieser Klubraum scheint schon seit einiger Zeit nicht mehr benutzt worden zu sein.« Eeva war erleichtert.

»Stimmt. Eine vielversprechende Ausgangssituation. Aber das Schwierigste liegt noch vor uns.« Jussi Vares sah sich stirnrunzelnd um. »Schließlich müssen wir in diesem Gerümpelhaufen einige Kilo internationales Kraftpapier finden. Ganz so easy wird das nicht sein.«

10

Die Sommernacht lag schon in tiefster Dämmerung, als Touko Reiman und Mikko Koitere von der Abteilung für Berufs- und Gewohnheitsverbrechen aus der Tür des Polizeipräsidiums von Pasila traten. Die Männer blieben auf dem Bürgersteig stehen, und Koitere zündete sich eine Zigarette an. Reiman zog eine Packung Kaugummi aus der Tasche und steckte sich einen Streifen in den Mund. Es war vollkommen windstill. Auf der Straße herrschte gähnende Leere.

»Bergström hat wieder mal Fairness bewiesen«, begann Mikko Koitere das Gespräch. »Ich hätte nicht gedacht, dass er uns Stümpern neue Dienstwaffen aushändigt. Obwohl es keine vier Stunden her ist, dass wir die alten Eisen verloren haben.«

»Der Kommissar hat keinen Grund, uns zu tadeln.« Reiman wirkte gestresst. »Alle waren sich einig, dass wir völlig korrekt und nach Dienstvorschrift gehandelt haben. In einer Situation, in der man klar unterlegen ist, sollte man kein unnötiges Risiko eingehen. Das wird doch immer und überall betont.«

»Na ja, stimmt. Wir wurden überrumpelt, und von da ab war das Spiel verloren – von da ab. Aber man kann sich immer fragen, was wir hätten anders machen sollen, bevor es überhaupt so weit kommen konnte.« Mikko Koitere nahm einen tiefen Zug von seiner Zigarette und wunderte sich über sein verlogenes Gerede. Das flaue Gefühl im Magen war nicht unbedingt nur auf die übergroße Grillportion zurückzuführen. Vielleicht hatte sich bei ihm noch etwas anderes eingestellt – so etwas wie ein schlechtes Gewissen.

»Schon richtig, aber das werden wir ein anderes Mal analysieren.« Reiman gähnte herzhaft und blickte Koitere nachdenklich an. »Was mich immer noch am meisten wundert ist, woher diese verdammten Typen wussten, dass wir kommen würden?«

»Das ist wirklich mysteriös.« Mikko Koitere spuckte, ohne den Blick seines Kollegen zu erwidern, einen Tabakkrümel auf die Straße. »Aber Profis waren sie auf jeden Fall. Das hat man ihnen an jeder Bewegung angesehen.«

»Zweifellos ...« Reiman blickte auf seine Uhr. »Jetzt haben wir erst mal zwei Tage frei. Ich weiß zwar nicht, wozu dieser verdammte Erholungsurlaub gut sein soll, aber Bergström hat drauf bestanden. Was hast du vor?«

»Ich lege mich jedenfalls nicht bei der polizeiinternen psychologischen Betreuung aufs Sofa, um über mein Trauma zu reden. Das ist sicher.« Mikko Koitere lachte. »Werde wohl mal bei mir zu Hause den Ruhigen machen. Pirkko war eben am Telefon ziemlich aufgebracht. Die Arme scheint das Ganze ein wenig zu dramatisieren. Wie die Frauen eben sind. Aber andererseits – ich verstehe sie ja ...«

»Ich glaube, ich schnapp mir Fernglas und Isomatte und fahr für ein paar Tage in die Schären, um Vögel zu beobachten. Das ist Balsam für die Seele.« Reiman zog seine Autoschlüssel aus der Tasche. »Soll ich dich irgendwohin mitnehmen?«

»Nicht nötig.« Koitere blickte auf seine Armbanduhr. »Pirkko und Jaakko kommen jeden Augenblick mit dem Wagen, um mich abzuholen … Also dann, Gute Nacht, Partner. Ach so … und … du hast wirklich deinen Mann gestanden. Danke noch mal.«

In der Cafeteria der 24-Stunden-Tankstelle saßen drei wie müde Bulldoggen aussehende russische Fernfahrer, und um die Spielautomaten herum tummelte sich eine Gruppe spindeldürrer, langhaariger Jugendlicher, die Kriminaloberwachtmeister Mikko Koitere unbewusst mit dem abgewrackten Tourbus in Verbindung brachte, der auf dem Parkplatz abgestellt war. Pirkko und Jaakko blieben am Tisch sitzen. Pirkko wollte einen Kaffee und irgendein süßes Teilchen. Jaakko gab energisch kund, dass er ein Schweineschnitzel mit Pommes und roter Mayonnaise wünschte. Mikko Koitere selbst entschied sich für Pommes mit Bratwurst. Eigentlich hatte er überhaupt keinen Hunger, aber irgendetwas wollte er essen, wenn er schon mit seinem Sohn zusammen war.

Koitere kehrte an den Tisch zurück. Auf das Essen mussten sie noch einen Moment warten. Koitere hob den Blick und sah seiner Frau in die Augen. Pirkko saß irgendwie steif auf dem Stuhl; die Hände lagen fest geballt auf dem Tisch. Ihre Augenlider begannen nervös zu zucken, obwohl sie sich wer weiß wie anstrengte, gegen ihre Rührung anzukämpfen. Ihre graublauen Augen füllten sich mit Tränen.

»Pirkko. Wirklich, Pirkko. Ich war nicht in Gefahr. Nicht im Geringsten.« Die Worte wollten ihm im Halse stecken bleiben. Koitere ergriff die Hand seiner Frau. Ihre vertraute Hand wirkte klein und kalt.

»Entschuldige Mikko … Aber ich kann nichts dagegen tun.« Pirkko sah zu ihrem Sohn, als schämte sie sich für ihre Schwäche, und wischte sich mit dem Handrücken über die Augen.

»Das macht nichts. Weine nur, wenn es dir guttut.« Koitere musste schlucken. »Schatzi ... Mäuschen. Es ist doch alles gut, meine Süße.«

»Das ist ja schon Ewigkeiten her«, Pirkko Koitere lächelte unter den Tränen. »Dass du mich so nennst. Mit Kosenamen.«

»Ja, stimmt. Sicher schon viel zu lange.« Koitere sah kurz zu Jaakko herüber. Er hatte einen Kloß im Hals, aber im Inneren spürte er ein Gefühl von Wärme.

Was war das? Eine Art Reue? Oder war das einfach nur posttraumatisch ... oder wie diese Seelenklempner die Empfindungen nach Gefahrensituationen auch immer bezeichneten? Mikko Koitere drückte die Hand seiner Frau noch fester. Er versuchte, all das Schändliche, durch das sein Gewissen befleckt und besudelt war, aus seinen Gedanken zu verbannen. All die Betrügereien, Lügen und Schmiergeldgeschichten. Aber ganz so einfach wie das Tafelwischen in der Schule war das nicht.

»Du, Papa ...« Koitere wurde von Jaakko aus seinen tiefsinnigen Gedanken gerissen. »Hattest du bei dem Einsatz auf Lauttasaari Angst? Ich meine so richtige Angst?«

»Man ist doch immer erschrocken, wenn man in eine unvorhergesehene Situation gerät ... aber ... na ja, ich weiß nicht.« Koitere suchte nach den richtigen Worten. »So richtig Angst hatte ich wohl nicht. Es war uns ja gleich zu Beginn klar, dass die Situation nicht wirklich gefährlich war. Die Männer wollten uns nichts tun, sie wollten nur selbst aus der Klemme kommen.«

»Letzte Woche ist in der Zeitung ein Kriegsveteran interviewt worden«, erinnerte sich Jaakko. »Dieser alte Knacker meinte, er hätte in allen gefährlichen Situationen wahnsinnig Angst gehabt ... Stell dir vor, der hatte Angst, obwohl er so ein schönes Mannerheim-Kreuz hatte. Man muss die Angst nur besiegen. So ist es doch, Papa?«

»Ja, so ist das wohl. Genau so.« Koitere versuchte den Verlauf der Unterhaltung in andere Bahnen zu lenken. »Aber wir waren ja gar nicht in Gefahr. Der einzige Verlust, den wir hinnehmen mussten, war mein Handy. Das hat unter dem Stiefel dieses Revolverhelden sein Ende gefunden. Aber ich werde es sicher ersetzt bekommen, obwohl es eine Weile dauern wird.«

»Ach, du Armer. Ohne das Ding bist du doch völlig aufgeschmissen. Dem müssen wir Abhilfe schaffen.« Pirkko öffnete die Handtasche und kramte ihr großes und klobiges Nokia RinGo hervor. In Zartrosa. Sie legte es vor ihrem Mann auf den Tisch.

»Ich leih es dir, Schatz. Sicher brauchst du es dringender als ich …«

»Ach, lass mal …« Koitere schüttelte den Kopf. »Ich hole mir ein Neues. Vielleicht morgen schon. Auf Staatskosten. Ich kann doch nicht einfach dein Handy nehmen.«

»Das musst du!« Pirkkos Gesicht wirkte entschlossen. »Mikko! Das hat auch eine symbolische Bedeutung. Nimm es doch zumindest für ein paar Tage. Ich will es so!«

»Du verlangst es? Eine symbolische Bedeutung? Verstehe ich nicht …« Mikko Koitere drehte verwundert den Kopf.

»Schatz.« Pirkko beugte sich lächelnd über den Tisch und ergriff die großen Hände ihres Mannes. »Immer wenn dieses rosa Ungetüm in deiner Brusttasche klingelt, wirst du dich daran erinnern, dass dich, Mikko Koitere, irgendwo jemand liebt. Und, dass du vorsichtig sein sollst. Weil es da auch noch jemand anderen gibt in deinem Leben, Jaakko und mich.«

»Da ist ja ein großer Stapel von diesen blauen Jungenbüchern.« Der schmale Lichtkegel von Vares' Taschenlampe fand in einer Ecke einen vergessenen, angeschimmelten Bücherstapel. Keiner der ungebetenen Gäste schien sich je für die Bücher interessiert zu haben. »Diese Bände habe ich als kleiner Steppke geradezu verschlungen.«

»Ich gestehe, dass ich *Die fünf Freunde* gern gelesen habe«, lachte Eeva. Die Bodendielen knarrten leise.

»Ich auch. Sofort nachdem ich lesen gelernt hatte.«

»Und welche Hobbys hatte der kleine Jussi, bevor er lesen lernte?«

»Ich habe Karten gezeichnet.«

»Was? Karten? Schatzkarten etwa? Das passt ja ausgezeichnet. Einen versteckten Schatz suchen wir ja hier auch ...«

»Ich kann mich noch genau erinnern. Ich habe die Karten immer auf raschelndes, glattes Butterbrotpapier gezeichnet. Ganze Welten habe ich mir ausgedacht. Mit Hauptstädten, Festungen, Landschaften, Küsten, Inselregionen, Seen, Buchten, Bergen, Straßen und Karawanenwegen. Endlose, sich schlängelnde Mauern, hinter denen die bösen Barbaren lauerten.«

»Seltsam. Wieso gerade auf Butterbrotpapier?«

»Anderes Papier gab's bei uns nicht.«

11

Pirkko verließ das Haus wie üblich um halb acht, um zur Versicherungsgesellschaft zu gehen, in der sie arbeitete. Mikko Koitere weckte Jaakko erst kurz vor neun auf. Statt Müsli, Brei, frisches Gemüse und Salatblätter aufzutischen, kreierte er für die Männer des Hauses ein deftiges Frühstück, das in der Hauptsache aus Fleischpiroggen bestand.

Koitere ließ seiner Kreativität bei der Zubereitung freien Lauf und füllte die fettigbraunen Piroggen mit dampfenden Bockwürstchen und reichlich gehackten Zwiebelstückchen. Schon der Duft, der die Küche durchflutete, ließ einem das Wasser im Mund zusammenlaufen.

Das Frühstück wurde dadurch abgerundet, dass auch noch echte russische Salzgurken, Senf und Ketchup ihren Weg in die gierigen Mägen fanden. Seinem Jungen schenkte Koitere richtige Buttermilch ein und nicht die fettfreie Plörre, die Pirkko bevorzugte. Sich selbst öffnete er eine Flasche kühles Karhu-Bier.

»Von diesem Frühstück wirst du deiner Mutter kein Sterbenswörtchen sagen. Sonst verliere ich auch noch die restlichen paar Rechte, die ich in dieser Küche besitze«, beschwor Koitere seinen Sohn mit vollem Mund.

»Nein, von mir erfährt sie nichts. Aber sag mal, Papi, was bedeutet eigentlich Ehre?« Jaakko sah mit großen Augen und ernstem Gesicht über den Tisch.

»Ehre. Wieso fragst du mich so was?« Mikko Koiteres emsig kauender Kiefer erstarrte.

»Na ja, ich habe nur darüber nachgedacht, weil man doch sagt, dass von allen Berufen der des Polizisten am ehrenvollsten ist. Also, für die Schwachen und gegen die Bösen zu kämpfen! Das ist doch eine tolle Sache, oder?«

»Ach Junge. Es gibt wer weiß wie viele andere ehrenvolle Aufgaben auf der Welt. Wie kommst du eigentlich …« Das gerade verschlungene Piroggenstück blieb Mikko Koitere fast im Hals stecken.

»Du Papa, du würdest es doch bestimmt nicht zulassen, dass einem guten Menschen was Schlimmes passiert. Das hat doch was mit Polizistenehre zu tun, nicht wahr?«

»Dein Glas ist leer. Milch macht müde Männer munter. Ich schenk dir noch was ein.« Koitere stand vom Tisch auf, wischte sich den Mund und drehte sich zum Kühlschrank.

»Mein kleiner Schatz. Du bist ja völlig verschwitzt. Hast du Fieber oder was?« Ifigenia Multanens kleine weiche Hand streichelte über Antero Krafts schweißverklebte Stirn. Antero lag mit starrem Blick auf dem zerknautschten Laken. Die Bettdecke hatte er am Fußende zu einem unordentlichen Knäuel zusammengeschoben.

»Nein … Das ist es nicht.« Antero schnalzte mit der Zunge. Irgendwie hatte er einen schalen Geschmack im Mund. Den Geschmack von Angst. »Die Nacht war anstrengend für mich. Ich hab' kaum ein Auge zugekriegt. In dieser Scheißbude hier ist es heiß wie in der Sauna, und die beiden Gorillas da im Nebenzimmer haben die ganze Nacht Fernsehen geguckt. In jeder Werbepause sind sie aufs Klo gestolpert. Diese Säcke ziehen sicher nicht mal beim Pissen ihre Latexhandschuhe aus.«

»Auf Eurosport gab's wohl 'ne Boxnacht. Die beiden Jungs gehören zum Stammpublikum bei den Profiabenden von Don Kings Stall«, erklärte Ifigenia. »Sie haben sicher selbst nicht schlafen können nach all dem Trouble gestern Abend. Und was die Bude hier angeht, so stand uns einfach kein besseres Schlupfloch mehr zur Verfügung ...«

»Ja, das ist für niemanden von uns leicht. Die Nerven liegen einfach blank. Ich habe immer nur höchstens zehn Minuten am Stück geschlafen und bin jedes Mal wieder durch einen Albtraum aufgewacht.« Antero Kraft stöhnte angestrengt.

»Das war wirklich knapp gestern. Aber die Jungs haben die Sache glänzend gemeistert.« Ifigenia Multanen küsste Antero aufs Ohrläppchen. »Ich habe ja gesagt, dass man sich auf die beiden verlassen kann. Das sind richtige Profis, nicht wahr?«

»Zugegeben. So was hätte ich nicht gebracht. Ich bin schließlich Diplomkaufmann, jemand, der weder die Faust schwingt noch mit 'ner Knarre rumfuchtelt, ich erledige die Sachen auf dem Papier – mit geschönten Jahresabschlüssen, gefakten Protokollen und getürkten Belegen ... Bankdirektoren zu bescheißen fällt mir nicht schwer. Aber das hier wird allmählich 'ne Nummer zu groß für mich.«

»Sicher macht dich auch das Warten fertig, Schatz«, sagte Ifigenia nachdenklich. »Du solltest etwas tun. Du brennst ja förmlich darauf zu handeln. Ich kenne dich gut genug, um das zu wissen.«

»Ich habe die ganze Nacht über dieses und jenes nachgedacht. Auch darüber, was uns bei einer Festnahme erwarten wird. Ist ja Zeit genug hier zum Nachdenken ...«

»Sicher hast du deine Schlüsse schon gezogen. Nicht wahr?« Ifigenia Multanens große Augen blinzelten erwartungsvoll. »Ich meine, was das Geld betrifft ...«

»Natürlich! Ich bin zu dem Schluss gekommen, dass es nicht besonders klug ist, alle Eier im gleichen Korb zu verstecken – besonders deshalb, weil dieser verfluchte Korb nur noch bis zur ersten Septemberwoche existiert!« Antero Kraft starrte niedergeschlagen an die Schlafzimmerdecke, wackelte nervös mit seinen Zehen und kratzte sich am Bauchnabel.

»Es wäre viel zu unsicher, schon jetzt aus Finnland zu verschwinden. Die Wogen müssen sich erst wieder glätten«, sagte er wie zu sich selbst. Er versuchte eine Entscheidung zu rechtfertigen, die er bereits getroffen hatte. »Aber warum sollte ich mein Geld eigentlich nicht jetzt schon in ein neues Versteck bringen? Das würde mir zumindest eine Hintertür offen lassen – falls ich geschnappt werde. Die Gewissheit, dass das Geld in Sicherheit ist, würde mir den nächsten langen Aufenthalt im Knast bestimmt erleichtern.«

»Schatz, sag nicht so was! Es ist doch alles im grünen Bereich. Du solltest nicht mal im Traum daran denken, dass du geschnappt werden könntest.« Ifigenia umklammerte Anteros verschwitzten Körper mit beiden Armen.

»Wir müssen mit allem rechnen. Es gibt gar keine andere Alternative. Man muss dem Verlauf der Dinge immer ein paar Schritte voraus sein. Sonst wird man eingeholt.«

»Das ist wohl wahr. Du hast vollkommen recht.« In Ifigenias große Augen stieg ein neuer, erwartungsvoller Schimmer.

»Wann wirst du loslegen, Schatz? Etwa heute schon?«

12

»Warum haben wir eigentlich auf dem Dachboden angefangen? Hatte das irgendeinen Grund, Jussi?«

Die Nacht war schon weit vorgeschritten. Es war Zeit für eine Verschnaufpause. Die Schatzsucher stiegen vom engen Dachboden wieder ins Erdgeschoss hinab. Eeva Sunila begab sich ins Wohnzimmer und ließ sich ins Sofa fallen, das so muffig roch wie herbstliche Erde.

»Ein Dachboden ist ein gutes Versteck. Das ist schon immer so gewesen ...« Jussi Vares setzte sich zu Eeva aufs Sofa und zog sie fest an sich. »Wenn ich als kleiner Junge etwas Geheimes vor anderen verbergen wollte, habe ich es immer auf dem Dachboden unterm Sägemehl versteckt. Dort war es sicher.«

»Na gut. Du bist beim Verstecken eher der Dachbodentyp. Aber was ist Antero? Die Kellerassel? Das wissen wir nicht. Wir haben hier im Schweiße unseres Angesichts herumgesucht, aber ohne Erfolg. Und wie viel Zeit ist dabei vergangen? Fünf Stunden bestimmt.«

»Tja, jedenfalls schon eine ganze Weile.« Vares wischte sich den grauen Staub von der Stirn. Sein Gesicht zeigte Spuren der Erschöpfung.

»Ich bin müde, so richtig groggy«, gähnte Eeva. »Aber kann man sich trauen, hier zu schlafen? Wir sollten uns überlegen, was uns wach halten könnte.« Eeva Sunila blickte Vares verschmitzt an.

»Jeder könnte etwas von sich erzählen, okay? Nur so zum Zeitvertreib.«

»Von sich erzählen? Was denn?« Vares sah verwundert aus.

»Zum Beispiel über die Vergangenheit. Ich interessiere mich für das Leben anderer Menschen.«

»Soll mir recht sein. Aber du bist die Diskussionsleiterin.«

»Okay. Fangen wir bei dir an. Also, zunächst hat Jussi in den Strampelanzug geschissen, dann auf Butterbrotpapier Schatzkarten gezeichnet, und später hat er blaubändige Abenteuerbücher gelesen. Aber was dann? Erinnert sich Jussi noch an seine ersten sexuellen Erfahrungen? Aber natürlich erinnert er sich. Jeder erinnert sich an so was.«

»Moment mal, um das zu präzisieren. Meinst du jetzt den Moment, als ich das erste Mal bei einem Mädchen ans Höschen gehen durfte?«

»Nein. Ich meine das, was davor kam. Das große Erwachen, das alles verändert hat. Das dir sozusagen die Augen geöffnet hat. Und durch das du so geworden bist … also so, wie du jetzt bist.«

»Natürlich erinnere ich mich. Das war übrigens auf dem Dachboden. Ich war wohl zwölf. Eine Cousine von mir aus der Stadt war bei uns zu Besuch. Sie war genauso alt wie ich. So ein schlankes Fohlen. Sie hatte ein dünnes Woody-Woodpecker-T-Shirt an, und unter dem T-Shirt zeichneten sich schon kleine spitze Brustansätze ab. Einmal sind wir nach dem Mittagessen in die Dachkammer gegangen, um Donald Duck zu lesen.«

»Das ist ja schon an sich 'ne schlüpfrige Sache«, sagte Eeva mit ernster Stimme. »Die Enten wackeln doch immer so unsittlich und ohne Hosen mit ihren Hinterteilen herum.«

»Auf dem Dachboden standen zwei Betten. Ganz ordentlich für sich, an sich gegenüberliegenden Seiten des Raums. Aus irgendeinem Zwang heraus bin ich unter die Decke gekrochen. Ich habe einfach gesagt, dass mir kalt sei. Das Mädel saß nur auf der Tagesdecke und hat in aller Ruhe in dem Heft geblättert. Ich habe sie die ganze Zeit mehr oder weniger heimlich angestarrt. Es war so ein merkwürdiges Gefühl. Dann musste ich einfach anfangen, mich zu reiben. Meine Hand wurde von irgendeiner höheren Macht gelenkt. Und plötzlich fragt mich das Mädchen, was denn los sei. Ob mich die Mücken gestochen hätten.« Vares hielt die Luft an und starrte ins Dunkel am Rande der Zimmerdecke.

»Ich sagte ja, und dass ich auch von Bremsen gestochen worden wäre.« Und auf einmal durchfuhr mich ein heftiges Zittern und eine heiße Welle kam über mich. Das war das erste Mal, dass es passierte. Völlig unerwartet.«

»Erzähl mir, wie es sich angefühlt hat. Beschreib es!« Eeva fing Feuer.

»Eine Million weißer Nerze, die alle auf einmal fliehen.«

»Wildnerze. Das kann ich mir vorstellen. Und dann?«

»Du glaubst nicht, wie peinlich mir das war! Noch Jahre später, immer wenn ich dieses Mädel getroffen habe, war ich nicht sicher, ob sie damals etwas gemerkt hat oder nicht.«

»Und beim wirklich ersten Mal? Also, als du zum ersten Mal richtig rangehen durftest. Wie ist es dem Jussi da ergangen?«

»Eigentlich auch nicht viel glorreicher.« Jussi Vares gähnte. »Aber lassen wir das. Jetzt bist du dran. Erzähl du mal von deinem ersten Mal. Dem ersten richtigen ...«

»Der erste Richtige war er wohl kaum. Das war nur irgend so ein Kalle oder Kille. Wir sind erst einen Monat miteinander gegangen, bis er zur Armee musste. Ich glaube, er war damals achtzehn. Und ich war sechzehn. Am letzten Abend vor seiner Abfahrt gelang es diesem Mister Selbstververliebt mir weiszumachen, es sei so eine Art ungeschriebenes Gesetz, dass die

Freundin ihrem jungen Helden, der in den Kampf zieht, eine Nacht ...«

»Ich verstehe ... diese Klausel ist auch in den Kriegsparagrafen der Genfer Konventionen festgeschrieben.«

»Ja ja ... Dieser Bursche hatte die dünnsten Storchenbeine der Welt und so merkwürdige, struppige Haare um seinen Pimmel. Und sein Magen knurrte erbärmlich dabei. Das Ganze dauerte zwei Minuten. Es ging schneller vorbei, als man hätte hoffen können. Ich habe die Augen zugemacht und ganz fest an Sting und Simon le Bon gedacht.« Eeva musste lachen. »Zwei Jahre später habe ich Kille in der Schlange vor einer Würstchenbude wiedergetroffen. Wir haben uns mit Mühe einen Gruß abgerungen, das war alles.«

Die Müdigkeit drückte ihre Augenlider nieder, die Erschöpfung steckte ihnen in den Gliedern. Das verlassene Haus roch geradezu nach vergessenen Erinnerungen. Draußen pfiff der Wind, der gegen Morgen stärker geworden war. Die dunklen Schatten im Garten schienen schon langsam zu verschwinden.

Im Sommer geht die Sonne immer so früh auf.

Eevas Atem verwandelte sich in ein behagliches Stöhnen. Auch Jussi Vares nickte bald ein. Irgendwo in dem verlassenen Haus raschelte ein Tier: ein kleiner Vogel, der sich in den Hohlräumen der schimmeligen Wände verirrt hatte, oder eine ahnungslose kleine Maus, die dem Irrglauben verfallen war, ewiges Leben zu genießen.

Das große Eckzimmer des alten und massiven, im Empirestil erbauten Hauses diente Karl Miesmann als Arbeitszimmer und als zuverlässiges Nervenzentrum für seine zahlreichen Unternehmen. Der wertvolle historische Raum war mit Kronjuwelen der modernen Innenarchitektur ausgestattet. Karl Miesmann saß an seinem großen, aus hellem Holz gefertigten Schreibtisch und hielt einen Damenslip in der Hand. Das Höschen gehörte Yvette, die in einem der Klubs der Stadt Platten auflegte. Das milchschokoladenbraune Mädchen aus der Karibik war eine flüchtige Bekannte Karl Miesmanns. Er hatte die Frau nach der Mittagszeit per

Telefon zu sich bestellt. Yvette erschien wie verabredet im Büro und erledigte ihren Job mit großer Hingabe und Professionalität. Zum Abschied hatte sie Karl Miesmann noch einmal verführerisch zugezwinkert und ihren Slip auf eine Ecke des riesigen Tisches fallen lassen.

»Karrrlll. Diese Seide hat einen hohen persönlichen Wert für mich. Sie müssen sie mir bald wieder zurückgeben, wenn nicht schon morgen. Auf ein baldiges Wiedersehen, mon chéri.«

Miesmann roch noch einmal an dem Stück Stoff und ließ es dann in den zinnfarbenen Papierkorb fallen, den vermutlich einst ein italienischer Graf für sein Büro entworfen hatte. Oder ein spanischer Marquis. Karl Miesmann konnte nicht klagen. Yvette tat ihr Bestes. Aber das Mädel aus der Dominikanischen Republik blieb trotzdem etwa zwei Lichtjahre hinter Ifigenia zurück.

Noch niemand hatte es Miesmann so gut besorgt wie die kleine Ifi. Und wer hatte schon so viele Vergleichsmöglichkeiten wie er. Miesmann schätzte, mittlerweile knapp über tausend Frauen gehabt zu haben.

Ifigenia hatte erzählt, dass ihr Boyfriend arge Probleme im Bett hatte. Vielleicht wollte sie die Sache nur etwas herunterspielen und die Eifersucht ihres Geliebten besänftigen. Ifigenia. Dieses süße Dummerchen hielt viel zu große Stücke auf sich. Miesmann leugnete vehement, wegen Ifigenia eifersüchtig zu sein. Nicht in einer solchen Situation wie dieser, verdammt!

Dreizehn Millionen Finnmark waren eine Summe, bei der sich die kleinen Stiche der Eifersucht im Herzen eines Spielers leicht vergessen ließen.

Karl Miesmann wollte gerade zu einer dicken Ausgabe des *Fortune*-Magazins greifen, als das Handy auf seinem Schreibtisch klingelte. Miesmann nahm das Telefon zur Hand und blickte kurz auf das Display.

»Ich bin's.«

»Von wo aus rufst du an?«

»Aus einer Telefonzelle im Vergnügungspark Linnanmäki. Ich hab im Moment ein wenig bezahlten Urlaub. Mein Sohn vergnügt sich gerade auf einem der Fahrgeschäfte hier, und ich hab einfach die Gelegenheit genutzt.«

»Gut, dass du neulich angerufen hast. Hast ganze Arbeit geleistet. Also, ich muss schon sagen. Ich bin beeindruckt!«

»Viele andere Möglichkeiten gab es nicht. Das Risiko war trotzdem hoch. Der Kollege hat ja die ganze Zeit an meiner Seite geklebt.«

»Gut gemacht, auf jeden Fall. Ich habe deine Nachricht noch im letzten Moment erhalten. Wenn ihr nur fünf Minuten später angekommen wärt, hätte man diesen unschönen Zwischenfall vermeiden können und unsere Freunde wären bereits über alle Berge gewesen.«

»Na ja, da haben wir wohl alle eine ordentliche Portion Glück gehabt.«

»Das war nicht nur Glück. Hättest du nicht angerufen, wäre das Projekt gestorben. Dein Einsatz wird sich für dich lohnen. Jede Dienstleistung hat ihren Preis. Und ich kann dir versprechen, dass die gestrige Aktion nicht als Discountangebot abgerechnet wird!«

»Hmm, also … ich bin hier noch eine Weile mit meinem Jungen unterwegs. Aber …«

»Gib mir Bescheid, wenn du dich aus deinen Verpflichtungen lösen kannst. Dann werden wir dir an einem angemessenen Ort die Lohntüte auffüllen.«

»Okay. Ich ruf dich später noch mal an.«

»Tu das.«

Kaum hatte Miesmann aufgelegt, klingelte wieder sein Telefon. Er warf einen Blick auf das Display und nahm ab.

»Wie geht es dir, Schatz?« Miesmann lächelte, die Augen zu katzenartigen Schlitzen verzogen. Er lehnte sich in seinem weich federnden Bürosessel weit zurück.

13

»Was für ein Auto hattest du noch, Schatz?«, fragte Antero Kraft Ifigenia, während er sein Hemd zuknöpfte.

»Alle möglichen!« Ifigenia Multanen breitete ihre Arme aus und lächelte Antero mit strahlenden Augen an. Ifigenia war heute besonders schön und außerdem gut gelaunt.

»Einen großen Benz, einen Mercedes-Sportwagen, einen flotten kleinen Audi. It's your choice, baby …«

Antero sah die Frau lange an.

Ifigenia begriff plötzlich, dass ihr ein Fehler unterlaufen war. Antero dachte einfach zu viel nach. Sein abschätzender Blick ließ sie zusammenfahren.

Verflixt noch mal! Sei vorsichtiger, Frau! Rechne nicht vorschnell mit einem einfachen Kapitulationssieg.

Antero war nicht dumm. Sein Misstrauen loderte beim kleinsten Funken in hellen Flammen und durfte nicht unterschätzt werden. Das war gefährlich. Sehr gefährlich.

»Antero, aufwachen! Scherz beiseite …« Ifigenia lächelte unschuldig und zupfte Antero den Hemdkragen zurecht. »Woher sollte ich denn so viele Autos haben … Der Mercedes, den ich in Mynämäki gefahren bin, war von einem Autoschieber aus Vuosaari geliehen. Den Kontakt hat Sinkkonen hergestellt. Der Wagen ist schon längst wieder zurückgegeben. Bei Munck und Sinkkonen finden sich sicher Alternativen. Ich kann nicht über alles Bescheid wissen …«

»Ich will nicht, dass die beiden irgendwas mit der Geldholaktion zu tun haben! Das kommt überhaupt nicht in Frage!« Antero Kraft winkte mit einer entschiedenen Geste ab. »Langsam geht es mir auf die Nerven, dass diese Springwürmer mir die ganze Zeit am Arsch kleben. Es kommt mir so vor, als würden die beiden mich eher bewachen als beschützen.«

»Antero, du musst dich auch mal in die Lage der Jungs versetzen. Sie sind auf eigenes Risiko mit dabei – und haben allen Grund besorgt zu sein. Du bist ihre Bank. Außer schönen Versprechen haben sie keine Absicherung, dass sie ihr Geld je bekommen.«

»Das ist doch lächerlich! Natürlich bekommen sie ihren Anteil. Glaubst du etwa, dass ich bei einem Pott von über zehn Millionen nur ein paar müde Hunderttausend für sie abzweige?«

»Natürlich nicht.« Ifigenia hauchte Antero einen kurzen Kuss auf die Wange. »Aber die Burschen kennen dich ja kaum. Sie sind sich eben nicht sicher. Das ist doch nur natürlich. Menschlich.«

»Die Jungs können denken, was sie wollen, aber das Geld holen wir ohne sie! Das Auto könnten sie mir jedoch irgendwo besorgen.«

»Schon gut, alles klar.« Ifigenia Multanen nickte Antero zustimmend zu. »Also nur wir zwei. Das ist gut. Bestimmt eine kluge Entscheidung.«

»Und noch eine weitere Bedingung, Liebste.« Antero Kraft blickte Ifigenia für ein paar Sekunden tief in die Augen.

»Wir machen es so, dass du mich zur Bahnstation von Tapanila bringst. Und von da ab fahre ich allein weiter. Du wartest irgendwo an der Station auf mich. Ich komme dann mit dem Geld zurück und hole dich ab. Und dann suchen wir für den Zaster ein neues und besseres Versteck. Also vorläufig.«

»Du willst mich also nicht mit ...«

Antero Kraft legte Ifigenia entschlossen seinen Zeigefinger auf die Lippen.

»Ifi-Schätzchen. Pssst!«

Ifigenia Multanen zog schnell die richtigen Schlüsse. Wenn das Eis knirscht, ist Vorsicht geboten. Statt der gefährlichen Abkürzung musste sie den längeren aber sicheren Weg am Ufer nehmen.

»Also zur Bahnstation von Tapanila?«, vergewisserte sich Ifigenia Multanen. Sie verzog keine Miene. »Sag einfach Bescheid, wann's losgehen soll.«

»Um noch mal zum Thema Eishockeytrainer zurückzukommen. Also – Jortikka von TPS ist schon 'ne ziemlich derbe Nummer. Aber ganz o.k.«

»Er ist der Beste und der Härteste. Nur, dass er beim falschen

Team ist. Den bekommt man für kein Geld der Welt zum HIFK. Leider. Ein harter Knochen!«

»Ein Coach muss hart sein. Nicht wie so'n quietschendes Disney-Stofftier. Solche gibt's auch.«

»Ja, 'ne jämmerliche Heulsuse darf er nicht sein, wie zum Beispiel dieser Typ von Tappara.«

»Ach der, ja. War der nicht ein paar Winter lang bei der Eishockeynationalmannschaft der Damen – und hat Monatsbinden sortiert?«

»Da war er sicher gut aufgehoben.«

Das Thema war ausdiskutiert. Jari Munck verfolgte durch das staubige Schaufenster der Vorstadtpizzeria teilnahmslos das lebhafte Treiben auf der Straße.

»Bis jetzt sind wir ja gut mit Antero zurechtgekommen. Und das liegt nur daran.« Tetsuo Sinkkonen tippte sich an die Schläfe. »Wichtig ist das psychologische Auge! Davon hängt so einiges im Leben ab. Erfolg und Misserfolg. Nicht wahr, Kumpel?«

»Zweifellos.« Jari Munck nickte und hörte auf, mit dem Zahnstocher herumzupulen.

»Das psychologische Auge ist ein wertvolles Gut. Und besonders uns ist es von verdammt großem Nutzen gewesen. Man gerät sonst, ohne es zu wollen, in eine heikle Situation.«

»Also, welche Situation zum Beispiel?« Matschauge Munck schnitt sich ein so großes Stück von seiner bereits erkalteten Pizza ab, dass er Mühe hatte, es in den Mund zu stopfen.

»Na ... zum Beispiel, wenn man mit einer Jacke des HIFK in eine Straßenbahn steigt, die voll von betrunkenen Jokeri-Fans ist. Aber eigentlich meine ich generell irgendwelche geborenen Dummköpfe.«

»Geborene Dummköpfe?«

»Wenn du in die Gesellschaft eines Dümmeren gerätst, darfst du nie das ungeschriebene Gesetz vergessen: Idioten mögen niemanden, der schlauer ist als sie selbst«, betonte Sinkkonen. »Klare Sache, an sich. Auch aus einem Schweinehirten kann mit einer ordentlichen Portion Glück ein Gutsherr werden. Und auch der dümmste Wichsfrosch in einem katholischen Priesterseminar kann Papst werden. Aber ein Idiot ist und bleibt immer ein Idiot. Bis zu seinem Grabe.«

»Ja, natürlich. Daran kann man nichts ändern. Aber wie soll man sich aus so einer heiklen Situation am besten rausbugsieren? Ohne dass man was Falsches sagt …«

»Einfach nicht allzu dick auftragen! Und lieber versuchen, ernst und schweigsam zu sein als lustig! Witz und Humor werden von Idioten nicht unbedingt verstanden. Sie denken leicht, dass man sie angreifen will. Und dann kommt in ihnen so eine Wut auf, dass ihnen das rostige Mora-Messer ganz locker sitzt.«

»Also nicht zu dick auftragen. Klar …«

»Genau. Lieber den Ball flach halten! Oft ist es einfach nur angebracht, die Klappe zu halten, wenn man sich in Gesellschaft von Idioten befindet.«

Sinkkonens Handy klingelte. Sinkkonen schnappte sich das Mobiltelefon und sah auf das Display, bevor er sich meldete.

»Es ist Ifigenia.« Tetsuo zwinkerte.

Munck stopfte das letzte Pizzastück in sich hinein und schob den Teller von sich weg. Dann begann er, während Tetsuo mit Ifigenia sprach, in einer bunt aufgemachten Illustrierten zu blättern, die auf dem Tisch lag.

Muncks Gedanken wurden abrupt unterbrochen. Er war auf einen Artikel gestoßen, der ihn tief Luft holen ließ.

Tetsuo Sinkkonen beendete das Telefongespräch. Jari Munck sah von der Zeitschrift auf.

»Du, Tetsuo! Du glaubst es nicht, aber hier ist endlich mal wieder eine interessante Story zum Thema Essen. Über Sushi!«

»Sushi! Ist das nicht roher Fisch? Igitt. Die Japsen haben echt einen an der Waffel.« Tetsuo Sinkkonen zog eine Grimasse.

»Das ist ein Special darüber. Es geht darum, wie Sushi angerichtet wird.« Munck blickte, die kleinen Augen weit aufgerissen, auf die Zeitschrift. »In Tokio kann man jetzt in Restaurants dinieren, in denen der rohe Fisch auf einer nackten Frau serviert wird. Nicht schlecht. So ein Gourmetschmaus wäre was für mich. Zumindest ein einziges Mal im Leben …«

Jari Munck reichte Tetsuo die Zeitschrift. Auf der farbigen Doppelseite posierte ein lächelndes japanisches Mädchen, splitternackt auf einer schneeweißen Tischdecke. Auf dem Körper des Mädchens waren Kaviar, Sushi-Röllchen und in Streifen geschnittene Gemüsestückchen angerichtet – dezent mit Soßenspritzern dekoriert.

»Bald wird der Herr bestimmt das nötige Kleingeld haben, um seine Träume zu verwirklichen. Du wirst mit den blauweißen Fliegern der Finnair nach Japan reisen und dir einen Festtagstisch im besten Restaurant reservieren.« Tetsuo Sinkkonen lachte gut gelaunt und reichte die Illustrierte zurück. »Lange brauchen wir hier nicht mehr nutzlos auf der Lauer zu liegen.«

»Was? Wie meinst du das?« Munck blinzelte und sah erneut von dem kunstvoll dekorierten Gourmetarrangement in der Zeitschrift auf.

»Ifigenia hatte ausgesprochen gute Nachrichten für uns.«

14

»Koitere …« Koitere saß am Ecktisch eines Kneipencafés, hatte eine Flasche Limonade vor sich stehen und hielt sich das altmodische rosafarbene RinGo-Handy seiner Frau ans Ohr. Seine Miene verriet eine Spur von Anspannung und Erwartung.

»Mir ist was dazwischengekommen. Das bedeutet, dass wir unser Treffen ein bisschen verschieben müssen.« Die Stimme am anderen Ende klang abgehackt. Die Verbindung war nicht die beste. »Hör mal, könntest du noch ein paar Stunden warten? Lass das Handy an. Ich rufe dich wieder an, sobald ich das hier erledigt habe …«

»Wie viel?« Koitere verspürte ein trockenes Gefühl in der Kehle, als wäre eine Sommergrippe im Anzug. Er versuchte ein Husten zu unterdrücken.

»Hmm, wie lange das bei mir dauern wird? Zwei Stunden, allerhöchstens drei …«

»Nein – also ich meine, wie viel?« Mikko Koitere betonte und unterstrich das letzte Wort.

»Ach so. Fünfzig Mille. Steuerfrei. Ist das okay?«

»Klar. Klingt gut. So funktioniert die Marktwirtschaft!«

»Ausgezeichnet. Und bleib erreichbar«, sagte die Stimme.

»Ich habe heute meinen zweiten Urlaubstag. Dank der Aktion auf Lauttasaari bin ich krankgeschrieben. Und ich hab's überhaupt nicht eilig.«

»Gut. Ich melde mich.«

Irgendwie war das Leben verdammt schön. Dieses Gefühl würde Mikko sich zu bewahren versuchen und es während der bevorstehenden Regentage wieder aufleben lassen. Denn gerade für die unangenehmeren Momente im Leben waren solche Siege doch gedacht!

Jetzt brauchte er bloß zu sein und zu leben, sein und leben, wiederholte Mikko Koitere in Gedanken und ging siegesbewusst mit offener Jacke weiter. Das Leben war schön. Jetzt war nicht die Zeit für unnötige Grübeleien. Zu viel Nachdenken schadete nur.

Trotzdem konnte Koitere nichts gegen den Druck tun, der ihm schwer auf der Brust lag. Scheiße! Was auch immer dieses Gefühl zu bedeuten hatte. Koitere versuchte sich selbst anzuspornen. Reiß dich zusammen, Mann!

Jussi Vares und Eeva trugen ihre Werkzeuge vom Dachboden hinunter ins Wohnzimmer des Hauses. Die beiden erschöpften Gestalten wirkten irgendwie enttäuscht. Sie hatten schon etliche Stunden gearbeitet und waren immer noch nicht fündig geworden.

»Die Treppe knarrt und knarzt, dass man nicht weiß, ob sie schon heute oder erst morgen einstürzt«, murmelte Eeva und legte die Tasche auf das von Schimmelflecken übersäte Sofa.

»Genau!« Jussi Vares drehte sich hoffnungsvoll um. »Sollten wir uns nicht als Nächstes die Treppe vornehmen? Vielleicht können wir die Trittstufen ein wenig mit dem Brecheisen traktieren. Wer weiß, was für ein Geheimfach wir da finden.«

»Hoffen wir das Beste, und geben wir nicht auf. Aber wenn du erlaubst, rauche ich noch eine, bevor wir weitermachen.« Eeva Sunila zog ihre Mentholzigaretten aus der Seitentasche ihrer Jeans und ging zu einem der zersplitterten Fenster.

Jussi Vares rieb sich das inzwischen stoppelig gewordene Kinn und musterte die Treppe. Er versuchte eine Stelle zu finden, an der er den Kuhfuß zuerst ansetzen könnte. Der Zahn der Zeit hatte schon so heftig an der Treppe genagt, dass sie sich vermutlich ohne große Probleme würde auseinandernehmen lassen.

Er fand einen passenden Zwischenraum. Vares setzte das Brecheisen an und checkte vorsichtig ab, wie fest die Bretter saßen. Plötzlich hörte er aus dem Wohnzimmer ein warnendes Zischen, das von Eeva stammte. Vares drehte sich mit einem Ruck um.

»Was ist los?«

»Da ist ein Mann. Er hockt auf dem Plattenweg«, flüsterte Eeva und blickte mit verschreckten Augen in den Garten.

»Hockt? Wieso hockt er da? Was macht er?«

»Das weiß ich doch nicht. Vielleicht buddelt er nach Regenwürmern«, raunte Eeva zurück.

Jussi Vares ging ans Fenster. Über den verwilderten Rasen führte ein Weg, der aus großen viereckigen Betonplatten verlegt war. Auf halber Strecke des Weges kauerte ein Mann, der gerade versuchte, mit einem kurzen Reifeneisen eine der schweren, schmutziggrauen Wegplatten hochzustemmen.

Die Platte fiel auf den Rasen. Der Mann begann mit einem grünlichen Klappspaten die Erde aus der frei gewordenen Fläche zu schaufeln. Er schaufelte schnell, mit ruckartigen Bewegungen. Die Morgensonne schien auf den Garten hinab. Zwischendurch richtete sich der Mann auf und wischte sich über die Stirn. Plötzlich sah er sich um, sodass die beiden Beobachter aus dem Dunkel des Wohnzimmers heraus sein Gesicht erkennen konnten.

»Das ist ja … das ist Antero …« Eeva Sunila umkrampfte Jussis Arm.

»Na, jetzt verstehe ich, warum wir hier drinnen nichts gefunden haben«, flüsterte Jussi Vares.

»Verdammt! Der gräbt da in aller Ruhe das Geld aus«, zischte

Eeva Sunila. »Damit macht er den größten Fehler seines Lebens.« Eeva holte ihre Waffe hervor und entsicherte sie entschlossen.

Vares griff warnend nach Eevas Handgelenk und hob den Zeigefinger an die Lippen.

»Ganz ruhig jetzt, Eeva«, flüsterte Vares ihr ins Ohr. »Lass uns noch warten und ihn eine Weile beobachten. Wir müssen sicher sein, dass Antero wirklich allein ist. Man sollte nichts überstürzen.«

»Der rote Van stand vorhin noch nicht da an der Pforte.« Eeva zeigte in Richtung Straße. »Antero ist sicher damit gekommen. Glaub mir! Er ist ganz allein hier!«

Vor dem Zaun stand ein noch recht neuer Chevrolet Starcraft, ein edel ausgestattetes, geschlossenes Modell mit abgedunkelten Scheiben und überbreiten Reifen.

»Mr. Antero Kraft and his Starcraft. Ein edles Gespann. Aber wir können nicht sicher sein, dass er allein unterwegs ist«, erwog Jussi Vares. »Lass uns die Situation erst mal in Ruhe beobachten.«

»Verdammt noch mal! Wir dürfen ihn nicht mit dem Geld entkommen lassen! Wir müssen jetzt aufpassen.« Eeva Sunila kam allmählich in Fahrt. »Ich steige durch ein Fenster an der hinteren Seite des Hauses und warte an der Hausecke auf ihn. Dann bin ich näher am Auto und kann die Umgebung besser im Auge behalten.«

»Unteroffizier Sunila, rühren!«, versuchte Jussi Vares Eeva zu beruhigen. »Dies ist kein harmloser Aufklärungseinsatz bei einer Manöverübung. Das hier ist ernst!«

»Ganz genau ... Es geht um den Rest meines Lebens. Ich gehe jetzt raus!«

Eeva steckte sich die Pistole in den Hosenbund und flitzte durch das Wohnzimmer. Dann sah sie kurz aus dem Fenster in den Hintergarten, schwang sich geschickt über das Fensterbrett und war kurz darauf verschwunden.

Antero Kraft schien gefunden zu haben, was er suchte. Aus der Erde kam ein pechschwarzer Müllsack zum Vorschein. Er zog den Sack aus der Grube. An seinen Schläfen traten deutlich die Adern hervor. Das kann doch nicht wahr sein! Vares hielt die Luft an. Was für ein Schelm! Der Mann hatte seine 13 Millionen in einem billigen schwarzen Müllsack gelagert. Dass Geiz so geil sein konnte!

Antero kämpfte eine Weile mit dem Knoten, der den Sack verschloss. Der Sack öffnete sich. Antero starrte einige Sekunden lang wie verzaubert auf den Inhalt des Müllsacks. Die Schultern des Mannes schienen vor Ergriffenheit zu beben.

Dann aber kam er wieder zu sich, eilte zu seinem Wagen und holte aus dem Fahrerhaus des Chevrolet Starcrafts eine große, grüne Sporttasche. Antero sah sich nervös um und eilte im Laufschritt zu dem Sack zurück, der auf dem Rasen lag.

Er kniete sich nieder und begann mit seinen von Erde verschmutzten Händen eifrig die dicht gepackten Geldbündel aus dem Müllsack in die Sporttasche umzupacken.

Die labberige Tasche füllte sich allmählich mit den Geldbündeln. Antero hielt einen Moment inne, um zu verschnaufen. Er hatte ein zwei Zentimeter dickes Geldbündel irgendeiner Währung in der Hand und schien angestrengt nachzudenken.

Plötzlich fasste er einen Entschluss und begann damit, die Geldbündel aus der Sporttasche zurück in den mit Erde verdreckten Müllsack zu stopfen! Vares verfolgte irritiert, wie der Mann etwa zehn dicke Geldbündel wieder in dem Sack verstaute. Irgendetwas hatte ihn dazu veranlasst, seine Pläne zu ändern.

Schließlich schien Antero Kraft mit der Verteilung des Geldes zufrieden zu sein. Er steckte den Müllsack in das Loch zurück und schaufelte es wieder zu. Zum Schluss hob er die schwere Betonplatte an ihren Platz, trat mit seinem ganzen Gewicht auf den Stein und tat ein paar schaukelnde Schritte, um zu prüfen, ob die Platte fest saß.

Schließlich verteilte Antero Kraft mit seinen Schuhen noch die restlichen Erdbrocken, die um die Platte herumlagen, wog kurz den Klappspaten in der Hand und warf ihn dann mit Schwung in das Gebüsch, das sich auf der gegenüberliegenden Seite des Grundstücks befand.

WWWWWUSCH!

Das dichte Gebüsch raschelte leise. Der Busch verschluckte den Spaten wie eine fleischfressende Pflanze einen unvorsichtigen Brummer – in der Hoffnung auf die Rückkehr des Schatzsuchers.

Antero Kraft rieb seine erdigen Hände, grinste erleichtert in sich hinein und nahm die prall gefüllte Tasche und das Reifeneisen vom Boden auf.

Er war nur ein paar zügige Schritte gegangen, als er plötzlich wie angewurzelt an der Gartenpforte stehen blieb.

Vor der Pforte stand, mit gezogener Pistole, Eeva Sunila. Breitbeinig, mit entschlossener, versteinerter Miene, die Pistole professionell mit beiden Händen am Griff nach vorn gerichtet.

15

»Eeva! Zum Teufel noch mal, Eeva!« Antero Kraft stieß einen irren Lacher aus. Wie ein alter Junggeselle auf einem Einödhof, der zum ersten Mal im Leben sein Gesicht in einem richtigen, in der Fabrik hergestellten Spiegel sah.

»Ja, Antero, mein Lieber. Du erinnerst dich doch sicher noch an deine dir angetraute Frau?« Eeva Sunilas Stimme klang kalt wie Eis. »Hast du vielleicht etwas zu erklären? Oder vielleicht sogar etwas wiedergutzumachen?«

»Jussi! Entwaffne ihn. Ich gebe dir Deckung!«

Vares stürzte hinter der Hausecke hervor und riss Antero den Revolver aus dem Hosenbund, ehe dieser auch nur einen Ton von sich geben konnte.

»Kommst du gerade vom Training, Antero? Was hast du denn da in deinem Sportbeutel?« Jussi Vares schnappte sich die Tasche. »Eine Stirnlampe für den Nachtorientierungslauf? Eine weiße Turnhose mit kaffeesatzbraunen Standardstreifen? Oder einen Eierschutz für den Torwart, Größe XS?«

»Wer zum Teufel bist du?«

»Ich hab dir in Mynämäki eins mit dem Feldspaten übergezogen«, antwortete Vares fröhlich. »Erinnerst du dich?«

»Was wollt ihr eigentlich? Was habt ihr mit mir vor?« Der Ernst der Lage wurde Antero Kraft langsam klar.

»Du bist uns nicht so wichtig. Was mit dir passiert, ist uns ziemlich egal. Eigentlich gibt es kaum etwas, das uns weniger interessieren könnte!« Eeva Sunila lachte bitter.

»Eeva! Lass gut sein. Ins Auto jetzt und ab die Post. Es gibt keinen Grund, länger hierzubleiben und sich die Nase blutig zu bohren.« Vares sah sich besorgt um. »Führ ihn zum Auto. Die Schlüssel her, Antero!«

Antero Kraft zog einen Schlüsselbund aus seiner Jackentasche und reichte ihn Vares. Eeva behielt Antero fest im Griff. Vares schleppte den Geldbatzen. Millionen und Abermillionen. Ganz in Tuchfühlung.

Antero stieg mit steifen Bewegungen ins Auto. Eeva Sunila blieb mit gezogener Waffe neben dem Wagen stehen. Jussi Vares ging auf die Fahrerseite, warf die Tasche mit dem Geld in den Fußraum und stieg ebenfalls ein. Im Wageninneren roch es nach frischem Lederwachs und Zigarettenrauch. Der Sitz war weich, die Innenverkleidung stilvoll. Das Armaturenbrett schien aus Edelholz zu sein. Ein blauer Samtvorhang trennte den Fahrerraum vom hinteren Teil des amerikanischen Schlittens.

»Servolenkung, Geschwindigkeitsregulierung …« Vares untersuchte die Knöpfe des Armaturenbretts. »Automatikgetriebe, Airbags! Tja. Und dann scheint dieses amerikanische Wunder auch noch eine Klimaanlage zu haben!«

Antero Kraft war der Schweiß auf die Stirn gestiegen, er sah so aus, als ob er sich nach etwas Kühlung sehnte.

Eeva setzte sich neben Antero auf die Beifahrerbank und zog die Tür knallend zu. Dann presste sie die Pistole an die schweißnasse Schläfe ihres Mannes und gab Vares zu verstehen, dass er losfahren könne.

Als Jussi Vares den Wagen in Gang setzte, hörte er ein merkwürdiges Rascheln hinter sich. Der schwere Samtvorhang bewegte sich wie im Wind. Wie aus dem Nichts erschien eine Männerhand, ergriff Eevas Handgelenk und entwand ihr die Waffe. Jussis rechte Hand schnellte zu seinem Hosenbund, um nach dem Revolver zu greifen, den sie Antero abgenommen hatten. Der kalte Lauf einer Pistole in seinem Nacken brachte ihn jedoch auf andere Gedanken.

»Du solltest nicht mal von so was träumen!« Jussi Vares spürte den warmen Atem des Mannes an seinem Ohr; er roch nach Zigaretten, Mundwasser und dem kräftigen Aroma eines fremden Gewürzes. »Die Waffe her. Aber langsam, damit hier kein größeres Missgeschick passiert ...«

»T-tetsuo, d-du ...« Antero Krafts bebende Stimme verriet, dass er mindestens ebenso überrascht war wie die anderen beiden, die im Fahrerhaus des Starcraft saßen. Er stieß einen erleichterten Seufzer aus.

»Maul halten. Alle drei.« Tetsuo Sinkkonens Stimme knarrte wie Sand im Getriebe. »Ich rufe gleich noch ein paar Freunde von uns dazu. Und dann machen wir einen kleinen Ausflug. Aber erst wird der Fahrer gewechselt.«

Der große amerikanische Van schaukelte mit einem tiefen Brummen voran. Im hinteren Teil des Wagens saß eine stille Gesellschaft. Antero hockte neben Ifigenia und murmelte ihr Liebesbekundungen zu.

Ifigenia bewegte nervös die Waffe in ihrem Schoß. Über ihr Gesicht huschte ein seltsamer Ausdruck. Eine Mischung aus Entschlossenheit und Triumph lag darin, aber auch Bedauern. Vielleicht sogar Mitleid.

Tetsuo Sinkkonen saß neben Ifigenia auf der Bank. Er hatte die Waffenhand lässig auf sein Knie gelegt, gab aber Jussi Vares und Eeva, die in einer Ecke des Laderaums hockten, mit seiner Haltung zu verstehen, dass jeder Versuch zwecklos war. Die Aufmerksamkeit des dunkeläugigen Mannes ließ keinen Augenblick nach.

Sinkkonen lächelte in sich hinein, während er Antero Krafts Gesäusel zuhörte. Zwischendurch warf er Vares lange, stechende Blicke zu und zog mit der anderen Hand bedeutungsvoll seine zerschundenen Lippen breit. Beim Anblick des blutigen Zahnfleisches und der fehlenden Zähne im Oberkiefer krampfte sich Vares' Magen zusammen.

»Hier, guck mal, meine Zahnlücken, du Arschloch! Ich hoffe, du hast eine gute Rechtsschutzversicherung. Du wirst mir für jeden Zahn einzeln bezahlen. Schneller als du denkst.«

Vares schloss aus den Verkehrsgeräuschen, dass sie hauptsächlich auf stärker befahrenen Straßen fuhren. In welche Richtung es ging, wusste er natürlich nicht.

Offensichtlich waren sie auf dem direktesten Weg zur Hölle.

»Ifi, mein Schätzchen. Nimm mich in den Arm, meine Kleine!« Antero kauerte sich zu Ifigenias Füßen auf den Wagenboden.

Ifigenia streckte einladend die Hand aus. Antero winselte herzerweichend und hob seinen Blick.

Ifigenia wehrte Anteros tastenden Versuch ab, sie zu küssen, und hob die Waffe von ihrem Schoß. Der schwarze Lauf bewegte sich unbemerkt zur Schläfe des Mannes, bis er sie fast berührte.

Der Knall war überraschend dumpf. Antero zuckte wie ein Schlachtschwein, als die Kugel von der Seite durch seinen Kopf fuhr.

Er sackte in sich zusammen; vermutlich noch bevor er begreifen konnte, was überhaupt geschehen war.

Ifigenia Multanen drückte Antero an sich und ließ den leblosen Körper dann sanft zu Boden gleiten. Die leblose Hülle des Mannes blieb in einer unnatürlichen Position auf dem leicht vibrierenden Boden des Wagens liegen.

»Verzeih mir, Antero.« Nur mit Mühe brachte Ifigenia Multanen die Worte hervor. »So ist es wohl besser für dich ... Es ist besser, dass du Karl nicht lebend in die Hände gerätst ...«

Niemand sagte etwas. Eeva Sunila biss die Zähne zusammen und starrte auf ihren toten Ehemann, der auf dem Wagenboden lag. Die kleinen Unebenheiten auf der Straße brachten den schlaffen Körper leicht zum Zittern. Die glasigen Augen und die zähe, dunkle Blutlache, die sich unter seinem Kopf ausbreitete, sprachen eine eigene grausame Sprache. Für Antero Kraft war die Teilnahme am Spiel des Lebens beendet.

Eeva Sunila begriff, dass all der Hass, den sie Antero gegenüber empfunden hatte, wie weggewischt war. Sie erinnerte sich wieder an den lässigen und eleganten jungen Mann mit dem einnehmenden breiten Lächeln und den lebhaften und lustigen Geschichten. An den jungen Mann, der vor vielen, vielen Jahren an einem schönen Frühlingstag etwas nervös vor ihrem ersten Treffen unter der Uhr des Kaufhauses Stockmann auf sie gewartet hatte.

Eeva hatte damals ihren nagelneuen Blazer getragen. Das getrübte, schockierte Hirn rief ihr das Kleidungsstück und dessen Farbe in die Erinnerung zurück. Hatte das Top unter dem Blazer nicht vielleicht doch einen zu gewagten Ausschnitt gehabt?

Jetzt lag dieser Mann nur zwei Meter entfernt von ihr auf dem Boden – reglos und kalt. Nur eine leblose Hülle. Für immer fort.

Der Starcraft verlangsamte die Fahrt und hielt an. Der dicke, den Fahrerraum vom Laderaum trennende Samtvorhang raschelte und Jari Muncks rote Augen kamen zum Vorschein. Munck bemerkte die Leiche sofort, schien aber nicht sonderlich überrascht zu sein.

»Aha, das Thema ist also abgeschlossen. Bleibt es bei unserem ursprünglichen Plan?«, fragte Munck Ifigenia.

»Lass uns direkt zur *Teboil*-Tankstelle fahren. Das ist der Treffpunkt, den ich mit Karl ausgemacht habe ...« Ifigenia Multanen vermied es, die zu ihren Füßen liegende Gestalt anzusehen.

»Also dann. Auf zum Endspurt. Wir müssen allmählich Abschied nehmen.« Tetsuo Sinkkonen warf einen vielsagenden Blick auf das wie gelähmt in der Ecke der Ladefläche hockende Pärchen.

»Der Schlachthof ist genau richtig für diesen Zweck. Zum Abschiednehmen«, stellte Jari Munck fest und ließ den Vorhang wieder sinken.

»Ja. Daran habe ich auch gedacht.« Sinkkonen nickte. »Das ist der mit Abstand beste Ort in der Stadt, wenn es um endgültige Abschiede geht.«

16

Koitere rief sicherheitshalber Bo Bergström an. Obwohl die Jungs von der Spurensicherung einen langen Arbeitstag in der konspirativen Wohnung auf Lauttasaari gehabt hatten, schien es noch keine neuen Erkenntnisse zum Fall Kraft oder über Krafts Helfer zu geben.

»Natürlich ist die Wohnung mit falschen Papieren angemietet worden. Eine elegante und recht junge Lady, die einigermaßen wohlhabend und seriös erschien, hat ohne zu zögern die Kaution von drei Monatsmieten gezahlt. Mehr konnte der Makler über die Frau nicht sagen«, schnaubte Bergström.

Auch die Fingerabdrücke waren keine große Hilfe. Sie stammten alle von Antero Kraft selbst; sowie von einer anderen Person, vermutlich von der jungen Lady. Da der Computer keine Daten zu den Fingerabdrücken ausspuckte, schien es wohl keine Eintragungen im Polizeiregister zu geben. Am Ende des Telefongesprächs forderte Bergström Koitere dazu auf, es locker angehen zu lassen und den freien Tag zu genießen. Koitere versprach, sein Bestes zu tun. Er schaute an einem Kiosk vorbei, um Zigaretten zu holen. Vor der Kasse stand eine kleine Schlange von Lottospielern und Videoverleihkunden, die alle ihre Scheinchen und Zettelchen ausfüllten. Koitere schielte auf die Männermagazine, die hinter der Verkäuferin aufgereiht im Regal standen. Auf den Hochglanztitelseiten prangten Brüste, Schenkel und Mösen. Das schlechte Gewissen kam wieder in ihm hoch. Wie schwankend seine Laune mal wieder war.

Koitere wunderte sich über sich selbst. Er war doch ein Mann der Tat und nicht gerade auf den Kopf gefallen. Ein Asphaltkrieger mit Straßenschläue, immer Herr der Lage. Der Kripoermittler mit der besten Festnahmestatistik in der Abteilung für Berufs- und Gewohnheitsverbrechen. Und trotzdem hatte er diesen blinden Punkt. Einen stinkenden Flecken, dem man nicht einmal mit OMO beikam. Koitere, du bist ein Sklave deines Schwanzes! Du bist eine Eiterbeule im Polizeigewand, verkaufst dich wie eine Hure!

Der Rentner, der vor ihm stand, schaffte es endlich, seine zahllosen Lottoscheine in eine Plastikhülle zu schieben. Koitere trat an die Kasse, bat die Kassiererin um Zigaretten und sah auf die Uhr. In zehn Minuten würde er sich mit Miesmann treffen. Dann hätte er fünfzigtausend auf der Hand! Das Blut in Koiteres glühendem Kopf rauschte wie ein Fluss im Frühling. Wie ein Mantra wiederholte er die Summe in seinem Kopf. Das schlechte Gewissen und alle anderen Störfaktoren waren selbst aus den dunkelsten Regionen seines Kopfes verbannt.

Fünfzigtausend! Das war eine Summe, die einen beträchtlichen Spielraum bot. Mit so viel Geld ließe sich das eine oder andere machen, auch mit Pirkko und Jaakko. Koitere beschloss feierlich, auch einmal ein ordentlicher Ehemann und Vater zu sein.

Er überlegte einen Moment und bat die Kassiererin noch um ein Casino-Los. Der heutige Tag schien ein Glückstag zu sein. Warum nicht mal richtig schmieden, wenn das Eisen im Feuer schon richtig heiß und glühend war.

Koitere saß in seinem Auto auf dem Parkplatz einer Tankstelle im Osten von Helsinki und genoss das leichte Kribbeln, das sich irgendwo in der Magengegend bemerkbar machte.

Miesmann war spät dran.

An der Tankstelle war viel los. Koitere beobachtete die Leute und bemerkte, dass die Rolle eines Vaters im Urlaub nicht gerade einfach war. In knapp fünf Minuten musste der Tank gefüllt, das Eis für die schreienden Blagen gekauft und die liebe Ehefrau vom Klo zurück sein. Und dann zurück auf die Piste in Richtung Nordosten, wo sich die weite Finnische Seenplatte auftat. Dort wartete sicher schon die Verwandtschaft, den Gefrierschrank bis oben hin vollgestopft, auf den Beginn des allsommerlichen Familienrummels. Fahrt vorsichtig, Väter!

Jedoch nicht alle hatten es hier so eilig. Es dauerte gar nicht lange, bis dem geschulten Auge des Polizisten ein am anderen Ende des Zapfsäulenbereichs geparkter Chevrolet Starcraft auffiel. Hinter dem Steuer des Vans saß ein großer Kerl, der alle Zeit der Welt zu haben schien.

Irgendetwas störte Koitere an dem roten Van und seinem Fahrer. Das passte ihm gar nicht ins Konzept, dass hier noch jemand auf der Lauer lag. In solchen Situationen blieb einem nichts anderes übrig, als seinem Gefühl und seinen Instinkten zu vertrauen. Koitere holte aus dem Handschuhfach sein kleines Fernglas hervor, das er oftmals benutzte, wenn er Posten schob.

Er richtete das Fernglas auf den Fahrerraum des Van. Nach der Feineinstellung wurde das Bild schärfer.

Verdammt noch mal! Das war doch dieser stiernackige Riese, der sie auf der Treppe des Hauses auf Lauttasaari überrumpelt hatte! Was in aller Welt machte dieser Revolverheld hier? Es konnte natürlich sein, dass Miesmann sich einfach nur absichern wollte. Aber etwas sonderbar war das schon. Koitere biss sich auf die Unterlippe und konnte seinen Blick nicht von dem roten Starcraft und dessen Fahrer abwenden.

Er beschloss, einen kleinen Test durchzuführen. Am Rand des Parkplatzes stand der Müllbehälter der Tankstelle. Koitere schnappte sich den vollen Aschenbecher seines Wagens und ging ruhigen Schrittes mit dem Ascher auf den zylinderförmigen Mülleimer zu.

Der Blick des Mannes hinter dem Steuer durchbohrte ihn wie ein sechs Zoll langer Eisennagel einen alten Holzscheit. Koitere ging direkt an dem Chevrolet vorbei und vermied es, in die Richtung des Mannes zu schauen.

Im Laderaum des Wagens waren Geräusche zu hören. Waren es Stimmen? Unruhige und ängstliche Stimmen? Koitere spürte einen leichten Schauer über seinen Rücken laufen.

Koitere leerte den Aschenbecher über dem Mülleimer aus und schlenderte in aller Ruhe zu seinem Wagen zurück. Als er die Autotür öffnete, bemerkte er, dass ein großer Mercedes auf den Parkplatz bog. Karl Miesmann brachte seinen prächtigen Schlitten abrupt zum Stehen, öffnete die Tür und trat forsch auf den von der Sommersonne aufgeheizten Asphalt.

Miesmann blickte kurz zu Koitere hinüber und begab sich dann direkt zu dem Van. Der hoch gewachsene Fahrer öffnete das Seitenfenster, und die Männer unterhielten sich einige Minuten intensiv.

Miesmann beendete die Diskussion mit einem kurzen Nicken und ging zügig in Richtung des Tankstellengebäudes.

Einen Moment später folgte Koitere ihm. Die Tür zur Herrentoilette hinter den Pokerautomaten stand einladend offen. Mikko Koitere ging an den Tischen der Cafeteria vorbei, trat über die Schwelle des Toilettenraums und schloss die Tür hinter sich.

Miesmann lächelte. Er hatte wie immer einen teuren, frischen Duft aufgelegt, der ganz und gar nicht zu dem Ausscheidungsgeruch der Reisenden in diesem renovierungsbedürftigen Pissraum passte.

»Ich danke dir, Mikko. Man kann sich wirklich auf dich verlassen.« Koitere konnte sich nicht erinnern, dass Miesmann ihn jemals beim Vornamen angesprochen hatte.

»Lieber keine Festreden, danke.« Mikko Koitere lächelte und versuchte die Sache herunterzuspielen. Und die Frauenstimme im Auto …

Karl Miesmann reichte ihm einen Briefumschlag. »Bitte schön. Den hast du dir redlich verdient.«

»Ist sonst alles unter Kontrolle?«, platzte es aus Mikko Koitere heraus, bevor er überhaupt nachdenken konnte.

»Ja … Wieder alles im grünen Bereich. Alles bestens. Unsere Probleme sind beseitigt.« Karl Miesmann lächelte wie ein Tennisspieler, der den entscheidenden Matchball verwandelt hatte und als ungeschlagener Meister in Richtung Netz taumelte.

»Ich habe übrigens gesehen, dass du eben bei diesem Van warst und mit dem Fahrer ein paar Worte gewechselt hast. Der Typ dürfte auch mir bekannt sein, oder?«

»Da magst du recht haben.« Miesmann lächelte. »Hoffentlich ist dir kein bitterer Nachgeschmack von der Sache dort auf Lauttasaari geblieben? Das Ganze ist doch sicher mit dem nötigen Feingefühl erledigt worden?«

»Doch doch, durchaus. Ich habe mich nur ein wenig darüber gewundert, dass der Kerl hier auftaucht. Bisher haben wir uns doch immer unter vier Augen getroffen.« Koitere tastete sich aufs Eis. Knirschte es schon?

»Das hat natürlich überhaupt nichts mit dir zu tun. Der Mann hat eine äußerst wertvolle Ladung dabei.« Auf das Gesicht von Karl Miesmann stieg wieder das sonnige Lächeln eines Siegers.

»Ach?«, entfuhr es Koitere. »Der Typ ist dir also in die Falle gegangen. Dieser Bräutigam aus Tampere?«

»Na, vielleicht. Und wahrscheinlich macht uns seine Ehefrau bald auch keine Schwierigkeiten mehr. Zwei Fliegen mit einer Klappe. Aber was soll's. Das sind nicht deine Sorgen.«

Verdammt. Das war also die Frauenstimme gewesen, die aus dem Van gedrungen war! Koitere zwang sich ein kleines Lächeln ab.

»Noch einmal vielen Dank für alles. Aber jetzt muss ich weiter.« Karl Miesmann sah auf seine goldene Armbanduhr.

»Ich danke auch.«

Die Tür ging auf, und Karl Miesmann war verschwunden.

Mikko Koitere starrte trübsinnig in den Spiegel. Er versuchte seine Gedanken zu sortieren. Fünfzigtausend steuerfrei in der Brusttasche, aber trotzdem ein Gefühl wie auf einer Beerdigung.

Plötzlich klingelte das Handy in seiner Brusttasche.

Koitere wollte nicht drangehen. Sein Herz schlug in der Brust wie der Schmiedehammer in einer Pfannenschmiede. Eine innere Stimme flüsterte ihm leise eine Warnung zu, aber er begriff nicht, wovor sie ihn warnte. Zum Teufel noch mal!

Nachdem er eine Weile gewartet hatte, nahm Koitere Pirkkos rosa RinGo in die Hand. Das Handy, das ihn immer daran erinnern sollte, dass ihn irgendwo jemand liebte.

Und dass man ihm vertraute.

Auf der Mobilbox war eine Nachricht hinterlassen worden.

»Hallo Papa. Ist nichts Besonderes. Ich wollte nur einen lieben Gruß an den besten Polizisten in ganz Finnland senden. Wir sehen uns doch heute Abend … und gucken dann zusammen ›Die Aufrechten‹, nicht wahr?«

Koitere hob seinen Blick und starrte in den schmutzigen Spiegel, als würde er versuchen, das feixende Gesicht jenes Unbekannten zu erkennen, der ihn dort verspottete.

17

Die Stahltür schlug zu. Jussi Vares blinzelte in das vor Leere gähnende Halbdunkel einer Fabrikhalle. In der stickigen Luft hing ein ranziger Geruch. Langsam nahm Vares wahr, dass auf der gegenüberliegenden Seite der lang gestreckten Halle einige Säcke in Reih und Glied standen. Dem Geruch nach zu urteilen, waren sie mit irgendeinem Dünger gefüllt.

»Herzlich willkommen im Schlachthof, meine Freunde.« Karl Miesmanns Stimme hallte metallisch durch den halb leeren Raum. Er trat, mit einer grünen Tasche in der Hand, in die Mitte der Halle. Es war mucksmäuschenstill. Vares glaubte das leise Rascheln der mit scharfen Bügelfalten versehenen Hose zu hören. Das Geräusch weckte in ihm das Bild einer sich durch hohes Gras schlängelnden Kreuzotter.

Jussi Vares stand neben Eeva Sunila und spürte die blanke Angst der Frau. Er berührte Eeva, um sie zu beruhigen, obwohl die Situation alles andere als gut für sie aussah. Eeva atmete unruhig.

Antero Krafts schlaffer Körper wirkte federleicht auf Jari Muncks massigen Schultern. Es schien nicht das erste Mal zu sein, dass er eine Leiche trug. Jussi Vares wurde zum zweiten Mal innerhalb kurzer Zeit Zeuge seines professionellen Handelns. Selbst die Gummihandschuhe kamen ihm vertraut vor.

Vares konnte Eeva nicht in die Augen sehen. Es wäre zu viel für ihn gewesen.

»Na dann, legen wir los. Ich möchte möglichst schnell wieder von hier weg.« Ifigenia Multanen hakte sich wie Schutz suchend bei Miesmann ein. Miesmann flüsterte der Frau etwas ins Ohr und lächelte.

»Bewegung!«, knurrte Tetsuo Sinkkonen hinter Vares' Rücken. Jussi brauchte kaum eine Sekunde, um zu begreifen, dass er und Eeva damit gemeint waren. Er setzte sich widerstrebend und mit schleppenden Schritten in Bewegung. Eeva Sunila folgte ihm. Alles mutete wie ein groteskes Spiel an.

Der Schlachthof. Die private Schlächterei dieser Mörder. Ein Ort, den man niemals wieder verließ. Vares sah zu den Schienen der Hebevorrichtung empor, die am Rand der Hallendecke verliefen. Er erwartete schon fast, dort die Fleischerhaken hängen zu sehen. Durch die Löcher des Blechdaches drang das Licht der Sonne, die am hellen Sommerhimmel stand.

Im hinteren Teil der Halle hörte man ein dumpfes Dröhnen. Jari Munck richtete sich auf. Antero Krafts Körper lag unnatürlich verdreht neben dem mit einem dunkelbraunen Stahldeckel bedeckten Ablaufschacht. Munck nahm einen Handhaken von der Wand und wuchtete den schweren Deckel des Abflusses beiseite. Eeva Sunila erstarrte auf der Stelle, schloss die Augen und hielt sich die Ohren zu. Der Deckel machte ein reibendes, kratzendes Geräusch.

»Tetsuo! Hol einen Sack. Und bring' auch gleich den Kanister mit der Säure mit«, befahl Miesmann und deutete mit seiner Pistole in Richtung des Düngerlagers.

Sinkkonen schleppte einen Düngersack zum Abflussschacht und wuchtete anschließend einen etikettlosen Dreißig-Liter-Metallkanister herbei.

»Ihr drei seid nicht die Ersten, die von hier aus zum Ort ohne Wiederkehr reisen. Aus der Hallentür da tretet ihr jedenfalls nicht mehr zurück ans Sonnenlicht.« Miesmann sah sie mit kalten Augen an.

Die verschiedensten Gedanken jagten Vares durch den Kopf. Es wurde ihm fast schwindelig. Er stellte fest, dass er die Ereignisse in der Halle wie ein Außenstehender beobachtete.

»Ich denke, es ist an der Zeit, dass wir uns von unserem Freund, Herrn Kraft, verabschieden«, sagte Miesmann.

Jari Munck schob seinen beachtlich großen Schuh unter den schlaff daliegenden Körper. Antero Krafts sterbliche Überreste gerieten in Bewegung und rutschten wie in Zeitlupe in den schwarzen Schlund des Abflussschachts. Der Körper verschwand mit dem Kopf zuerst in der Finsternis.

Miesmann trat an die Öffnung des Schachts. Nachdem er einige Sekunden angespannt in die Tiefe gestarrt hatte, hob er hochmütig den Kopf und spuckte verächtlich ins Dunkel. Dann sah er die anderen Anwesenden herausfordernd an.

»Kraft, der verdammte Schweinehund. Er dachte wohl, er könne mich verarschen. Das war ein Fehler. Ein wirklich dummer Fehler. Aber ich denke, der Fauxpas ist damit vergolten. Inklusive Zinsen.«

Karl Miesmann nickte Tetsuo Sinkkonen, der einige Meter entfernt stand, ausdruckslos zu und trat ein wenig zur Seite.

Sinkkonen zog ein Stilett aus seiner Brusttasche, schlitzte mit einem schnellen Schnitt den Sack Dünger an der Längsseite auf und ließ den hellgrauen, mehlartigen Inhalt in den Schacht rieseln. Dann öffnete Sinkkonen den Metallkanister und goss eine farblose Flüssigkeit hinterher. Grauer Dampf stieg aus den Tiefen des Schachts empor.

»Entschuldige, dass ich dein kleines Schauspiel einfach unterbreche, Miesmann. Aber es gibt da noch eine kleine Änderung im Drehbuch.« Jussi Vares beschloss, alles auf eine Karte zu setzen.

»So?« Karl Miesmann hob die Brauen. »Was ist denn das für ein seltsames Stück, bei dem sich der Souffleur in die Handlung einmischt!«

»Wenn ich richtig verstanden habe, möchtest du das ganze Geld zurückhaben und nicht nur einen kleinen Teil davon. Und bedauerlicherweise wissen nur wir zwei, wo der Rest des Schatzes verborgen liegt.«

»Was zum Teufel?« Miesmann lachte ungläubig.

»Zähl doch mal das Geld in der Tasche nach. Oder schätz einfach Pi mal Daumen. Das sind ganz sicher keine dreizehn Millionen. Vielleicht gerade mal die Hälfte. Kraft war kein Idiot. Er hat einen Teil im Versteck gelassen.«

»So ein jämmerlicher Trick zieht nicht! Mit mir spielt man keine Spielchen. Du bist ein toter Mann.« Karl Miesmann näherte sich Vares mit ausgestrecktem Arm. Die Waffe in seiner Hand zitterte kein bisschen.

»Ich bring dich jetzt um wie eine elende Wanze. Und erst dann werde ich mir von deiner kleinen Dame hier erklären lassen, was du da genuschelt hast.«

Vares schloss die Augen. Er begriff, dass er sich verrechnet hatte. Die Kraft schwand aus seinen Gliedern. Jussi Vares fürchtete, dass seine Knie schon vor dem erlösenden Schuss schlapp machen würden; bevor es explodieren und plötzlich ganz dunkel werden würde.

Das rote Licht der Dämmerung legte sich über die Halle. Plötzlich wurde die Außentür aufgerissen. Zwei Schüsse hallten fast gleichzeitig durch die halb leere Halle. Das Donnern trieb Vares die Luft aus den berstenden Lungen. Jetzt war es so weit!

Ein unwirklicher, ewig langer Augenblick, ein kurzes Aufblitzen. Vares öffnete die Augen. Er lebte noch!

Karl Miesmann jedoch lag halb auf der Seite auf dem kalten Hallenboden. Seine Finger krümmten sich. Die Pistole lag einige Meter entfernt auf dem schmutzigen Beton.

Sinkkonen, Munck und Ifigenia Multanen sahen wie gelähmt aus.

»Lasst die Waffen stecken!«, schallte es scharf von der Außentür herüber. »Eine falsche Bewegung und ich blas euch weg.«

Jussi Vares und Eeva Sunila drehten sich um. In der Türöffnung stand eine Gestalt, die den ganzen Raum mit der Pistole unter Kontrolle hatte, die Waffe fest mit beiden Händen umschlossen. Wachsam, die Nerven gespannt. Wie der König der Katzen.

»KOI-TE-RE! KOITEREEEH!« Karl Miesmanns Klagen verhallte im leeren Raum. »Verdammt noch mal Koitere! Was soll das …«

»Ich musste eine Entscheidung treffen. Du bist heute einfach zu weit gegangen.« Mikko Koitere näherte sich vorsichtig. »Du hast mich als Spitzel benutzt. Aber ich kann nicht mit dem Tod unschuldiger Menschen leben. Mit ihrem Blut an meinen Händen … Nicht für alles Geld in dieser Welt, Miesmann!«

»Du elender kleiner Pharisäer …« Miesmanns Fluchen ging in ein Husten über. Er schloss die Augen und drehte sich langsam auf den Rücken. Aus der zertrümmerten Brust drang nur ein schmerzhaft klingendes Rasseln.

»Und ihr, ihr beiden Paviane!« Mikko Koitere richtete seine Pistole auf Sinkkonen und Munck. »Schmeißt eure Waffen in den Schacht! Wird's bald!«

Munck hob resigniert die Schultern. Die Waffe fiel in die dunkle Öffnung.

Tetsuo Sinkkonen reagierte nicht ganz so schnell auf Koiteres Befehl.

»LOS, DU JAPSE! Sonst bist du fällig!«

Sinkkonen trat wortlos an den Schacht und ließ sein Schießeisen in die übel riechende Dunkelheit fallen.

»Und jetzt du, mein Schätzchen! Am besten du schmeißt deine Lacklederhandtasche gleich hinterher. Los!«

Ifigenia trat mit klackernden Absätzen an den Schacht, ließ ihre Handtasche hineinfallen und drehte sich um.

Alles geschah in nur wenigen Augenblicken: Ifigenia Multanen schob die Hand in ihre Manteltasche und zog eine handliche 22er-Pistole hervor.

Die Frau wandte sich geschmeidig wie eine Katze um und zielte noch während sie in Bewegung war. Bevor Mikko Koitere reagieren konnte, hatte sie den Abzug gedrückt.

Die erste Kugel jagte mindestens einen Meter an ihrem Ziel vorbei und schlug krachend in die Giebelwand der Halle ein. Mikko Koitere warf sich auf den Bauch und feuerte sofort zwei Schüsse ab. Die Schlagkraft der Kugel verursachte ein unheilverkündendes Geräusch.

»Neeeeein …« Ifigenias Beine gaben unter ihrem Körper nach. Sie griff verzweifelt mit beiden Händen nach der unendlichen Leere, in die sie hinabzufallen drohte.

Die Frau fiel direkt neben dem dampfenden und dunklen Schacht auf den Rücken. Noch einmal streckte sich ein Bein mit einem Zucken, bis ihr Körper schließlich regungslos liegen blieb.

Mikko Koitere richtete sich auf und trat zu dem toten Körper. An die unendliche Hässlichkeit und Rohheit des gewaltsamen Todes gewöhnte man sich nie. Koitere atmete tief ein. Mit weiteren Überraschungen rechnete er nicht mehr.

Aber Karl Miesmann lebte noch. Und irgendwie war es ihm gelungen, seine kleinkalibrige Ersatzwaffe zu erhaschen, obwohl seine schwindenden Kräfte nicht einmal mehr dazu ausreichten, den Kopf zu heben.

Auf irgendeine Weise schaffte er es, die zitternde Waffe zu erheben und den Lauf der kleinen Pistole auf Koitere zu richten. Karl Miesmann wurde es allmählich trübe vor Augen.

Er betätigte den Abzug. Durch den großen und leeren Raum der Industriehalle hallte noch einmal ein Schuss. Dann schlossen sich Miesmanns Augen für immer.

18

Kriminaloberwachtmeister Mikko Koitere starb auf der Stelle, ehe er wusste, wie ihm geschah. Lautlos sank er in sich zusammen. Seine Neunmillimeter-Dienstwaffe klapperte über den Boden und blieb ein paar Meter vor dem reglosen Körper entfernt liegen.

Der Schuss verhallte. In die halb leere Fabrikhalle zog eine unwirkliche, quälende Stille ein. Es bot sich ein Bild wie nach dem Schlussakt einer blutigen Tragödie. In den Hauptrollen drei leblos daliegende, seltsam verdrehte Leiber. Der Geruch von Schießpulver lag in der Luft. Auf dem Betonboden breiteten sich Blutlachen aus. Allmählich begriffen die Darsteller in den Nebenrollen, dass sie immer noch unter den Lebenden weilten.

Tetsuo Sinkkonen trat ruhig über Ifigenia Multanens Leiche und hob die kleine Waffe der Frau vom Boden auf.

Matschauge Munck näherte sich Karl Erik Miesmanns Leiche und beugte sich mit gierig ausgestreckter Hand nach der Waffe.

»Du, Jari! Was um Himmels willen hast du vor?«, fragte Tetsuo Sinkkonen seinen Freund mit scharfer Stimme.

»Ich schnapp mir nur das Schießeisen da.«

»Das tust du nicht, verdammt!« Tetsuo Sinkkonens harte Stimme durchschnitt die Luft wie ein Paukenschlag. »Kapierst du nicht, mein Guter, was hier gerade passiert ist?«

»Klar, ich hab doch Augen im Kopf.«

»Es geht um Polizistenmord, verflucht! Und wenn ein Polizist in Finnland umgebracht wird, bedeutet das, dass man danach jeden Stein mindestens dreimal umdreht. Und dann werden die

Steine in daumennagelgroße Stücke zerhackt, die dann wiederum ein paar Mal durchgesiebt werden. Nur sicherheitshalber. Das ganze Spiel wird fortgesetzt, bis man den Mörder gefunden hat. Und dann stecken alle Beteiligten, auch so völlig unschuldige Typen wie wir, bis zum Hals in der Scheiße.« Tetsuo Sinkkonen versuchte, seinem begriffsstutzigen Kumpel die Situation zu erklären.

»Und was machen wir jetzt?«, wunderte sich Jari Munck.

»Na, jedenfalls werden wir den Bullen nicht noch mehr Steine in den Weg legen. Der Mörder liegt doch da! Die Mordwaffe noch fast in der Hand. Also, so soll es doch sein. Oder?«

»Genau, so soll es sein.«

»Dann mach lieber einen möglichst großen Bogen um den Kadaver da und bring stattdessen die verdammte Tasche mit dem Geld her.«

Jari Munck tat wie ihm befohlen. Er griff nach der halb in einer Blutlache liegenden Sporttasche und überreichte sie Tetsuo Sinkkonen gehorsam.

»Pass doch mal einen Moment auf unsere Freunde auf.«

Sinkkonen reichte Munck seine Waffe und kniete neben der Tasche nieder. Munck behielt Jussi Vares und Eeva Sunila, die wortlos nebeneinanderstanden, sorgsam im Auge.

Tetsuo Sinkkonen schob seine Hand tief in die Sporttasche und begann die fest verpackten Geldbündel hervorzukramen.

»Hey, Alter, weißt du, was das hier bedeutet?« Tetsuo Sinkkonens Augen glänzten. Er lächelte träumerisch.

»Klar, Tetsuo. Ich denk schon.«

»Mister White!« Tetsuo Sinkkonen richtete sich siegessicher auf. »Wir beide sind reich. Stinkreich.«

»Sieht so aus … Mister Yellow.« Jari Munck brach in ein schallendes Gelächter aus und zwinkerte Tetsuo zu. »Boah … das ist wahnsinnig viel, Mr. Yellow. Das ist massig viel Kohle.«

»So isses. Aber ein kleines Problem haben wir noch.« Tetsuo Sinkkonen warf einen nachdenklichen Blick auf das schweigsame Pärchen.

»Ach ja, stimmt. Was machen wir mit denen?«

»Gar nichts.« Tetsuo Sinkkonen nahm die Tasche mit dem Geld. »Wir werden doch niemanden ohne Grund abschlachten. Hier ist alles so weit okay. Für die Bullen liegen doch alle Puzzleteile beisammen. Klares Spiel. Die Fingerabdrücke, Schmauchspuren und die Ballistik werden den Ermittlern verraten, welche Leichen sich hier gegenseitig umgenietet haben. Und diese beiden hier werden sich sicher hüten, der Bullerei von Pasila etwas vorzusingen. Oder was, meine Kleinen? Eine gesuchte Verbrecherin und ihr Fluchthelfer. Das könnt ihr euch doch gar nicht erlauben.«

Jussi Vares schüttelte müde den Kopf. Ihm war jetzt alles egal.

»Also, wir zwei verschwinden gleich durch die Tür da vorne: Aber wir lassen euch etwas hier, das euch auf eurem irdischen Lebensweg behilflich sein könnte. Zum Beispiel auf einer Reise in südlichere Breiten. Ihr werdet sicher den tieferen Sinn unseres kleinen Deals verstehen?«

»Sicher. Nur allzu gut.« Jussi Vares nickte langsam. Das schrittweise Nachlassen der Anspannung machte ihn völlig gleichgültig. Nichts war mehr von Bedeutung.

»Schön. Dann ist die Sache so weit klar. Lass uns gehen, Jari. Auf dem Betonparkett hier klebt zu viel Blut.«

Sinkkonen öffnete die längliche Sporttasche, holte ein knappes Duzend fingerdicker Geldbündel hervor und ließ sie einzeln auf den Hallenboden fallen.

»Das ist euer Anteil. Blind gefischt. Wenn's Dollar sind, habt ihr ein bisschen Gewinn gemacht. Wenn's D-Mark sind, habt ihr eure Kosten raus. Aber wenn's heimische Finnmark sind, habt ihr einige Hundert Mille bei dieser Sofortverlosung verloren.« Sinkkonen presste die Tasche an sich und ging. Mit ruhigen und entschlossenen Schritten.

»Auf Wiedersehen. Oder besser auf Nimmerwiedersehen«, sagte Jari Munck mit Nachdruck und legte die Hand an die Mütze.

Die sich schnell entfernenden Schritte hallten noch eine Weile in der Halle nach. Von weit her, aus unermesslich weiter Ferne, drang das Brausen des Verkehrs zu ihnen herein.

Aber Sinkkonen und Munck schafften es nicht mehr, nach draußen zu kommen. Ein hoch aufgeschossener Bursche mit einem kurzläufigen Revolver schob sie schroff zurück ins Innere der Halle. Dem Pistolenmann folgte ein untersetzter älterer Herr. Die Tasche mit dem Geld war sofort in seine Obhut übergegangen …

»Let's take it easy. Kein Grund zur Sorge, liebe Freunde. No panic!« Der ältere Herr sprach ein klangvolles Englisch. »Hier ist ja einiges los gewesen. Ein richtiger kleiner Krieg. Aber Moment mal! Was sehen meine müden Augen da? Ist dieses Häufchen Elend da nicht unser vertrauenswürdiger Freund, der gute Miesmann?«

»Ja, das isser«, brummte Tetsuo Sinkkonen.

»Ach, so ist das gelaufen. Wer hat ihn denn umgebracht?« Der Mann musterte sie über seine große Nase hinweg.

»Der Polizist dort.« Tetsuo Sinkkonen fungierte als eine Art Fremdenführer auf dem Schlachtfeld.

»Polizist? Ist auch der Polizist tot! Wie barbarisch! Was soll man da noch sagen. Das ist ja katastrophal. Zum Glück haben wir unseren Freund Miesmann schon seit ein paar Tagen im Visier. Sonst hätten wir unser Geld vielleicht nie wieder gesehen. Und das wäre höchst bedauerlich gewesen.«

Der alte Herr drehte, die Tasche unter den Arm geklemmt, eine kleine Runde durch die Halle. Er bemerkte die auf dem Boden herumliegenden Geldbündel und sammelte sie ein.

»Ein armer Mann muss auch eine Kopeke aufheben«, lachte der Alte als er sich wieder aufrichtete. »Das ist ein altes russisches Sprichwort.«

»Darf ich mich vorstellen, ich bin Karl Miesmanns ehemaliger Geschäftspartner, Doktor … Outolempi. Das hier ist mein Geld!« Der Mann klopfte auf die Sporttasche und lächelte freundlich. Dann deutete er auf den hochgewachsenen Pistolenmann. »Und das hier ist Tarasenko, Pjotr Aleksandrowitsch. Ich bin Chirurg, und Herrn Pjotr könnte man wohl als meinen privaten Anästhesisten bezeichnen.«

»Okay … cut the crap.« Jussi Vares hatte das Ganze nun endgültig satt. »Ich würde lieber wissen, wer ihr wirklich seid und was ihr mit uns vorhabt!«

»Mit euch habe ich überhaupt nichts vor.« Der kleine Mann breitete etwas gekränkt seine Arme aus. »Ihr habt mir doch nichts getan. Nehme ich an?«

»Genauso wenig wie wir ... wir haben Ihnen auch nichts getan!«, fügte Tetsuo Sinkkonen eilig hinzu.

»Nein, anscheinend gibt es wirklich nichts zwischen uns zu klären. Miesmann hat nur einen Fehler begangen und schlechtes Personal eingestellt. Diesen miesen Diplom-Kaufmann. Aber jetzt ist er ohnehin nicht mehr zu belangen. Kraft ist der Hauptschuldige. Kraft hat mein Vertrauen missbraucht, aber leider nimmt er an diesem obskuren Treffen gar nicht teil?«

»Wrong, Sir. Yes, he is here, Sir«, mischte sich Jari Munck in die Unterhaltung ein. Er überschlug sich fast vor Beflissenheit.

»So? Und wo ist er?«

Muncks dicker Zeigefinger deutete auf den offenen Schacht.

»Aha. I see. Miesmann ist mir zuvorgekommen. Dann habe ich ja gar keine Gelegenheit mehr, mich mit diesem Schlitzohr noch mal zu unterhalten.« Doktor Outolempi rümpfte missbilligend seine beeindruckend große Nase.

»Die Frau hat ihn erschossen, also Krafts Geliebte.«

Tetsuo Sinkkonen hatte beschlossen, entgegenkommend zu sein. Es schien so, als ob Tetsuo eine ehrliche Bewunderung für die Stärke und Macht empfand, die der kleine, jovial lächelnde Russe in der düsteren Halle ausstrahlte.

»Ach, eine Frau! Was ist bloß aus dieser Welt geworden. Frauen sollten zu Hause bleiben. In der Küche auf der Datscha, Zutaten für das Schaschlik am Wochenende schnippeln. In den westlichen Ländern hat man den großen Fehler begangen und den Frauen ermöglicht, an allem Möglichen teilzunehmen.«

»Dürfen wir jetzt gehen?« Jussi Vares wollte endlich Klarheit.

»Das hängt davon ab, was ihr gesehen habt.« Der Russe sah Vares abschätzend an.

»Nichts haben wir gesehen. Überhaupt nichts. Was hätten wir

denn sehen können? In dieser leeren Fabrikhalle?« Jussi Vares breitete die Arme aus.

»Übrigens, wer sind diese Leute eigentlich?« Der Russe deutete mit dem Daumen auf Vares und Eeva.

»Die Frau wird von der Polizei gesucht. Sie ist die Fluchthelferin eines geflohenen Häftlings. Der Mann ist ein Freund von ihr. Sonst kenne ich ihn nicht. Irgendein kleiner Fisch, vermutlich«, erklärte Tetsuo rasch.

»Also Bonnie und Clyde. Na gut.« Der Russe fasste einen schnellen Entschluss. »Alles klar! Bitte schön, ihr könnt gehen. Die Tür steht offen. Einen schönen Sommer noch.«

»Und wir?« Tetsuo Sinkkonens Adamsapfel hüpfte unruhig auf und ab.

»Ihr wartet hier noch fünf Minuten mit uns und verschwindet erst dann.« Der Russe verschwendete keine Zeit bei seinen Entschlüssen. »Es ist wohl besser, wenn ihr euch nie wieder seht. Nicht war?«

»Ist uns recht.« Sinkkonen hatte keine Einwände.

»Gut. Also, ihr zwei. Lebt wohl.«

Jussi Vares und Eeva Sunila verließen unverzüglich die Halle. Jussi Vares empfand nicht einmal mehr Angst. Die Außentür stand einen Spalt offen. Die Nachmittagssonne warf einen hellen Lichtstreifen auf den Hallenboden. Eine summende Wespe flog ihnen entgegen, als sie in die Schwüle des Sommertages hinaustraten. Das graue Fabrikgelände, das aus den Sechzigerjahren stammte, wirkte plötzlich unheimlich schön.

»Wir sind am Leben«, flüsterte Eeva Sunila.

»Ja. Scheint so«, gab Jussi Vares zu. »Wo mag hier wohl der nächste Taxistand sein. Wir müssen heute noch nach Tapanila.«

19

»Fünf Minuten, meine Herren!«, kündigte Dr. Outolempi forsch an.

Es waren lange Minuten. Besonders für Sinkkonen und Munck.

Die beiden Kameraden standen, mit feuchten Händen und unruhig pochenden Herzen, in einer Entfernung von einem Meter nebeneinander. Ihre Nacken schmerzhaft angespannt starrten sie zu dem kleinwüchsigen Mann mit der Sporttasche und dem drahtigen Waffenmann.

Während der fünfminütigen Ehrenwache blieb Sinkkonen und Munck genügend Zeit, um über das eine oder andere nachzudenken. Und das Leben schien im Schnelldurchlauf an ihnen vorüberzuziehen.

Schließlich sah der Herr mit den grauen Schläfen auf seine dicke, goldene Taschenuhr. Ein kleines Lächeln huschte über sein Gesicht, und er nickte seinem Lakaien zu.

»Vielen Dank für Ihre Geduld. Wir gehen jetzt. Und ich hoffe, dass wir uns nie wieder begegnen werden.« Der Herr sah das Zweiergespann fragend an.

»Nein. Nie wieder.« Tetsuo Sinkkonen schluckte angestrengt. »Wir werden uns nie wieder begegnen.«

Im selben Moment waren der Russe und sein Adjutant auch schon verschwunden. Die Außentür schloss sich mit einem leisen Knarren. Die eintretende Stille tat fast in den Ohren weh.

»Verflixt und zugenäht!«, flüsterte Jari Munck. Der Mann sah aus, als würden seine Knie jeden Moment nachgeben. Er musste sich mit der Hand an seinem Kumpel festhalten.

»Was ist denn los?« Sinkkonen zupfte mit ausdrucksloser Miene an den Ärmeln seiner dunklen Jacke und rieb sich die von dünnen Latexhandschuhen geschützten Hände. Die Handschuhe gaben dabei ein unangenehmes Quietschen von sich. Matschauge Munck verkniff sich einen Kommentar.

»Ich dachte wirklich, dass ich die Sechsuhrnachrichten nicht mehr erlebe. Verdammt, ich hab mir fast in die Hose gemacht.«

Jari Munck stotterte beinahe. Ganz so, als würde die Anspannung seine Sprachfähigkeit beeinträchtigen.

»Es bestand doch keine Gefahr. Schon die ganze Zeit über nicht. Das wusste ich«, versicherte Tetsuo Sinkkonen ruhig.

»Wieso, woher?«

»Der Typ ist ein hohes Tier. Er ist hier fremd im Land. So einer bringt nicht einfach Leute um, wenn es nicht unbedingt sein muss. Ein solches Risiko würde er nicht eingehen. Das muss er nicht. Der kann immer auch später noch seine Jungs damit betrauen. Ich wusste, dass wir so geborgen und sicher waren wie in Abrahams Schoß. Es bestand kein Grund zur Panik. Nicht im Geringsten.«

»Hättest du mir mal sagen können. Meine Nougatschleuse war nämlich ganz anderer Meinung.« Jari Munck sah sauer aus.

»Jetzt aber los. Ach, Moment mal!« Sinkkonen war noch etwas aufgefallen. Er begab sich zur Leiche des Polizisten, beugte sich hinunter und griff nach dem dicken kleinen Umschlag, der unter Mikko Koitere hervorlugte.

Tetsuo Sinkkonen öffnete den Briefumschlag und pfiff leise durch die Zähne.

»Na, immerhin etwas, das wir mit nach Hause bringen können! Du, Jari, hier sind noch etliche tausend. Alles in Fünfhundertern.«

SECHSTER TEIL

»Ich bin seiner Geschichten so überdrüssig.
Sollte man ihn hinter die Sauna bringen?
Ihn öffentlich bloßstellen? Oder derartiges?
Ihm beide Teile der Finnischen Gesetzessammlung
um die Ohren hauen?« M. I.

1

»Epernay! Was für ein verdammtes Epernay?«, fragte Jussi Vares vom Erkerfenster des Hotelzimmers aus. Vares hatte schon eine Weile die feiernde Menschenmenge im Gartenhof des Hotel *Lordi* beobachtet. Im Foyer des Hotels gingen Gerüchte herum, dass die in Abendgarderobe gekleidete Festgesellschaft aus dem Personal einer südfinnischen Buchhaltungsfirma bestand. Der Geschäftsführer war, wie es hieß, 52 geworden und hatte von der Belegschaft eine dreiwöchige Reise zum Ausscheidungswettbewerb der Miss Caribbean auf Hawaii bekommen. Ob er in die Jury aufgenommen werden würde, konnte man ihm allerdings nicht garantieren.

Konnte irgendjemand besser und sorgloser leben als ein braun gebrannter Provinzbuchhalter aus Südfinnland?

»Epernay. Ach, das ist nur das Shangri-La eines kleinen Mädchens, ein unerreichbarer Wunsch und lebenslanger Traum …« Eeva Sunila lag auf dem Bett, hatte den schlanken Knöchel ihres rechten Beins Richtung Zimmerdecke gestreckt und machte lustige Zehengymnastikübungen.

»Shangri-La? Ist das diese rote, spanische Plörre, die auf Pauschalreisen immer zum Begrüßungsempfang kredenzt wird?«

Eeva Sunila drehte sich auf die Seite und sah Vares verwundert an. Jussi Vares breitete seine Hände aus und blickte wie ein dummer Junge aus der Wäsche.

»Ach du!« Eeva schnappte sich ein Kissen und warf es nach Vares. Vares wich mit einer geschmeidigen Bewegung aus, die einem entschlossenen kastilischen Matador alle Ehre gemacht hätte.

»Also, ich habe von meiner Cousine Kirsti eine Postkarte aus Epernay bekommen, als ich ungefähr zehn Jahre alt war. Kirsti war damals schon achtzehn und verbrachte ihren ersten Sommer im Ausland. In Frankreich! Allein in diesem Wort lagen die Klänge und Düfte eines wundervollen Märchens.« Eeva drehte sich wieder langsam auf den Rücken und breitete die Arme aus.

»Und seitdem ist Epernay für mich ein Zauberwort geblieben. Epernay ist irgendwo hier in mir drin. Ganz tief.« Eeva Sunila tippte sich mit dem Zeigefinger an die Schläfe und legte dann ihre Hand ganz vorsichtig in Höhe des Herzens auf die Brust. »Und hier natürlich auch ...«

»Schön. Richtig sentimental. So ähnlich wie für mich der Tanzpavillon am Poikeljärvi-See. In dem Kiefernwäldchen hinter dem Pavillon habe ich mich mit vierzehn das erste Mal betrunken. Morgens bin ich dann auf einer nassen Torfmoosbülte aufgewacht. Ameisen krabbelten zwischen meinen spärlichen Schamhaaren herum, und mein neues Hemd war total vollgekotzt. Auch sonst ist das ein Ort von besonderer Bedeutung. Ein Jahr später haben Zigeuner nämlich genau an dieser Stelle einen Autobetrüger aus Pomarkku erschossen.«

»Jussi Vares, du bist ein unverbesserlicher Romantiker.«

»Das will ich gar nicht bestreiten. Auch wir Männer haben unsere sensiblen Seiten.«

Eeva war in einen kurzen, schneeweißen Bademantel gewickelt. Ihr Haar war nach dem Duschen bereits getrocknet, aber noch völlig zerzaust. Sie wackelte mit den Zehen. Ganz wie das kleine, zehnjährige Mädchen, das überraschend eine Postkarte aus Frankreich bekommen und, diese gelesen, selbstvergessen und mit klopfendem Herzen an die Decke ihres Zimmers gestarrt hatte, über die sich wie von Zauberhand allmählich die Landkarte Frankreichs ausbreitete.

»Aber dieses Epernay? Was für ein Ort ist das? Erzähl mal weiter!« Jussi Vares machte eine auffordernde Bewegung mit der Hand.

»Epernay ist das Zentrum der Champagne, die Hauptstadt …«

»Also die Hauptstadt des Champagners! Das klingt wirklich sehr edel. Irgendwie viel nobler als zum Beispiel … Sodankylä – der Tabernakel der Erwerbslosen!«

»Hör zu! Kirsti hat einen Sommer über in der Nähe von Epernay gearbeitet. Im Jahr 1980, glaube ich. Auf einem Weingut. Einem echten französischen Weingut!«

»Geld hast du ja jetzt genug. Genug sogar für ein eigenes Weingut. Ein Champagnergut in Epernay, und dazu noch ein verführerisch säuselnder, braunäugiger Pierre, der sich um den Garten und um die Bedürfnisse der Frau des Hauses kümmert. Bon soir!«

»Hör auf, du Quatschkopf!«

»Ich bin kein Quatschkopf. Dort liegt deine Fahrkarte nach Epernay. Oder wohin du auch immer willst.« Jussi Vares deutete auf einen pechschwarzen Müllsack, der in einer Ecke des Hotelzimmers herumlag. Der Sack war zur Hälfte mit Geldbündeln gefüllt, Dollar, D-Mark und Pfund.

Auch etwas finnisches Geld.

Ein dickes Bündel Fünfhundert-Finnmark-Scheine sowie ein weiteres mit Hundertern waren bereits aussortiert und befanden sich in einer Plastiktüte, die an der Garderobe hing. Das war Jussi Vares' Anteil. Die Provision, die sie damals spät abends am dämmerigen Tisch im Restaurant *Haarikka* ausgemacht hatten.

»Es wäre wirklich nett, zu sehen, wie der kleine Bahnhof von Epernay, der auf Kirstis Karte abgebildet war, in natura aussieht. Wie wär's, Vares, kommst du mit?«

»Ich bin eher ein Freund des Bieres.« Jussi Vares schüttelte den Kopf. »Von Champagner bekomme ich Sodbrennen.«

Vor dem Fenster, im Innenhof des Hotels, war Gesang zu hören. Ein paar tiefe, sonore Männerstimmen fingen an, und kurz darauf stimmten auch Frauenstimmen in den Chor mit ein. Es war das Lied »Sonnenstrahl und Waldmännlein«, das Jussi Vares zu den Stücken der finnischen Unterhaltungsmusik zählte, die wohl am häufigsten verschandelt wurden.

»Die Buchhalter verschwinden sicher bald in ihre Zimmer, um noch die nötigen Berichtigungsbuchungen vorzunehmen. Die scheinen so aufgelöst zu sein, dass sie sich vermutlich auch noch mal auf der Debetseite versuchen werden«, brummte Jussi Vares und öffnete die Minibar.

»Wäre der werten Dame auch ein gewöhnlicher Minibar-Champagner recht? Oder, eigentlich nur Sekt: Elysée ... Vin mousseux de Turku en Finlande ... entschuldige bitte meine ländliche Natur. Also kein echter Veuve Clicquot ...«

»Pssst. Wo ist die Fernbedienung? Die Nachrichten kommen.« Eevas Augen waren auf den Bildschirm geheftet. Ihre Stimme klang angespannt.

Vares stellte den Kasten lauter. Arvi Lind, der beliebte Nachrichtensprecher des finnischen Fernsehens, sah mit ernstem Gesicht in die Kamera. Der Nachrichtenjingle klang aus, und unmittelbar nach dem »Guten Abend« des Nachrichtensprechers waren die Bilder eines tristgrauen Industriegebietes im Osten von Helsinki zu sehen.

Die Kamera schwenkte auf eine heruntergekommene Fertigbauhalle. Das graue Gebäude bot einen trostlosen Anblick. Eine Ansammlung von Menschen rückte ins Bild. Hinter dem gelben Absperrband der Polizei drängten sich Schaulustige. Das Gelände vor der Fabrikhalle war voll von Polizeifahrzeugen.

Arvi Linds vertraute, raue Stimme berichtete, dass die Ermittlungen am Tatort des Blutbads den ganzen Nachmittag angedauert hatten.

Der mit Lederjacke und Schirmmütze ausgestattete Reporter stand, das Mikrofon mit Windschutz in der Hand, neben dem Kleinbus der Kripo. Langsam begann sich ein Bild von den Ereignissen abzuzeichnen.

»Die Polizei hat bereits stichhaltige Indizien, aus denen sich

Rückschlüsse über den Ablauf der Geschehnisse ziehen lassen. Mit Hilfe von Fingerabdrücken und Schmauchspuren, mit einer Laboranalyse der tödlichen Projektile sowie durch ballistische Untersuchungen konnte die wichtigste Frage, nämlich die der Täterschaft an dem Polizistenmord, geklärt werden.«

Der Journalist legte eine kurze rhetorische Pause ein.

»Der Mörder des Kriminaloberwachtmeisters Mikko Koitere ist ein bekannter Allround-Geschäftsmann aus Helsinki. Aus ermittlungstechnischen Gründen gibt die Polizei noch keine Auskunft über die Identität des Mannes.

Außer dem getöteten Polizeibeamten wurden in der ehemaligen Fabrikhalle eines Herstellers von Kunststoffpresslingen in Ost-Helsinki zwei weitere Personen erschossen aufgefunden. Ein Mann und eine Frau. Nach genauerer Untersuchung des Tatorts wurde im Abwasserschacht der Fabrikhalle noch eine weitere Leiche entdeckt, und zwar die eines Mannes.

Auch diese konnte, trotz offensichtlicher Versuche, sie unkenntlich zu machen, identifiziert werden.« Der Reporter holte tief Luft. »Bei dem Toten handelt es sich um Antero Kraft, der jüngst als ›Ausbrecher-Bräutigam‹ im ganzen Land für Aufsehen gesorgt hatte, nachdem er während seiner eigenen Trauzeremonie in einer Kirche in Tampere vor den Justizvollzugsbeamten geflohen war.«

Der Reporter informierte die Zuschauer noch darüber, dass der ermordete Helsinkier Polizeibeamte, Kriminaloberwachtmeister Mikko Koitere, in den letzten Tagen an der Fahndung nach dem Ausreißer beteiligt gewesen war.

Der Journalist beendete seinen Beitrag mit der Feststellung, dass diese schockierende und grausame Serie von Ereignissen vermutlich noch lange nicht endgültig aufgeklärt sei. Aber sicher sei die Bevölkerung – ebenso wie die Familie und die Arbeitskollegen des getöteten Polizisten – beruhigt, dass von dem Mörder keine Gefahr mehr ausging.

Auf dem Bildschirm erschien wieder das Gesicht von Arvi Lind. Rechts im Bild wurde das schwarz-weiße Passfoto eines ernst dreinschauenden und ordentlich gekämmten Mannes in

Polizeiuniform gezeigt, der entschlossen und zuversichtlich in die Kamera blickte. Arvi Lind räusperte sich und ergänzte, dass Kriminaloberwachtmeister Mikko Koitere im Jahre 1960 in Siilinjärvi geboren worden war. Der Familienvater hinterlasse eine Frau und einen schulpflichtigen Sohn. Kriminaloberwachtmeister Koitere habe zuletzt der Aufklärungseinheit der Hauptstadt-Kripo angehört, der so genannten Abteilung für Berufs- und Gewohnheitsverbrechen.

»Der Mann ist wie aus dem Nichts aufgetaucht und hat uns gerettet. Und er selbst ist gestorben. Für uns gestorben, wie ein Erlöser«, murmelte Eeva Sunila kaum hörbar. »Von allen finnischen Polizisten war es ausgerechnet er. Koitere. Unfassbar.«

Arvi Lind ging zum nächsten Nachrichtenbeitrag über.

»Nach den neuesten Prognosen werden im Streit um das europäische Schutzgebietssystem *Natura* bis zum Herbst dieses Jahres eine Rekordzahl an Eingaben erwartet …«

Jussi Vares schaltete den Fernseher aus und setzte sich neben Eeva auf das weiche Hotelbett. Er legte ihr leicht die Hand auf die Schulter. Eeva zitterte, ganz so, als ob ihr kalt wäre.

»Jussi …«

»Ja, Eeva?«

»Als ich als Zehnjährige von Kirsti die Karte aus Epernay bekam, habe ich beschlossen, was ich mal werden wollte. Und es war mir auch ganz egal, dass die ganze Klasse gelacht hat, als ich davon im Unterricht erzählte. Also, als die Lehrerin der Reihe nach jeden von uns nach unseren Zukunftsplänen fragte – also nach unseren Traumberufen und so weiter …«

»Und, was wolltest du werden?«

»Erntehelferin bei der Weinlese in der Champagne.«

»Ein netter Beruf. Wird sicher höher bewertet als so ein notwendiger Beruf wie Abwassersiebreiniger. Aber wie wär's mit Champagnerquirlveredler, kling doch auch ganz nobel.«

Das laute Klingeln des Telefons schreckte sie auf.

Vares meldete sich nervös, aber entspannte sich dann sichtlich. Das Gespräch dauerte nur wenige Minuten. Jussi Vares legte auf und drehte sich dann langsam zu Eeva um.

»Ahokas?«, stellte sie fest.

»Ja, genau. Der Trödelhändler. Der Spezialist für dubiose Gesellschaftsreisen, Werner Ahokas persönlich. Er hatte übrigens gute Nachrichten für uns.«

»Na, erzähl schon!«

»Ein so zahlungskräftiger Reisegast wie du bekommt selbstverständlich eine Sonderbehandlung. Deine Papiere sollen morgen schon fertig sein. Und das Boot geht übermorgen früh.« Vares legte eine nachdenkliche Pause ein. »Aber um die Fahrkarten zum Bahnhof von Epernay musst du dich wohl selbst kümmern. Ahokas hat für dich die Fahrt nach Tallinn und von dort aus nach Warschau organisiert.«

»Manchmal lacht das Leben auch eine Erntehelferin an.« Eeva Sunila schloss die Augen und lächelte. »So sieht es jetzt jedenfalls aus. Vorerst wenigstens.«

»Champagnerpflückerin ... Gelbe Offizierin. Spitznamen gäbe es ja wirklich genug für dich ...«, sagte Jussi Vares halblaut, ließ sich neben Eeva nieder und roch den Duft ihrer Haut.

»Stimmt. Aber gerade ist mir noch ein Name in den Sinn gekommen. Wie wär's mit Gelbe Witwe?« Eeva Sunila setzte plötzlich eine vielsagende Miene auf. »Schließlich ist meine Ehe gestern durch den Tod geschieden worden. Unter recht tragischen Umständen.«

2

Das Steingebäude lag an einer der besten Adressen von St. Petersburg, am Ufer der Moika. Die hohen Fenster im zweiten Stock des prachtvoll renovierten, im Empire-Stil erbauten Hauses boten einen Blick auf den gemächlich dahinfließenden Kanal, in dem das trübe, durch die Neva in die verschmutzte Bucht des Finnischen Meerbusens abgeführte Sumpfwasser aus dem Ladogasee träge vor sich hin plätscherte.

Irina stand mit dem Rücken zur Tür am Fenster, als Gennadi

Antipov in den großen Bibliothekssaal trat. Die Frau wandte sich um und lächelte kurz.

Irina war schön. Sie sah wie das Werk eines Künstlers aus. Irina tat ein paar leichtfüßige Laufschritte über das dunkle Eichenparkett, breitete ihre Arme aus und fiel Gennadi um den Hals.

Antipov drückte seine Frau an sich. Oder eher seine hohe Stirn gegen die warme, helle Halsbeuge der Frau. Irina war von stattlicher Größe, fast zwanzig Zentimeter größer als Gennadi. Die schlanke, weiße Birke von Nowgorod. Und sie duftete wie ein schöner Traum. Leicht und geschmeidig. Fest, mit kleinen Brüsten und schmalen Hüften. Wie ein junger Knabe.

»Mein lieber Ehemann.« Irinas zarte Fingerspitzen streichelten Antipovs krauses, sich bereits lichtendes und mit der Zeit immer stärker ergrauendes Haar.

»Irina.«

»Du bist schon da! Ich habe dich erst gegen Abend zurückerwartet.«

»Ich habe einen früheren Flug bekommen, mein Goldstück. Und ich habe dich und den kleinen Petja schon vermisst. Wie seid ihr klargekommen?«

»Hier ist alles bestens gewesen. Petjas Ohrentzündung ist schon wieder abgeklungen. Er hat die letzten Nächte ganz gut geschlafen. Und mir geht es ja immer gut, wie du sicher weißt.« Irinas einnehmendes und lebensfrohes Lächeln und ihre rot schimmernden Wangen bestätigten ihre Worte.

Gennadi Antipov nickte in sich hinein, strich seiner Frau zärtlich über die Wange und zog ein schlichtes, aber stilvolles Schmuckschächtelchen aus seiner Brusttasche.

»Gennadi! Mein verrücktes Dummerchen! Was hast du denn da ...« Irina schlug die Hände vors Gesicht.

»Ein Gruß aus Helsinki. Für dich, meine Liebe.« Gennadi drückte seiner Frau noch einen flüchtigen Kuss auf die Wange.

»Was hast du nur wieder gemacht! Ich danke dir, ach ... Dankeschön ...« Die Frau öffnete die Schmuckschachtel und entnahm ihr eine fein gearbeitete kleine Uhr. »Nein, nicht doch, Gennadi! Cartier! Aus Gold. Nein, das musste doch nicht sein!«

»Die hast du dir doch schon so lange gewünscht, mein Schatz.« Gennadi schmunzelte leise.

»Ach, du mein kleiner, goldiger Kobold.« Irina gab ihrem Mann noch einen langen, feuchten Kuss.

»Es ist also alles in Ordnung, nicht wahr?« Gennadi Antipov blickte seine Frau lange an.

»Es könnte nicht besser sein ...« Irina legte sich, die Wangen jetzt schon fast glühend, die Uhr um.

»Und mit dem Personal gibt's auch keine Probleme? Was ist mit dem neuen Leibwächter, Viktor, macht er seine Arbeit auch gut?«

»Ja. Scheint ein tüchtiges Kerlchen zu sein.« Irina musterte ihre neue Uhr, indem sie ihr Handgelenk drehte, aber sah ihrem Mann nicht in die Augen.

Ja, bestimmt. Ganz tüchtig! Aber vielleicht inzwischen schon nicht mehr, dachte sich Gennadi Antipov. Viktors Zustand wird im Moment wohl nicht mehr der beste sein. Aber so ist das Leben. Dummheit wird bestraft.

Viktor, du hättest lieber nicht so sehr um deine Hausherrin herumschwänzeln sollen. Das ist nicht gerade karrierefördernd. Das wird dein altes Mütterlein sehr traurig machen. Und eines Sonntags wird die liebe alte Babuschka wieder schwarz tragen müssen.

Gennadi Antipov drückte jetzt schon zum Wer-weiß-wievielten-Mal einen Kuss auf die strahlenden Wangen seiner Frau. Seine Irina kannte er nur allzu gut. Gennadi war ein Mann, der die Allmacht der Natur respektierte, die urzeitlichen Triebe, denen gegenüber der Mensch nur ein bloßes Staubkörnchen war.

Gennadi hatte ein Auge zugedrückt, wenn seine Frau gelegentlich in den berüchtigten Club *Kaspia* gegangen war, in dem kaukasische Stiere mit dunklen Augenbrauen wohlhabende Damen gegen eine kleine Entschädigung zum Tanze baten. So etwas gehörte zum Spiel dazu, zumal sich Gennadi Alexejewitsch Antipov selbst nicht besonders vom gemeinsamen Ehebett angezogen fühlte.

Und noch weniger Illusionen machte er sich über seine eigene erotische Anziehungskraft auf das andere Geschlecht.

Aber ein Leibwächter, der über die Stränge schlug, musste diszipliniert werden. Das war eine ganz andere Sache, die ganz anders erledigt wurde.

»Ist in Helsinki alles gut gelaufen, Liebster?«, fragte Irina unschuldig. Die geschmeidige, weiße Birke von Nowgorod. Die schöne, kleine Berioschka.

»Na ja, halbwegs.« Gennadi Antipov rümpfte ein wenig unzufrieden die Nase.

Einen Teil des Geldes hatten sie zurückbekommen, über die Hälfte.

Etwa sechs Millionen waren noch immer verschwunden. Genau genommen war es ziemlich beschissen gelaufen.

Das war nicht zu leugnen.

Das Telefon, das auf einem Seitentisch stand, klingelte. Irina nahm ab.

»Gennadi. Es ist Paulus. Aus Helsinki.«

Antipov nahm den Hörer entgegen.

Paulus Krastins teilte mit, dass er aus dem Helsinkier Kasino anrief. Er bat um weitere Anweisungen, wie es jetzt mit den beiden Freunden weitergehen solle, dem Kleinen und dem Großen, alias Reis und Kartoffel.

Antipov hatte bereits über die Sache nachgedacht.

»Lass sie am Leben. Und viel Glück beim Spiel, Paulus.«

3

Das Hotel gehörte nicht gerade zu den jüngsten Übernachtungsquartieren in der Hauptstadt – und auch nicht zu den nobelsten – aber es lag günstig im Zentrum, nicht weit vom Geschehen entfernt.

Das Foyer des Hotels war eng und wirkte irgendwie muffig. Das Interieur hätte aus dem Einschreibebüro einer Parteikaderschmiede der Deutschen Demokratischen Republik stammen können. Das schmucklose Hotelambiente störte Jari »Matschauge« Munck jedoch nicht. Munck saß in einem schweren Schweinsledersessel, der im Laufe der Jahrzehnte sicher schon Tausenden von Hotelgästen Platz geboten hatte. Er rauchte eine Zigarette und war zufrieden darüber, dass sich dieses Hotel nicht an irgendeiner Rauchfrei-Kampagne beteiligte.

Als Munck die Zigarette zu Ende geraucht hatte, drückte er sie in einem Metallaschenbecher aus, der neben ihm auf einem Ständer stand, und rieb sich seine geröteten, eitrigen Augen. Der Zigarettenrauch war nicht gerade Balsam für die Lider. Jari Munck wusste das nur allzu gut. Aber es war ihm scheißegal.

Munck warf einen kurzen Blick auf seine Uhr und hoffte, dass Sinkkonen pünktlich sein würde. Das war ja gerade der Clou der Sache, der springende Punkt. Wenn der Bursche jetzt zu spät käme, würden sich bei einer gewissen Person (vier Stockwerke weiter oben) langsam Krämpfe einstellen.

Tetsuo Sinkkonen kam nur eine Minute zu spät. Matschauge stand vom Sessel auf, um ihn mit Handschlag zu begrüßen. Er atmete erleichtert auf. Sie waren gut in der Zeit.

»Na, was sind wir denn heute so förmlich.« Tetsuo Sinkkonen musterte seinen Kumpel. »Richtig mit ausgestreckter Hand.«

»Na klar, heute steht uns ein ganz besonderes Erlebnis bevor. Das verspreche ich.« Munck räusperte sich mit wichtigtuerischer Miene.

»So? Anscheinend hast du schon was intus. Den Fusel riecht man bis hier.«

»Das musste sein. Verdammt, nach der Geschichte in der Fabrikhalle waren meine Nerven so gespannt, dass ich nachts kaum schlafen konnte. Und sieh dir mal meine Augen an! Wie die aussehen!«

»Schön jedenfalls nicht. Nee.«

»Nee. Der Eiter läuft mir eimerweise aus den Augen. Scheiße, durch den ganzen Extrastress werden meine Allergien nur noch stärker.«

»Ich verstehe, worauf du hinauswillst. Ich habe auch schon darüber nachgedacht. Die ganze Zeit eigentlich. Glaub mir, ich kann dir nur sagen, dass der alte Knacker mit der großen Nase ein völlig kalter und gnadenloser Kerl war. Der wandelnde Tod. Aber auch ein Mann vom Fach. Hat die Situation verdammt schnell erfasst. Und eine Blitzentscheidung getroffen. Aber er hätte sich natürlich auch ganz anders entscheiden können. PENG und PENG!«

»Knapp war's ja. Aber was soll's. Da sind wir gerade noch mal davongekommen. Und deshalb – oder aus diesem Anlass – habe ich heute Abend eine kleine Überraschung vorbereitet. Ich dachte mir nämlich, also, dass dieses Leben immerhin so wertvoll ist, dass man es hin und wieder mal feiern sollte, ohne Kosten zu scheuen.« Jari Munck rieb sich mit gespannter Miene die Hände. »Und jetzt müssen wir nach oben. Bevor sich die Krämpfe einstellen.«

»Wieso die Krämpfe einstellen? Häh? Was meinst du?« Sinkkonen wurde plötzlich hellhörig.

»Mehr will ich dir nicht verraten. Sonst geht doch die ganze Überraschung flöten!«

»Ich bin nicht neugierig.« Tetsuo Sinkkonen zuckte mit den schmalen Schultern und folgte mit misstrauischem Blick seinem kräftigen Kumpel zum Aufzug. Der Aufzug wartete schon. Jari Munck drückte den Knopf für den vierten Stock.

»Versuche, dich einfach ganz natürlich zu verhalten. Dann wird sich genau die richtige Stimmung einstellen.«

»Na, mal sehen …«

Sie gingen über den langen, schummrigen Gang bis zur Tür des Zimmers 310. Jari Munck fischte den Schlüssel aus seiner Jackentasche und öffnete.

»Ist alles bereit? Wir kommen jetzt rein!«, rief Munck auf der Türschwelle mit gestrecktem Hals in den Raum hinein.

Die Männer traten ein. Das Hotelbett war in die Mitte des Raumes verschoben worden. Auf dem Bett lag eine nackte, fast vierzigjährige Blondine. Üppig-weiche Brüste, gut proportionierte Hüften – etwas über das Normale hinaus. Die Beine so stramm wie Strommasten. Die Frau lag völlig regungslos da … nur ihre Augäpfel bewegten sich ein wenig in ihrem überschminkten Gesicht.

Es war nicht der Anblick der nackten Frau, der Tetsuo Sinkkonen zusammenzucken ließ – es war eher die Art und Weise, wie die Frau geschmückt war. Oder besser gesagt: gedeckt. Auf dem nackten Körper war ein ganzes Buffet ausgebreitet. Eine große Auswahl an Leckerbissen, die liebevoll auf der hellen, teigartigen Haut der Frau arrangiert waren.

»Zieh ruhig die Jacke aus, Tetsuo«, munterte ihn Jari Munck auf.

»Danke. Sag mal Jari, bis du noch bei Trost?«

»Ach, jetzt fang mal nicht so an.«

»Hab ich nicht so gemeint. Das sieht ja ganz ausgezeichnet aus. Dann erklär mir mal, was da alles so aufgetischt ist und was zur Tischetikette gehört. Ein prächtiger Tisch ist das, obwohl das gute Stück sicher nicht zur ersten Garde des finnischen Designs gehört.«

»Ich hatte keine Lust, mich bei meiner Bestellung ganz an das japanische Format zu halten – roher Fisch und so. Weil ich ja weiß, dass du von diesem Japsenfraß eh nichts hältst«, erklärte Munck. »Die Auswahl ist reichlich. Es gibt Würstchen in Normalgröße und Mini-Würstchen. Kartoffelsalat, Nudelsalat und Rote-Bete-Salat finden sich weiter unten auf Bauchhöhe. Senf auf der einen Titte und Ketchup auf der anderen. Und in der Fischabteilung steht Graved Lachs im Angebot. Die kleinen Hackbällchen sind übrigens richtig klasse. Ich hab schon ein paar genascht. Und dann kann ich dir diesen herrlichen Räucherschinken empfehlen. Und der Zwiebel-Pilz-Salat schmeckt wirklich richtig frisch …«

»Danke. Danke.« Tetsuo Sinkkonen holte tief Luft. »Daran zweifle ich gar nicht.«

Jari Munck blieb abwartend neben seinem Kumpel stehen. Es herrschte tiefe Stille im Raum. Sinkkonen faltete die Hände und ließ die Fingerknöchel knacken. Schließlich ließ er seinen sich verfinsternden Blick von dem gut gebauten Frauenzimmer, das mucksmäuschenstill auf dem Bett lag, zu seinem noch etwas stämmigeren Arbeitskollegen schweifen.

Tetsuo Sinkkonen atmete tief durch und begann wie zu einem unverständigen Kleinkind zu sprechen: »Erinnerst du dich, Jari, wie es Kippen-Peltonen erging, als er mal bei einer Hure war? Damals, als Kippe eines Tages, nachdem er zusammengeschlagen worden war, völlig verwirrt in unserer Stammkneipe erschien. Mit Gehirnerschütterung.«

»Ja, ganz dunkel. Aber ich erinnere mich …«

»Kippe wird sich auch ganz dunkel daran erinnern. Der hatte damals ein kleines Ding gedreht und das Geld brannte in seiner Tasche. Also, ab zu so 'ner Domina. Kippe dachte, er hätte eine Züchtigung nötig, weil er böse gewesen war. Aber dieses Weib schien noch etwas derber drauf gewesen zu sein, als in diesen Kreisen ohnehin schon üblich. Sie hat Kippe mit ihrer Peitsche am Heizkörper gefesselt und ihn windelweich geprügelt. Wer weiß, warum sie so einen Tobsuchtsanfall bekommen hat. Der waren irgendwo die Sicherungen durchgebrannt.«

»Eine böse Geschichte. Jetzt erinnere ich mich wieder. Aber was hat das mit uns zu tun?« Munck konnte immer noch nicht den Gedankengängen seines Kumpels folgen.

»Insofern hat das mit uns was zu tun, dass wir äußerst vorsichtig sein müssen! VERSTEHST DU!« Sinkkonen tippte mit seinem kurzen Zeigefinger an Jaris breiten Brustkorb.

»Wir müssen auf der Hut sein, verdammt noch mal. Kaum sind wir diesem kartoffelnasigen Russen entkommen, da schleppst du hier so ein Ost-Flittchen an, die wer weiß was für einen Mordauftrag zu erledigen hat. Hey, du glaubst doch nicht im Ernst, dass ich jetzt diese Pilzsalate verputze. Was wäre, wenn das alles vergiftet ist? All das Zeug?«

»Jetzt malst du aber den Teufel an die Wand, Tetsuo. Bella ist eine waschechte Finnin.« Jari Munck wirkte ernsthaft beleidigt. »Sag mal was, Bella! Beweis es ihm!«

»Ich kann den Herren nur sagen, dass mir im Moment wirklich nicht nach Plaudern zumute ist. Aber ich stamme aus Heinola. Das kann ich euch versichern …«, murmelte die Frau leise. Sie schien nicht gerade gesprächig zu sein.

»Da hast du's!« Munck breitete herausfordernd die Arme aus.

»Diese Ost-Flittchen sprechen oft besser Finnisch als unsere Fernsehansager. Ich setz mich erst an diese Tafel, wenn sie die

Nationalhymne gesungen hat – und zwar ohne größere Fehler.« Sinkkonen gab immer noch nicht nach.

»Hast du gehört, Bella! Jetzt sing schon. Wir werden dieses Extragejodel auch beim Trinkgeld berücksichtigen!« Munck fuchtelte herrisch mit seiner großen Hand.

Bella aus Heinola starrte den hoch gewachsenen Mann lange an. Ihr Gesicht verriet, dass sie nicht so begeistert von einer patriotischen Karaoke-Einlage war. Muncks Mundwinkel begannen sich zu spannen. Er wedelte mit den Fingern in der Luft herum und brummte mit entschlossenem Gesicht.

»Entweder du singst jetzt, Flittchen, oder du fliegst mit dem ganzen Schleckerkram auf die Straße! Die Entscheidung liegt bei dir, bitteschön!«

»O Heimat, Finnland, unser Land, kling laut, du teures Wooo-ort! Kein Land, so weit der Himmelsraaaand …«

Tetsuo Sinkkonen seufzte tief. Er machte eine barsche Handbewegung, und die Frau verstummte auf der Stelle.

»Still jetzt! Du hast doch sicher irgendwo einen Pass oder einen Personalausweis, Darling? Passport please?«

»Meine Handtasche liegt auf dem Spiegeltisch.« Die Frau zeigte mit ihrem kleinen Finger in die Richtung des Tisches. »Guck einfach nach.«

Sinkkonen ging zu der großen, schwarzen Tasche, öffnete sie und fingerte eine Weile in allerlei Kleinkram herum. Schließlich schloss sich seine Hand um ein kleines, abgegriffenes Plastikkärtchen.

»Isabella Heino … geboren in Heinola … Ja, das scheint zu stimmen.« Tetsuo Sinkkonen drehte das Kärtchen in der Hand und musste grinsen. »Das Fräulein könnte ihren schönen Namen jederzeit bei den Behörden in Bella Bomba ändern lassen. Eine Frau von diesem Kaliber … Ich würde das befürworten.«

»Na also, was hab ich gesagt? Come on, greif zu. Ich hab jedenfalls einen Riesenhunger.« Jari Munck rieb sich begeistert die Hände.

Die Männer ließen sich zu beiden Seiten des Bettes auf niedrigen Hockern nieder. Tetsuo Sinkkonen zögerte nicht lange. Zum

Auftakt schnappte er sich mit der Gabel ein köstliches braunes Mini-Würstchen. Jari Munck probierte zuerst den Graved Lachs.

Plötzlich öffnete sich fast lautlos die Toilettentür. Fast lautlos. Aber nicht ganz.

Die Männer erstarrten. Bei beiden schrillten die Alarmglocken. Sie drehten langsam ihre Köpfe um.

Eine etwa fünfzigjährige Frau mit brünettem Haar und breiten Hüften trat hervor. In der Hand hielt sie die scheußliche, etwa dreißig Zentimeter lange Standardwaffe der Unterwelt: eine abgesägte Schrotflinte.

So wie es aussah, konnte die Frau auch damit umgehen.

»Bon appetit, ihr dreckigen Wichser.« Sie hatte eine tiefe, heisere Stimme. Ihre Augen wirkten müde, fast traurig und erzählten von Trauer und literweise vergossenen Tränen.

»Wer zum Teufel bist du?«

»Ich bin die Mutter eines armen lieben Burschen. Und das Mädchen da ist seine Cousine. Mehr braucht ihr Scheißköpfe auch gar nicht zu wissen. Euer Frage-und-Antwort-Spiel ist zu Ende.«

»V-verdammt, was redest du da!«

»Ganz cool bleiben! Was hast du denn vor? Hör auf, mit dem Schießeisen herumzuwedeln, Alte. Pleeease.«

»Isabella. Geh doch mal aus dem Weg.« Die Stimme der Frau klang ruhig und entschlossen.

»Okay Eira. Einen Moment.« Die grobknochige Frau schlang sich das Laken um den mit Essen bedeckten Körper, erhob sich vom Bett und ging in eine Ecke des Hotelzimmers. Aus der Schusslinie heraus.

»So, ihr Ratten!« Das Kommando der Schrotflintenträgerin war laut und deutlich. »Eure Zeit ist gekommen! Kniet euch nieder, auf den Boden! Keine Widerrede!«

4

Auf dem Weg nach Norden beschloss Jussi Vares, nachdem er ein wenig hin und her überlegt hatte, auf halber Strecke einen kleinen Abstecher zu einem ihm schon seit Jahren bekannten Restaurations- und Beherbergungsbetrieb zu machen, der inmitten eines trockenen Kiefernwäldchens lag, das *Mynämotel*.

In der Cafeteria saß nur ein Bauer mit Schirmmütze, der an seinem Pils schlürfte. Jussi Vares setzte sich an einen Tisch und schlug die extradicke Mittsommerausgabe der *Abendzeitung* auf. Die Zeitung quoll geradezu über mit Geschichten über Sommerflirts, über den Mittsommerzauber und über die Halbgötter des Unterhaltungshimmels, die beim Mittsommertanz in den Tanzpavillons ordentlich abkassierten.

Vares blätterte ohne großes Interesse weiter. Schließlich erregten jedoch die Schwarz-Weiß-Fotos auf einer Doppelseite seine Aufmerksamkeit: Angehörige mit Trauermiene, offizielle Kranzniederlegungen und dunkle Uniformen. Vor der vollen Friedhofskapelle hatte das Objektiv des Fotografen eine schweigende Menge von Menschen aus dem Volk eingefangen. Die ehrliche Anteilnahme des einfachen Mannes. Sie alle waren gekommen, um der feierlichen, vom Staat finanzierten Bestattung des Kriminaloberwachtmeisters Mikko Koitere beizuwohnen.

»Ist doch schlimm. Dass einem jungen Mann im besten Alter so was angetan wird!«, predigte die Wirtin hinter der Theke. »Und auch noch einem gewöhnlichen, unschuldigen Beamten, der nur seine Pflicht tut und seine Familie ernähren will.«

»Hinter die Scheune, und ’ne Kugel in den Kopf. Das ist mein Motto!«, bemerkte der Mann vom Nachbartisch wie aus der Pistole geschossen.

»Aber so eine Trauerfeier schweißt ja merkwürdigerweise das Volk zusammen, also ganz gewöhnliche Menschen«, setzte die Wirtin fort. »Denken wir nur mal an das Bankkonto, auf dem die Spenden für die Familie des verstorbenen Polizisten eingegangen sind. Da soll sich schon eine ziemlich große Summe angesammelt haben.«

»Die Minister und die ganzen Aktienschwindler müssten auch gleich mit zur Kasse gebeten werden. Dafür sollte es ein eigenes Gesetz geben, verdammt.«

Jussi Vares rümpfte die Nase und blätterte um. Er war unterwegs zu seinem Onkel, um bei ihm (so wie es abgemacht war) den Mittsommer zu verbringen, und all diese Beerdigungsgeschichten trugen nicht gerade zur Erhöhung der Feststimmung bei. Ganz abgesehen davon hatte er morgen auch noch seinen vierzigsten Geburtstag!

»Die haben geschrieben, dass Anfang der Woche ein Päckchen mit hundert Riesen bei der Polizei in Helsinki angekommen sei. Und das Geld war an den Jungen des toten Polizisten adressiert. Es soll aber erst an ihn ausgezahlt werden, wenn er achtzehn wird. Einen Hinweis auf den Absender des Pakets gab es nicht. Nur ein Poststempel aus Turku war drauf. Unglaublich! Wer sich wohl hinter so einem Geldgeschenk verbirgt?«

»Irgendein Sack aus Turku hat anscheinend verdammt viel Geld übrig. Sicher so ein korrupter Bonze. Normale Leute haben nie im Leben so viel Kohle. Die Sache müsste man mal genauer untersuchen. Und diese verdammten Geldsäcke zur Verantwortung ziehen.«

»Na mach mal halblang, Pentti. Kann doch sein, dass jemand einfach nur aus tiefstem Herzen heraus helfen wollte.«

»Gestohlenes Geld ist schmutzig! Das wird auch durch Weißmacher oder gütige Gaben nicht besser!«

»Ein schönes Mittsommerfest noch!« Jussi Vares schlüpfte hinaus auf den sonnigen Vorhof. Am Auto blieb Vares stehen, um Atem zu holen und um die leichte Brise zu genießen. An Mittsommer sollte es schön werden, laut Wettervorhersage. Jussi Vares setzte sich in sein Auto und versuchte den unangenehmen Nachgeschmack zu vertreiben, der von dem Wortwechsel zurückgeblieben war.

Im Auto war es heiß, obwohl er im Schatten geparkt hatte. Eine Postkarte war aus einer Halterung auf den Boden gefallen. Jussi hob sie auf. Das Bild zeigte den Bahnhof einer französischen Kleinstadt. Ein schöner und romantischer Ort.

Jussi Vares drehte die Karte um. Auf der Rückseite fand sich nur eine Adresse, seine eigene. Und außerdem ein einzelnes, kleines dunkelrotes Herz. Weiter nichts.

Jussi Vares steckte die Postkarte zurück in die Halterung. Dann ließ er den Motor an und fuhr auf die Fernstraße. Blinker links. In Richtung Siikainen, zu Valtteri und in den Mittsommer hinein.